저주받은 자 딜비쉬
DILVISH, THE DAMNED

저주받은 자 딜비쉬

로저 젤라즈니 지음
김상훈 옮김

너머

Copyright ⓒ 1982 by Roger Zelazny
All rights reserved.
Translated by Kim, Sang-hoon

Published by agreement with the author and the author's agents,
Ralph M. Vicinanza. Ltd. through Shinwon Agency Co.
Korean edition copyright ⓒ 2005 by The Beyond Books

이 책의 한국어 판 저작권은 신원 에이전시를 통한
Ralph M. Vicinanza. Ltd.사와의 독점계약으로 한국어 판권을
도서출판 너머가 소유합니다.
저작권법에 의하여 한국 내에서 보호를 받는 저작물이므로 무단전재와 복제를 금합니다.

이색작가총서를 내며

혼미를 거듭하는 한국문학의 위기가 도마에 오르면서, 현대소설 기법의 기반을 이루는 세계 해석World Interpretation에 관한 논의가 주목을 받고 있다. 세계 해석이란 눈에 보이는 가시의 세계라기보다는 인간의 오감을 통해 집단적 혹은 개인적으로 형성되는 주관적인 현실의 문학적 서술을 의미한다. 세계 해석은 과거에는 '심각한' 주류문학의 중심에 서 있었다. 그러나 산업혁명 이전의 고전적 '일상'의 의미가 퇴색하고, 인간의 개념이 과학에 의해 확장되면서 사이버스페이스 등으로 대표되는 '현실보다 더 현실적인 환상'으로 탈바꿈하고 있는 지금, 문학 본래의 가장 원초적인 기능인 서사敍事 즉, '이야기하기'를 핵으로 삼은 소설들이 새로운 대안으로 부각되고 있다.

20세기 중반부터 시작되고, 21세기에 들어 꽃을 피운 여러 소설 장르의 융합은 국내 평단에서 때로는 경계소설Slipstream이란 이름으로, 때로는 환상문학Fantastic Literature이란 명칭을 통해 간간이 거론되었지만, 각 장르의 개념 자체가 뿌리박지 않은 한국 특유의 상황에서의 논의는 자칫하면 탁상공론으로 흐를 위험이 있다. 이것은 주류문학과 장르문학을 불문하고 평론의 소재가 되어 줄 번역 혹은 창작 텍스트의 수가 절대적으로 모자란다는 현실의 반영이며, 나아가서는 번역문학의 빈곤함을 여실히 보여주는 부끄러운 증거이기도 하다. SF문학 기획자이자, 환상문학 평론가인 김상훈 씨의 자문을 통해 구성될 이색작가총서는 이런 상황을 타파하기 위한 대안인 동시에, 장르와 시대를 초월해서 이 '이야기하기'의 개념을 독자에게 뚜렷하게 각인시켜 줄 수 있는 이색적인 걸작과 문제작들을 한 곳에 모은 '대안 텍스트'의 의미를 가진다.

조 샌더즈에게

차례

딜파로 가는 길 | 11

셀린데의 노래 | 24

쇼어던의 종 | 40

메라이사의 기사 | 76

아아치의 샘 | 95

분할된 도시 | 115

흰 짐승 | 142

얼음탑 | 150

악마와 무희 | 265

피의 정원 | 351

저주받은 자, 딜비쉬 | 377

해설 | 429

딜파로 가는 길

저주받은 자 딜비쉬가 포타로이에서 탈출한 이래 그들은 콰란과 투가도에서 그리고는 메이스타, 미카르, 빌데쉬에서 딜비쉬를 저지하려고 했다. 딜파로 가는 길가에서 대기하고 있던 다섯 명의 기수가 차례로 딜비쉬를 추격했다. 한 사람이 탄 말이 지쳐 추격을 포기하면 새 말을 탄 다른 기수가 그 뒤를 이어 나타나는 식이었다. 그러나 이들 중 그 누구도 블랙을 따라잡지는 못했다. 강철로 이루어진 이 군마를 얻기 위해 '동방의 군령軍領'은 자신의 영혼 일부를 팔아 치웠다고 전해진다.

진격해 오는 '서방의 군령' 라일리쉬의 군세軍勢를 따돌리기 위해 딜비쉬는 한낮 한밤 동안 쉬지 않고 말을 달렸다. 딜비쉬 휘하의 병사들은 지금 모두 딱딱하게 굳은 피투성이 시체가 되어 포타로이의 구릉지에 널려 있었기 때문이다.

살육의 장소에 살아 서 있는 사람이 자기 혼자라는 사실을 깨달았을 때, 딜비쉬는 블랙을 불러 이제는 몸의 일부가 되다시피 한 안장 위로 몸을 날렸고, 소리를 질러 탈출을 명했다. 블랙은 검게 반짝이는 발굽을 움직여 밀집한 장창들을 마치 낫으로 밀을 수확하듯이 쓰러뜨리며 창병의 대열을 돌파했다. 창촉이 블랙의 칠흑 같은 피부에 부딪치자 쩽그랑 하는 소리가 울려 퍼졌다.

"딜파로 가자!"

딜비쉬가 이렇게 외치자 블랙은 진로를 직각으로 바꿔 산양이나 오를 수 있는 험준한 절벽을 타고 올라갔다.

콰란에 이르렀을 때 블랙은 고개를 돌려 말했다.

"위대한 동방의 군령이여, 대기大氣와 그 아래의 대기가 적들이 깔아 놓은 살성殺星으로 온통 뒤덮여 있소."

"그것을 돌파할 수 있나?"

딜비쉬가 물었다.

"옛 공도公道를 지나가면 아마 그럴 수 있을지도 모르오."

"그렇다면 서둘러 그쪽으로 가게."

공간과 그 아래의 공간에서, 지옥의 별빛을 머금은 블랙의 조그만 은빛 눈이 깜박였고, 이내 앞을 향해 번득였다.

그들은 길을 벗어났다.

공도 가장자리에 있는 거대한 바위 뒤에서 첫 번째 기수가 나타나 딜비쉬에게 멈출 것을 명했다. 기수는 장식을 달지 않은 거대한 적갈색 군마에 올라타고 있었다.

"멈추시오, 동방의 군령이여. 그대의 부하들은 전멸했소. 이 너머의 공도에는 죽음의 씨앗이 널려 있고, 라일리쉬의 부하들이 그대를 기다리고……."

그러나 딜비쉬가 대답조차 하지 않고 눈 깜짝할 사이에 기수 옆을 스쳐 지나가자, 기수도 말에 박차를 가하고는 그 뒤를 쫓았다.

첫 번째 기수는 아침 내내 투가도로 이어지는 길을 따라 딜비쉬를 따라왔지만, 전신이 땀으로 뒤덮인 기수의 말은 마침내 발을 헛디뎠고, 기수를 돌투성이의 땅 위로 내팽개쳤다.

딜비쉬가 투가도에 도달하자 피처럼 붉은 군마에 올라탄 두 번째 기수가 앞을 가로막고는 그를 향해 노궁弩弓을 쏘았다.

블랙은 뒷발로 높게 일어섰고, 화살은 그의 가슴을 스쳐 지나갔다. 블랙의 콧구멍이 부풀어 오르면서 거대한 새가 우는 울음소리와 같은 괴성이 울려 퍼졌다. 피처럼 붉은 군마는 껑충 뛰어 길에서 벗어나더니 들판을 향해 달려갔다.

블랙은 앞으로 돌진했고, 두 번째 기수는 말머리를 돌려 그 뒤를 쫓았다.

기수는 해가 중천에 오를 때까지 추격을 계속했지만, 마침내 붉은 군마는 푹 쓰러져 격한 숨을 몰아쉬었다. 딜비쉬는 계속 말을 달렸다.

메이스타에서는 레쉬스 고개에서 길이 막혀 있었다.

좁은 산길을 사람 키의 두 배나 되는 통나무 벽이 가로막고 있었던 것이다.

"뛰어넘어."

딜비쉬가 이렇게 명하자, 블랙은 검은 무지개처럼 호弧를 그리며 공중으로 뛰어올라 방벽을 넘었다. 레쉬스 고개가 끝나는 지점 바로 앞에서 백마를 탄 세 번째 기수가 기다리고 있었다. 블랙은 또다시 괴성을 올렸지만 백마는 도망치지 않고 침착하게 서 있었다.

블랙의 거울처럼 매끄러운 강철 발굽이 번득였다. 털이 없는 강철 피부가 한낮의 뜨거운 햇살을 반사하며 푸르스름하게 빛난다. 블랙은 속도를 늦추지 않고 질주했다. 백마를 탄 기수는 상대방이 탄 말의 전신이 금속으로 이루어진 것을 보고는 뒤로 물러나며 검을 뽑아 들었다.

딜비쉬는 망토 아래에서 자신의 검을 뽑아 들었고, 상대방을 스쳐 지나가며 자신의 머리를 향해 날아온 일격을 받아넘겼다. 기수는 딜비쉬의 뒤를 쫓으며 외쳤다.

"살성殺星을 모두 뿌리치고 이곳의 방벽을 넘었지만 결코 딜파까지는 가지 못할 것이오! 고삐를 당기시오! 설령 말의 모습을 한 명부冥府의 정령을 타고 달린다고 해도, 그대는 미카르나 빌데쉬에서 저지당할 것이오. 아니면 그 전에!"

그러나 동방의 군령은 대꾸하지 않았다. 블랙은 딜비쉬를 태우고 경쾌하고 넓은 보폭으로 질주했다.

"그대는 결코 지치지 않은 군마를 타고 있지만, 모든 마법에 대항하지는 못할 것이오! 검을 이리 건네시오!"

딜비쉬는 웃음을 터뜨렸고, 곧 그의 망토는 바람에 펄럭이는 날개가 되었다.

어둑어둑해질 무렵까지 계속 추격해 오던 백마가 지쳐 쓰러졌다.

딜비쉬는 미카르 부근에 와 있었다. 케테라는 이름의 강에 다가갔을 때 블랙이 느닷없이 질주를 멈췄다. 딜비쉬는 떨어지지 않으려고 말의 목에 매달렸다.

"다리가 없어졌소." 블랙이 말했다. "그리고 나는 헤엄을 칠 수 없소."

"뛰어넘을 수는 없겠나?"

"모르겠소, 동방의 군령이여. 강폭이 넓소. 뛰어넘지 못하면 우리는 결코 수면 위로 떠오르지 못할 것이오. 케테는 땅 깊숙이까지 파고든 강이니까."

바로 그때 나무들 사이에서 매복하고 있던 군인들이 나타났다. 그중 일부는 말을 타고 있었고, 나머지는 장창을 든 보병이었다. 딜비쉬가 말했다.

"뛰어넘게."

이 말이 떨어지자마자 블랙은 전력질주를 시작했다. 말보다 훨씬 더 빠른 속도였다. 딜비쉬는 양 무릎과 상처투성이의 커다란 양손을 써서 블랙의 몸에 매달렸다. 블랙이 공중으로 도약한 순간 딜비쉬는 절규했다.

반대쪽 강둑에 착지했을 때 블랙의 발굽은 바위 표면에 한 뼘 가까이 박혔다. 딜비쉬는 안장 위에서 비틀거렸지만 낙마하지는 않았다. 이윽고 블랙은 바위에 박힌 발굽을 모두 빼냈다.

반대편 강둑을 돌아다보자 우뚝 서서 이쪽을 멍하게 응시하고 있는 매복자들의 모습이 눈에 들어왔다. 그들은 딜비쉬를 응시하다가 케테 강을 내려다보았고, 다시 그와 블랙을 바라보았다.

블랙과 딜비쉬가 전진을 재개하자 얼룩무늬 군마를 탄 기수가 옆으로 다가와 말했다.

"지금까지는 추격을 모두 따돌렸지만, 우리는 이곳과 빌데쉬 사이에서 그대를 저지할 것이오. 투항하시오!"

기수의 말이 채 끝나기도 전에 딜비쉬와 블랙은 기수보다 한참 떨어진 곳까지 가 있었고, 곧 그를 따돌렸다.

"저자들은 자네가 악마라고 생각하고 있는 듯하군."

딜비쉬가 블랙에게 말하자, 블랙은 쿡쿡거리며 웃었다.

"오히려 그런 편이 나았을지도 모르겠소."

그들은 해가 서쪽으로 넘어갈 때까지 달렸고, 추격해 오던 말도 마침내 지쳐 쓰러졌다. 네 번째 기수는 딜비쉬와 블랙에게 악담을 퍼부었지만, 딜비쉬는 무시하고 계속 달렸다.

빌데쉬에 다가가자 나무들이 쓰러지기 시작했다.

"통나무 함정이야!"

딜비쉬가 이렇게 외치기도 전에 블랙은 마치 춤을 추듯이 이를 피하며 전진하기 시작했다. 일단 멈춰 서서 뒷다리로 일어서더니, 그대로 앞으로 도약하며 쓰러지는 통나무 위를 넘었다. 그러고는 또다시 멈춰 섰다가, 같은 일을 되풀이했다. 그러자 두 개의 통나무가 도로 양쪽에서 동시에 쓰러져 내렸다. 블랙은 뒤로 껑충 물러난 다음 또다시 전진하며 이것들 모두를 뛰어넘었다.

그런 다음에는 깊이 파 놓은 함정을 건너뛰었다. 일제히 발사된 여러 개의 화살이 블랙의 옆구리를 맞히면서 쨍 하는 소리가 났다. 화살 하나가 딜비쉬의 허벅지에 상처를 입혔다.

다섯 번째 기수가 말을 타고 달려왔다. 기수가 탄 말은 갓 주조한 듯한 황금 빛깔이었고, '석양'이라는 이름을 가지고 있었다. 말을 탄 기수는 나이 어린 젊은이에 불과했다. 가능한 한 멀리까지 추격을 계속할 수 있도록 몸무게가 가벼운 기수가 선택되었던 것이다. 그가 꼬나 들고 있던 창은 블랙의 어깨를 맞추면서 박살이 났지만 블랙은 아예 돌아보려 하지도 않았다. 기수는 말을 달려 딜비쉬 뒤를 쫓아오며 외쳤다.

"저는 오랫동안 동방의 군령 딜비쉬 님을 존경해 왔기 때문에, 당신이 죽는 모습을 보고 싶지가 않습니다. 제발 저에게 투항하십시오! 예를 갖추고 신분에 걸맞은 대우를 해 드리겠습니다!"

이 말을 듣고 딜비쉬는 웃었고, 이렇게 대꾸했다.

"아냐, 젊은이. 라일리쉬에게 포로로 잡히느니 차라리 죽는 것이 나아. 가자, 블랙!"

블랙이 속도를 두 배로 늘리자 젊은이는 '석양'의 목에 상체를 바싹 붙이고 추격을 시작했다. 젊은이는 허리에 검을 차고 있었지만, 그것을 쓸 기회는 단 한 번도 주어지지 않았다. '석양'은 밤새도록 달렸고, 그 어떤 추격자들보다 더 멀리, 더 오래 달렸지만 결국 동녘이 희뿌옇게 밝아 올 무렵 지쳐 쓰러지고 말았다. 말이 쓰러진 몸을 일으키려고 버둥거렸을 때 젊은이가 외쳤다.

"저를 뿌리칠 수는 있었지만 결국 랜스에게 당하실 겁니다!"

마침내 '저주받은 자'라는 이명異名을 가진 딜비쉬는 필마단기로 딜파 인근의 야산을 질주하기 시작했다. 딜파로 전할 소식을 지니고. 그러나 딜비쉬는 블랙이라는 이름의 강철 군마를 타고 있었음에도 불구하고, 이 소식을 딜파로 전하기 전에 '무적 갑옷'의 랜스와 대면하게 될 것을 두려워하고 있었다.

내리막길에 접어들었을 무렵 마지막으로 앞길을 막는 자가 있었다. 갑옷을 두른 군마에 올라탄 갑옷 차림의 사내였다. 사내는 혼자서 길을 완전히 가로막고 있었다. 얼굴은 투구에 가려 보이지 않았지만, 딜비쉬는 갑옷에 새긴 문장紋章을 보고 그가 '라일리쉬의 오른팔'이라고 알려진 랜스라는 사실을 깨달았다.

"멈춰서 고삐를 당기시오, 딜비쉬!" 랜스가 외쳤다. "귀공은 이곳을 지나갈 수 없소."

랜스는 석상처럼 꼼짝도 않고 안장에 앉아 있었다.

딜비쉬는 블랙을 멈춰 세우고 기다렸다.

"투항을 권고하겠소."

랜스가 말했다.

"그럴 생각은 없네."

딜비쉬가 대답했다.

"그렇다면 죽이는 수밖에 없겠군."

딜비쉬는 대답 대신 검을 뽑아 들었다. 그러자 랜스는 웃었다.

"당신의 검으로는 내가 입은 갑옷을 결코 꿰뚫을 수 없다는 걸 모르오?"

"몰라."

딜비쉬가 대꾸했다.

"잘 알았소." 랜스는 조롱 섞인 웃음소리를 내며 말했다. "여긴 우리 두 사람뿐이오. 내 명예를 걸고 맹세할 테니, 말에서 내려도 좋소. 그러면 나도 동시에 내리겠소. 저항이 헛되다는 사실을 깨닫는다면 귀공도 목숨을 건질 수는 있을 거요. 내 포로가 되면 말이오."

두 사람은 각자의 말에서 내렸다.

"부상을 입었군."

랜스가 말했다.

딜비쉬는 대꾸하지 않고 상대방의 목을 검으로 후려쳤다. 내심 갑옷의 이음매 부분이 부서질 것을 기대하고 있었지만 그 부분의 금속에는 긁힌 상처조차도 나지 않은 듯했다. 보통 사람이었다면 그대로 목이 날아가도 이상할 것이 없는 강렬한 일격이었음에도 불구하고 말이다.

"이제 내 갑옷을 결코 꿰뚫을 수 없다는 사실을 깨달았을 거요. 이 갑옷은 샐러맨더들이 몸소 단련하고, 열 명의 처녀 피로 담금질한……."

딜비쉬는 랜스의 머리를 공격했다. 검을 내리치면서 천천히 왼쪽으로 원을 그리며 움직였기 때문에 이제 랜스는 블랙이라는 이름의 강철 군마를 등지고 서 있었다.

"지금이야, 블랙!"

딜비쉬가 외쳤다. 그러자 블랙은 뒷발로 높이 일어섰다가 다시 내려섰고, 앞쪽 발굽으로 랜스를 내리쳤다. 랜스가 급작스럽게 블랙 쪽으로 몸을 돌린 탓에 발굽은 무방비 상태의 가슴을 강타했다. 랜스는 쓰러졌다.

갑옷을 입은 랜스의 가슴에는 반짝이는 발굽 자국이 두 개 나 있었다.

"귀공의 말이 옳았군." 딜비쉬가 말했다. "여전히 뚫리지는 않았어."

랜스는 신음을 흘렸다.

"…그리고 이제 나는 그대를 죽일 수 있네. 투구의 눈 틈새 사이를 칼날로 찌르면 되겠지. 하지만 그러지는 않겠네. 정정당당한 방법으로 이긴 것이 아니니까 말이야. 나중에 일어설 수 있으면 라일리쉬에게 가서 이렇게 전하게. 딜파는 라일리쉬의 공격에 대비하고 있을 거라고. 그전에 퇴각하는 편이 나을 것이라고 하게."

"우리가 저 도시를 함락시킬 때 네놈의 수급을 집어넣을 자루를 준비해 두겠다."

랜스가 대꾸했다.

"그러기 전에 도시 앞의 들판에서 자네를 죽여주겠네."

딜비쉬는 이렇게 대꾸하고, 땅바닥에 쓰러진 랜스를 내버려둔 채로 다시 블랙에 올라탄 다음 산길을 따라 내려가기 시작했다.

그 장소를 떠나가던 중 블랙이 말했다.

"다시 저자와 만나면 내 발굽이 남긴 자국을 찌르시오. 거기라면 갑옷도 뚫릴 거요."

도시에 도달한 딜비쉬는 주위에 몰려든 사람들에게는 아무 말도 하지 않고 거리를 지나 궁전으로 갔다.

궁전으로 들어간 딜비쉬는 이렇게 전했다.

"나는 동방의 군령 딜비쉬라고 하오. 이곳까지 온 것은 포타로이가 함락되고 라일리쉬의 수중에 들어갔다는 소식을 전하기 위해서였소. 서방의 군령 군세가 모두 이곳을 향해 진격해 오고 있고, 이틀 안에 도달할 것이오. 빨리 방비를 갖추시오. 딜파는 결코 함락되어서는 안 되오."

왕은 옥좌에서 벌떡 일어나며 명했다.

"나팔을 불어라. 전사들을 집결시켜라. 전투 준비를 해야 한다."

이런 연유로 딜파에서는 나팔이 울려 퍼졌고, 그제야 딜비쉬는 딜파의 좋은 적포도주가 담긴 잔을 입에 대고 기울였다. 하인들이 고기와 빵을 가져왔을 때 딜비쉬는 랜스의 갑옷이 얼마나 강한지 또다시 자문했다. 다시 한 번 그 무적의 갑옷과 대결해야 한다는 사실을 알고 있었기 때문이다.

셸린데의 노래

그날 밤 커다란 금빛 달이 비추는 언덕 너머에서, 셸린데는 노래를 불렀다.

카에르[1] 데바쉬의 높다란 '환영幻影의 홀'에서, 사방이 소나무로 둘러싸이고, 까마득한 절벽 아래를 흐르는 데네쉬라는 이름의 은빛 강에 그 모습을 떨어뜨린 성 안에서, 밀딘은 자기 딸의 목소리를 듣고, 그 노랫말에 귀를 기울였다.

웨스트림의 사내들은 강건하고
웨스트림의 사내들은 대담하나
저주받아 지옥에 떨어졌던 딜비쉬가 돌아오자

---

1 카에르Caer : 웨일즈 고어古語로 성 또는 요새를 의미한다.

사내들의 피도 얼어붙었노라
포타로이를 탈출해서
동방의 딜파를 향해 갔을 때
그가 탔던 것은 지옥에서 데려온 존재
검은 강철 짐승
그 말은 죽일 수도 막을 수도 없고
사람들은 이 말을 블랙이라고 불렀노라
동방의 군령은 수많은 지혜를
젤레락의 저주와 함께 얻었으므로

  밀딘은 몸을 부르르 떨고 언뜻언뜻 반짝이는 환幻 망토를 - 밀딘은 코번[2]의 우두머리였다 - 집어들었다. 어깨에 걸친 망토를 연기가 피어오르는 듯한 '달의 돌'로 목에 고정한 밀딘은 은회색 새가 되었고, 창문 밖으로 나가 데네쉬 강 상공을 날아갔다.
  언덕을 넘어 남쪽을 바라보고 서 있는 셀린데가 있는 곳까지 간 밀딘은 근처 나무의 낮은 가지 위에 내려앉아 새의 목을 통해 말했다.
  "내 딸아, 노래를 멈추어라."

---

[2] 코번Coven : 마녀 집회.

"어머니! 무슨 일이십니까? 왜 새의 모습으로 이곳까지 오셨습니까?"

셀린데가 반문했다.

셀린데의 눈이 둥근 것은 달 모습의 변화를 그대로 따르기 때문이고, 그 머리카락은 북방 마녀들의 은빛 불길이었다. 셀린데는 유연한 몸을 가진 열일곱 살의 처녀였고, 노래 부르기를 즐겼다.

"방금 네가 절대로 입 밖에 내서는 안 되는 이름을 말했기 때문이다. 설령 지금처럼 우리 요새의 견고한 방벽 안에 있더라도 결코 언급해서는 안 되는 이름을. 너는 그 노래를 어디서 배웠느냐?"

"동굴 안에 있던 것한테서 배웠습니다. '한밤중'이라는 이름의 강이 고여 웅덩이가 되었다가 지하로 흘러들어 가는 장소에서."

"동굴 안에 있던 것이 무엇이더냐?"

"지금은 이미 가고 없습니다. 어둠의 여행자였고, 아마 개구리 무리 중 하나였다고 생각합니다. 짐승들의 집회에 가던 도중에 잠시 그곳에서 쉬고 있었습니다."

"그 노래가 무엇을 의미하는지도 가르쳐 주더냐?"

"아뇨. 단지 최근에 불리는 노래이고, 남방과 동방에서 벌어진 전쟁에 관한 노래라고 했습니다."

"그건 사실이다. 그리고 개구리라면 그 노래를 꽥꽥거려도 두려울 것이 없지. 왜냐하면 그자는 어둠의 권속이고 힘 있는 자들에게는 아무 쓸모도 없는 존재이기 때문이다. 그러나 셀린데, 너는 그자보다 더 조심해야 한다. 힘을 가진 자들은 무모하지 않은 이상 모두 J로 시작되는 그 이름을 입에 담기를 두려워하니까."

"왜 그러는 겁니까?"

은회색 새는 퍼덕이면서 땅에 내려앉았다. 다음 순간 셀린데 앞에는 밀딘이 서 있었다. 키가 크고, 달빛 아래에서 보이는 피부는 창백했다. 땋은 머리카락은 이른바 집회의 관冠이라 불리는 모양으로 정수리에 틀어 놓고 있다.

"내 망토 안으로 들어오너라. 나와 함께 여신의 연못으로 가자꾸나. 아직 달의 손길이 수면을 스치고 있는 사이에." 밀딘이 말했다. "그런다면 너도 네가 방금 부른 노래에 관해 어느 정도 알 수 있을 것이다."

두 사람은 언덕을 내려갔고, 언덕 높은 곳에서 발원發源한 시내가 잔물결조차도 거의 없는 매끄러운 물길을 따라 아래로 흘러가다가 머무는 연못으로 갔다. 밀딘은 말없이 연못가에서 무릎을 꿇었고, 앞으로 몸을 기울이더니 수면을 향해 숨을 불어넣었다. 그러고는 셀린데를 곁으로 불러 함께 내려다보았다.

"수면에 반사된 달을 보거라. 깊숙이 들여다보는 거야. 귀를 기울이고……."

밀딘이 말하기 시작했다.

"우리 일족의 기준으로 볼 때도 아주 오래 전에, 동방의 귀족 사회에서 폐절廢絶당한 가문이 하나 있었다. 이 가문은 몇 세대에 걸쳐서 이종족인 엘프족과 결혼을 거듭했기 때문이지. 엘프족은 키가 크고 용모가 아름답고, 생각과 행동 또한 민첩한데다가 인간보다 **훨씬** 더 오래된 종족이지만, 인간은 일반적으로 엘프의 귀족 가문을 인정하지 않는단다. 유감스럽게도……. 영지도 작위도 잃게 된 이 가문의 마지막 후예는 바다와 산을 유랑하며 여러 직업을 전전하다가, 마지막에는 직업 군인이 되었지. 몇 세기 전, '서방'과의 전쟁이 처음으로 일어났을 무렵에 말이다. 그 인물은 포타로이 대전투에서 포타로이를 적의 손에서 해방시키는 혁혁한 전공을 세웠고, 이후로는 '해방자' 딜비쉬라고 불리게 되었다. 자, 보거라! 지금 영상이 뚜렷해지고 있어! 저것은 포타로이로 들어가는 딜비쉬의 모습이다."

셀린데는 연못의 수면 위에 맺힌 영상을 응시했다.

사내는 키가 컸고, 엘프족보다는 피부색이 어두웠다. 웃고 있는 눈은 승리의 기쁨으로 반짝이고 있었다. 갈색 군마를 타고 있다. 사내가 입은 갑옷은 여기저기 패이고 긁힌 상처가 나 있었지만 아침 햇살을 받으며 반짝이고 있었다. 사내는 자신이 이끌고 온 군세의 선두에 서서 말을 몰고 있고, 포타로이의 시민들은 길가 양쪽에 서서 환호성을 올리고 있다. 여자들이 딜비쉬의 말 앞에 꽃을 던진다. 마침내 광장 분수대 앞에 도달한 사내는 말에서 내려 승리를 경축하는 포도주를 들이켰다. 그런 다음 도시의 장로들이 나와 감사 연설을 했고, 해방자들을 위해 광장 전체에서 야외 연회가 열렸다.

"훌륭한 인물인 것 같아요." 셀린데가 말했다. "저기 허리에 찬 저 거대한 검을 좀 보세요! 장화 코에 닿을 정도로 길지 않습니까!"

"그래. 저것은 그날 '해방자'라는 별명을 얻게 된 양손용 장검이다. 그리고 그가 신은 장화가 보이지. 인간은 녹색 가죽으로 만들어진 엘프족의 저 장화를 돈으로는 결코 살 수 없지만, 이따금 '고귀한 자'들이 보이는 호의의 표시로 선물 받는 경우가 있지. 저 장화는 결코 발자국을 남기지 않는다는 얘기가 전해 온다. 그러나 유감스럽게도 네가 지금 보고 있는 연회가 벌어진 지 이레도 채 안 되서 '해방자'는 박살이 나고 살아 있는 딜비쉬는 산 사람들 사이에서 모습을 감추게 돼."

"하지만 저 사람은 **아직** 살아 있어요!"

"그래, 다시 살게 되었지."

연못 안이 교란되더니 다른 영상이 떠올랐다.

검은 언덕 중턱… 망토를 입고 두건을 뒤집어쓴 사내 하나가 희미한 빛을 발하는 원 안에 서 있다… 돌로 된 제단 위에는 결박당한 젊은 여자가 한 명… 사내의 오른손은 검을 들고 있고, 왼손은 지팡이를 쥐고 있다……

밀딘은 딸의 손가락이 자기 어깨를 움켜잡는 것을 느꼈다.

"어머니! 저건 뭔가요?"

"네가 결코 입에 담아서는 안 되는 이름을 가진 자이다."

"무엇을 하고 있는 건가요?"

"살아 있는 처녀의 피를 필요로 하는 어둠의 의식이다. 저자는 까마득한 옛날부터 별들이 적절한 위치로 되돌아오기를 기다렸다가 이 의식을 행하려는 참이다. 오랫동안 여행을 해서 – 포타로이 부근의 언덕 위에 있는 고대의 제단으로 – 저 의식을 수행해야 하는 장소로 왔지. 저 원 주위에서 춤추고 있는 어둠의 권속들을 보거라. 박쥐에, 망령에, 방황하는 도깨비불 – 모두가 마력을 한 방울이라도 얻어 보려고 갈망하고 있는 거야! 하지만 원에 접촉할 수는 없지."

"물론 그렇겠지요."

"자, 단 하나뿐인 저 화로에 이는 불길이 더 높게 솟구치고 별들이 정확한 위치에 도달한 순간, 저자는 저 처녀의 목숨을 앗을 준비를 하고 있어."

"더 이상 못 보겠어요!"

"봐야 해!"

"저 사람은 해방자 딜비쉬군요. 이쪽으로 오고 있어요."

"그래. '고귀한 자'들과 마찬가지로 저 사내는 거의 잠을 잘 필요가 없다. 포타로이의 언덕에 바람을 쐬러 나왔을 때도 사람들의 기대에 부응하려고 해방자답게 완전무장하고 있지."

"딜비쉬가 지금 젤… 지금 원을 보았어요! 앞으로 나오고 있어요!"

"그래. 그리고 그 원을 깨지. '고귀한 자'의 혈통을 이어받은 저 사내는 마법에 대한 자신의 저항력이 보통 인간의 열 배는 된다는 사실을 알고 있어. 하지만 방금 파괴한 원이 누구 것인지는 모르지. 그렇지만 여전히 그 원조차도 딜비쉬를 죽이지는 못했어. 하지만 힘이 약해져 간단다. – 지금 비틀거리는 모습이 보이지 – 그 정도로 상대방의 힘이 강대하기 때문이다."

"한 손으로 마법사를 때려눕히고, 화로를 뒤집어엎었어요. 그러고는 몸을 돌려 처녀를 구하려고……."

연못 속에서, 마법사의 그림자가 일어서는 것이 보였다. 얼굴은 두건에 가려 보이지 않았지만, 손에 든 지팡이를 높이 치켜드는 것을 알 수 있었다. 갑자기 마법사의 키가 엄청나게 자라나는 것처럼 보였다. 손에 든 지팡이도 길어지며 뱀처럼 꿈틀거렸다. 마법사는 손을 뻗어 지팡이 끝으로 처녀를 가볍게 건드렸다.

셀린데는 비명을 질렀다.

눈 앞에서 처녀가 나이를 먹어 가고 있었다. 얼굴에 주름이 생겨나고, 머리가 하얗게 샌다. 피부가 누렇게 뜨면서 그 아래의 모든 뼈가 앙상하게 튀어나왔다.

이윽고 처녀는 숨이 멎었지만, 주문의 효력은 멈추지 않았다. 예전에는 인간이었던 제단 위의 물체는 점점 오그라들었고, 시체에서는 곧 미세한 연기 같은 먼지가 피어오르기 시작했다.

다음 순간 제단 위에는 해골만 남아 있었다.

딜비쉬는 몸을 돌려 마법사를 마주보았다. '해방자'를 어깨 위로 추켜올리고 내려친 순간, 어둠의 술사術士는 지팡이를 도신刀身에 갖다 댔다. 그러자마자 장검은 산산조각이 나며 발치에 떨어졌다. 딜비쉬는 마법사를 향해 한 걸음 나아갔다.

또다시 지팡이가 뱀처럼 날름거렸고, 후광後光처럼 새하얀 불길이 딜비쉬의 전신을 에워싸고 춤추기 시작했다. 잠시 후 불길은 사라졌다. 그러나 딜비쉬는 여전히 그 자리에 미동도 않고 서 있었다.

영상이 사라졌다.

"무슨 일이 일어난 거죠?"

"어둠의 술사는 딜비쉬에게 끔찍한 저주를 내렸어." 밀딘이 말했다. "**고귀한** 자의 혈통조차도 전혀 손을 쓸 수 없을 정도의 저주를… 저것을 보렴."

언덕 중턱에 햇살이 쏟아지고 있었다. 해골은 제단 위에 누워 있지만, 마법사의 모습은 사라져 있었다. 온몸이 대리석으로 변한 딜비쉬는 아침 이슬이 맺힌 채로 홀로 쏟아지는 햇살을 받고 있었다. 오른손은 마치 적을 내려치려는 듯이 여전히 위로 치켜든 채였다.

시간이 흐른 후 소년들이 언덕으로 올라와 오랫동안 이 광경을 바라보았다. 그들은 도시로 뛰어 내려가서 이 사실을 고했다. 이윽고 포타로이의 장로들이 언덕으로 올라왔고, 대리석 상은 그들의 해방자가 자신의 친구로 간주하는 기이한 인물들이 내려 준 선물의 하나라고 판단했다. 그들은 석상을 수레에 실어 포타로이로 가지고 내려갔고, 광장 분수대 옆에 세웠다.

"돌로 변하게 했던 거군요!"

"그래. 딜비쉬는 200년이 넘도록 저렇게 광장에 서서 자기 자신의 기념물 노릇을 했지. 자신이 해방시켜 준 도시의 적들을 향해 주먹 쥔 손을 치켜든 채로 말이야. 사람들은 그런 그에게 무슨 일이 일어났는지 아무도 몰랐어. 딜비쉬의 인간 친구들은 나이를 먹고 죽었지만, 석상은 여전히 같은 장소에 서 있었단다."

"…그럼 돌 안에서 줄곧 자고 있었던 거군요."

"아니. 어둠의 술사는 그렇게 친절한 저주를 내리지는 않아. 빳빳하게 굳은 몸이 완전무장한 채로 서 있는 사이에, 딜비쉬의 영혼은 어둠의 술사가 찾아낼 수 있었던 지옥의 나락 중에서 가장 깊은 곳으로 추방되었던 거야."

"아……."

"…그리고 그 저주가 원래부터 이런 것이었는지, 혹은 딜비쉬가 지닌 '고귀한 자'의 혈통이 위급한 상황에 부딪쳐 이를 극복하려 했던 것이지, 아니면 딜비쉬의 강력한 동맹자 중 하나가 이 사실을 알아차리고 마침내 그를 구출해 낸 것인지는 아무도 모른단다. 하지만 어느 날 '서방의 군령' 라일리쉬가 그 땅을 석권했을 때, 포타로이의 사내들은 고향을 방어할 준비를 하기 위해 도시의 광장에 집합했어."

달은 이제 연못 가장자리에 도달하고 있었다. 그 아래에서 다른 영상이 떠올랐다.

포타로이의 사내들은 무장을 갖추고 광장에서 대열을 짓고 훈련을 하고 있었다. 머릿수가 너무 적었지만, 고향을 위해 마지막 한 사람까지 싸울 각오를 한 듯했다. 그날 아침에는 유난히 많은 포타로이 사람들이 마치 전설을 머리에 떠올린 듯 광장에 있는 해방자의 석상을 바라보고 있었다. 그러자 눈부신 햇살을 받고 있는 석상이 움직이기 시작했다…….

석상은 15분 동안 천천히, 보기에도 힘겹게 사지를 조금씩 움직였다. 광장에 모인 군중 모두가 우뚝 서서 꼼짝도 않고 그 광경을 바라보았다. 마침내 딜비쉬는 대좌臺座에서 내려왔고, 분수대로 가서 물을 마셨다.

사람들이 딜비쉬의 주위로 몰려들었다. 딜비쉬는 그들을 향해 몸을 돌렸다.

"어머니, 저 사람의 눈! 눈이 바뀌었어요!"

"지금껏 저 사내가 영혼의 눈으로 본 것을 감안한다면, 육신의 눈이 그것을 비추는 것은 당연하지 않겠느냐?"

영상이 사라졌다. 달이 연못 너머로 흘러갔다.

"…그리고 어딘가에서 저 사내는 말이지만 말이 아닌 것을, 강철로 된 말 모양의 짐승을 얻었단다."

질주하는 검은 물체가 연못 안에 떠올랐다.

"저건 딜비쉬의 말인 블랙이야. 딜비쉬는 저것을 타고 전투에 임했단다. 오랫동안 말을 타지 않고 싸우기도 했지만, 나중에 다시 올라탔지. 한참 뒤에… 전투에서 살아남은 마지막 사람이 되었을 때 말이다. 전투가 개시되기 몇 주 전부터 딜비쉬는 휘하 병사들을 잘 훈련했지만, 병사들의 수가 너무 적었어. 포타로이의 병사들은 라일리쉬 경의 작위에 대항해서 자신들의 지휘관을 '동방의 군령'이라고 불렀단다. 그러나 딜비쉬를 제외한 모든 사내들은 결국 전장의 이슬이 되고 말았지. 그러나 이제 '동방'에 있는 다른 도시들의 모든 귀족과 장로들도 무장을 갖추고 일어났고, 그들도 딜비쉬의 지위를 인정하고 있다. 바로 오늘, 딜비쉬는 딜파의 성벽 앞에서 '무적 갑옷'을 입은 랜스와 일대일 결투를 벌여 죽였다는 얘기를 들었어. 하지만 이제 달이 지고 수면이 어두워졌으니까……."

"하지만 그 이름은? 왜 젤레락이라는 이름을 입에 담으면 안 되는 겁니까?"

셀린데가 이렇게 말하자마자 버스럭거리는 소리가 들려왔다. 마치 바싹 마른 거대한 날개가 펄럭거리며 머리 위의 공기를 때리는 듯한 소리. 구름이 달을 가리면서, 검은 생물의 그림자가 연못 속 깊숙한 곳에 비쳤다.

밀딘은 자신의 환幻 망토의 품 안으로 딸을 끌어당겼다.

버스럭거리는 소리가 한층 더 커졌다. 희미한 안개가 피어오르면서 그들 주위를 에워쌌다.

밀딘은 '달의 성호聖號'를 긋고 나직하게 말하기 시작했다.

"뒤로 물러나라. 내가 주관하는 집회의 이름으로 그대에게 명하노니 물러나라. 그대가 온 곳으로 다시 돌아가라. 카에르 데바쉬 상공에 그대의 검은 날개가 퍼덕이는 것을 우리는 결코 원치 않노라."

기류가 아래를 향해 불어오더니 넓적하고 무표정한 얼굴이 두 사람의 머리 위에서 정지했다. 얼굴은 폭이 넓은 박쥐의 양 날개 사이에 자리 잡고 있었다. 괴물의 발에 달린 갈퀴는 마치 대장간에서 방금 달군 쇠처럼 희미한 빛을 발하고 있었다.

괴물은 그들의 머리 위를 선회했다. 밀딘은 망토를 더 바싹 여미고 한손을 들었다.

"우리의 어머니이자 여러 모습을 지닌 '달'의 이름으로, 물러날 것을 명하노라. 당장! 지금 이 순간! 카에르 데바쉬에서 떠나라!"

괴물은 그들 가까이에 내려앉았다. 그러자 밀딘의 망토가 빛을 발하고, 월석月石이 우윳빛 불길처럼 타오르기 시작했다. 그 생물은 망토의 빛을 피해 안개 속으로 되돌아갔다.

다음 순간 구름 사이로 틈새가 생기며 달빛이 새어나왔다. 한 줄기 달빛이 괴물을 비췄다. 괴물이 울린 짧은 비명은 큰 고통에 몸부림치는 인간의 절규를 연상케 했다. 그것은 이내 하늘로 날아올라 남서쪽을 향해 날아갔다.

셀린데는 어머니의 얼굴을 올려다보았다. 갑자기 지치고, 나이 들어 보이는 얼굴을.

"저것은 무엇이었나요?"

셀린데는 물었다.

"어둠의 술사 하수인이었다. 나는 너에게 가능한 한 생생하게 그자의 마력에 관해 경고하려고 했어. 그자의 이름은 너무

나도 오랜 세월에 걸쳐 사악한 정령과 어둠의 권속들을 소환해서 강제하는 의식에서 쓰인 탓에, 그 이름 자체가 '힘을 가진 이름'이 되어 버렸던 것이지. 어둠의 권속들은 이 이름을 듣자마자 그것을 입 밖에 낸 인물에게 달려간단다. 늑장을 부리다가 그자의 노여움을 사는 것을 두려워하니까 말이야. 그러나 자신들을 소환한 당사자가 **어둠의 술사**가 아닐 경우에는 어둠의 권속들은 주제넘게도 그런 짓을 벌인 인물에게 복수하려고 하는 법이지. 그것 말고도 같은 사람이 그자의 이름을 너무 자주 입에 담을 경우, 그자는 그것을 알아차리고 직접 그 사람을 멸한다는 얘기도 있다. 어느 쪽이든 간에 그런 노래를 부르고 다닌다는 것은 현명한 행동이 아니란다."

"다시는 부르지 않겠어요. 결코. 그렇지만 어떻게 일개 마법사가 그토록 강해질 수 있는 건가요?"

"그자는 산과 들만큼이나 나이를 먹었어. 예전에는 백마법사였지만 어둠의 길에 빠져들었고, 그 탓에 한층 더 사악해졌다고 하는구나. 사악한 자들은 좋은 쪽으로 변하는 법이 거의 없으니까 말이다. 그리고 그자는 이제 가장 강대한 세 명의 마법사 중 하나로 간주되고 있단다. 지상의 모든 왕국에 있는 마법사를 통틀어서 아마 **가장** 강대할지도 모르겠구나. 방금 네가 들은 이야기는 몇 세기 전에 일어난 일이지만, 그자는 여전히 살아 있고, 여전히 강대해. 하지만 그런 인물에게도 전혀 고민이 없는 것은 아니지……."

"그건 왜죠?"

셀린데는 물었다.

"왜냐하면 딜비쉬는 소생했고, 그자에 대해 상당히 화를 내고 있는 것처럼 보이기 때문이다."

달이 구름 뒤에서 모습을 바꿨다. 달은 매우 컸고, 모습을 감추고 있던 사이에 엷은 금빛으로 변해 있었다.

이윽고 밀딘과 셀린데는 언덕으로 되돌아갔다. 소나무로 둘러싸이고, 은빛 데네쉬 강 위로 우뚝 솟아오른 카에르 데바쉬를 향해.

쇼어던의 종

라호링가스트의 땅에는 살아 있는 것이 없다.

이 시대보다 하나 전의 시대부터 이 죽음의 왕국에는 소리가 결여되어 있었다. 예외가 있다면 우르릉거리는 천둥소리와 석조 구조물이나 바위를 후드득 때리는 빗방울 소리뿐. 라호링 성채의 성탑들은 아직도 서 있으며, 파괴되어 사라진 성문이 달려 있던 거대한 아치는 여전히 크게 아가리를 벌리고 있는 듯한 인상을 준다. 마치 고통과 경악으로 점철된 단말마의 절규를 발하는 순간 그대로 얼어붙어 버린 입처럼. 주위의 땅은 달 표면의 황량한 풍경을 닮았다.

기수騎手는 '군대의 길'을 따라 말을 달려왔고, 마침내 아치문 아래를 지나 성채 안으로 들어왔다. 기수의 등 뒤로 보이는 뒤틀린 길은 아래로, 아래로 내려가다가 남서쪽으로 이어지고 있다. 길 주위로 얽힌 듯이 검은 지면 위를 뒤덮으며 점점 부풀어 오르는 아침 안개는 떼 지어 있는 거대한 거머리 무리를 연상케 한다. 길가에 있는 고색창연한 탑들이 무너지지 않고 여전히 서 있는 것은 오직 까마득한 옛날 그 위에 시술施術된 고대의 마법 덕분이다. 높이 솟은 검은 탑들과 성채의 위용은 지금은 이미 죽고 없는 건설자 – 세계의 왕 '호호르가' – 의 마지막 잔재이다.

걸어도 지면 위에 발자국을 남기지 않는 초록색 장화를 신은 기수는 이 장소에 여전히 남아 있는 어두운 마력을 어느 정도 감지한 듯했다. 왜냐하면 기수는 가던 길을 멈추고 아무 말 없이 안장에 앉은 채로 부서진 성문과 높다란 흉벽胸壁을 한참 동안 응시하고 있었기 때문이다. 이윽고 기수는 자신이 타고 있는 말을 닮은 검은 생물을 향해 뭐라고 말하고는 다시 앞으로 나아가기 시작했다.

성채로 다가가면서 무엇인가 아치문의 그늘 안에서 움직이는 것이 보였다.

기수는 라호링가스트의 땅에 살아 있는 것이 없다는 사실을 알고 있었다…….

수비 측의 병력 규모를 감안하면 전투는 유리하게 진행된 편이었다.

첫째 날, 라일리쉬의 사자使者들이 딜파의 성벽 가까이 다가와 협상을 제의했고, 항복을 요구했지만 거부당했다. 그런 다음 '라일리쉬의 오른팔'인 랜스와 '포타로이의 해방자'이자 엘프족 셀라 가家 및 폐절당한 인간 귀족 가문의 후예인 '저주받은 자' 딜비쉬 사이의 일대일 결투를 행하기 위한 짧은 휴전이 있었다.

결투는 15분가량 지속되었고, 다리 부상의 영향으로 땅에 쓰러져 있던 딜비쉬가 작은 원형 방패 뒤에서 검을 위쪽으로 찔러 넣었을 때 끝났다. 딜비쉬는 관통이 불가능한 것으로 간주되던 랜스의 갑옷 가슴 부분에 각인된 두 개의 문장紋章 - 갈라진 말발굽 모양을 한 - 중 하나를 검으로 꿰뚫었던 것이다. 적들은 예전에는 저런 문장이 없었다며 수군거렸고, '동방의 군령軍領'을 포로로 잡으려고 했다. 그러나 결투 장소 옆에서 석상처럼 미동도 않고 서 있던 블랙은 딜비쉬를 구원하기 위해 또다시 달려왔고, 성벽 안까지 안전하게 태워다 주었다.

그런 다음 공성전이 시작되었지만, 이미 충분한 준비를 갖춘 딜파의 군대는 끝까지 성벽을 지켜 냈다. 딜파의 방비와 비축 물자는 충분했다. 우월한 위치를 점하고 싸운 딜파의 군대는 라일리쉬의 군세에 심대한 타격을 입혔다.

나흘 후 라일리쉬의 군세는 결국 쓸 기회가 없었던 거대한 공성 망치들을 가지고 성벽에서 퇴각했다. '서방'의 병사들은 빌데쉬에서 투석기들이 도착하는 것을 기다리며 공성탑을 건조하기 시작했다.

딜파의 성벽 위로 우뚝 솟은 '독수리 본성本城' 안에서 두 사내가 이 광경을 바라보고 있었다.

"상황이 좋지 않군, 딜비쉬 경."

말라카 왕이 말했다. '위왕偉王'이라는 호칭으로 불리지만 키가 작은 고령의 사내였다.

"만약 저자들이 '걷는 탑'을 완성하고, 공성용 투석기까지 가져온다면 우리를 멀리서도 공격할 수 있네. 그런다면 막을 방도가 없어. 투석기로 우리 방비가 약화되면 탑들이 걷기 시작할걸세."

"사실입니다."

딜비쉬가 말했다.

"딜파는 절대로 함락돼서는 안 되네."

"동감입니다."

"원군을 요청하기는 했지만 아직 수백 리그[3]나 떨어진 곳에 있네. 라일리쉬 경의 기습에 대비한 도시는 어디에도 없기 때문에 충분한 수의 병력을 모아 이곳 전투에 합류하려면 오랜

---

3 리그League : 약 3마일.

시간이 걸릴 거야."

"그 또한 사실입니다. 원군이 와도 이미 늦었을지도 모릅니다."

"귀공은 오래 전에 포타로이를 해방했던 딜비쉬 경과 동일 인물이라는 소문을 들었네."

"제가 그 딜비쉬입니다."

"그렇다면 귀공은 '눈에 보이지 않는 검'의 셀라 가문 후예가 되겠군."

"그렇습니다."

"그렇다면 셀라 가문과 라호링가스트에 있는 '쇼어던의 종鐘'에 관해 전해 오는 얘기 또한 사실인가?"

이렇게 말하며 말라카는 시선을 다른 곳으로 돌렸다.

"그 점에 관해서는 뭐라고 말씀드리기 힘듭니다. 제가 직접 쇼어던의 저주받은 군단을 소환하려고 시도했던 적은 없으니까 말입니다. 제 조모님에게 들은 바로는 '시간'이 시작된 이래 그 일은 단 두 번밖에 일어나지 않았다고 합니다. 미라타 성에 보관된 《시간의 녹서綠書》에서 그 이야기를 읽은 적도 있습니다. 그렇지만 실제로 그것을 알고 있다고는 할 수 없습니다."

"종은 셀라 가문의 후예에게만 반응한다고 들었네. 다른 사람이 흔들어도 아무 소리도 내지 않는다고 하더군."

"저도 그렇게 알고 있습니다."

"이 군단은 셀라 가家 후예의 명에 따라 전투에 임한다고 들었네. 라호링가스트는 북동쪽으로 멀리 떨어진 곳에 있고, 가는 길 또한 험준하기 그지없어. 물론 자네의 그 말이 있으면 험로險路를 돌파해서 그 종을 울리고, 저주받은 군단을 소환할 수도 있겠지. 이 군단은 셀라의 후예의 명령에 따라 전투에 임한다고 들었네."

"예, 저 또한 그런 생각을 했습니다."

"그 생각을 실행에 옮겨 주겠나?"

"예, 전하. 오늘 밤 출발하겠습니다. 언제든 떠날 준비가 되어 있습니다."

"무릎을 꿇고 내 축복을 받게, 셀라 가문의 딜비쉬여. 성벽 앞의 들판에서 그대를 보았을 때 이미 나는 그대가 바로 그 사내인 것을 알고 있었다네."

이런 연유로 딜비쉬는 '위왕偉王'이라고 불리며 딜파, 빌데쉬, 메이스타, 미카르, 포타로이, 프린시튼, 포인드를 포함한 '동방령東方領의 군주'인 말라카 앞에서 무릎을 꿇고 축복을 받았던 것이다.

길은 험했지만 거리와 시간은 구름처럼 흘러갔다. 딜파의 서쪽 성문에는 성문보다 훨씬 더 작은 통용문이 하나 달려 있었다. 날카로운 쇠못으로 뒤덮이고 화살을 쏘기 위한 긴 틈새를 하나 낸 이 문은 사람 하나가 지나갈 수 있는 크기였다.

이 문은 바람을 막기 위한 덧문처럼 빨리 여닫을 수가 있었다. 상체를 바싹 숙이고 밤의 일부처럼 새까만 말을 탄 '동방의 군령'은 열린 문 사이를 나와 들판을 질주했고, 눈 깜짝할 새에 적의 진영 외각에 도달했다.

질주하는 딜비쉬 주위에서 누군가가 고함을 질렀다. 어둠 속에서 창칼이 덜그럭거렸다.

편자를 대지 않은 강철 발굽에서 불똥이 튀었다.

"그대에게 가능한 최대한의 속도를 내라. 블랙, 나의 말이여!"

딜비쉬는 적이 화살을 시위에 메기기도 전에 야영지를 통과했다.

동쪽 언덕 높은 곳에서 작은 불길이 바람에 날려 맥동脈動하는 것이 보였다. 높은 장대 끝에 비끄러맨 삼각기들이 밤하늘을 배경으로 펄럭이고 있다. 어두운 탓에 깃발의 문장을 읽을 수는 없었지만, 딜비쉬는 이것들이 '서방의 군령' 라일리쉬의 천막 앞에 꽂혀 있다는 사실을 알고 있었다.

딜비쉬가 저주받은 자들의 언어로 몇 마디를 속삭이자, 그가 달리는 말의 두 눈이 밤의 어둠 속에서 타다 남은 장작처럼 빛을 발했다. 갑자기 언덕 위의 작은 불꽃이 길게 날름거리더니 하늘 높이 솟구친다. 불길은 남자 네 사람의 키는 족히 되었지만 천막에 닿지는 않았다. 그러고는 불길은 완전히 사그라졌다. 모든 장작이 한순간에 타올라 버린 탓이다.

딜비쉬는 계속 말을 달렸고, 블랙의 발굽은 언덕 중턱에서 번개 같은 불똥을 튕겼다.

적들은 잠시 추격해 왔을 뿐이었다. 얼마 지나지 않아 딜비쉬는 추격자들을 따돌렸고, 곧 혼자가 되어 있었다.

그날 밤 내내 딜비쉬는 바위투성이의 대지 위를 내달렸다. 형체를 알아볼 수 없는 것들이 머리 위 높은 곳에서 몸을 일으켜 일어섰다가 또다시 내려온다. 마치 술에 취한 거인이 놀라 비틀거리는 듯한 느낌이다. 딜비쉬는 자신의 몸이 셀 수 없을 정도로 공중을 향해 내던져지는 듯한 느낌을 받았다. 이럴 때 아래를 내려다보면 허공이 보일 뿐이었다.

아침이 되자 가던 길이 평탄해지더니 동쪽 평야의 바깥쪽이 눈 앞에 펼쳐졌다. 딜비쉬는 곧 그 위를 나아가고 있었다. 붕대를 감은 다리가 쑤시기 시작했지만, 한 인간이 살 수 있는 수명보다 몇 배나 더 긴 시간을 '고통의 집'에서 살아왔던 딜비쉬는 이런 아픔을 무시했다.

태양이 등 뒤의 거친 지평선 위로 올라왔을 때가 되어서야 비로소 멈춰 서서 요기를 하고, 포도주를 마시고는 기지개를 켰다.

그때 하늘을 나는 아홉 마리의 검은 비둘기가 눈에 들어왔다. 이 비둘기들은 전세계의 하늘을 영원히 유랑하며, 결코 아래로 내려앉지 않고, 지상과 해상에서 일어나는 모든 일들을 목격하는 것으로 알려져 있었다.

"징조로군. 좋은 뜻일까?"

딜비쉬가 말했다.

"모르겠소."

강철로 된 생물이 대답했다.

"그럼 서둘러 그걸 알아보기로 하지."

딜비쉬는 말에 올라타고는 평원을 가로질렀다. 마침내 나흘째 되던 날, 바람에 하늘거리는 황색과 녹색 풀이 사라지더니 모래 섞인 땅이 그것을 대신했다.

사막의 모래바람 탓에 눈이 찌르는 것처럼 아파 왔다. 스카프로 복면을 해 보았지만 바람 모두를 막을 수는 없었다. 기침을 하고 침을 뱉을 때는 스카프를 아래로 내려야 했고, 그 사이에 코와 입으로 또다시 모래가 들어왔다. 눈을 깜박이자 얼굴 전체가 타오르듯이 아파 왔다. 딜비쉬는 욕설을 내뱉었지만, 그가 아는 그 어떤 마법의 주문도 사막 전체를 매끄럽고 주름 없는 노란색 태피스트리로 바꿔 놓을 수는 없었다. 블랙은 사막의 대기 전체가 몰려오는 듯한 맞바람과 맞서려고 했다.

사막에 들어선지 사흘째 되는 날, 눈에 보이지 않는 미친 망령이 등 뒤로 날아와 알아들을 수 없는 말을 지껄이기 시작했다. 블랙의 속도로도 떼어놓을 수가 없었던 이 망령에게는 악마 및 지옥 주민들의 언어인 마브라호링의 가장 지독한 저주조차도 듣지 않았다.

다음날이 되자 더 많은 망령들이 합류했다. 딜비쉬가 잠자리에 들기 전 그려 놓은 방호防護의 원 안으로는 들어오지는 않았지만, 망령들은 딜비쉬의 꿈속에서 절규하며 - 십여 개의 언어로 발하는 무의미한 외침의 단편斷片들로 이루어진 - 잠을 방해했다.

사막에서 벗어나자 비로소 이들을 떼어놓을 수가 있었다. 암석과 황무지와 자갈과 검은 물웅덩이와 황천黃泉의 독기를 내뿜는 소름끼치는 구멍들이 널린 대지에 들어서자 더 이상 망령들은 딜비쉬를 따라오지 않았다.

라호링가스트의 경계로 온 것이다.

사방이 축축했고, 잿빛이었다.

여기저기에 안개가 자욱하게 끼어 있고, 바위와 지면의 틈새에서는 물이 스며 나오고 있다.

나무도, 덤불도, 꽃도, 풀도 눈에 띄지 않는다. 지저귀는 새도 없고, 붕붕거리는 곤충도 없다… 라호링가스트의 땅에는 살아 있는 생물이 없었다.

딜비쉬는 계속 나아갔고, 파괴된 도시의 입구를 지나 안으로 들어왔다.

도시에는 그림자와 폐허밖에는 없었다.

'군대의 길'을 따라 나아간다.

정적에 잠긴 라호링가스트는 망자亡者의 도시.

이제는 느낄 수 있었다. 무無의 침묵이 아닌, 미동도 않고 있는 어떤 존재의 침묵을.

두 쪽으로 갈린 강철 발굽이 내는 소리만이 도시 안에서 울려 퍼진다.

반향은 없었다.

발굽 소리… 무無. 발굽 소리… 무無. 발굽 소리…….

살아 있는 것이 어떤 소리를 내자 눈에 보이지 않는 무언가가 몸을 일으켜, 마치 그 증거를 흡수하며 돌아다니는 듯한 느낌.

궁전의 붉은 색채는 가마에서 갓 구워 낸 벽돌의 불그스름한 색깔을 연상케 했다. 그러나 궁전의 벽은 석판처럼 매끄럽다. 붉은 벽에는 아무런 이음매도, 틈새도 보이지 않는 것이다. 견고하고, 가늠할 수 없는 이 벽의 기부基部는 폭이 넓었고, 벽 위로 우뚝 솟은 열세 개의 탑은 딜비쉬가 지금까지 본 그 어떤 건물보다 더 높았다. 예전에 공간을 마음 내키는 대로 구부릴 수 있는 '환영幻影의 왕들'이 지배하는 미라타의 고성高城에서 살았던 적이 있음에도 불구하고 말이다.

딜비쉬는 말에서 내려 눈 앞에 있는 거대한 층계를 바라보았다.

"우리가 찾는 것은 안에 있어."

블랙은 고개를 끄덕이고는 첫 번째 계단에 발굽을 내려놓았다. 그러자 돌 위에서 불길이 일었다. 블랙이 발굽을 들어올리자 발굽 주위에서 연기가 소용돌이쳤다. 방금 블랙이 발굽을 내려놓은 계단 위에는 아무런 자국도 남아 있지 않았다.

"현재의 내 형태를 유지한 채로는 이 장소로 들어갈 수 없을 것 같소." 블랙이 말했다. "최소한 이 모습으로는 불가하오."

"자네를 가로막고 있는 것이 무엇인가?"

"나와 같은 존재의 공격으로부터 이 장소를 지키는 고대의 마법이오."

"그걸 해제할 수는 있겠나?"

"이 세계 위를 걷거나, 그 상공을 날거나, 그 아래에서 꿈틀거리는 그 누구에게도 불가능한 일이오. 이것이 사실이 아니라면 나를 보고 보통 말이라고 해도 좋소. 언젠가는 바닷물이 올라와 이 땅을 덮을지도 모르지만, 그때도 이 장소는 바다 밑에 고스란히 남을 것이오. 이것은 '질서'가 '혼돈'으로부터 뜯어낸 물건이오. 아직도 그런 원리들이 맨 얼굴을 드러낸 채로 지상을, 바로 저 언덕 너머를 활보하고 다녔던 시절에 말이오. 누구든 간에 이 원리들을 복속服屬시킨 자는 '1세대'의 일원이었고, '강자'의 기준으로 보았을 때조차도 더욱 강대한 힘을 가진 자였소."

"그렇다면 나 혼자 들어가는 수밖에 없겠군."

"안 그래도 될지도 모르겠소. 지금 우리가 이렇게 얘기하고 있는 사이에 이곳으로 다가오는 자가 있으니까. 여기서 기다리고 있다가 말을 걸어 보는 편이 좋을 듯하오."

딜비쉬가 기다리고 있자 말 탄 기수 하나가 멀리 떨어진 길에서 나타나더니 그들을 향해 다가왔다.

"안녕하십니까?"

기수는 아무 것도 들고 있지 않은 오른손을 들며 큰 소리로 말했다.

"안녕하시오."

딜비쉬도 기수처럼 손을 들며 말했다.

기수는 말에서 내렸다. 짙은 자줏빛 일색의 복장이었고, 두건을 뒤로 늘어뜨린 망토로 몸 전체를 감싸고 있었다. 무기를 지니고 있는 것 같지는 않았다.

"왜 '라호링의 성채' 앞에 서 계시는 겁니까?"

사내가 물었다.

"왜 이곳에 서서 내게 그런 질문을 하는 건가, 바브리고어의 제관이여?"

딜비쉬는 이렇게 되물었지만, 거칠게 힐문하는 말투는 아니었다.

"저는 달이 한 번 차고 기우는 기간 중 이 죽음의 장소를 방문해서, 악惡의 여러 양태樣態에 관해 묵상할 작정이었습니다. 이것은 저희 신전의 우두머리가 되기에 앞서 제가 해야 일입니다."

"신전의 우두머리치고는 나이가 젊군."

제관은 어깨를 움츠리며 미소 지었다.

"라호링가스트에 오는 사람은 그리 많지 않습니다."

"별로 놀랄 만한 일은 아니군. 나도 이곳에는 오래 머물지는 않을 작정이네."

"이… 장소에 들어갈 작정이셨습니까?"

"그럴 작정이었고, 그럴 거야."

사내는 딜비쉬보다 한 뼘쯤 키가 작았고, 몸을 에워싼 망토 탓에 어떤 몸집을 하고 있는지는 전혀 짐작할 수가 없었다. 눈은 파란색이고 피부는 가무잡잡했다. 눈을 깜빡이면 왼쪽 눈꺼풀 위에 난 큰 점이 춤추는 것처럼 보인다.

"원컨대 그 계획을 재고해 주시면 좋겠습니다." 제관은 말했다. "이 건물 안으로 들어가는 것은 현명한 일이 아닙니다."

"그 이유가 무엇인가?"

"건물 안을 지금도 고대의 군주가 거느리던 감시자들이 지키고 있다는 얘기가 있습니다."

"자네는 들어가 본 적이 있나?"

"예."

"고대의 감시자들이 자네를 방해하던가?"

"방해는 받지 않았지만, 그건 제가 바브리고어의 제관으로서… 젤레락의 가호를 받고 있는 덕택입니다."

딜비쉬는 침을 뱉었다.

"그자의 살이 뼈에서 모두 떨어져 나갈 때까지도 그자의 목숨이 붙어 있기를."

제관은 눈을 내리깔았다.

"그자는 이 장소 안에 살고 있던 존재와 싸우기는 했지만, 결국은 자기 자신이 그 존재만큼이나 오염된 존재가 되었어."

딜비쉬가 말했다.

"그분이 저지른 수많은 행위는 마치 오점汚點처럼 이 땅 위에 남아 있습니다." 제관이 말했다. "그러나 언제나 그런 분이었던 것은 아닙니다. 그분은 이 세계가 아직 젊었을 때, '어둠의 술사' 호호르가에 대항해서 자웅을 겨뤘던 백마법사였던 겁니다. 그러나 그러기에는 힘에 부쳤고, 결국 패하고 말았습니다. 그분은 포로로 잡혀 '악왕惡王' 호호르가의 종이 되었습니다. 몇 세기 동안이나 그 질곡을 참고 견디면서 그분 자신이 변해 버린 것은 당연한 일입니다. 그분 자신이 어둠의 도道를 과시하게 되었던 겁니다. 그러나 훗날 '눈에 보이지 않는 검'의 셀라가 자신의 목숨과 호호르가의 목숨을 교환했을 때, 젤 – 그분은 마치 죽은 것처럼 푹 쓰러져 꼼짝도 하지 않았습니다. 일주일 후, 섬망譫妄에 가까운 상태에서 깨어났을 때, 그분은 마지막 남은 힘을 쥐어짜서 호호르가의 질곡에서 해방되기 위한 최후의 역주문逆呪文을 자아냈던 겁니다. 쇼어던의 저주받은 군단을 해방하기 위한 주문을. 그분은 노력했습니다. 전력을 다해. 두 낮과 두 밤 동안 바로 이 층계 위에 서서, 이마에 맺힌 땀에 피가 섞이기 시작할 때까지 우뚝 서서 노력했던 것입니다. 그러나 그분은 끝내 호호르가의 질곡에서 벗어날 수가 없었습니다. 죽었음에도 불구하고, 호호르가의 검은 마력은 너무나도 강했던 겁니다. 그분은 곧 미친 사람처럼 이 지역을 배회하다가 바브리고어의 제관들에게 발견되어 보살핌을 받았습니다. 훗날 그분은 결국 과거에 배웠던 길로 다시 돌아가 버렸지만, 자신을 돌봐 준 저희 교단에 대해서는 언제나 호의적인 태도를 보였습니다. 저희들로부터 더 이상 무엇을 요구하지도 않았습니다. 기근이 들었을 때는 저희에게 식량을 보내 주셨습니다. 그러니 제 앞에서 그분을 욕되게 하지는 말아 주십시오."

딜비쉬는 또다시 침을 뱉었다.

"부디 그자가 어둠 속의 어둠에서, 세상이 끝나는 날까지 고통에 몸부림치기를. 그자의 이름이 영원히 저주받기를."

제관은 딜비쉬의 눈 속에서 느닷없이 불타오른 불길을 보고 고개를 돌려 외면했다.

"라호링에서는 무엇을 찾고 계십니까?"

이윽고 제관이 물었다.

"안으로 들어가서 해야 할 일이 있네."

"꼭 그래야 하신다면 함께 가겠습니다. 아마 제가 받고 있는 가호가 당신까지 지켜 줄지도 모릅니다."

"자네의 가호 따위를 간청할 생각은 없네, 제관."

"굳이 간청하실 필요는 없습니다."

"알았네. 원한다면 따라오게."

딜비쉬는 층계를 오르기 시작했다.

"타고 오신 것은 뭡니까?" 제관이 뒤쪽을 가리키며 물었다. "…말의 모습을 하고 있지만, 지금은 석상처럼 꼼짝도 않는군요."

딜비쉬는 웃었다.

"나 또한 '어둠의 도道'의 여러 양태에 관해서는 조금 알고 있지만, 그것과의 관계는 상당히 개인적이라고 할 수 있겠지."

"그 어떤 인간도 어둠과 개인적인 친분 관계를 맺을 수는 없습니다."

"그 말을 '고통의 집'에 사는 자들에게 한 번 해 보게나, 제관. 석상을 향해 그렇게 말해 보게. 인간이라는 종족 전체에 대해 그렇게 말해 봐! 하지만 내게 그런 말을 하지는 말게."

"당신의 이름은 무엇입니까?"

"딜비쉬. 자네는?"

"코렐. 그렇다면 더 이상 어둠에 관한 얘기는 하지 않겠습니다, 딜비쉬 님. 하지만 당신과 함께 라호링으로 들어가겠습니다."

"그렇다면 거기 서서 잡담하고 있지는 말게."

딜비쉬는 몸을 돌려 다시 층계를 올라가기 시작했다.

코렐은 그 뒤를 따랐다.

반쯤 올라왔을 때, 주위의 햇살이 어두워지기 시작했다. 딜비쉬는 뒤를 돌아다보았다. 눈에 보이는 것이라고는 아래로, 아래로 내려가고 있는 계단뿐이었다. 층계를 제외하면 그 어떤 것도 보이지 않았다. 한 걸음씩 층계를 올라갈 때마다 어둠은 더 짙어졌.

"자네가 마지막으로 이곳에 들어왔을 때도 이런 일이 일어났나?"

"아무 일도 일어나지 않았습니다."

코렐이 대답했다.

두 사람이 층계 꼭대기에 다다르자 어렴풋한 입구가 보였다. 그 무렵에는 이미 밤이 된 것처럼 어두웠다.

그들은 안으로 들어갔다.

음악 비슷한 소리가 멀리 앞쪽에서 들려왔고, 깜박거리는 불빛이 보였다. 딜비쉬는 칼자루에 손을 얹었다. 제관이 딜비쉬를 향해 속삭였다.

"그래 보았자 아무 소용이 없을 겁니다."

그들은 통로를 지나 텅 빈 홀에 도달했다. 벽 여기저기에 높이 달린 화로에서 불길이 치솟아 오르고 있었다. 천장은 그림자와 연기에 가려 보이지 않았다.

홀을 가로지르자 폭이 넓은 층계가 나타났다. 그 너머는 눈부신 빛과 소음으로 가득 차 있었다.

코렐이 뒤를 돌아다보며 손짓을 해 보였다.

"빛이 보이다니. 방금 지나온 통로에는 단지 깨진 돌조각… 그리고 먼지밖에는 없었는데……."

"그것 말고 또 뭐가 문제인가?"

딜비쉬도 이렇게 말하고는 뒤를 돌아다보았다.

먼지로 뒤덮인 홀 바닥에는 단 한 사람의 발자국만 찍혀 있었다. 딜비쉬는 웃으며 "내 발걸음이 워낙 경쾌한 탓이겠지"라고 말했다.

코렐은 딜비쉬를 찬찬히 훑어보았다. 그가 눈을 깜박이자, 눈꺼풀 위의 점이 위로 홱 올라갔다.

 "예전에 이곳으로 들어왔을 때는 아무 소리도 들리지 않았고, 횃불도 보이지 않았습니다. 모든 것이 공허하고 정적에 싸여 있는 폐허에 불과했습니다. 지금 무슨 일이 일어나고 있는지 알고 계십니까?"

 "알아. 미라타 성에 있는 《시간의 녹서綠書》에서 이 얘기를 읽은 적이 있어. 바브리고어의 제관이여, 위쪽의 홀에서는 유령들이 유령 놀이를 하고 있다네. 내가 이 장소 안에 서 있는 한, 호호르가는 몇 번이든 되풀이해서 죽는다는 사실을 알게."

 딜비쉬가 호호르가의 이름을 입에 담자 높은 곳에 있는 홀에서 귀를 찢는 듯한 절규가 울려 퍼졌다. 딜비쉬는 층계를 뛰어올라 갔고, 제관도 황급히 그 뒤를 따랐다.

 라호링의 홀 내부에서 귀청을 찢는 듯한 호읍號泣이 흘러나오기 시작했다.

 두 사람은 층계 꼭대기에 서 있었다. 칼집에서 검을 반쯤 뽑은 딜비쉬는 석상처럼 미동도 하지 않았다. 코렐은 자기 교단의 방식대로 양손을 반대쪽 옷소매에 찔러 넣은 자세로 기도를 올리고 있었다.

 호화로운 연회의 잔재가 홀 전체에 널려 있었다. 빛은 공중을 떠다니는 형형색색의 구체들로부터 내리쬐고 있었고, 이 구체球體들은 둥근 천장의 내부에 만들어진 거대한 천공도天空圖 사이를 마치 행성처럼 주유周遊하고 있었다. 건너편 벽쪽 높은 대좌 위에 있는 옥좌는 비어 있었고, 현 시대에 속한 사람이 앉으려고 해도 앉을 수가 없을 정도로 거대했다. 벽가에는 고대의 기괴한 기계장치들이 잔뜩 놓여 있었다. 이 기계들은 교대로 놓인 흰 대리석과 주황색 대리석 석판 위에 거치되어 있었다. 벽 쪽의 기둥에 박힌 보석들은 주먹보다 컸고, 황옥과 비취, 홍외옥紅外玉과 청외옥 특유의 광망光芒을 뿜으며 불타오르고 있다. 투명하고 눈부신, 횃불처럼 밝은 조명은 옥좌로 이어지는 층계까지 밝히고 있었다. 옥좌의 천개天蓋는 폭이 넓은 백금판이었고, 그 위에는 인어와 하피, 돌고래와 산양 머리가 달린 뱀들의 모습이 조각되어 있다. 이 천개를 지탱하는 것은 와이번, 히포그리프 파이어드레이크, 키마이라, 유니콘, 코카트리스, 그리핀, 앞발을 세우고 앉아 있는 페가수스[4] 따위였다.

---

4 *와이번Wyvern : 비룡飛龍 *히포그리프Hippogriff : 말 몸에 독수리 머리와 날개를 가진 괴물 *파이어드레이크Firedrake : 불을 뿜는 용 *키마이라Chimera : 불을 뿜는 괴물 *유니콘Unicorn : 일각수一角獸 *코카트리스Cockatrice : 계사鷄蛇, 한 번 노려보는 것만으로도 사람을 죽일 수 있는 전설상의 뱀 *그리핀Griffin : 독수리의 머리날개에 사자의 몸통을 가진 괴수 *페가수스Pegasus : 날개 달린 말.

이 옥좌의 주인은 지금 빈사 상태로 바닥에 쓰러져 있다.

호호르가는 인간의 모습을 하고 있지만, 그 몸집은 적어도 보통 인간보다 5할은 더 컸다. 그는 자기 궁전의 타일 바닥 위에 쓰러져 있었다. 무릎까지 쏟아져 내린 내장이 보인다. 세 사람의 위병이 호호르가를 부축하고 있고, 나머지 위병들은 왕을 살해한 자에게 주의를 돌리고 있었다. 《시간의 녹서》에서 '악왕' 호호르가는 형언할 수 없는 용모의 소유자로 묘사되어 있다. 딜비쉬는 그 말이 사실인 동시에 사실이 아님을 알았다.

호호르가의 용모는 아름다웠고, 이목구비는 고귀했다. 그러나 그것은 눈이 부실 정도의 아름다움이었기에, 모든 사람의 눈이 지금은 고통으로 주름진 호호르가의 얼굴을 보는 것을 피하고 있었다. 양 어깨 위에서는 희미한 푸른색 후광이 사라져 가고 있었다. 임종의 자리에서조차도 호호르가는 차갑고 완벽했고, 자기 자신의 적록색赤綠色 피로 이루어진 쿠션 위에 놓인 보석처럼 보였다. 그 완벽함이란 무지갯빛 비늘을 가진 뱀을 연상시키는 최면적인 완벽함이었다. 인간의 눈 자체에는 본디 표정이 없고, 통 하나에 가득 담긴 눈알들 사이에서 화난 사내의 눈과 사랑하는 여자의 눈을 골라낼 수는 없다는 이야기가 전해 온다. 그러나 호호르가의 눈은 파멸한 신의 눈이었다. 한없이 슬프고, 바다 같은 사자 무리만큼이나

존귀한…….

한눈에 딜비쉬는 이 사실을 알아차렸지만, 상대방의 눈 색깔만은 알아볼 수가 없었다.

호호르가는 '1세대'의 혈통인 것이다.

위병들은 살해자를 구석에서 에워싸고 있었다. 사내는 일견 맨손으로 위병들과 싸우고 있는 것처럼 보였지만, 마치 검을 쥐고 있는 것처럼 상대방의 칼날을 받아넘기고, 찌르는 동작을 하고 있었다. 사내의 손이 움직일 때마다 위병들은 부상을 입었다.

사내는 '세계의 왕'을 죽일 수 있는 유일한 무기를 휘두르고 있었다. 왕은 자신의 위병들을 제외하면 그 누구도 무기를 지닌 채로 자신을 알현하는 것을 허락하지 않았던 것이다.

사내는 '눈에 보이지 않는 검'을 휘두르고 있었다.

이 사내야말로 셀라, 같은 이름을 가진 엘프 가문의 시조이자, 딜비쉬의 먼 선조였다. 딜비쉬는 그 이름을 외쳤다.

딜비쉬는 자신의 검을 뽑아 들고 홀 안으로 돌진했다. 위병들에게 검을 휘둘렀지만, 칼날은 마치 연기를 베듯이 그들의 몸을 그냥 통과했을 뿐이었다.

위병들은 셀라의 방어를 돌파했다. 한 위병이 휘두른 검의 강력한 일격을 받고 튕겨 나간 눈에 보이지 않는 무엇인가가 쨍그랑 소리를 내며 홀 위를 굴러갔다. 그러자 그들은 천천히 쇼어던의 셀라를 죽였다. 딜비쉬는 흐느끼며 그 광경을 바라보았다.

그러자 호호르가가 입을 열었다. 뚜렷하지만, 나직하고 아무 억양도 없는 그 목소리는 마치 끝없이 몰려오는 파도나 말발굽 소리를 연상케 했다.

"나는 나를 해치려고 한 자보다 더 오래 살았고, 이것은 예언에 적혀 있는 대로이다. 또한 그 누구도 나를 죽일 수 있는 검을 보는 일은 결코 없으리라는 예언이 있었다는 사실을 알라. 신들은 이런 식의 농담을 즐긴다. 내가 지금까지 거행했던 일의 태반은 결코 원상으로 복구할 수 없으리라. 오! 인간과 엘프와 샐러맨더의 자손들이여. 나는 그대들의 지식보다 훨씬 더 많은 것을 이 세계에서 침묵 속으로 가져간다. 그대들은 그대들 자신보다 위대한 것을 죽였지만, 그 사실을 자랑스럽게 여기지는 말라. 나에게는 이제 무의미한 일이므로. 이제는 그 어느 것도 중요하지 않다. 나의 저주를 받으라."

두 눈이 감기는 순간 뇌명雷鳴이 울려 퍼졌다.

딜비쉬와 코렐은 어둠에 잠긴 거대한 홀의 폐허 안에 서 있었다.

"왜 오늘 이런 환영幻影이 나타나야 하는 것입니까?"

제관이 물었다.

"셀라의 혈통을 가진 자가 이 안으로 들어오면, 옛날 일어났던 일이 그대로 재현되기 때문이네."

딜비쉬가 대답했다.

"왜 이곳에 오셨습니까, 셸라의 아들 딜비쉬여?"

"쇼어던의 종을 울리기 위해서야."

"그건 불가능합니다."

"딜파를 구하고 포타로이를 다시 해방하기 위해서는 가능하게 만들어야 해. 자, 이제 종을 찾으러 가야겠군."

딜비쉬는 별빛을 결여한, 거의 칠흑과도 같은 밤의 어둠 속을 나아갔다. 그의 눈은 인간의 눈이라고는 할 수 없었고, 또 어두운 곳에는 익숙했기 때문이다.

뒤에서 제관이 따라오는 소리가 들렸다.

그들은 '세계의 왕'의 옥좌에서 깨져 나간 덩어리 주위를 돌았다. 만약 충분한 빛이 있었다면 두 사람이 그곳을 지나갔을 때 이런 광경을 보았을 것이다. 마룻바닥의 검게 변색한 부분이 오점으로 변하고, 말라붙은 모래 빛깔이 되었다가, 급기야는 적록색의 핏자국으로 변하는 광경을. 딜비쉬가 다가가자 이런 일이 일어났고, 그가 멀어지자 이 현상은 사라졌다.

옥좌가 놓인 대좌 뒤쪽에는 중앙의 탑으로 통하는 문이 있었다. '환영幻影의 여왕'인 휘베라 미라타는 예전에 딜비쉬에게 이 홀의 모습을 거울을 통해 보여준 적이 있었다. 거울은 여섯 명의 기수가 나란히 서서 지나갈 수 있을 만큼 거대했고,

가장자리에 있는 액자는 황금빛 나팔수선화로 장식되어 있었다. 이 꽃들은 거울에 영상이 비추는 동안에는 고개를 움츠리고 있다가, 영상이 사라지고 자신들의 모습만이 거울에 비치고 나서야 비로소 고개를 들곤 했다.

딜비쉬는 문을 열고 멈춰 섰다. 연기가 뭉게뭉게 몰려오며 그를 에워쌌다. 딜비쉬는 발작적으로 기침을 하기 시작했지만 앞을 향한 방어 자세에는 변함이 없었다.

"종의 감시자입니다!" 코렐이 외쳤다. "젤레락이여 우리를 구하소서."

"젤레락은 지옥에나 떨어지라고 해! 나는 스스로의 힘으로 나를 구할 거야."

그러나 딜비쉬가 이렇게 말하는 사이, 연기는 소용돌이치며 뒤로 물러나더니 문간을 가로막고 선 반짝이는 탑으로 변해 옥좌와 옥좌 주변을 밝혔다. 연기 속에서 두 개의 빨간 눈이 번득였다.

딜비쉬는 검으로 연기를 여러 번 찔렀지만 아무런 저항도 느껴지지 않았다.

"만약 실체를 갖출 생각이 없다면, 그대로 너를 뚫고 지나가겠다." 딜비쉬는 큰 소리로 말했다. "만약 어떤 형태를 취한다면 검으로 조각을 내 주겠다. 어떤 쪽이든 좋으니 선택하라."

딜비쉬의 입에서 흘러나온 말은 '지옥'의 언어인 마브라호링이었다.

"해방자여, 해방자여, 해방자여." 연기가 쉭쉭거렸다.

"내가 총애한 딜비쉬, 갈고리와 쇠사슬에 묶여 있던 조그만 인간이여. 너의 주인을 못 알아보겠느냐? 너의 기억은 그토록 짧았더냐?"

이러면서 연기는 아래로 무너져 내렸고, 새의 머리에 사자의 동체를 가진 괴물로 응축凝縮했다. 양 어깨에 자란 두 마리의 뱀이, 괴물 정수리의 높고 불타오르는 듯한 벼슬 주위에서 꿈틀거린다.

"칼-덴!"

"그래, 너의 옛 고문자이다, 엘프 사내여. 네가 없어지고 나니 그립더군. 내 감시에서 벗어나 도망치는 자는 거의 없기 때문이겠지. 자, 이제 다시 집에 돌아갈 때가 됐다."

"지금의 나는 쇠사슬에 묶여 있지도 않고, 맨손도 아냐. 또 이곳은 나의 세계야."

딜비쉬는 이렇게 내뱉고는 칼-덴의 왼쪽 어깨에 자라 있는 뱀의 머리를 검으로 내리쳤다.

날카로운 새의 울음소리가 홀 가득히 울려 퍼졌다. 칼-덴은 딜비쉬를 향해 도약했다.

딜비쉬는 상대방의 가슴을 내리쳤지만 칼날은 옆으로 튕겨

나갔고, 조그만 상처를 냈을 뿐이었다. 그 상처에서 투명한 액체가 흘러나오는 것이 보였다.

그러자 칼-덴은 딜비쉬를 대좌에 내동댕이쳤고, 갈퀴 같은 검은 발톱으로 검을 움켜쥐고 칼날을 박살냈다. 그러고는 다른 쪽 팔을 들어 딜비쉬를 강타하려고 했다. 딜비쉬는 부러지고 남은 검의 칼자루를 쥐었고, 톱니처럼 변해 버린 9인치 길이의 칼날을 위를 향해 박아 넣었다.

칼날은 칼-덴의 턱 아래를 푹 찔렀다. 악마가 포효하며 고개를 마구 흔들자 칼자루는 딜비쉬의 손에서 뜯겨 나갔다.

다음 순간 상대는 딜비쉬의 허리를 으스러지라 움켜잡았다. 딜비쉬는 온몸의 뼈가 한숨 같은 소리를 내며 삐걱거리는 것을 자각했다. 상대가 자신을 위로 번쩍 드는 것을 느꼈다. 뱀이 그의 귀를 물어뜯고, 갈퀴가 옆구리를 찌르고 있다. 칼-덴의 얼굴이 거꾸로 딜비쉬를 올려다보고 있다. 턱에 꽂힌 칼자루가 마치 강철 수염처럼 보인다. 다음 순간 악마는 대좌 너머의 바닥을 향해 딜비쉬를 내동댕이쳤다. 딜비쉬의 몸을 박살내기 위해.

그러나 엘프랜드의 녹색 장화를 신은 자는 결코 넘어지지도 않고, 땅 위에 내동댕이쳐지는 법이 없다. 반드시 자신의 발로 착지하는 것이다.

이런 까닭에 딜비쉬는 다시 자세를 가다듬을 수 있었지만,

착지 때의 충격 때문에 부상당한 허벅지에 격렬한 통증을 느꼈다. 한쪽 다리에서 힘이 빠져나간다. 딜비쉬는 옆구리에 손을 갖다 댔다.

그러자 칼-덴이 껑충 달려들며 딜비쉬의 머리와 어깨를 난타하기 시작했다. 그 순간 코렐이 어딘가에서 던진 돌이 악마 머리의 벼슬에 맞았다.

딜비쉬는 황급히 뒷걸음질쳤다. 이윽고 돌무더기 속에 있는 무엇인가에 손이 닿자 손에서 피가 흘렀다.

검이다.

딜비쉬는 그 칼자루를 움켜쥐고 바닥에서 들어올리는 동시에 칼-덴의 등을 옆으로 후려쳤다. 칼-덴의 몸이 경직되며 귀청을 찢는 듯한 포효가 울려 퍼졌다. 칼에 베인 상처에서 연기가 피어오른다.

딜비쉬는 일어섰다. 손을 내려다보니 아무 것도 보이지 않는다.

그러나 다음 순간 딜비쉬는 그 누구의 눈에도 결코 보이지 않는 조상의 검이, 오랜 세월 동안 방치되어 있던 폐허 속에서 자신의 손아귀로 돌아왔다는 사실을 깨달았다. 위기에 처한 셀라 가문의 마지막 후예를 구하기 위해서.

딜비쉬는 칼-덴의 가슴을 향해 그것을 겨누었다.

"나의 종이여, 무기도 없는데 내 몸에 칼자국을 냈군." 악마가 말했다. "이제 '고통의 집'으로 돌아갈 때가 되었다."

딜비쉬와 칼-덴은 서로를 향해 돌진했고, 부딪쳤다.

"예전부터 알고는 있었어. 나의 종, 딜비쉬에게는 어딘가 특별한 곳이 있다는 사실을."

이렇게 말하고는 엄청난 굉음과 함께 칼-덴은 바닥에 쓰러졌다. 몸에서 증기가 뭉게뭉게 피어올랐다.

딜비쉬는 시체에 발을 갖다 대더니 김을 내뿜는 투명한 농장膿漿의 형태로 윤곽을 드러낸 검을 비틀어 뽑았다.

"셀라여, 당신 덕택에 승리를 거뒀습니다."

딜비쉬는 김을 뿜는 보이지 않는 것을 들어올리며 경례했다. 그러고는 칼집에 검을 집어넣었다.

코렐이 곁에 와 있었다. 제관이 바라보는 사이에도 발치의 괴물은 타다 남은 잿불처럼, 얼음처럼 빠르게 녹고 있었고, 마침내 지독한 악취만을 남기고 사라졌다.

딜비쉬는 탑으로 통하는 문쪽으로 다시 몸을 돌리고 그 안으로 들어갔다. 코렐이 곁에서 따라왔다.

잘려 나간 종 끈이 발치에 떨어져 있었다. 발끝을 갖다 대자 그것은 먼지로 변했다.

"전해 오는 얘기에 의하면…" 딜비쉬는 코렐에게 말했다. "최후에 저 종을 울린 자의 손에서 이 끈이 끊겼다고 하더군."

고개를 들자 주위에는 어둠밖에는 보이지 않았다.

"쇼어던의 군대는 실제로 출진해서 '라호링의 성채'를 공격하려고 했다." 제관이 마치 오래된 양피지에 쓰인 글을 영송하는 듯한 어조로 말했다. "그리고 그들의 이런 움직임은 얼마 되지 않아 '세계의 왕'에게 알려졌다. 그래서 왕은 쇼어던에서 주조된 세 개의 종 위에 주문을 걸었다. 이 종들이 울렸을 때, 광막한 안개가 땅을 뒤덮으며 걷거나 말을 타고 진군 중인 군세의 대열을 잡아 삼켰다. 두 번째 종이 울렸을 때 안개는 사라졌지만, 진군해 오던 군세 또한 땅 위에서 연기처럼 사라져 있었다. 훗날 '남방의 붉은 마법사' 메르데가 기록한 바에 따르면, 사라진 보병과 기병들은 지금도 어딘가에 존재하는 영원한 안개의 땅에서 진군을 계속하고 있다고 한다. 만약 이 종들이 그 주문을 건 자를 쓰러뜨린 가문의 일원에 의해 또다시 울린다면, 이 군단은 안개 속에서 빠져나와 잠시 동안 종을 울린 인물의 휘하에서 전투에 참가할 것이다. 그러나 일단 사명을 다하면 군대는 또다시 박명의 땅으로 되돌아가서, 더 이상 존재하지 않는 라호링가스트를 향해 진군을 계속할 것이다. 어떻게 하면 이런 운명에서 해방되고 안식을 취할 수 있는지 아는 사람은 아무도 없다. 나보다 더 강대한 자가 시도한 적이 있지만 결국 실패했다."

딜비쉬는 잠시 고개를 숙이고 있다가, 곧 주위의 벽을 손으로 더듬기 시작했다. 바깥쪽 벽과는 달랐다. 같은 물질로 된 블록을 쌓아 만들어진 벽이었지만, 블록과 블록 사이에 손가락이 들어갈 정도의 틈이 있었다.

딜비쉬는 위로 몸을 들어올리고 등반을 개시했다. 부드러운 초록색 장화 끝은 어디에 닿든 간에 발을 디딜 곳을 찾아냈다.

공기는 뜨겁고 퀴퀴한 냄새가 났고, 머리 위로 팔을 올릴 때마다 먼지가 비처럼 쏟아져 내렸다.

계속 몸을 끌어올리는 동작을 백 번까지 되풀이하자 손톱이 부러졌다. 딜비쉬는 도마뱀처럼 벽에 달라붙은 자세로 잠시 휴식을 취했고, 방금 치룬 전투의 고통이 몸속에서 태양처럼 불타오르는 것을 자각했다.

퀴퀴한 공기를 들이마시니 머리가 핑핑 돌았다. 포타로이 생각이 머리에 떠올랐다. 먼 옛날, 자신이 한 번 해방했던 적이 있는 장소. 친구들의 도시. 그를 환영하기 위한 연회를 베풀어 주고, 그런 그의 귀환에 대한 열망이 너무나도 강했기에 그를 '고통의 집'에서 해방시키고, 그의 육체를 사로잡고 있던 돌의 질곡을 풀어 주었던 땅. 딜비쉬는 '서방의 군령' 수중에 들어간 포타로이를 생각했고, 동방의 모든 성채를 석권해 버릴지도 모르는 라일리쉬의 공격에 저항하고 있는 딜파를 생각했다.

딜비쉬는 등반을 재개했다.

머리가 종의 금속 가장자리에 닿았다.

종을 피해 주위에 보이는 횡목橫木으로 몸을 지탱하며 위로 올라간다.

축軸 하나에 종 세 개가 매달려 있다.

벽에 등을 밀어붙이며 횡목을 끌어안고 한쪽 다리를 종에 갖다 댄다.

다리를 쭉 펴며 종을 밀었다.

축은 항의하듯이 삐걱거렸고, 축받이가 긁히는 듯한 소리가 났다.

그러자 종은 완만하게나마 움직이기 시작했다. 그러나 그것은 다시 돌아오는 대신 밀려 나간 위치에서 그대로 멈췄다.

욕설을 내뱉으며, 횡목들을 타고 종루 반대편으로 갔다.

종을 밀자 그것은 다시 반대편 위치에서 멈췄다. 그러나 이번에는 모든 종들이 축과 함께 움직였다.

어둠 속에서 아홉 번을 더 왕복하며 종들을 미는 일을 계속했다.

그러자 예전보다는 더 매끄럽게 움직였다.

갖다 댄 다리를 뒤로 빼자 종들은 천천히 원래 위치로 되돌아왔다. 다시 밀자 원래대로 돌아왔다. 그는 종을 밀고, 또 밀었다.

종 안의 추가 종 내부를 때리면서 찰각하는 소리가 났다.

다시 한 번 같은 소리가 났다. 마침내 종 하나가 울리기 시작했다.

점점 더 세게 걷어차자 종들은 마침내 자유롭게 흔들리기 시작했고, 탑 내부의 공간은 종이 울리는 소리로 가득 찼다. 이뿌리가 흔들리고, 귀가 찢어지듯이 아파 올 정도였다. 먼지가 폭풍처럼 엄습하면서 딜비쉬의 눈은 눈물로 범벅이 되었다. 기침을 하고 눈을 감았다. 종들은 혼자서 조용해질 때까지 그냥 놓아두었다.

까마득하게 먼 곳에서 희미한 뿔고둥 소리가 울린 듯했다.

딜비쉬는 벽을 내려가기 시작했다.

"딜비쉬 님." 바닥에 내려가자 코렐이 말을 걸어왔다. "뿔고둥 소리를 들었습니다."

"그래."

딜비쉬가 대꾸했다.

"여기 포도주가 든 플라스크가 있습니다. 드십시오."

딜비쉬는 그것으로 한 모금 입가심을 한 다음 뱉어냈고, 꿀꺽꿀꺽 세 번을 들이켰다.

"고맙네, 제관. 이제 이 장소를 떠나기로 하세."

그들은 또다시 홀을 가로질러 내부 층계를 내려갔다. 작은 홀의 조명은 이제 사라져 있었고, 눈에 보이는 것은 폐허뿐이었다. 두 사람은 궁전 밖으로 나갔지만, 딜비쉬의 장화는 아무런 발자국도 남기지 않았다. 층계를 반쯤 내려갔을 때 어둠이 사라졌다.

대지 위에 내리쬐이는 황량한 햇살 너머로, 딜비쉬는 '군대의 길'을 되돌아보았다. 부서진 성문 너머의 멀리 떨어진 지점에는 거대한 안개가 자욱하게 깔려 있었다. 그 안개 속에서 뿔고둥 소리가 울려 퍼지고, 이동 중인 군대의 소음이 들려왔다. 딜비쉬는 대열을 지은 보병과 기병들의 윤곽을 분간할 수 있었다. 대열은 끊임없이, 끊임없이 움직이고 있었지만, 전진하고 있지는 않았다.

"나의 군대가 내가 오기를 기다리고 있군." 딜비쉬는 계단 위에서 말했다. "동행해 줘서 고맙네, 코렐."

"감사합니다, 딜비쉬 님. 제가 이곳에 온 것은 악의 여러 양태에 관해 고찰하기 위해서였습니다. 당신은 제가 나중에 묵상할 수 있는 재료를 많이 보여 주셨습니다."

두 사람은 마지막 층계를 내려갔다. 딜비쉬는 옷에서 먼지를 털어 내고 블랙 위에 올라탔다.

"바브리고어의 제관 코렐이여, 마지막으로 할 말이 하나 있네." 딜비쉬가 말했다. "만에 하나 자네가 자네의 수호자 – 방금 자네가 여기서 목격했던 것보다 훨씬 더 많은 묵상 재료를 자네에게 주게 될 그자를 만난다면, 이렇게 전해 주게. 모든 전투가 끝난 후에, 그자의 석상이 그자를 죽이러 올 거라고 말이야."

코렐은 딜비쉬를 올려다보며 눈을 깜박였다. 눈꺼풀 위의 점이 또다시 춤을 춘다.

"부디 기억해 주십시오. 그분도 과거에는 빛으로 된 옷을 입고 있었다는 사실을."

딜비쉬는 웃음을 터뜨렸다. 그가 탄 말의 눈이 박명 속에서 빨갛게 빛났다.

"저기를 봐!" 그는 손으로 하늘을 가리키며 말했다. "저기 자네가 얘기하는 그 선善과 빛의 징조가 있어!"

아홉 마리의 검은 비둘기가 상공을 선회하고 있었다.

코렐은 고개를 숙여 절했지만 아무 대답도 하지 않았다.

"이제 나는 내 군단을 지휘하러 가겠네."

블랙은 강철 발굽을 들어올려 뒷발로 일어서더니 기수와 함께 홍소哄笑했다. 이윽고 그들은 '군대의 길'로 나아갔고, 어스름한 어둠 속에 잠긴 라호링의 성채와 바브리고어의 제관을 뒤로 하고 사라졌다.

메라이사의 기사

말을 달려 산길을 지나가던 중에 여자의 비명소리가 들려왔다.

비명소리는 주위에서 메아리치다가 곧 사라졌다. 이제는 딜비쉬가 타고 있는 말의 강철 발굽이 지면을 밟는 소리밖에 들리지 않았다.

딜비쉬는 멈춰 서서 주위의 어스름한 풍경을 응시했다.

"블랙, 지금 비명소리는 어디서 들려왔나?"

"방향은 모르겠소." 그가 탄 강철 말이 대꾸했다. "이런 산속에서는 사방에서 소리가 들려오는 듯한 느낌을 받는 법이오."

딜비쉬는 안장 위에서 몸을 돌려 지금껏 지나온 산길을 되돌아보았다.

아래쪽에 까마득하게 보이는 들판에서는 저주받은 군세가 야영지를 설영하고 있었다. 거의 잠이 없는 딜비쉬는 앞길에 가로놓인 산속을 미리 정찰하기 위해 이곳으로 왔다. 라호링가스트로 가면서 이곳을 지나갔을 때는 어두운 밤이어서 주위를 둘러볼 기회가 거의 없었기 때문이다.

블랙의 눈이 희미하게 빛나기 시작했다.

"어둠이 점점 짙어지고 있고, 더 이상 앞으로 나아가 보았자 얻을 것은 없소. 앞을 잘 볼 수도 없을 테니까. 이제 야영지로 돌아가서 당신의 옛 일족들에게서 대지가 아직 젊었던 시절의 얘기라도 들으면 어떻겠소."

"그렇군……."

딜비쉬가 이렇게 말했을 때, 또다시 비명이 들려왔다.

"저쪽이야!" 딜비쉬는 손으로 왼쪽을 가리켰다. "비명소리는 위쪽에서 들렸어. 길에서 벗어난 곳이야!"

"그렇소." 블랙이 대꾸했다. "그러나 이곳은 라호링가스트의 경계에 상당히 가깝기 때문에 이런 상황은 평소 때보다 한층 더 미심쩍다고 할 수 있소. 따라서 저 비명소리에는 신경을 쓰지 말라고 충고하고 싶소."

"여자가 야산에서, 그것도 밤에 비명을 지르는데 나더러 가지 말라고? 이봐, 블랙! 그런 행위는 인간의 도리에 어긋나는 일이야. 자, 저곳으로 가세!"

블랙은 사냥감을 쫓는 거조巨鳥가 지르는 듯한 괴성을 발하고는 앞으로 껑충 달려나갔다. 고개를 넘어 길에서 벗어나 있는 험준한 비탈을 오르기 시작한다.

　비탈을 한참 올라간 곳에서 불빛이 반짝였다.

　"저건 성이오." 블랙이 말했다. "그리고 하얀 옷을 입은 여자가 흉벽 위에 서 있소."

　딜비쉬는 전방을 응시했다.

　구름이 갈라진 틈으로 쏟아진 달빛이 건물을 비췄다.

　군데군데 폐허로 변한 거대한 성은 마치 산 중턱의 일부처럼 보였다. 열린 성문 틈새를 통해 건물 안뜰에서 새어나오는 희미한 불빛을 제외하면 모두 어둠에 잠겨 있었다. 매우 오래된 건물이다.

　성벽에 도달하자 딜비쉬는 큰 소리로 말했다.

　"부인! 지금 소리지른 사람이 당신입니까?"

　여자는 아래쪽을 내려다보았다.

　"맞아요!" 여자가 대답했다. "맞습니다, 친절한 여행자여! 제가 그랬습니다."

　"무슨 문제가 있으신지?"

　"기사님이 지나가시는 것을 보고 부른 겁니다. 안뜰에 드래곤이 있습니다. 이제 죽는 것이 아닌지 두려워서……."

　"방금 드래곤이라고 하셨습니까?"

"예. 나흘 전에 하늘에서 내려오더니 이곳을 자기 둥지로 삼아 버렸습니다. 그래서 저는 꼼짝없이 안에 갇힌 신세가 되었습니다. 안뜰을 지나갈 수가 없어서……."

"어떻게든 해 보겠습니다."

딜비쉬는 이렇게 말하고 눈에 보이지 않는 검을 뽑았다.

"오, 기사님……."

"성문 안으로 들어가게, 블랙!"

"마음에 들지 않소."

블랙은 발굽 소리를 내며 안뜰로 들어가면서 중얼거렸다.

딜비쉬는 주위를 둘러보았다.

안뜰 한쪽에서 횃불이 타오르고 있었다. 여기저기에서 그림자가 춤을 춘다. 그것들을 제외하면 아무 것도 없었다.

"드래곤은 보이지 않소."

블랙이 말했다.

"파충류에게서 나는 사향 냄새도 맡을 수 없군."

딜비쉬가 말했다.

"여기야, 드래곤!" 블랙이 말했다. "여기야, 드래곤! 이리로 와 봐, 드래곤!"

그들은 안뜰을 빙 돌며 아치문들을 차례로 통과했다.

"드래곤은 없소."

블랙이 말했다.

"그렇군."

"당신 입장에서는 아쉽겠지만 즐거운 모험은 단념해야겠소."

마지막 아치문으로 가자 안쪽에서 여자가 그들을 불렀다.

"드래곤은 이곳을 떠나간 것 같습니다, 기사님."

딜비쉬는 셸라의 검을 칼집에 집어넣고 말에서 내렸다. 아치문 안으로 어슬렁거리며 들어가는 딜비쉬의 등 뒤에서 블랙은 강철 조각상이 되었다. 딜비쉬 앞에 선 여자가 미소 지었다. 딜비쉬도 미소 지으며 여자에게 절을 했다.

"부인을 두려움에 떨게 만든 드래곤은 날아가 버린 것 같군요."

이렇게 말하고는 여자를 빤히 쳐다보았다.

따지 않은 흑발을 어깨 아래까지 길게 늘어뜨리고 있다. 키가 크고, 두 눈은 나무를 태울 때 나는 연기 색깔이다. 양쪽 귓불에서는 루비가 반짝인다. 조그만 턱을 위로 쳐들고 있었다. 목은 우윳빛이었다. 딜비쉬의 시선은 상대방의 목을 훑다가 그 아래의 비탈을 타고 내려가 꼭 끼는 보디스[5]를 두른 젖가슴 위에서 멈췄다.

"그런 것 같군요. 저는 메라이사라고 합니다."

---

5 보디스Bodice : 중세시대 여성용 상의.

"저는 딜비쉬라고 합니다."

"딜비쉬 님은 정말 용감하신 분이군요. 맨손으로 드래곤을 향해 돌진하다니."

"그건 그렇고, 이제 그 드래곤도 떠난 것 같으니……."

"저를 잡으러 또 올 겁니다. 저는 성벽 안에 남은 마지막 사람이니까요."

"여기 혼자 있다는 말입니까? 무슨 일이 일어난 겁니까?"

"제 일족은 내일이면 돌아옵니다. 먼 곳으로 여행을 떠났던 겁니다. 부탁이니 말을 돌보신 다음 저와 함께 저녁식사를 해주십시오. 혼자라서 너무 외롭고 무섭습니다."

메라이사는 혀로 입술을 핥으며 미소 지었다. 딜비쉬는 "알겠습니다"라고 말하고는 안뜰로 되돌아갔다.

블랙의 목에 손을 올려놓자 꿈틀하는 느낌이 왔다.

"블랙, 이 장소에는 뭔가 미심쩍은 데가 있어. 좀 더 알아볼 작정이야. 저 귀부인과 저녁식사를 할 거야."

"대접받는 술과 음식을 조심하시오. 나는 이 장소가 마음에 들지 않소."

블랙이 속삭였다.

"고맙네, 블랙."

딜비쉬는 이렇게 말하고 아치문 아래에서 기다리는 메라이사에게 갔다.

메라이사는 어딘가에서 가져온 횃불을 그에게 건넸다.

"제 방은 층계를 올라간 곳에 있습니다."

딜비쉬는 메라이사를 따라 어둑어둑한 층계를 올라갔다. 방 구석 여기저기에 거미줄이 쳐져 있었고 장대한 전투를 묘사한 태피스트리에는 먼지가 얹혀 있었다. 골풀 세공 장식 안쪽에서 쥐가 후다닥하고 돌아다니는 소리가 들린 듯했고, 무엇인가가 썩어서 말라붙은 듯한 희미한 악취가 코를 간질였다.

층계참에 도달하자 메라이사는 앞에 있는 폭넓은 문을 활짝 열어 젖혔다.

방은 여러 개의 가느다란 초로 밝혀져 있었다. 깨끗하고 널찍한 방 안에서는 백단향 냄새가 났다. 바닥에는 거무스름한 짐승 가죽이 깔려 있었고, 반대편 벽에는 화려한 빛깔의 융단이 걸려 있었다. 벽에 낸 두 개의 길고 가느다란 틈새로 산들바람이 불어왔고, 별빛도 흘낏 보였다. 방에는 좁은 문이 하나 있었고, 아까 메라이사가 딜비쉬를 불렀던 흙벽으로 통해 있었다.

방 안으로 들어간 딜비쉬는 왼쪽 구석에 있는 움푹 팬 벽난로 속에서 두 개의 장작이 타고 있는 것을 보았다. 벽난로 앞의 탁자 위에는 음식이 차려져 있었다. 소고기 요리 옆에서 채소가 김을 내고 있었고, 빵은 부드럽고 갓 구운 듯해 보였다. 투명한 디켄터decanter에 든 적포도주도 있었다. 방 옆쪽에는 천개가 달린 육중한 침대가 놓여 있다. 금실로 짠 두터운 몰[6]이 침대의 지주에 감겨 있고, 침대 덮개를 접은 부분 위에는 주황색 비단천이 팽팽히 쳐 있다. 머리맡에는 주황색 베게들이 나란히 놓여 있었다.

"자리에 앉아 음식을 드십시오, 딜비쉬 님."

메라이사가 말했다.

"함께 드시지는 않는 겁니까?"

"저는 이미 먹었습니다."

딜비쉬는 작게 자른 소고기 조각을 맛보았다. 특별히 수상한 냄새는 나지 않았다. 포도주를 맛보았다. 강하고 드라이한 맛이었다.

"훌륭하군요. 이 음식은 어떻게 준비하셨습니까? 아직도 따뜻한데요?"

메라이사는 희미하게 웃었다.

"제가 준비했습니다. 아마 일종의 예감이었는지도 모르겠군요. 식탁에서는 검대를 끌러 주시지 않겠습니까?"

"예. 실례했습니다."

그는 검대를 끌러 곁에 놓았다.

"칼집에 검이 들어 있지 않군요. 무슨 이유에서?"

---

[6] 몰 : 단자緞子와 비슷한, 돋을무늬를 한 직물.

"전투를 치르던 중에 부러졌습니다."

"그래도 전투에서는 이기신 모양이군요. 안 그랬더라면 여기 이렇게 계실리가 없으니까요."

"이겼습니다."

딜비쉬가 말했다.

"딜비쉬 님은 용맹스러운 전사이신가 보군요."

딜비쉬는 미소 지었다.

"그런 얘기를 하시면 제 머리가 핑핑 돕니다."

메라이사는 웃었다.

"음악을 연주해 드릴까요?"

"그래 주신다면 영광입니다."

그러자 메라이사는 딜비쉬가 지금까지 한 번도 본 적 없는 현악기를 가지고 왔다. 그녀는 악기를 뜯으며 노래하기 시작했다.

오늘 밤에도 바람이 몰아칩니다, 내 사랑,
그리고 비도 몇 방울 떨어집니다.
당신이 제게 와 주실 것을 기원했습니다.
제 고통을 치유해 주기 위해.

이제는 이 바람이 멈추지 않고,

소나기 속의 섬광이 사라지지 않기를 기원합니다.
당신이 밤을 넘어 제게 와 주셨기 때문에
현세의 피와 살을 가진 몸으로.

원컨대 이 아름다운 밤에 머물러 주시기를,
초록색 장화를 신은 그대여
검을 차고 있지 않은 기사여
부디 달콤한 입맞춤으로 제 눈을 감겨 주시기를.

이제는 이 바람이 결코 멈추지 않기를,
소나기 속의 섬광이 사라지지 않기를,
당신이 오늘 밤 머물러 주시기를 바랍니다.
현세의 피와 살을 가진 몸으로.

당신이 제게 와 주기를 기원했습니다.
햇빛이 스러져갈 때
밤바람이 불어오고 비도 몇 방울 떨어질 때
저를 껴안아 주시기를 기원합니다.

딜비쉬는 음식을 먹고 포도주를 마시며, 메라이사가 악기를 연주하는 광경을 바라보았다. 메라이사의 손가락은 현에 닿을

락 말락 하게 움직였고, 목소리는 나직하고 맑았다.

"사랑스러운 노래군요."

딜비쉬가 말했다.

"고맙습니다, 딜비쉬 님."

메라이사는 이렇게 대답하고는 딜비쉬를 위해 다른 노래를 불러 주었다.

딜비쉬는 음식을 다 먹고 디켄터에 든 포도주를 비웠다. 메라이사는 노래를 멈추고 악기를 내려놓았다.

"일족이 돌아올 때까지 혼자 이곳에 남아 있는 것이 두렵습니다. 오늘 밤 저와 함께 있어 주시겠습니까?"

"제가 드릴 수 있는 대답은 단 하나뿐입니다."

그러자 메라이사는 일어서서 딜비쉬의 곁으로 왔고, 손가락으로 뺨을 어루만졌다. 딜비쉬는 미소 지으며 메라이사의 턱을 만졌다.

"엘프족의 피를 이어받았군요."

메라이사가 말했다.

"그렇습니다."

"딜비쉬, 딜비쉬, 딜비쉬……. 어디선가 들어본 듯한 이름입니다……. 그렇군요! 〈포타로이의 발라드〉에 등장하는 영웅의 이름을 따서 지은 거군요."

"그렇습니다."

"좋은 노래입니다. 아마 나중에라도 당신을 위해 불러 드릴지도 모르겠군요."

"아니, 됐습니다." 딜비쉬는 대답했다. "별로 좋아하지는 않는 노래이니까요."

그러고는 메라이사의 얼굴을 끌어당겨 입술에 입을 맞췄다.

"장작불이 스러져가고 있어요."

"그렇군요."

"방이 추워질 거예요."

"그렇겠죠."

"그럼 그 초록색 장화를 벗으시죠. 보기에는 멋있고 좋지만, 침대 위에서는 거치적거릴 테니까요."

딜비쉬는 장화를 벗고 일어서서 메라이사를 품에 안았다.

"뺨에 난 상처들은 뭐죠?"

"적이 제 머리를 쳤을 때 생긴 겁니다."

"마치 갈퀴 같은 손톱으로 긁힌 것 같군요."

"달려 있었습니다."

"짐승이었나요?"

"아닙니다."

"입맞춰 드릴게요. 상처가 따끔거리지 않도록."

메라이사의 열린 입술이 딜비쉬의 뺨 위에 닿았다. 이윽고 딜비쉬는 메라이사를 으스러지게 껴안았다.

"강하군요……."

메라이사는 한숨을 내쉬며 말했고, 장작불은 꺼져 갔다. 잠시 후에는 완전히 꺼졌다.

얼마나 오래 자고 있었는지는 알 수 없었다.

나무가 깨지는 소리가 났고, 밤의 어둠 속에서 포효에 가까운 목소리가 울려 퍼졌다. 딜비쉬는 고개를 세게 흔들고 메라이사의 두 눈을 들여다보았다.

목 부근이 이상하게 뜨뜻했다. 손을 대 보니 축축한 느낌이 왔다.

딜비쉬는 또다시 고개를 세게 흔들었다.

"화를 내지는 말아 줘요." 메라이사가 말했다. "제가 당신에게 음식을 대접했고, 또 즐거움을 선사했다는 사실을 기억해 줘요……."

"흡혈귀……."

딜비쉬는 속삭였다.

"당신의 목숨이 끊길 정도로 피를 빨 생각은 없어요, 딜비쉬. 그냥 한 모금, 제가 원했던 것은 그냥 한 모금뿐이에요."

또다시 문에서 쾅하는 소리가 났다. 공성 망치로 두들기는 듯한 소리가.

딜비쉬는 천천히 몸을 일으키고는 양손으로 머리를 감쌌다.

"한 모금 치고는 양이 장난이 아니군. 아무래도 누군가가 문 앞에 와 있는 것 같은데……."

"제 남편이에요. 모린 경."

"그래? 소개받은 기억이 없는데……."

"오늘 밤에도 최근 며칠 동안 그랬던 것처럼 계속 자고 있을 줄 알았어요. 일주일 전에 배부르게 마셨거든요. 하지만 상어 같은 사람이라서 당신의 피 냄새를 맡고 온 거예요."

"지금 난 상당히 곤란한 입장에 처했어, 메라이사. 흡혈귀 귀족의 집에 손님으로 와서 그 부인과 정을 통했으니까 말이야. 이럴 경우에는 도대체 무슨 말을 해야 할지 전혀 감이 잡히지 않는군."

"아무 말도 안 해도 돼요. 난 저 인간을 증오하니까. 나를 이렇게 만든 건 저 인간이에요. 단 하나 후회되는 건 모린이 잠에서 깨어났다는 점이에요. 모린은 당신을 죽일 작정이에요."

딜비쉬는 눈을 비비고 장화를 집어들었다.

"어떻게 할 참이죠, 딜비쉬?"

"일단 사과하고, 내 몸을 지키겠어."

문이 세 번째 가격을 받자 경첩이 헐거워졌다.

"안으로 들여보내 줘, 메라이사!"

문밖에서 굵직한 목소리가 들려왔다.

"저자를 죽이고 나와 함께 여기서 살아요."

"흡혈귀하고 말이지."

딜비쉬는 대꾸했다.

"내 남편이 되어 주세요. 잘 해 드릴게요. 저자가 깨어나서 정말 유감이군요… 당신이 죽는 걸 난 원하지 않아요. 아아, 나를 위해 저자를 죽여줘요! 여기 남아서 나를 사랑해 줘요! 저자가 깨어나지만 않았더라면 당신은 저자를 죽일 수 있었을 텐데… 난 옛 이야기에 나오는 피에 굶주린 자들과는 달라요. 멋진, 너무나도 멋진, 당신의 피. 정말 따뜻했어요! 내가 맛본… 아아 저자를 죽여줘요! 날 사랑해 줘요!"

문이 박살났다. 뿌연 어둠 너머로 딜비쉬는 어떤 그림자가 다가오는 것을 보았다.

두 개의 노란색 눈이 역삼각형 모양의 턱수염 한참 위쪽에서 번득였다. 얼굴의 남은 부분은 모두 어둠 속에 묻혀 있었다. 모린은 딜비쉬만큼 키가 컸고, 어깨가 엄청나게 넓었다. 오른손에 짧은 도끼를 들고 있다.

딜비쉬는 상대방을 향해 포도주가 든 디켄터를 던졌고, 의자를 던졌다.

디켄터는 빗나갔고, 의자는 도끼에 맞아 박살이 났다.

딜비쉬는 셀라의 검을 뽑아 들고 방어 자세를 취했다.

모린은 딜비쉬를 향해 돌진해 오다가 눈에 보이지 않는 검에 어깨를 찔리고 절규했다.

"이건 무슨 마법이지?"

모린은 이렇게 외치며 도끼를 왼손으로 고쳐 잡았다.

"사과하겠습니다, 모린 경." 딜비쉬가 말했다. "당신의 집에서 금기를 깬 일에 관해서. 저 부인이 기혼자라는 사실을 저는 몰랐습니다."

모린은 낮게 으르렁거리며 도끼를 휘둘렀다. 딜비쉬는 뒤로 물러나며 상대방의 왼쪽 팔을 옅게 베었다.

"제 피는 드릴 수가 없습니다. 하지만 아까 한 사과를 다시 하겠습니다."

"멍청한 녀석!"

모린이 외쳤다.

딜비쉬는 또다시 도끼의 공격을 받아넘겼다. 동녘이 밝아오고 있었다. 메라이사는 나직하게 울고 있었다.

모린은 딜비쉬를 부여잡고는 딜비쉬의 한쪽 팔을 무력화하려고 했다. 딜비쉬는 상대방의 손목을 움켜잡았고, 싸움은 곧 힘겨루기로 변했다.

모린은 도끼를 떨어뜨리고 딜비쉬의 얼굴을 강타했다. 딜비쉬는 뒤로 넘어지며 벽에 뒤통수를 부딪쳤다.

모린이 돌진해 오자 딜비쉬는 검 끝으로 상대방을 겨냥했다.

모린은 절규했고, 배를 움켜잡으며 쓰러졌다.

딜비쉬는 검을 억지로 뽑아내며 격한 숨을 몰아쉬었고, 쓰러진 사내를 내려다보았다.

"방금 네가 무슨 짓을 했는지 너는 몰라."

모린이 말했다.

메라이사가 황급히 다가오자 모린은 그녀를 밀쳐 냈다.

"저 여자를 가까이 못 오게 해! 내 피를 빨게 하면 안 돼!"

"그게 무슨 뜻이지?"

딜비쉬가 물었다.

"결혼했을 때는 저 여자의 정체를 몰랐어. 하지만 나중에 진실을 알게 되었을 때도 나는 여전히 저 여자를 사랑했어. 도저히 내 손으로 해를 입힐 수가 없었어. 내 하인들은 나를 버리고 떠났고, 내 성은 황폐해졌지만, 그래도 나는 내가 마땅히 해야 할 일을 할 수가 없었어. 그러는 대신 나는 메라이사의 간수가 되었던 거야. 엘프의 장화를 신은 친구, 자네를 용서하겠네. 자네도 저 여자한테 속았으니까 말이야. 저 여자는 내게 약을 먹여 취하게 했어⋯ 자네는 강한 사내인 듯하군. 방금 그걸 증명해 보였으니까⋯ 의무를 다할 수 있을 정도로 강했으면 좋겠군."

딜비쉬는 모린에게서 고개를 돌려 메라이사를 쳐다보았다. 메라이사는 침대 지주를 등지고 서 있었다.

"넌 내게 거짓말을 했어. 흡혈귀!"

"해냈군요. 그자를 죽였어요! 내 간수는 이제 죽었어요!"

"죽었어."

"이제 나와 함께 있어 줄래요?"

"싫어."

딜비쉬는 말했다.

"함께 있어 줘요. 당신을 가지고 싶어요."

"그 말만은 믿을 수 있겠군."

딜비쉬가 대꾸했다.

"아뇨, 그런 뜻으로 말한 게 아녜요. 그게 아니라 나의 주인이 되어 줘요. 지금까지 나는 줄곧 당신처럼 강하고, 당신처럼 기묘한 눈을 가진 사람을 원했어요. '현세의 피와 살을 가진.' 당신에게 잘 해주지 않았나요?"

"난 너 때문에 이 사내를 죽여야 했어. 죽이지 않았더라면 좋았을 텐데……."

메라이사는 눈부신 듯이 한 손을 눈 위에 갖다 댔다.

"제발 이곳에 남아 줘요! 당신이 그래 주지 않는다면 내 삶은 공허해 질 거예요. 이제 곧 나는 어둡고 조용한 곳에 들어가야 해요. 제발!"

메라이사는 격한 숨을 몰아쉬기 시작했다.

"내일 밤 내가 깨어날 때도 여기 있겠다고 말해 줘요."

딜비쉬는 천천히 고개를 가로저었다.

방 안이 밝아 오기 시작했다.

갖다 댄 손아래에서 메라이사의 밝은 잿빛 눈이 커졌다.

"설마. 설마 나를 해칠 생각인가요?"

딜비쉬는 또다시 고개를 가로저었다.

"누구를 해치는 일이라면 밤사이에 이미 충분히 저질러 버렸어. 메라이사, 난 가야 해. 당신의 상태를 치유할 수 있는 방법은 단 한 가지뿐이지만, 난 내 손으로 그걸 실행에 옮길 수가 없어. 안녕히."

"가지 말아요. 노래를 불러 줄게요. 좋은 음식을 차려 줄게요. 사랑해 줄게요. 내가 원하는 건 단 하나, 이따금 맛만 보게 해 주면……."

"흡혈귀로군."

등 뒤의 충계에서 메라이사의 발소리가 들려왔다.

잿빛 여명이 주위를 밝히기 시작할 때 딜비쉬는 안뜰로 들어가 블랙의 목에 손을 갖다 댔다.

안장에 올라타자 메라이사가 헐떡이는 소리가 들려왔다.

"가지 말아요… 사랑해요."

열린 성문으로 향하자 해가 떠올랐다. 등 뒤에서 메라이사의 비명소리가 들려왔다.

딜비쉬는 뒤돌아다보지 않았다.

아아치의 샘

　저주받은 자 딜비쉬는 북방 제국諸國을 여행하던 중에 소나무가 무성하게 자란 나지막한 계곡을 관통하는 구불구불한 길을 지나가게 되었다. 그가 탄 거대한 검정색 말은 피로를 모르는 듯했지만, 딜비쉬는 휴대 식량을 꺼내 요기를 하기 위해 말에서 내렸다. 그가 신은 녹색 장화는 솔잎 위에서도 소리를 내지 않았다. 딜비쉬는 망토를 펴고 그 위에 음식을 올려놓았다.
　"누군가가 다가오고 있소."
　"고맙네."
　딜비쉬는 칼집의 칼을 느슨하게 빼어 놓고 선 채 음식을 먹기 시작했다. 잠시 후 턱수염을 기른 육중한 몸집의 사내가 흰 얼룩이 있는 밤색 말을 타고 길모퉁이를 돌았다. 사내는 속도를 늦췄다.

"여보시오! 거기 있는 나그네!" 사내는 외쳤다. "거기 가도 되겠소?"

"그러시오."

사내는 말에서 내려 딜비쉬에게 다가오며 미소 지었다.

"내 이름은 로지스요. 당신은?"

"딜비쉬."

"멀리서 왔소?"

"그렇소. 남동쪽에서 왔소."

"신전에 참배는 할 작정이오?"

"무슨 신전에?"

"저기 저 언덕을 넘어간 곳에 있는 여신女神 아아치의 신전 말이오."

로지스는 길 너머를 가리켰다.

"아니. 그런 것이 존재한다는 사실조차도 몰랐소. 그 여신에게 참배하면 어떤 영험이 있소?"

"여신님은 살인죄를 사면해 주시오."

"아! 그럼 당신은 바로 그것 때문에 참배할 작정인 거요?"

"그렇소. 지금까지 자주 그래 왔지."

"당신도 멀리서 왔소?"

"아니, 저기 저 길을 넘은 곳에 살고 있어. 그 덕택에 사는 게 훨씬 쉬워졌지."

"슬슬 무슨 얘긴지 이해할 수 있을 것 같군."

"좋아. 순순히 내게 지갑을 넘겨준다면 여신님도 내 죄를 사면해 주시지 않아도 될 거야."

"와서 가져가 보게나."

딜비쉬는 이렇게 말하고, 미소 지었다.

로지스의 눈이 가늘어졌다.

"내게 그렇게 대꾸한 사람은 그리 많지 않았어."

"그리고 그렇게 말한 사람은 나로서 마지막이 될 가능성이 많다네."

"흐음. 난 당신보다 몸집이 커."

"나도 봐서 알고 있네."

"일을 꼬이게 만드는군. 서로 쓸데없이 힘든 일을 하지 않기 위해서 혹시 돈을 얼마나 가지고 있는지 내게 보여줄 생각은 없나?"

"그러고 싶지는 않군."

"그럼 이런 방법은 어때? 돈을 이등분하고, 두 사람 모두 피를 흘릴 가능성을 회피한다면?"

"싫어."

로지스는 한숨을 내쉬었다.

"정말 상황이 꼬일 대로 꼬였군. 어디 보자, 당신은 혹시 궁수弓手인가? 아니, 활을 가지고 있지는 않군. 투창도 없고. 따라서 그냥 말을 타고 여길 떠나도 화살을 맞을 염려가 없다는 얘기가 돼."

"그렇게 떠난 후 매복해 있다가 나를 공격하려고? 유감이지만 자네를 순순히 보내 줄 수는 없군. 이건 앞으로 내 안전에 관한 문제가 되었으니 말이야."

"정말 유감이로군." 로지스가 말했다. "하지만 위험을 무릅쓰는 수밖엔 없을 것 같아."

로지스는 타고 온 말을 향해 몸을 돌렸다가, 번개처럼 뒤돌아섰다. 손에는 이미 검을 쥐고 있었다. 그러나 딜비쉬도 이미 칼집에서 검을 뽑은 후였다. 딜비쉬는 로지스의 공격을 받아넘겼고, 반격했다.

로지스는 욕설을 내뱉으며 딜비쉬의 공격을 받아넘기고, 그의 머리를 향해 검을 내리쳤다. 이런 식으로 6합을 싸우다가 마침내 딜비쉬의 검이 사내의 복부를 꿰뚫었다.

로지스의 얼굴에 깜짝 놀란 표정이 떠올랐다. 로지스는 검을 떨어뜨리고 자신의 배를 관통한 칼날을 움켜잡았다. 딜비쉬가 복부에 박힌 검을 억지로 빼내자 로지스는 푹 쓰러졌다.

"서로가 재수 옴 붙은 날이군."

로지스가 중얼거렸다.

"아무래도 나보다는 자네 쪽이 더 운이 나빴던 것 같아."

"하지만 넌 여기서 그리 쉽게 빠져나갈 수는 없을 거야. 난 여신님의 은총을 입은 신도이고……."

"그게 사실이라면 신도 고르는 취미도 참 특이하다고 해야겠군."

"난 종복으로서 여신님을 섬겼어. 두고 보라고……."

로지스의 눈이 몽롱해지면서 입에서 신음이 흘러나왔다. 곧 몸에서 힘이 빠져나갔다.

"블랙, 이 여신에 관해서 들어본 적이 있나?"

"없소." 금속 조각상처럼 꼼짝도 안 하던 말이 대답했다. "하지만 이 영역에는 내가 들어보지 못한 것들이 무척이나 많소."

"그럼 이 장소를 떠나기로 하지."

"로지스는 어떻게 할 거요?"

"십자로에 팽개쳐 놓으면 세상이 조금 더 안전해졌다고 알려지게 될 거야. 타고 온 말은 고삐를 풀어 알아서 돌아가도록 내버려두면 되겠고."

그날 밤, 그 장소에서 북쪽으로 몇 마일이나 떨어진 곳에서 딜비쉬는 안면安眠을 방해 받았다. 로지스의 그림자가 야영하고 있는 딜비쉬 곁으로 와서 우뚝 섰고, 미소 지으며 그의 목에 손을 갖다 대는 꿈을 꾸었던 것이다. 딜비쉬는 캑캑거리며 잠에서 깼다. 딜비쉬는 망령과도 같은 희미한 빛이 곁에서 사라지는 듯한 인상을 받았다.

"블랙! 블랙! 방금 뭔가 보았나?"

침묵이 흐르더니 잠시 후 꼼짝도 않던 조각상에게서 대답이 돌아왔다.

"먼 곳에 가 있었소. 하지만 당신의 목에 남은 붉은 자국이 보이는군. 무슨 일이 일어났소?"

"로지스가 이곳으로 와서 내 목을 조르는 꿈을 꿨어."

딜비쉬는 기침을 하고, 침을 뱉었다.

"아무래도 꿈 이상의 그 무엇이었던 것 같아."

딜비쉬는 단언했다.

"우리는 이 지방을 곧 떠나갈 거요."

"아무래도 빠르면 빠를수록 좋겠군."

잠시 후 딜비쉬는 또다시 옅은 잠에 빠져들었다.

어느새 로지스가 또다시 곁에 와 있었다. 이번 공격은 예전보다 훨씬 더 급작스러웠고, 격렬했다. 딜비쉬는 팔을 마구 휘두르며 잠에서 깼지만, 그의 주먹은 허공을 갈랐을 뿐이었다. 이번에는 로지스의 희미한 윤곽을 포함한 빛을 뚜렷하게 볼 수 있었다.

"블랙, 일어나. 아까 왔던 길로 되돌아가서 그 신전을 방문하고, 이 유령을 잠재워야겠어. 사람이 잠을 잘 때는 자야 하지 않겠나."

"준비되었소. 신전에는 동이 튼 후에 도착할 수 있을 거요."

딜비쉬는 짐을 챙기고 말안장에 올라탔다.

신전은 옆으로 넓고 낮은 목조 건물이었고, 언덕 꼭대기 부근에 있었다. 건물 뒤쪽은 불그스름한 줄그늬가 있는 언덕의 암벽에 맞닿아 있었다. 아침 햇살을 받고 있는 건물 정면에는 나무를 아무렇게나 깎아 만든 듯한 검정색 문이 나 있었다. 양쪽으로 여닫는 식의 이 문은 굳게 닫혀 있었다. 딜비쉬는 말에서 내려 문을 열려고 해 보았지만, 안쪽에서 빗장이 걸려 있다는 것을 알고는 주먹으로 쾅쾅 두드리기 시작했다.

한참 후 문 왼쪽이 열리더니 미간이 좁고 밝은 빛깔의 눈을 가진 조그만 사내가 고개를 내밀었다. 갈색의 거친 로브 차림이었다.

"이렇게 이른 시각에 이 무슨 소란인가?"

사내가 힐문했다.

"당신의 여신과 특별한 관계를 맺고 있다고 주장하는 자에게 피해를 입은 사람이오. 단순한 악운인지, 마법의 주문인지는 모르겠지만 하여튼 그걸 풀어 주시오."

"아. 당신이었소? 빨리도 왔군. 들어오시오."

사내가 문을 활짝 열자 딜비쉬는 안으로 들어갔다. 방은 간소했고, 벤치 몇 개와 작은 제단 하나가 놓여 있을 뿐이었다. 안쪽으로 통하는 문이 하나 더 있었다. 한쪽 벽에 난 좁다란 창문 아래에는 짚으로 만든 요와 담요 따위가 어지럽게 널려 있었다.

"내 이름은 타스크라고 하오. 거기 앉으시오."

사내는 벤치를 가리켰다.

"그냥 서 있겠어."

그러자 조그만 사내는 어깨를 으쓱해 보였다.

"마음대로 하시오." 사내는 침상 쪽으로 가서 요를 개기 시작했다. "로지스의 유령이 당신을 목 졸라 죽이기 전에 그 저주를 풀어 달라는 거군."

"알고 있었군!"

"물론이오. 여신은 자신의 종복들이 살해당하는 것을 좋아하지 않소."

타스크가 남방의 희귀한 포도주가 든 병을 말아 놓은 요 속에 민첩하게 숨겼다는 사실을 딜비쉬는 깨달았다. 그가 로브 속으로 손을 찔러 놓을 때마다 손가락에 끼고 있는 고가의 반지들이 한 개씩 사라진다는 사실도.

"그 종복들에게 당한 희생자들도 살해당하는 걸 즐기지는 않았을 걸."

"쯧쯧. 당신은 여신님을 모독하려고 온 거요, 아니면 죄를 사해 달라고 온 거요?"

"이 얼어 죽을 저주를 풀기 위해서 온 거야."

"그러기 위해서는 공물을 바쳐야 하오."

"어떤 공물을 바치라는 건가?"

"우선 당신이 가진 돈 전부, 그리고 보석과 귀금속을 모두 내놓아야 하오."

"여신이라면서 자기 종복들과 마찬가지로 강도질을 한단 말인가!"

타스크는 미소 지었다.

"모든 종교에는 세속적인 측면이 있는 법이오. 이 지방은 인구밀도가 낮은 탓에 우리 여신님의 신도 수도 그리 많지 않소. 신도들이 바치는 헌금 가지고서는 신전 운영비조차 쪼들리는 형편이라서."

"방금 우선이라고 했지. 우선 내 귀중품을 모두 내놓으라고. 그 다음은 뭐지?"

"흐음, 당신이 죽인 종복을 당신 스스로 대신해야 마땅하지 않겠소. 1년간의 봉사면 충분할 거요."

"무슨 봉사를 하라는 거지?"

"물론 이곳을 지나는 여행자들에게서 공물을 받아 내는 일이오. 로지스가 그랬던 것처럼."

"거절하겠어. 뭔가 다른 조건을 대 봐."

"다른 것으로 대신할 수는 없소. 속죄하려면 그 방법밖에는 없소."

"저 문 너머에는 뭐가 있지?"

딜비시는 방 안쪽에 난 문을 가리키며 느닷없이 물었다.

"저기는 신성한 경내境內이고, 오직 선택된 자만이……."

딜비쉬는 문을 향해 걸어갔다.

"거기 들어가면 안 돼!"

활짝 밀어 재낀다.

"특히 검을 지닌 채로는!"

딜비쉬는 안으로 들어갔다. 조그만 등잔들이 타오르고 있다. 바닥은 지푸라기가 깔려 있었고, 축축했으며, 일찍이 맡아 본 적이 없는 기묘한 냄새를 풍겼다. 이것들을 제외하면 방은 텅 비어 있었다. 그러나 방 뒤쪽에 크고 육중한 문이 보였다. 조금 열려 있다. 그 문 뒤에서 무엇인가를 긁는 듯한 희미한 소리가 들려온 듯하다가 점점 멀어져 간다.

딜비쉬가 문으로 다가가자 타스크가 곁으로 다가왔다. 타스크는 딜비쉬의 팔을 움켜잡았지만 힘으로는 상대가 되지 않았다. 딜비쉬는 문을 밀치고 안을 들여다보았다.

아무 것도 없다. 어둠, 그리고 깊숙하다는 느낌. 좌우의 벽은 바위로 이루어져 있었다. 동굴이다.

"그곳은 창고요."

딜비쉬는 등잔 하나를 집어들고 동굴 안으로 들어갔다. 들어가면 들어갈수록 냄새는 더 강해졌고, 습도도 더 올라갔다. 타스크가 뒤에서 따라왔다.

"더 이상 들어가면 위험해. 크레바스가, 땅이 갈라진 틈새가 있단 말이요. 자칫 발을 헛디뎠다간……."

"조용히 해! 안 그러면 그 틈새가 보이는 대로 그 안에 처넣겠어!"

타스크는 몇 걸음 뒤로 물러났다.

딜비쉬는 등잔을 높이 치켜들고 조심스럽게 움직였다. 바위가 옆으로 튀어나온 지점을 돌자 수많은 빛들이 반짝거리는 것이 보였다. 연못이다. 방금 휘저은 것처럼 잔물결이 일고 있었다.

"여기서 왔던 거군. 그게 무엇이었든 간에."

딜비쉬는 이렇게 말하고는 연못으로 다가갔다.

"기다리겠어. 여기서. 늦든 빠르든 간에 다시 물 위로 올라와야 할 거라는 예감이 있어. 도대체 정체가 뭐지?"

"여신님은……." 타스크는 나직하게 말했다. "이제 이곳을 떠나시오. 방금 그분의 전갈을 받았소. 당신의 1년형은 면제되었소. 그냥 돈만 내놓고 떠나시오."

딜비쉬는 웃었다.

"여신이란 자가 이제는 흥정을 할 작정인가?"

때로는 그럴 때도 있습니다. 딜비쉬의 마음속으로 이런 목소리가 들려왔다. **그냥 그렇다고 해 두십시오.**

팔다리에 오한이 느껴졌다.

"왜 모습을 숨기고 있는 거지?"

나의 모습을 보도록 허락받은 인간은 그리 많지 않습니다.

"인간이든 초자연적인 존재이든 간에, 나는 협박당하는 걸 좋아하지 않아. 만약 내가 여기 있는 큰 바위를 당신의 연못 안에 굴려 넣는다면 어쩔 건가?"

이 말이 채 끝나기도 전에 수면에 물결이 일면서 여자 얼굴이 떠오르더니 그를 바라보았다.

눈동자는 녹색이며 매우 컸고, 피부는 극히 창백했다. 조그맣게 원을 그린 검은 머리숱이 머리 전체를 투구처럼 둥글게 뒤덮고 있었다. 턱은 뾰족했고, 말을 할 때 보이는 혀의 모양은 어딘가 부자연스러웠다.

"잘 알겠습니다. 그대는 지금 나를 보고 있습니다. 당신에게는 더 보여줄 생각도 있습니다."

그녀는 계속 수면 위로 올라왔고 – 목, 어깨, 가슴 모두가 창백했다 – 다음 순간, 인간을 닮은 부분이 완전히 사라졌다. 허리 아래는 셀 수도 없을 정도로 많은 길고 가느다란 다리로 이루어져 있었기 때문이다. 딜비쉬는 소리를 질렀고, 검을 뽑았다. 하마터면 등잔을 떨어뜨릴 뻔했다.

"그대를 해칠 생각은 없습니다." 약간 혀짤배기에 가까운 목소리였다. "알현을 원한 사람은 그대라는 사실을 기억하십시오."

"아아치… 네 정체가 뭐지?"

"나의 종족은 오래되었습니다. 그냥 그렇다고 해 두십시오. 그대는 나를 곤란하게 만들었습니다."

"당신의 종복이 나를 죽이려고 했어."

"압니다. 아무래도 희생자를 잘못 고른 것 같군요. 유감입니다만 이제 나는 배를 곯아야 합니다."

딜비쉬의 손아귀에서 검이 움찔했다.

"그게 무슨 뜻이지?"

"나는 꿀을 먹습니다."

"꿀?"

"먼 남쪽 지방에서 날아다니는 조그만 곤충들이 만드는 달콤한 액체입니다."

"그게 뭔지는 알지만, 무슨 뜻인지 모르겠어."

"꿀은 저의 주식입니다. 반드시 섭취해야 하는. 이렇게 먼 북쪽에서는 꽃도 없고, 벌도 없습니다. 남쪽에서 가져오는 수밖에 없는 것입니다. 이렇게까지 멀리 꿀을 가져오려면 비용이 많이 듭니다."

"그래서 여행자들을 턴다는 건가?"

"꿀을 사려면 돈이 필요합니다. 나의 종복들이 나를 위해 돈을 가져오는 것입니다."

"그자들은 왜 당신을 섬기는 건가?"

"종교적인 헌신이라고 대답할 수도 있겠지만, 솔직해지기로 하지요. 나는 멀리 떨어진 곳에서도 사람들 일부를 조종할 수 있습니다."

"내게 그 망령을 보냈던 것처럼?"

"로지스에게 그랬던 것처럼 당신을 직접 조종할 수는 없었습니다. 하지만 당신의 잠자리를 불편하게 할 수는 있습니다."

딜비쉬는 고개를 설레설레 흔들었다.

"내가 여기서 멀어지면 멀어질수록 당신의 힘은 약해질 것 같다는 생각이 들어."

"틀린 예상이라고는 할 수 없겠지요. 그러니 가십시오. 당신은 결코 좋은 종복이 될 수 없습니다. 그냥 돈을 가지고 가십시오. 나를 내버려두고."

"잠깐. 당신 종복들의 수는 얼마나 되나?"

"그건 당신이 알 바가 아닙니다."

"맞아, 그렇겠지. 하지만 방금 좋은 생각이 하나 떠올랐어. 이 계곡에는 풍부한 광물 자원이 있다는 걸 아나?"

"모릅니다. 무슨 얘기를 하고 있는 것인지 모르겠군요."

"오래 전 나는 광산에서 광물을 채굴하는 일에 관여한 적이 있어. 어제 말을 타고 이 계곡을 지나갔을 때, 모종의 광상鑛床이 있다는 징후를 보았지. 이 지방에는 다량의 검은 금속이 묻혀 있다고 생각해. 만약 종복들의 머릿수만 충분하다면 그 금속을 채굴하고 정련하는 작업에 종사시킬 수 있을 거야. 그런다면 행인들 상대로 강도질을 하는 것보다 훨씬 더 벌이가 좋아질 거야."

"정말로 그렇게 생각하십니까?"

"찾아내는 건 전혀 어렵지 않아. 특히 나를 도와줄 자들을 보내 줄 수만 있다면."

"왜 나를 위해 그런 일을 해 주시는 겁니까?"

"그건… 세계를 한 곳이라도 좀 더 안전하게 만들기 위해서겠지."

"기묘한 이유군요. 신전으로 되돌아가십시오. 지금 종복들을 소환해서 당신에게 맡기겠습니다. 그런 일이 가능한지 알아보고, 다시 이곳으로 돌아와 나를 만나십시오. 혼자서."

"그러겠어. 아아치."

갑자기 그녀의 모습이 사라졌고, 연못이 반짝거렸다. 돌아서자 타스크가 이쪽을 응시하고 있었다. 딜비쉬는 아무 말 없이 사내 곁을 지나갔다.

그 이후 며칠 동안 광석이 채굴되고, 용광로가 건조되고, 작업이 개시되었다. 검은 금속이 막대기 모양의 거푸집 속으로 녹아내리는 것을 보고 딜비쉬는 미소 지었다. 이 얘기를 들은 아아치도 미소 지었다.

"그렇게나 광석이 많습니까?"

아아치가 물었다.

"산더미처럼 많아. 다음 주까지는 마차 가득 실을 수 있을 만큼 모일 거야. 그런 다음에는 작업공정을 좀 더 효율적으로 만들 수 있어."

딜비쉬는 연못 옆에서 한쪽 무릎을 꿇었다. 아아치의 손이 수면 위로 올라오더니 조금 주저하는 기색으로 딜비쉬의 손을 만졌다. 딜비쉬가 움찔하는 기색이 없자 손을 뻗어 뺨을 어루만졌다.

"당신의 나의 동족이라면 좋겠다는 생각이 들 정도입니다."

이렇게 말하고 그녀는 다시 사라졌다.

"이 지방이 따뜻하고 꽃과 벌이 있었던 것은 오래 전 얘기요." 블랙이 말했다. "그 여자는 정말 오랜 세월을 살아온 것이 틀림없소."

"얼마나 오래인지는 알 도리가 없어."

딜비쉬와 블랙은 언덕 위를 걸으며 연기가 피어오르는 계곡을 내려다보고 있었다.

"하지만 정직하게 살아가기 위해 필요한 것이 단지 꿀이라면, 이 정도 지체할 만한 가치는 있었어."

딜비쉬가 대답했다.

"다음 주에 짐을 남쪽으로 운반해 달라는 부탁을 받았소?"

"응."

"그럼 다음번부터는?"

"다음번부터는 종복들이 알아서 처리할 수 있을 거야."

"노예로서?"

"아니. 작업이 일단 궤도에 올라서기만 하면 임금을 지불할 여유가 생길 거야."

"그렇군. 그러나 한 가지 마음에 걸리는 일이 있소······."

"무슨 일?"

"타스크라는 제관을 믿지 마시오."

"믿지 않아. 비싼 취미를 갖고 있는 걸 아니까. 그 작자는 지금까지 수입의 일부를 자기 호주머니에 집어넣었던 것 같아."

"그 일에 관해서 나는 모르오. 내가 이런 말을 하는 것은 그자가 당신 때문에 자기 일자리를 잃는 것을 두려워하고 있기 때문이오."

"내가 손을 떼면 그런 걱정은 사라지겠지."

출발하는 날 하늘은 맑게 개어 있었고, 조금 날리던 눈송이도 언덕을 내려갈 무렵에는 모두 녹아 있었다. 어제 저녁 사내들은 마차에 짐을 실으며 노래를 불렀다. 그들은 마차 주위를 에워싸고 이를 드러내며 웃었고, 흰 숨을 기운차게 뿜으며 딜비쉬의 어깨와 등을 툭툭 쳤다. 그들은 마차에 식량을 잔뜩 실은 다음 삐걱거리며 떠나는 딜비쉬를 배웅했다.

"이 마차를 끄는 역할은 별로 마음에 들지 않소."

블랙은 사내들이 들을 수 없는 곳에 오자마자 대뜸 이렇게 말했다.

"언젠가 꼭 사례하겠네."

"의심스럽긴 하지만 기억해 두겠소."

산적들은 나타나지 않았다. 이제 그들이 있는 숲에서 강도는 모두 사라졌기 때문이다. 잇달아 나타나던 계곡이 사라지자 그들은 더 빨리 이동할 수가 있었고, 오후가 될 무렵에는 몇 리그나 떨어진 곳까지 와 있었다. 딜비쉬는 안장 위에서 음식을 먹었고, 블랙은 전진을 계속했다.

저녁 무렵 뒤에서 말이 달려오는 소리가 들렸다. 로지스의 밤색 말을 탄 타스크가 오고 있다는 사실을 알아차린 그들은 멈춰 서서 기다렸다. 말은 온몸이 땀투성이였고 격한 숨을 몰아쉬고 있었다. 타스크가 짐마차 옆에서 멈춰 서자 말은 비틀거렸다.

"무슨 일인가?"

딜비쉬는 힐문했다.

"끝장났소. 죽고 재만 남았소."

타스크는 말했다.

"알아들을 수 있게 얘기해!"

"신전이 몽땅 타 버렸소. 등잔불이… 지푸라기에……."

"아아치는 어떻게 됐나?"

"안쪽 방에 갇혀서… 문을 열 수가 없어서……."

"죽었나?"

"죽었소."

"왜 여기로 도망쳐 온 건가?"

"당신을 따라잡고, 채굴 작업에서 내가 받을 몫에 관해 의논하기 위해서요."

"그랬었군."

딜비쉬가 내려다보니 타스크는 손에 반지를 모두 끼고 있었다.

"여기서 야영하는 편이 낫겠군. 그 말은 더 이상 달리지 못해."

"좋소. 저기 저 들판은 어떻소?"

"그렇게 하지."

그날 밤 딜비쉬는 기묘한 꿈을 꾸었다. 꿈속에서 어떤 여자를 힘껏 포옹하고, 거의 난폭할 정도의 손길로 애무하고 있었지만, 그 여자를 바라보는 것이 두려웠다. 공포에 가득 찬 절규를 듣고 잠에서 깼다.

몸을 일으키자 타스크라는 사내의 몸 위에 떠 있는 유령처럼 희미한 빛이 눈에 들어왔다. 빛은 이미 스러지고 있는 중이었지만, 그 윤곽만은 앞으로도 결코 잊을 수가 없을 것이다.

"아아치……?"

잠드십시오, 나의 유일한 친구, 나의 사랑하는 친구여. 어딘가에서 이런 말이 들려왔다. 나는 단지 내 것을 가지러 왔을 뿐입니다. 꿀 만큼 달지는 않지만, 이것으로 만족해야겠지요.

딜비쉬는 아래쪽을 내려다보지 않고 제관의 유해를 덮었다. 다음 날 아침 딜비쉬는 출발했고, 하루종일 아무 말 없이 계속 달렸다.

분할된 도시

 봄이 북방 제국諸國을 천천히 비집고 들어오고 있었다. 전진과 후퇴를 되풀이하며, 매일 조금씩 겨울을 잠식하고 있는 것이다. 높은 산봉우리에는 눈이 아직 두텁게 쌓여 있었지만, 낮은 지대에서는 햇살을 받고 녹아 들판을 축축하게 만들었고, 개울로 흘러들어 굽이치고 있었다. 골짜기에서는 이미 신록이 파릇파릇하게 돋기 시작했고, 오늘처럼 구름 한 점 없는 하늘에서 햇살이 쏟아지는 날에는 길도 말라 있었다. 대기도 정오 무렵이면 햇살에 데워져 따스했다. 기묘한 모습의 검은 말을 탄 여행자, 최근 유령 군단을 소환해서 포타로이를 다시 해방시키고 온 이 여행자는, 바위 언덕 위에 멈춰 서서 북쪽을 가리켰다.
 "블랙. 저기 저 언덕 – 반 리그쯤 떨어진 곳에 있는 언덕 말이야. 방금 그 위에서 뭔가 이상한 것을 보지 않았나?"

블랙은 금속으로 된 머리를 돌려 그쪽을 응시했다.

"못 보았소. 지금도 보이지 않고. 무엇을 보았다는 거요?"

"건물의 윤곽 같은 것이 보였는데, 지금은 보이지 않는군."

"얼음이 햇살을 받고 반짝였던 것인지도 모르오."

"그럴지도 모르겠군."

그들은 전진을 재개했고, 비탈을 내려가서 가던 길을 재촉했다. 몇 분이 지나 다음 언덕 위에 올랐을 때, 다시 멈춰 서서 아까와 같은 방향을 바라보았다.

"저기야!"

거의 미소 짓는 법이 없는 딜비쉬가 미소를 지으며 말했다.

블랙은 고개를 끄덕였다.

"이번에는 나도 보았소. 도시의 성벽처럼 보이는데……."

"저기 가면 신선한 음식이 있을지도 몰라. 목욕도 할 수 있고. 오늘 밤에는 진짜 침대 위에서 잘 수 있을지도 모르겠군. 자, 서두르게."

"지도를 확인해 주겠소? 저 장소가 무슨 이름으로 불리는지 궁금하오."

"그런 건 가보면 알 수 있지 않겠나. 가세!"

"그냥 변덕이라고 생각해 주시오. 다른 사람도 아닌 내 부탁이지 않소."

딜비쉬는 잠깐 그대로 있다가 새들백에 손을 찔러 넣었고, 여기저기를 뒤적이다가 원통을 하나 찾아냈다. 그 안에서 작은 두루마리를 꺼내 펼친 다음 눈 앞에 들고 바라본다.

"흐음."

잠시 후 기수는 이렇게 말했고, 지도를 말아 다시 통에 집어넣었다.

"어떻소? 뭐라고 하는 장소요?"

"알 수 없어. 지도에는 없더군."

"아하!"

"이 지도와 다른 부분이 나온 건 이번이 처음이 아니라는 걸 자네도 알잖나. 지도를 만든 자는 저런 곳이 있다는 걸 깜박했거나 아니면 처음부터 아예 몰랐던 거야. 혹은 최근 생겨난 도시일지도 몰라."

"딜비쉬……?"

"응?"

"나는 당신한테 자주 충고하는 편이오?"

"상당히 자주 그러는 편이지."

"그 충고가 잘못된 일이 자주 있소?"

"몇 가지 예를 들 수는 있어."

"처음에는 있는 것처럼 보였다가 다음 순간에는 사라져 버리는 장소에서 밤을 보낸다는 건 탐탁치가 않소."

"바보 같은 소리! 처음 보았을 때는 각도가 이상했든가, 아니면 거리가 주는 착각일 거야."

"아무래도 미심쩍…"

"…다고 말하는 것이 자네 성격인 걸 잘 알아. 하지만 난 지금 배가 고프다네. 여기 흐르는 개울에서 잡은 신선한 물고기를 향초香草와 함께 굽는다면……."

블랙이 콧방귀를 뀌자 코에서 가느다란 연기가 흘러나왔다. 곧 걷기 시작했다.

"공복空腹이 갑자기 큰 문제가 되었나 보군."

"저기 가면 젊은 처자들이 있을지도 모르잖나."

"흐흥!"

언덕을 올라 도시의 성문으로 이어지는 길은 폭이 넓지 않았고, 성문은 열려 있었다. 딜비쉬는 성문 앞에서 멈춰 섰지만 수하誰何하는 문지기는 어디에도 없었다. 탑과 성벽을 훑어보았지만 아무도 눈에 띄지 않았다. 귀를 기울여 보았지만 들리는 소리라고는 등 뒤에서 불어오는 바람소리와 새들의 지저귐뿐이었다.

"전진하게."

이렇게 말하자 블랙은 딜비쉬를 태우고 성문을 통과했다.

거리는 좌우로 뻗어 있었고, 성벽에 닿으면 옆으로 꺾였다.

지금 서 있는 길은 똑바로 뻗어 나가다가 작은 광장처럼 보이는 곳에 밀집한 건물들 앞에서 끝나고 있었다. 거리는 모두 자갈 포장이 되어 있었고, 상태가 좋았다. 건물들은 주로 돌과 벽돌로 지어져 있었으며, 깔끔하고 예각적銳角的인 인상을 준다. 딜비쉬는 똑바로 뻗어 나간 길을 따라가면서, 길옆의 도랑 수면에 쓰레기가 전혀 보이지 않는다는 사실을 깨달았다.

"조용한 장소로군."

블랙이 말했다.

"그렇군."

백 걸음쯤 더 나아간 후 딜비쉬는 고삐를 잡아당기고 말에서 내렸다. 그러고는 왼쪽에 있던 가게로 들어가더니 곧 밖으로 나왔다.

"뭐가 있소?"

"아무 것도 없네. 텅 비어 있더군. 상품이 없어. 가구조차도."

딜비쉬는 길을 가로질러 다른 건물 안으로 들어갔다가 고개를 설레설레 저으며 나왔다.

"마찬가지였네."

딜비쉬는 다시 안장에 올라타며 말했다.

"이곳에서 떠나겠소? 내 예감에 관해서는 잘 알고 있지 않소."

"우선 광장을 한 번 둘러보기로 하세. 지금까지 여기서 폭력이 행해졌다는 특별한 징후는 없었으니까 말이야. 혹시 오늘은 무슨 축제일인지도 몰라."

블랙의 발굽이 자갈로 포장된 길 위에서 딸각거렸다.

"그 말이 사실이라면 전혀 활기가 없는 축제라고 해야 할 거요."

길을 나아가면서 골목들을 흘낏 보고, 주랑柱廊[7]을 둘러보고, 안뜰을 들여다보았다. 아무런 움직임도 눈에 띄지 않았고, 인적도 완전히 끊겨 있었다. 마침내 그들은 광장 안으로 들어갔다. 광장 양쪽에는 텅 빈 노점들이 늘어서 있었고, 광장 한복판에는 물을 뿜고 있지 않는 작은 분수대가 하나 있었다. 광장 끄트머리에는 두 개의 물고기를 본뜬 커다란 석상이 하나 놓여 있었다. 딜비쉬는 멈춰 서서 이 고대의 상징을 바라보았다. 위쪽 물고기는 왼쪽을 향하고 있고, 아래쪽 물고기는 오른쪽을 향하고 있다. 딜비쉬는 어깨를 으쓱했다.

"자네가 말한 대로이군. 그럼 슬슬……."

그 순간 대기가 흔들리며, 종이 땡 하고 한 번 울리는 소리가 왼쪽에 있는 높은 종탑 안에서 들려왔다.

"기이한 일이군……."

---

7 주랑柱廊 : 기둥만 있고 벽이 없는 복도.

청년 하나가 – 금발에 장밋빛 뺨을 하고, 주름진 흰 셔츠와 초록색 호우즈 차림에 허리에는 짧은 검을 차고 샅아구니에는 커다란 코드피스[8]를 착용한 – 석상 뒤에서 앞으로 걸어 나오더니 미소 지었고, 한쪽 손을 허리춤에 갖다 대더니 짐짓 포즈를 취했다.

"기이하다고?" 청년이 말했다. "맞아, 기이하겠지. 하지만 이제 너는 그보다 더 기이한 광경을 보게 될 거야. 자, 여행자여. 보시게나!"

청년이 과장된 몸짓으로 손짓을 하자 또다시 종이 울렸다.

딜비쉬는 고개를 돌렸고, 자기도 모르게 훅하고 숨을 들이켰다. 광장 주위의 건물들이 고양이만큼이나 은밀하게 움직이고 있었다. 건물들은 빙빙 돌다가, 앞으로 나왔다가, 뒤로 물러났다. 건물들끼리 배열을 바꾸고, 서로 위치를 맞바꾸는 광경은 마치 거석巨石들이 벌이는 우스꽝스러운 무도회를 보는 듯한 느낌이었다. 딜비쉬가 이 광경을 바라보고 있는 사이에 종이 한 번 울렸고, 또다시 울렸다.

이를 지켜보던 딜비쉬는 "이건 도대체 무슨 마법이지?" 하고 청년에게 물었다.

"바로 그거야" 라는 대답이 돌아왔다.

---

[8] 코드피스Codpiece : 중세의 남자용 음낭陰囊 주머니. 처음에는 위생적인 이유에서 착용했지만, 나중에는 점점 더 양식화된 패션의 일부가 된다.

"마법이야. 도시를 다시 배치해서 너를 에워싸려는 미로를 만들고 있는 중이지."

딜비쉬가 고개를 설레설레 저은 순간 종이 한 번 더 울렸다.

"실로 인상적인 구경거리이기는 하지만, 무슨 목적으로 이런 짓을 하는 건가?"

"게임이라고 해도 좋아. 종이 앞으로 몇 번 더 울리고 연주가 끝난 순간 미로가 완성되어 있을 거야. 그리고 종이 또다시 울리기 시작할 때까지 당신에게는 한 시간이 주어지지. 만약 그때까지도 이 도시를 떠나는 길을 찾지 못한다면, 너는 다시 재배열을 시작한 건물들에 깔려 죽게 돼."

"무슨 이유에서 이런 게임을?"

딜비쉬는 이렇게 물었다. 종소리가 한 번 더 난 다음에 대답이 돌아왔다.

"이기든 지든 네가 그 이유를 아는 일은 결코 없을 걸, 엘프 장화를 신은 친구. 너는 게임의 도구에 불과하니까 말이야. 단지 너에게 이렇게 경고하라는 지시를 받았어. 어떤 경로를 택하든 간에, 곳곳에서 공격을 받을 거라고 말이야."

건물들은 종소리에 맞춰 무용을 계속하고 있었다.

"이런 게임에 참가하고 싶은 생각은 없어." 딜비쉬는 칼집에서 검을 뽑으며 말했다. "그렇지만 다른 종류의 게임은 하지 못할 이유가 없지. 나는 지금 너를 안내인으로 삼아 이곳에서 나가려고 결심했어. 거부한다면 넌 네 머리통과 작별해야 할 걸."

청년은 씩 웃었고, 왼손을 들어올려 자기 머리카락을 움켜쥐면서 다른 손으로는 검을 뽑았다. 검을 높게 쳐들더니, 빠르고 강하게 자기 목을 후려친다. 칼날이 목을 완전히 통과했다.

왼손이 위로 올라가면서 방금 베어 낸 자기 머리 – 여전히 히죽거리고 있었다 – 를 어깨 위로 높이 치켜들었다. 또다시 종이 울렸다. 입술이 움직였다.

"넌 지금 보통 인간을 상대하고 있다고 생각했나, 낯선 자여?"

딜비쉬는 얼굴을 찌푸렸다.

"그렇군. 알았어. 블랙, 저자를 상대해 주겠나?"

"기꺼이 그러겠소."

이렇게 대답하자마자 블랙의 입 안에서 불길이 춤추며, 눈동자 속을 가득 채웠다. 그가 뒷발로 일어서는 순간 또다시 종이 울렸다.

양자兩者 사이에서 갑자기 전기를 머금은 듯 공기가 떨리자 잘려 나간 머리의 얼굴에 깜짝 놀란 표정이 떠올랐다. 블랙이 두 앞발을 교차시킨 말 답지 않은 자세로 청년을 내리치는 순간 유황 냄새를 동반한 뇌명雷鳴과도 같은 소리가 울려 퍼졌다. 또 다시 종이 울렸지만 귀청을 찢는 듯한 이 굉음에 묻혀 버렸다. 발굽에 뭉개진 존재는 외마디 절규를 발하며 불타올랐고 사라졌다.

블랙이 자세를 가다듬는 동안 종은 두 번 더 울렸다. 그들은 불에 그슬린 포도鋪道를 바라보며 서 있었다. 곧 정적이 찾아왔다. 건물들이 움직임을 멈췄다.

"훌륭했네." 이윽고 딜비쉬가 입을 열었다. "역시 자네 말이 옳았군. 고마워."

그러자 블랙은 원을 그리면서 움직였다. 그들은 광장에서 바깥쪽으로 뻗어나가는 새로운 거리의 배열을 관찰했다.

"특별히 마음에 드는 길이 있소?"

블랙이 물었다.

"저기로 가기로 하지."

딜비쉬는 왼쪽 샛길을 가리켰다.

"알았소. 그건 그렇고, 아까 그 작자가 보여준 트릭 말인데, 더 나은 솜씨로 그러는 걸 본 적이 있소."

"정말?"

"언젠가 얘기해 주겠소."

그들은 자갈이 깔린 길을 나아갔다. 주위에 움직이는 것은 아무 것도 없었다.

* * *

길은 폭이 좁고 짧았다. 양쪽에 건물들이 빽빽하게 들어서 있다. 길은 느닷없이 오른쪽으로 꺾이더니, 다시 왼쪽으로 꺾였다.

"쉿! 거기 가는 친구!"

왼쪽에서 목소리가 들려왔다.

"최초의 매복이로군."

딜비쉬는 이렇게 중얼거리고 고개를 돌리며 검을 뽑았다.

자그마한 체구에 검은 눈을 가진 사내가 쾌활한 미소를 띠고 문간 안쪽에서 그들을 바라보고 있었다. 긴 잿빛 머리를 정수리에서 상투처럼 틀고 있었다. 양손을 어깨 높이까지 올려 빈 손바닥을 이쪽으로 보이고 있다. 낡아빠진 잿빛 옷을 입고 있었다.

"괜찮아." 사내는 날카로운 어조로 속삭였다. "장난치려는 게 아냐. 난 자네를 도와주려고 왔어."

딜비쉬는 검을 내리지 않았다.

"넌 누구냐?"

"다른 쪽."

이런 대답이 돌아왔다.

"그게 무슨 뜻이지?"

"싫든 좋든 이건 게임이야." 조그만 사내는 말했다. "두 맞수 사이에서 벌어지는… 한쪽은 자네가 여기서 죽기를 원하고 있어. 다른 쪽인 나는 자네가 탈출할 경우에만 이겨. 한쪽이 이 도시를 담당하고, 나는 그 작자의 허를 찌르는 역할이지."

"네가 진실을 말하고 있다고 어떻게 확신할 수가 있지? 누가 누군지 알 수가 없지 않나?"

사내는 자기 셔츠를 내려다보더니 미간을 찌푸렸다.

"한쪽 손을 밑으로 내려도 될까?"

"내려도 좋아."

사내는 오른손을 내리더니 헐렁한 셔츠의 가슴 부분을 폈다. 그러자 사내의 오른쪽을 향해 헤엄치는 물고기 문양의 기장記章이 보였다. 사내는 기장을 가리켜 보였다.

"오른쪽으로 헤엄치는 물고기 기장을 단 사내는 이곳에서 자네가 안전하게 탈출하기를 원하는 사람이야. 자, 지금 내가 하는 말을 시험해 보게. 지금부터 두 번 방향을 바꾼 다음에는 머리 위에서 오는 공격을 조심해야 할 거야."

사내가 문간에 등을 기대자 문이 열렸다. 사내는 안으로 들어가 문을 닫았다. 딜비쉬는 빗장이 떨어지는 소리를 들었다.

"가세."

딜비쉬는 블랙에게 말했다.

처음 모퉁이를 돌았을 때는 블랙의 발굽 소리를 제외하면 아무 소리도 들리지 않았다. 딜비쉬는 검을 쥐고 나아갔고, 모든 문간을 빠짐없이 훑어보았다.

두 번째 모퉁이를 돌자 아치문이 나왔다. 속도를 늦추고 더 나아가기 전에 찬찬히 뜯어보았다. 그들은 그 아래를 지나 좁은 길을 나아가기 시작했다. 격자 장식의 문을 지나자 작은 안뜰이 나타났다. 딜비쉬는 아래쪽과 위쪽을 빠짐없이 훑어보았지만 아무 것도 보이지 않았다.

다음 순간 머리 위쪽 어딘가에서 금속과 돌이 마찰하는 소리가 들려왔다. 위를 올려다보자마자 딜비쉬는 외쳤다.

"뒤로 물러나! 뒤로!"

블랙은 몸을 돌리지 않고 재빨리 뒷걸음질쳤다. 그와 동시에 펄펄 끓으며 김을 내뿜는 기름이 눈 앞의 석판 위로 폭포수처럼 쏟아졌다. 딜비쉬는 오른쪽 건물 지붕 위에 있는 사람의 그림자를 힐끗 볼 여유밖에는 없었다.

쾅 하는 소리가 들려오더니 그들 주위에서 반사되고, 메아리쳤다. 뒤를 돌아다보니 방금 지나온 아치문을 육중한 쇠창살이 가로막고 있었다. 부글부글 끓는 기름 웅덩이가 계속 커지면서 그들을 향해 밀려온다.

"저 위에서는 제대로 서 있을 수가 없을 거요."

블랙이 말했다.

"오른쪽에 있는 저 문! 저걸 부수고 들어가!"

블랙은 그쪽으로 홱 머리를 돌리고 격자문을 들이받았다. 박살난 문을 통과하자 판석板石을 깐 작은 안뜰이 나왔다. 안뜰 한복판에는 물이 마른 조그만 분수대가 있고, 반대편에는 또 다른 목제 문이 나 있었다.

"사기를 쳤군!" 머리 위, 왼쪽에서 목소리가 들려왔다. "미리 경고를 받았나?"

딜비쉬는 위를 올려다보았다.

3층의 작은 발코니 위에 아까 만났던 정보 제공자를 빼닮은 사내가 서 있었다. 푸른 머리띠로 뒤통수에서 머리를 조여 맸고, 셔츠 앞 기장에 그려진 물고기가 왼쪽을 향해 헤엄치고 있다는 사실을 제외하면 말이다. 손에는 노궁弩弓을 들고 있었다. 사내는 노궁을 들어올려 딜비쉬를 겨냥했다.

딜비쉬는 블랙의 오른쪽으로 미끄러지듯이 내려가서 몸을 웅크렸다. 화살이 블랙의 금속 피부에 맞아 튕기는 소리가 들렸다.

"저 녀석이 다시 화살을 메기기 전에 다른 쪽 문으로 나가게! 나도 나중에 따라가겠어!"

블랙은 앞을 향해 돌진했고, 문에 도달했을 때도 속도를 늦추지 않았다. 딜비쉬는 그 뒤를 따라 전력 질주했다.

"저건 사기야! 사기!"

등 뒤에서 또 이렇게 외치는 소리가 들려왔다.

길은 양쪽으로 이어지고 있었다.

"오른쪽으로 가."

딜비쉬는 안장에 올라타며 말했다.

블랙은 서둘러 그쪽으로 갔다. 그러자 길이 두 갈래로 나뉘었다. 왼쪽 길로 들어가자 조금 오르막길이었다.

"위험을 무릅쓰더라도 높은 건물 위로 기어올라가는 편이 나을지도 모르겠군. 그럼 나가는 길을 알아낼 수 있을지도 모르니까."

"그럴 필요는 없네." 오른쪽에서 귀에 익은 목소리가 말했다. "내가 불필요한 수고를 덜어 줄 수 있어. 방금 자네는 지름길을 하나 발견했네. 아까 거기서 말이야. 그리 멀지도 않아."

딜비쉬는 처음에 본 사내, 상투를 틀고, 오른쪽을 향한 물고기 기장을 단 사내의 눈을 들여다보았다. 사내는 팔을 뻗으면 닿을 거리에 있는 낮은 창문 뒤에 서 있었다.

"하지만 서둘러야 해. 저 녀석은 이미 성문 쪽에 힘을 집결시키고 있어. 녀석이 먼저 거기 도달한다면 자네는 끝장이야."

"처음부터 성문 앞으로 가서 기다리고 있는 편이 더 간단하지 않나."

"그건 허용되지 않아. 게임을 그런 식으로 시작할 수야 없는 일이지. 다음에 길이 갈리면 오른쪽으로 꺾고, 다시 왼쪽으로 꺾었다가, 다시 두 번 오른쪽으로 꺾게. 골목을 나가면

넓은 안뜰이 나와. 성문은 그 왼쪽에 있고, 열려 있을 거야. 서둘러!"

딜비쉬는 고개를 끄덕였다. 블랙은 질주하기 시작했고, 다음 길모퉁이에서 오른쪽 길로 들어갔다.

"저자의 말을 믿소?"

블랙이 묻자, 딜비쉬는 어깨를 으쓱해 보였다.

"저자 말대로 하든가, 아니면 무시무시한 도박을 하는 수밖에 없겠지."

"그게 무슨 뜻이오?"

"내가 아는 가장 강력한 마법을 쓴다는 뜻이야."

"원수를 만나는 날에 대비해서, 지옥에서 습득해 온 '외포畏怖의 주문' 중 하나를 쓰겠다는 말이오?"

"그래. 열두 개의 주문 중 도시를 파괴하는 것이 있어."

블랙은 조심스럽게 왼쪽으로 방향을 틀었다.

"이런 마법의 구조물에 대해 그 주문이 어떤 효력을 가질 것이라고 생각하오?"

"순수한 힘이라는 측면에서 보자면 지상의 마법 따위는 상대가 되지 않아……."

"하지만 경계할 틈이 전혀 없지 않소. 조금이라도 실수를 한다면 두 번째 기회는 없소."

"얘기 안 해줘도 잘 아네."

블랙은 다음 길모퉁이에서 멈췄고, 주위를 둘러보다가 다시 길을 나아가기 시작했다.

"그자의 말이 사실이라면 곧 닿을 거요. 우리를 죽이려는 작자를 속여 넘겼다면 좋겠군. 그리고 다음번에는 지도를 조금 더 믿는 게 나을 거요!"

"알았네. 자, 여기서 돌아. 조심해서……."

그들은 다음 길모퉁이를 돌았다. 긴 골목이 나왔고, 그 건너편에 불빛이 보였다.

"지금까지는 그자의 말이 옳았던 것 같소."

블랙은 발굽 소리를 줄이기 위해 속도를 늦추며 속삭였다.

골목 끝에 다가가자 블랙은 멈춰 섰다. 안뜰이 보인다.

발코니에 있던 사내가 안뜰 한복판에 서서 이쪽을 바라보며 미소 짓고 있었다. 오른손에는 석장錫杖을 쥐고 있었다.

"너희들은 나를 힘들게 했어. 하지만 내가 온 길이 더 지름길이었어. 보시다시피."

사내는 오른쪽을 보았다.

"저게 나가는 문이지."

사내는 석장을 들어올리더니 지면을 세 번 두들겼다. 그러자마자 사내 주위의 판석들이 뚜껑처럼 홱하고 들렸고, 그 구멍에서 사내들이 위로 올라오기 시작했다. 대략 40명쯤 되어 보였고, 각자 석장을 하나씩 들고 있었다. 이들 모두가 왼쪽 손을 들어올려 자기 머리카락을 움켜쥐더니, 어깨 위로 들어올렸다. 이들 모두가 일제히 웃음을 터뜨리며 머리를 제자리에 내려놓았고, 양손으로 석장을 움켜쥐고는 안뜰을 가로질러 이쪽으로 달려오기 시작했다.

"후퇴해!" 딜비쉬가 말했다. "저래서는 돌파할 수 없어!"

그들은 골목길을 되돌아가서 왼쪽으로 방향을 틀었다. 석장을 든 사내들이 배후의 골목으로 들어오는 소리가 들렸다.

"아까 그 안뜰은 다른 길로도 이어져 있었어. 아마 우회할 수 있을 거야."

"다음 길은……."

"왼쪽!"

그들은 왼쪽으로 돌았다.

"또 길이 나왔소."

"오른쪽!"

그 길을 따라가자 십자로로 이루어진 광장이 나왔고, 그 중심에는 분수대가 있었다. 석장을 든 사내들이 갑자기 왼쪽과 바로 정면의 길에서 쏟아져 나오기 시작했다. 배후에서도 여전히 추적해 오는 소리가 들려왔다.

블랙은 오른쪽 길로 들어갔고, 조금 더 간 곳에서 다시 오른쪽으로 방향을 틀었다. 길을 따라 더 나아가자 창살문이 아래로 내려오며 앞길을 막았다. 왼쪽으로 가자 정원을 낀 기다란 아케이드가 나왔다.

"저 정원을 가로질러!" 길게 늘어선 관목 뒤에서 목소리가 들려왔다. "거기로 가면 문이 하나 있어!" 조그만 사내가 일어서며 그쪽을 가리켰다. "기억해 둬. 그 다음에는 왼쪽으로 두 번에 오른쪽으로 한 번, 다시 왼쪽으로 두 번에 오른쪽으로 한 번이야. 끝까지 그렇게 가!"

블랙은 정원을 마구 짓밟으며 문으로 돌진했다. 다음 순간 그는 뒷발로 일어서며 급정지했다. 종소리가 한 번 울리며 대기를 뒤흔들었던 것이다.

"아, 이런."

상투를 튼 작은 사내가 말했다.

왼쪽에 있던 건물이 90도 회전하면서 뒤로 물러났고, 길을 따라 미끄러졌다. 돌난간이 튕겨 올라갔다. 탑 하나가 슬금슬금 앞으로 다가온다. 두 번째의 작은 사내가 나타나더니 처음 사내 옆으로 와서 섰다. 웃고 있었다. 첫 번째 사내는 웃고 있지 않았다.

"때가 된 것이오?"

블랙이 물었다. 이렇게 묻는 사이에도 헛간 하나가 옆을 스치며 튕겨 나갔고, 이쪽을 향해 성큼성큼 다가오는 아치문 아래를 통과했다.

"유감이지만 그래야 할 것 같군." 딜비쉬는 양손을 곧게 뻗어 머리 위로 들어올리며 대꾸했다.

"마브라, 브라호링 마브라······."

강풍이 지상을 향해 불어왔고, 바람 속에서 호읍 소리가 들려왔다. 바람은 그들의 몸에 접촉하는 일 없이 냉기(冷氣)만을 남기며 그 주위를 휘감고 소용돌이쳤다. 모든 건물이 연기처럼 뿌연 아지랑이를 뿜기 시작했다.

딜비쉬가 계속해서 주문을 외우자 무엇인가가 부러지고, 조각나는 소리가 들려오기 시작했고, 곧 돌이 박살나는 소리로 이어졌다. 어딘가에서 종탑이 기우뚱했다가 쓰러졌다. 종은 돌진해 오는 상점이나 주거 위로 떨어지며, 박살나면서 귀에 거슬리는 최후의 종소리를 발했다.

대지가 흔들리며, 처음 들려왔던 호읍 소리는 고막이 찢어질 정도로 날카로운 포효로 변했다. 건물들은 안개에 감싸인 채로 스러져갔다. 다음 순간 백 그루의 나무가 벼락을 맞고 한꺼번에 쪼개지는 듯한 굉음이 울려 퍼졌고, 강풍은 처음 불어오기 시작했을 때처럼 느닷없이 멈췄다.

딜비쉬와 블랙은 햇살이 내리 쬐이는 언덕 꼭대기에 서 있었다. 그들 주위에서 도시의 흔적은 씻은 듯이 사라져 있었다.

"축하해야겠군. 아주 좋은 솜씨였소."

블랙이 입을 열었다.

"그 말에 나도 찬동하는 수밖에 없겠군."

귀에 익은 목소리가 등 뒤에서 말했다.

딜비쉬가 뒤를 돌아보자 상투를 틀고 오른쪽으로 헤엄치는 물고기 기장을 단 작은 사내가 서 있었다.

"진심으로 사과하겠네. 설마 동료 마법사를 유인했다고는 꿈에도 생각하지 않았어. 방금 외운 건 '외포의 주문'이 맞지? 실제로 쓰이는 걸 본 것은 이번이 처음이야."

"그래, 맞아."

"안전한 구획으로 재빨리 피할 수 있어서 정말 다행이야. 내 형제는 물론 자기 도시와 함께 떠나야 했지만 말이야. 그 점에 관해서 자네에게 감사하고 싶네. 정말로."

"설명을 듣고 싶군." 딜비쉬가 말했다. "무슨 이유에서 이런 짓을 했는지 말이야. 이런 것밖에는 소일거리가 없었나?"

"아, 마법사 친구!" 조그만 사내는 양손을 쥐어짜듯이 뒤틀며 말했다. "우리들이 닮은 걸 보고 깨닫지 못했나? 우리는 쌍둥이였어. 두 사람 모두 현묘玄妙한 법의 수행자일 경우, 상상할 수 있는 최악의 상황이라고 할 수 있지. 힘이 분할되어 버리는 거야. 각자가 원래 주어진 힘의 반밖에는 쓸 수가 없다는 얘기이지."

"무슨 얘긴지 어느 정도 감이 오는군."

"그래. 결투를 시도해 보긴 했지만 서로의 힘이 너무 비슷해서 결판이 안 나더군. 그래서 서로 약점을 공유하느니 차라리 이렇게 하기로 약정을 맺었지. 우리들 중 한 사람은 십 년 동안 아스트랄 계界의 림보(망각계忘却界)로 귀양을 가고, 그동안 다른 사람은 이 세상에서 살면서 한 사람 분의 완전한 마력을 만끽하는 거지. 이 기간이 끝날 무렵에 우리는 다음 10년 동안 누가 지상의 생활을 즐길지를 정하기 위해 게임을 했던 거야. 한쪽이 도시를 세우면, 다른 쪽은 자신을 대신하는 챔피언이 그 미로를 빠져나가는 걸 돕는 식이지. 챔피언 쪽을 제비로 뽑았을 때는 나는 상당히 낙담했었네. 이기는 쪽은 보통 도시였거든. 하지만 자네는 내게 행운을 가져다주었네. 자네가 탄 말을 보았을 때 우리는 짐작했어야 했어. 하지만 설마 '외포의 주문'이 나올 줄 누가 상상이나 할 수 있었겠나! 그걸 배운다는 건 정말 지옥 같은 경험이었겠지?"

"그래."

"물론 나는 자네에게 빚을 졌네. 그리고 지금은 - 거의 - 완전한 힘을 갖추고 있어. 뭔가 도움이 되어 줄 수는 없을까?"

"있네."

딜비쉬가 대꾸했다.

"말해 보게."

"나는 한 사내를… 아니, 마법사를 찾고 있네. 만약 그자가 어디 있는지를 알고 있다면 나는 그걸 알고 싶어. 이곳에서 그자의 이름을 입에 담는 건 위험해. 방금 이곳에서 해방된 힘의 작용이 그자의 주의를 끌었을지도 모르니까 말이야. 그자는 가장 강대하고, 가장 사악하네. 내가 누구 얘기를 하고 있는지 알겠나?"

"화… 확실히는 모르겠네만……."

딜비쉬는 한숨을 쉬었다.

"할 수 없군."

딜비쉬는 말에서 내렸고, 칼끝으로 지면에 **젤레락**이라고 썼다.

조그만 마법사의 얼굴이 백짓장처럼 하얗게 변했다. 마법사는 다시 손을 쥐어짜듯이 뒤틀었다.

"아아, 친구! 자네 그러다가는 죽어!"

"아니, 죽는 건 그자야." 딜비쉬는 발끝으로 지면 위의 이름을 지우며 말했다. "나를 도와줄 수 있겠나?"

사내는 마른 침을 삼켰다.

"내가 알기로는 그자는 일곱 개의 성을 세계 곳곳에 가지고 있네. 이것들은 각각 다른 방법으로 방어되고 있어. 그자는 인간과 초자연적인 것들 양쪽을 종복으로 거느리고 있네. 들리는 바에 의하면 이 일곱 개의 성채들 사이를 재빨리 이동할 수 있는 수단을 가지고 있다고도 하더군. 자네는 왜 이런 일들조차도 모르나?"

"오랫동안 다른 곳에 가 있었어. 그러니 이해해 줘. 그 성들의 위치는 어떻게 되지?"

"슬슬 자네가 누구인지 짐작이 가는군."

마법사는 이렇게 말하고는 한쪽 무릎을 꿇더니 손가락으로 땅 위에 무엇인가를 그리기 시작했다.

딜비쉬는 사내 곁에 웅크리고 앉아 지도가 모양을 갖추는 것을 바라보았다.

"…여기 있는 성은 세계의 가장자리에 있고, 나는 환시幻視를 통해 보았을 뿐이야. 그리고 이곳은 '붉은 성채'라는 이름이고, 다른 성 하나는 남쪽 먼 곳에 있고……."

딜비쉬는 눈 앞에 보이는 성들의 위치를 마음에 새겨 넣었다.

"…그렇다면 가장 가까운 곳에 있는 것은 '얼음탑'이라고 불리는 이 성인가보군. 이곳에서 북서쪽으로 500리그 이상 간 곳에 있는… 그런 장소가 있다는 소문은 들은 적이 있어. 지금까지 그걸 찾고 있었네."

"**해방자**여, 내 충고에 귀를 기울이게." 사내는 일어서며 말했다. "제발……."

도시가 또다시 그들 주위를 에워쌌다. 그러나 예전과는 모양이 달랐고, 더 나지막한 높이에서 언덕 중턱을 향해 한없이 뻗어 가고 있었다.

"서… 설마 자네 가벼운 농담 삼아 도시를 다시 불러낸 건 아니겠지?"

마법사가 물었다.

"아니."

"아무래도 그런 것이 아닌가 걱정하던 참이었어. 몹시도 조용하게 나타났군. 안 그런가?"

"응."

"게다가 스트라드나 내가 만들 수 있던 것보다 훨씬 더 커. 이제 우리는 어떻게 하면 될까? 우리들더러 이곳을 돌아다니라는 걸까?"

상공에 검은 덩어리가 나타났다.

"기꺼이 그래 주지. 만약 안에서 기다리는 것이 그자라면 말이야."

"그런 말은 하지 말게, 친구! 저걸 봐!"

완만한 번개를 닮은 불의 막幕이 하늘에서 아래를 향해 하강하기 시작했고, 아무 소리도 없이 두 사람을 에워싼 새로운 도시 위를 덮었다. 잠시 후 도시가 타오르기 시작했다. 연기 냄새가 났다. 재가 난무했다. 잠시 후 그들은 불길로 이루어진 거대한 벽으로 둘러싸여 있었다. 열파熱波가 그들을 엄습했다.

"멋진 솜씨로군." 마법사는 옷깃으로 이마를 닦으며 말했다. "내 이름을 가르쳐주지. 스트로드라고 하네. 평소에는 이렇게까지 친절하지는 않지만, 어차피 우린 사형선고를 받았을지도 모르니까 상관없네. 자네 이름은 내가 추측한 것과 다르지 않지?"

"그런 것 같군."

불길이 수그러들기 시작했다. 발아래에서 도시는 사라져 있었다.

"정말 멋진 솜씨로구먼." 스트로드가 말했다.

"힘의 과시는 이걸로 끝난 것 같지만, 왜 그냥 우리에게 그 힘을 직접 행사하지 않은 걸까?"

거칠고, 금속적인 목소리로 블랙이 웃었다.

"그럴 만한 이유가 있소."

블랙이 말했다.

수그러든 불길이 깜박이다가 사라졌다. 양지바른 언덕은 아까 보았던 것과 똑같은 상태로 돌아왔다.

"흐음, 그런 건가." 스트로드가 말했다. "난 갑자기 먼 곳으로 여행을 떠나고 싶어졌어. 건강을 위해서 말이야. 아스트랄 계의 림보를 떠돌다 보면 아무래도 기력이 쇠하는 경향이 있거든. 자네에게는 여전히 좀 빚을 지고 있지만, 자네가 앞으로 만나게 될 자들이 나는 두려워. 혹시 내 도움이 필요해지거든 자네가 생각하고 있는 그 큰 거 대신 사소한 부탁 여러 개를 해 주는 편이 나로서도 훨씬 고맙겠네. 무슨 얘긴지 이해하지?"

"기억해 두지."

딜비쉬는 미소 지으며 대꾸했다. 그는 블랙에 올라타고 북서쪽을 향해 고개를 돌렸다.

스트로드는 움찔했다.

"아무래도 그쪽으로 가지 않을까 걱정하고 있었어. 하여튼 행운을 비네."

"자네도 잘 가게."

딜비쉬는 사내를 향해 가볍게 손을 흔든 후 말을 달려 그 자리를 떠났다.

"얼음탑인가?"

블랙이 말했다.

"얼음탑이야."

딜비쉬가 뒤를 돌아다보자, 언덕 꼭대기에는 아무도 없었다.

흰 짐승

 검게 번들거리는 말을 타고 하루종일 빙원氷原을 가로지르던 사내는 자신이 추격당하고 있다는 사실을 알고 있었다. 한참 전에 바람에 날려 쌓인 눈덩이들 사이를 지나왔을 때, 껑충껑충 달리는 추격자의 모습을 흘낏 보았던 것이다. 눈발을 뒤집어 쓴 길쭉한 모양의 물체들이 달빛을 반사하며 반짝이고, 얼음장처럼 차가운 삭풍이 산맥을 통과해서 밤의 어둠에 뒤덮인 들판 위로 몰아치기 시작했을 때 처음으로 추적자의 포효를 들었다.
 그러나 사내는 산에 매우 가까이 다가와 있었다. 산기슭 어딘가로 가면 아마 움푹 팬 구덩이나 동굴 혹은 방비를 갖춘 피난처가 있을 것이다. 좌우와 등 뒤를 바위가 막아 주는 장소가 있다면 앞쪽에 모닥불을 지펴 놓고, 무릎 위에는 검을 올려놓은 채로 쉴 수 있을 것이다.

또다시 포효가 울려 퍼졌다. 사내가 탄 거대한 검은 말은 한층 더 빠르게 달리기 시작했다. 전방에는 커다란 바위들이 산재해 있었고, 그들은 곧 그것들 곁으로 다가갔다. 사내는 말을 타고 바위들 사이를 누비며, 얼음에 뒤덮인 비탈을 눈으로 훑으며 적당한 구멍 따위가 없는지 알아보기 시작했다. 어디라도 좋았다.

"저기, 앞쪽을 보시오."

사내의 전방 아래에서 나직한 목소리가 들려왔다. 사내가 탄 말의 목소리였다.

"그래, 나도 보았네. 우리 둘이 들어갈 수 있을까?"

"들어갈 수 없다면 내가 넓히겠소. 더 이상 나아가는 것은 위험하오. 저런 곳은 더 이상 나타나지 않을지도 모르오."

"맞는 얘기야."

그들은 구멍 앞에서 멈춰 섰다. 사내는 말에서 내렸다. 녹색 장화는 눈 위에서도 소리를 내지 않는다. 검은 말 모습을 한 동반자가 먼저 안으로 들어갔다.

"밖에서 보는 것보다 더 크군. 안은 비어 있고 축축하지도 않소. 들어오시오."

사내는 동굴 처마 아래에서 고개를 숙이고 안으로 들어갔다. 무릎을 꿇고는 불쏘시개가 될 만한 것을 찾는다.

"어디 작대기나 나뭇가지, 나뭇잎 같은 것이 없나……."

사내는 그것들을 찾아내서 쌓아 놓았고, 바닥에 앉았다. 말은 사내의 등 뒤에 서 있었다. 사내는 검대를 끌러 금방 집어 들 수 있는 곳에 놓았다.

또다시 포효가 들려왔다. 이번에는 훨씬 더 가까운 곳에서.

"저 얼어 죽을 흰 늑대가 용기를 내서 빨리 공격해 왔으면 좋겠군. 얼굴을 맞대고 의견 차이를 해소할 때까지는 자려야 잘 수가 없으니 말이야." 사내는 부싯돌을 꺼내 들며 말했다. "하루종일 우리 주위를 빙빙 돌며 따라왔고, 먼 곳에서 우리를 감시하면서 기회가 오기를 기다리고 있었어."

"늑대가 가장 두려워하는 것은 나인 것 같소. 늑대는 내가 부자연스러운 존재이고, 또 내가 당신을 보호하리라는 것을 감지한 것 같소."

"나라도 자네를 두려워할 걸."

사내는 웃으며 말했다.

"당신은 지성을 가진 인간이오. 하지만 저 늑대는 어떤 생각을 하고 있을 것 같소?"

"무슨 말을 하고 싶은 건가?"

"딱히 무슨 생각이 있는 것은 아니요. 잘 모르겠소. 음식을 먹고 쉬시오. 내가 지키고 있을 테니……."

사내는 나뭇잎에 불을 붙였고, 곧 연기가 피어오르기 시작했다.

"만약 저놈이 모닥불에도 개의치 않고, 재빨리 뛰어 들어와서 문다면 나를 동굴 밖으로 끌고 나갈지도 몰라. 자네 덩치로는 올라가기 힘든 눈 덮인 산등성이 따위를 향해 말이야. 내가 저놈이라면 아마 그렇게 할 걸."

"이젠 당신이 저 늑대를 과대평가하고 있군."

사내는 불을 지피고 가져온 식량을 꺼냈다.

"지금 바위들 사이로 돌아다니는 것을 볼 수 있소. 배가 고프지만 완벽한 기회가 올 때까지 기다릴 심산인 것 같소."

사내는 검을 칼집에서 뽑았다.

"변신수變身獸를 구분하는 특별한 방법이 있나?"

사내가 물었다.

"그것이 변신하는 것을 목격하거나 사람처럼 말하는 것을 듣기 전에는 알 수 없소."

"이봐, 거기 있는 자네!" 사내가 느닷없이 외쳤다. "협상할 생각은 없나? 지금 내가 먹고 있는 음식을 자네와 나눈 다음 손을 흔들고 얌전하게 작별하는 거야. 어때?"

대답한 것은 바람소리뿐이었다.

사내는 고기 덩어리를 들어올려 꼬치에 꽂고 모닥불에 갖다 댔다. 덩어리를 이등분해서 한쪽에 밀어 놓는다.

"지금 당신 하는 일이 상당히 우스꽝스러워 보인다는 사실을 알고 있소?"

사내의 동반자가 말했다.

사내는 어깨를 으쓱하고는 음식을 먹기 시작했다. 눈을 녹인 물에 약간의 포도주를 섞은 다음 들이켰다.

한 시간이 지났다. 사내는 망토와 반으로 접은 담요를 두르고 앉아서 남은 나뭇가지를 모닥불에 지폈다. 동굴 밖에서 눈처럼 흰 그림자가 접근했다. 모닥불이 짐승의 눈에 반사되는 것이 처음으로 보였다. 동굴 입구에서 왼쪽으로 간 곳이었고, 사내가 타고 온 검은 동반자의 시야에서는 벗어나 있었다. 사내는 아무 말도 하지 않고, 기다렸다. 두 눈은 조금씩 더 접근해 왔다. 커다랗고, 노란 눈이었다. 마침내 두 눈은 움직임을 멈추고 동굴로 들어오는 모퉁이 바로 앞, 낮은 위치에 자리를 잡았다.

"고기!"

고통에 찬 속삭임이 들려왔다.

사내는 동반자의 앞발에 손을 대고 꼼짝 말라는 신호를 보냈고, 다른 손으로는 고기 덩어리를 집어 올려 밖으로 내던졌다. 고기 덩어리는 그 즉시 사라졌다. 고기를 씹는 소리가 들렸다.

"이게 다야?"

잠시 후 목소리가 말했다.

"아까 약속했듯이 오늘 저녁식사의 반이야."

사내가 속삭였다.

"난 너무 배가 고파. 유감이지만 너까지 먹을 수밖에 없군."

"나도 아네. 그리고 나 역시 유감이야. 하지만 내게는 '얼음탑'까지 도달할 수 있는 식량이 있어야 해. 또 자네가 나를 먹으려고 한다면 나도 자네를 죽이는 수밖에 없어."

"얼음탑? 그곳에 가면 당신은 죽고, 아무 쓸모도 없는 일에 식량을 쓰게 돼. 당신 몸의 고기도 쓸모없게 되고. 그곳의 주인이 당신을 죽일 거야. 그걸 몰랐어?"

"내가 먼저 그자를 죽인다면 얘기는 달라지지."

흰 짐승은 한동안 헐떡이고 있었다. 이윽고 그것은 "난 너무 배가 고파"라고 되풀이했다.

"곧 당신을 잡아먹어야 해. 세상에는 죽음보다 더 끔찍한 것이 있어."

"나도 아네."

"당신 이름을 가르쳐 주겠어?"

"딜비쉬."

"아주 오래… 오래 전에 들은 것 같은 이름이군……."

"그랬을지도 모르겠군."

"만약 그자가 당신을 죽이지 않는다면… 나를 봐! 나도 옛날 그자를 죽이려 했어. 나도 예전에는 인간이었던 적이 있었어."

"자네를 그 모습에서 벗어나게 할 수 있는 주문이 뭔지 나는 모르네."

"이미 때가 늦었어. 이제 난 그런 것에는 상관하지 않아. 단지 먹을 것이 필요해."

이윽고 침을 흘리는 소리가 들렸고, 날카롭게 숨을 들이키는 소리가 이어졌다. 사내는 검을 손에 쥐고 기다렸다.

"오래 전에 '해방자' 딜비쉬라고 불리는 사내에 관해 들은 적이 있어." 느린 말투였다. "그 사내는 강했어."

침묵.

"내가 그 딜비쉬야."

"조금 더 다가가게 해 줘… 녹색 장화를 신고 있군!"

흰 그림자는 다시 뒤로 물러났다. 노란 눈이 사내의 눈을 응시했다.

"난 배가 고파. 언제나 배가 고파."

"알고 있네."

"나는 그보다 더 강한 것을 오직 하나밖에 알지 못해. 당신도 그게 무엇인지 알고 있지. 잘 가게."

"잘 가게."

두 눈은 고개를 돌렸다. 그림자는 동굴 옆에서 사라져 있었다. 나중에 딜비쉬는 먼 곳에서 포효하는 소리를 들었다. 그러고는 침묵이 흘렀다.

얼음탑

 말의 모습을 한 검은 짐승은 얼어붙은 산길 위에서 발을 멈췄다. 고개를 왼쪽으로 돌리고 등에 태운 기수와 함께 반짝거리는 산 정상에 우뚝 솟아 있는 성을 올려다본다.
 "여기도 아냐."
 딜비쉬가 말했다.
 블랙은 다시 걷기 시작했다. 금속 발굽에 밟힌 얼음에 금이 가고, 그 주위에서는 작게 눈보라가 일었다.
 "아무래도 길 따위는 없는 것이 아닌가 하는 생각이 들기 시작했소." 잠시 시간이 흐른 후 블랙이 말했다. "이미 산 주위를 반 이상 돌아보지 않았소."
 "알고 있네." 목도리를 두르고 녹색 장화를 신은 딜비쉬가 대꾸했다. "나는 저 위까지 기어오를 수 있을지도 모르지만,

그런다면 자네를 뒤에 남겨 두고 가야 해."

"그것은 위험한 일이오. 특정한 상황, 특히 당신이 자초하려는 상황에서 내가 지닌 가치가 어떤 것인지 잘 알고 있지 않소."

"맞는 말이야. 하지만 그 방법밖에 없다면······."

그들은 한동안 더 나아갔고, 주기적으로 멈춰 서면서 높게 솟은 산을 관찰했다.

"딜비쉬, 조금 전 지나왔던 곳에 경사가 비교적 완만한 경사면이 있었소. 적절한 지점에서 달리기 시작한다면 상당히 높은 곳까지 당신을 태워다 줄 수 있소. 산 정상까지는 무리이지만 적어도 그 부근까지는."

"달리 방법이 없다면 그렇게 하기로 하지, 블랙."

딜비쉬는 대꾸했다. 입에서 뿜어져 나오는 하얀 김이 바람에 휘날려 금세 흩어진다.

"하지만 앞으로 더 가보는 편이 낫겠어. 앗! 저건 도대체······."

검은 그림자가 산허리를 타고 맹렬한 속도로 내려오고 있었다. 그림자는 그들 앞쪽에 있는 얼음에 부딪치기 직전 박쥐 같은 얇은 초록색의 날개를 펼치더니 공중으로 홱 날아올랐다. 재빨리 선회하며 하늘로 올라가더니 그들을 향해 급강하한다.

그 즉시 딜비쉬는 검을 뽑아 들어 가슴 앞에서 수직으로 추켜올렸다. 딜비쉬는 상체를 뒤로 젖히고 접근해 오는 생물을 응시했다. 검을 보자 생물은 방향을 트는가 하더니 금세 딜비쉬 앞으로 되돌아왔다. 딜비쉬는 검을 휘둘렀지만 맞히지는 못했다. 생물은 또다시 옆으로 홱 날아올랐다.

"우리가 여기 와 있다는 사실이 더 이상 비밀이 아니라는 것이 명백해졌소."

블랙은 비행 생물을 정면에서 마주볼 수 있도록 몸을 돌리며 말했다.

생물은 또다시 급강하했고, 딜비쉬도 다시 검을 휘둘렀다. 생물은 이를 피하려고 마지막 순간에 방향을 틀다가 칼날의 편평한 부분에 얻어맞았다. 생물은 이 충격으로 추락하는가 싶더니 퍼덕거리며 또다시 하늘로 날아 올라갔고, 그들 머리 위에서 몇 번 선회하다가 더 높이 올라가면서 방향을 바꿨다. 생물은 '얼음탑'의 측면으로 날아 올라가기 시작했다.

"이제 기습 효과는 기대할 수 없을 것 같군." 딜비쉬는 말을 이었다. "솔직히 말하자면 우리의 존재를 지금보다 더 빨리 알아차릴 줄 알았어."

검을 칼집에 꽂는다.

"길을 찾으러 가세. 그런 것이 있다면 말이지만."

그들은 산기슭 주위를 다시 우회하기 시작했다.

시체를 닮은 녹색과 백색의 얼굴이 거울 속에서 밖을 내다보고 있다. 거울 앞에 그런 상像을 맺을 만한 사람의 모습은 없었다. 거울 속의 얼굴 뒤에는 높은 석조 홀이 보였다. 벽에는 낡고 미어진 태피스트리들이 걸려 있고, 좁다란 창문 몇 개가 나 있다. 길고 육중한 식탁이 보이고, 식탁 끄트머리에서는 가지촛대에 꽂힌 촛불들이 너울거리고 있다. 바람이 옆에 있는 굴뚝 속을 통과하며 흐느끼는 듯한 소리를 냈고, 폭이 넓은 벽난로 안의 불길을 납작하게 만들었다가 다시 위로 끌어올리는 일을 되풀이하고 있었다.

거울 속 얼굴은 저녁식사를 하고 있는 사람들을 바라보고 있는 듯했다. 마른 몸집에 검은 머리와 검은 눈을 가진 젊은 남자는 초록색 테두리가 있는 검정색 더블렛[9]을 입고 있었다. 젊은 남자는 요리를 깨작거리기만 했고, 이따금 신경질적인 몸짓으로 목 주위에 두른 사슬에 매달린 반지를 만지작거리곤 했다. 검은 금속으로 만들어진 반지에는 엷은 핑크빛 보석이 박혀 있었다. 함께 식사중인 젊은 여자의 머리와 눈동자 빛깔은 남자와 똑같았다. 풍만한 느낌을 주는 입가에 이따금 기묘한 미소를 언뜻언뜻 떠올리며, 남자보다는 왕성한 식욕을 보이고 있었다. 여자는 어깨에 갈색과 붉은색 망토를 걸치고 있

---

9 더블렛Doublet : 몸에 꼭 끼는 르네상스 시대의 남자 웃옷.

었고, 망토 자락은 무릎 위에서 접혀 있었다. 젊은 여자의 눈은 남자만큼 깊게 패어 있지는 않았고, 남자처럼 안절부절못하며 여기저기를 바라보지도 않는다.

거울 속 생물이 창백한 입술을 움직여 말했다.

"때가 오고 있다."

굵고 무감동한 목소리였다.

남자는 상체를 앞으로 기울이고 고기 조각을 잘랐고, 여자는 포도주 잔을 들어올렸다. 무엇인가가 한쪽 창문 밖에서 퍼덕거리는 소리가 들려온 듯했다.

여자의 오른쪽에 위치한 긴 회랑 끄트머리 어딘가에서 고뇌에 가득 찬 목소리가 울려 퍼졌다.

"나를 여기서 놓아 줘! 제발 이러지 말아 줘! 제발! 너무 아파!"

여자는 포도주를 홀짝였다.

"때가 오고 있다."

거울 속 생물이 되풀이했다.

"리들리, 거기 빵 좀 건네주겠어?"

여자가 말했다.

"자, 받아."

"고마워."

여자는 빵을 한 조각 뜯어서 육즙肉汁에 찍었다. 남자는 마치 음식을 먹는 광경에 매료되기라도 한 듯이 여자를 응시했다.

"때가 오고 있다."

거울 속 생물이 다시 말했다.

느닷없이 리들리는 테이블을 손바닥으로 철썩 내리쳤다. 식기가 달그락거렸고, 앞에 놓인 접시 위에 포도주가 몇 방울 튕겼다.

"리나, 저 얼어 죽을 물건을 꺼 놓을 수는 없어?"

남자가 힐문했다.

"어머, 저걸 불러낸 건 오빠잖아." 여자는 상냥한 말투로 대꾸했다. "지팡이를 휘두른다든지, 아니면 손가락으로 딱 하는 소리를 내고 적절한 주문을 외우지 그래?"

남자는 또다시 손으로 테이블을 내리치며 의자에서 반쯤 일어났다.

"난 그런 조롱을 용납할 수 없어! 당장 꺼!"

여자는 천천히 고개를 가로저었다.

"내가 쓰는 종류의 마법이 아냐." 아까보다는 덜 상냥한 말투였다. "난 저런 것들과 위험한 장난을 치지는 않아."

홀 너머의 회랑에서 또다시 절규가 들려왔다.

"아파! 아아 제발 부탁이야. 너무 아파……."

"…그리고 저런 것들과도." 여자는 굳은 목소리로 말했다.

"게다가 저것이 쓸모 있을 거라고 말한 사람은 오빠였잖아."

리들리는 다시 의자에 앉았다.

"그때의 나는… 내가 아니었어."

리들리는 나직하게 말하고 포도주 잔을 들어올려 단숨에 들이켰다.

그러자마자 검은 제복 차림의 미라 같은 얼굴을 한 사내가 벽난로 옆의 어둑어둑한 벽구석에서 달려나와 리들리의 잔에 포도주를 따랐다.

멀리 떨어진 곳에서 마치 쇠사슬을 쩔렁거리는 듯한 소리가 희미하게 들려왔다. 아까와는 다른 창문 밖에서 거무스름한 그림자가 퍼덕거렸다. 리들리는 목에 건 사슬을 만지작거렸고, 다시 포도주를 마셨다.

"때가 오고 있다."

거울 유리 안에서 시체와도 같은 얼굴이 선언했다.

리들리는 거울을 향해 포도주 잔을 내던졌다. 포도주 잔은 산산조각이 났지만 거울은 멀쩡했다. 송장 같은 얼굴의 입가에 보일락 말락 하게 떠오른 것은 미소였을까. 하인은 서둘러 리들리에게 새로운 잔을 가져다주었다.

홀 너머에서 또다시 절규가 울려 퍼졌다.

"아무래도 안 되겠군." 딜비쉬가 말했다.

"한 바퀴 이상 돌아보았는데도 쉽게 위로 올라갈 수 있는 방법은 없는가 보군."

"마법사들이 어떤 인종인지는 잘 알지 않소. 특히 그자가."

"맞는 얘기야."

"얼마 전에 만났던 인간늑대에게 물어보았어야 했소."

"그러기엔 이미 늦었어. 이렇게 그대로 전진한다면, 자네가 언급했던 그 경사면과 곧 마주치게 되는 거 맞지?"

"가다 보면 나올 거요." 블랙은 터벅터벅 걸으며 대답했다. "악마 주스를 한 양동이쯤 마시고 싶은 기분이오. 그것이 없다면 포도주라도 괜찮소."

"나도 여기서 포도주 한 잔 했으면 하는 생각이 간절하네. 아까 날아온 괴물 녀석은 다시 나타날 기색이 없군."

딜비쉬는 어둑어둑해진 하늘을 올려다보았다. 눈과 얼음으로 뒤덮인 성의 높다란 창문 하나에 불이 들어와 있었다.

"아까 저 위쪽에서 휙휙 날아다니는 걸 흘깃 본 것 같은 생각이 들지만, 눈이 많고 어두워서 확실하지가 않아."

"그자가 훨씬 더 치명적인 것을 보내지 않은 것이 의아하지 않소?"

"나도 그 생각을 했다네."

그들은 오랫동안 전진을 계속했다. 앞으로 나아감에 따라 경사면의 윤곽이 부드러워졌고, 빙벽도 예전보다는 덜 가팔라졌다. 딜비쉬는 전에 이곳을 한 번 지났다는 사실을 깨달았지만, 블랙의 발굽 자국은 완전히 사라져 있었다.

"식량이 거의 떨어지지 않았소?"

블랙이 물었다.

"응."

"그렇다면 어떤 식으로든 행동에 나서는 편이 나을 듯하오. 지금 당장."

딜비시는 현재 이동 중인 경사면의 기슭을 찬찬히 바라보았다.

"한참 앞으로 나아가면 상태가 조금 나아질 거요." 블랙이 다시 말했다. "예전에 만났던 그 스트로드라는 마법사의 생각이 옳았소."

"무슨 생각?"

"그자는 추운 것이 싫어서 남쪽으로 갔소. 나도 이 추위가 싫소."

"자네도 이 추위에 고생하고 있는 줄은 몰랐네."

"내 고향은 이곳보다 훨씬 더 뜨겁소."

"그럼 다시 거기로 돌아가고 싶은가?"

"굳이 말하자면 그러고 싶지는 않소."

몇 분 후 그들은 빙괴氷塊 하나를 우회했다. 블랙은 걸음을 멈추고 고개를 돌렸다.

"나라면 저 경로를 택하겠소. 저기 보이는 저 경사면 말이오. 이곳에서라면 가장 잘 판단할 수 있을 거요."

딜비쉬는 블랙이 지목한 경사면을 아래에서 위로 훑어보았다. 경사면은 성으로 이어지는 경로의 4분의 3 높이까지 계속되고 있었다. 그 위부터는 깎아지른 듯한 빙벽이었다.

"얼마나 높은 곳까지 나를 데려다 줄 수 있을 것 같나?"

"벽이 수직으로 바뀌는 곳에서 멈춰서야 하오. 하지만 나머지 부분은 달라붙어 기어올라가야 하는데… 그럴 수 있겠소?"

딜비쉬는 이마에 손을 갖다 댔고, 눈을 가늘게 뜨고 위를 바라보았다.

"잘 모르겠어. 무척이나 험준해 보이는군. 험준한 건 저 경사면도 마찬가지이지만. 정말 지금 말한 곳까지 올라갈 수 있다는 확신이 있나?"

블랙은 잠시 침묵하다가 입을 열었다.

"아니, 확신하고 있지는 않소. 하지만 이미 성 주위를 한 바퀴 돌아보지 않았소. 저곳이야말로 유일하게 성공 가능성이 있는 곳이오."

딜비쉬는 눈을 내리깔았다.

"자, 어떻게 하겠소?"

"시도해 보기로 하지."

* * *

"도대체 어떻게 하면 그렇게 꾸역꾸역 먹어 댈 수가 있는 거지?" 리들리는 나이프를 바닥으로 내던지며 말했다. "정말 못 봐주겠어!"

"재앙에 직면했을 때일수록 힘을 비축해 둬야 하지 않겠어." 리나는 또 한 입을 먹으며 대꾸했다. "게다가 오늘 저녁의 요리는 특별히 맛이 있네. 누가 요리한 거야?"

"몰라. 난 하인들의 얼굴 따위는 구별 못해. 그냥 명령만 내릴 뿐이지."

"때가 오고 있다."

거울이 선언했다.

무엇인가가 창문에 부딪치며 퍼덕거리다가 멈췄고, 창가에 매달리며 검은 윤곽을 드러냈다. 리나는 한숨을 쉬고 포크와 나이프를 내려놓은 다음 일어섰다. 테이블 주위를 돌아서 창문으로 간다.

"난 이런 날씨에 창문을 열 생각은 추호도 없어!" 리나는 외쳤다. "전에도 얘기했잖아! 안으로 들어오고 싶거든 굴뚝을 통해서 내려와! 아니면 그냥 거기 있던지. 하여튼 네 맘대로 해!"

리나는 창문 밖에서 들려오는 빠른 지저귐에 한동안 귀를 기울였다.

"안 돼! 이번 한 번만이라도 안 돼! 네가 나가기 전에 너한테 얘기한 걸 잊었어?"

리나는 몸을 돌려 자기 자리로 돌아왔다. 촛불이 흔들리자 성큼성큼 걷는 그녀의 그림자도 태피스트리 위에서 함께 춤을 췄다.

"아아, 제발… 제발 그러지 마… 아아!"

회랑 쪽에서 비명소리가 들려왔다.

리나는 의자에 앉아 마지막 한 입을 먹을 다음 포도주를 다시 한 모금 마셨다.

"뭔가 행동에 나서야 해." 리들리는 사슬에 매단 반지를 어루만지며 말했다. "이렇게 아무 일도 안 하고 마냥 앉아 있을 수만은 없어."

"난 지금 상태로도 충분히 편안한데."

리나는 대답했다.

"너도 나만큼이나 이 일에 관여하고 있잖아."

"설마."

"상대방도 그렇게 생각해줄 것 같나?"

"글쎄 그건 두고 봐야 하지 않을까."

리들리는 콧방귀를 뀌었다.

"설마 너의 그 매력적인 미소로 심판을 피할 수 있을 거라고 생각하고 있는 건 아니겠지?"

리나는 짐짓 마음을 상한 듯이 아랫입술을 쑥 내밀어 보였다.

"다른 것들로도 모자라서 이제는 내 여성스러움까지 모욕하는 거야?"

"리나, 그만하지 못하겠어!"

"무슨 일을 해야 하는지는 오빠도 잘 알잖아?"

"난 싫어!" 리들리는 주먹으로 테이블을 내리쳤다. "절대로 못해!"

"때가 오고 있다."

거울이 말했다.

리들리는 얼굴을 양손에 묻고 고개를 떨어뜨렸다.

"난… 난 두려워……."

나직한 목소리였다.

리들리의 시선이 다른 곳을 향하자 리나의 미간에 주름이 잡히며 걱정하는 듯한 표정이 떠올랐고, 눈이 가늘어졌다.

"난 두려워. **다른 쪽이.**"

리들리가 말했다.

"그것 말고 다른 방법은 생각나지 않아?"

"네가 어떻게든 해 봐! 너도 마력을 가지고 있잖아!"

"그런 수준에서 효과가 있는 마력은 갖고 있지 않아. 내가 보기에 조금이라도 이길 가능성이 있는 건 **다른 쪽이야.**"

"하지만 그자는 신용할 수가 없어! 이젠 어떤 행동을 할지도 예상할 수가 없단 말이야!"

"하지만 점점 더 강해지고 있잖아. 얼마 있으면 충분히 강해질지도 몰라."

"난… 난 잘 모르겠어."

"누구 탓에 우리가 이런 곤경에 빠졌더라?"

"그런 말은 공평하지 못해!"

리들리가 양손을 내리고 고개를 들어올렸을 때 굴뚝 속에서 덜그럭거리는 소리가 들려오기 시작했다. 검댕과 모르타르 조각이 난롯불 위로 떨어진다.

"어머, 설마?"

리나가 말했다.

"저 늙고 미친 박쥐 새끼……."

리들리는 그쪽으로 고개를 돌리며 운을 뗐다.

"그건 좀 심한 말이 아닐까." 리나가 끼어들었다. "사실, 따지고 보면……."

불이 붙은 장작 위로 조그만 몸이 추락하면서 재가 사방으로 날아올랐다. 생물은 방 안으로 튕겨 나왔고, 초록색의 긴 박막薄膜으로 이루어진 날개를 퍼덕거렸고, 방바닥 여기저기로 도약하면서 털가죽에 묻은 불똥을 떨어냈다. 작은 원숭이만 한 크기였고, 거의 인간을 닮은 주름투성이 얼굴을 가지고 있었다. 생물이 깡충깡충 뛰며 내는 끽끽 소리는 기묘할 정도로 인간의 욕설과 닮아 있었다. 생물은 마침내 동작을 멈추더니 구부정한 자세로 섰다. 고개를 들더니 불타오르는 듯한 눈으로 그들을 바라본다.

"나한테 불을 붙이려고 한 거지!"

생물이 날카로운 목소리로 끽끽댔다.

"말도 안 되는 소리! 누가 너한테 불을 붙이려고 했다는 거지?"

리나가 말했다.

"나 보고 굴뚝이라고 했잖아!"

"굴뚝이라면 위쪽에도 얼마든지 있잖아. 그런데도 굳이 연기가 나는 것을 택하는 건 바보짓이야."

"나 바보 아냐!"

"그럼 달리 뭐라고 불러야 하겠니?"

생물은 훌쩍거리기 시작했다.

"미안해." 리나가 말했다. "하지만 너도 조금 더 조심했어야 됐어."

"때가 오고 있다."

거울이 말했다.

생물은 조그만 머리를 돌리더니 혀를 쑥 내밀었다.

"넌 잘 알지도 못하면서… 그자는 나를 때렸어!"

"누가? 누가 너를 때렸다는 거지?"

리들리가 물었다.

"복수자가." 생물은 오른쪽 날개를 빙 돌려 아래쪽을 가리켰다. "저기 아래에 와 있어."

"아아 이런!" 리들리의 얼굴이 창백해졌다. "틀림없이 그자였나?"

"날 때렸어."

생물은 되풀이했다. 그러고는 방바닥을 깡충깡충 뛰어다니기 시작하더니 날개를 펼치고 테이블 한복판에 내려앉았다.

어딘가에서 쇠사슬이 쩔렁거리는 희미한 소리가 들려왔다.

"넌 어떻게… 어떻게 그자가 복수자라는 걸 알았지?"

리들리가 물었다.

생물은 테이블 위를 뛰어다니다가 발톱으로 빵을 한 조각 뜯어내서 입에 넣고 소리 내 씹기 시작했다.

"내 조그만 자식들, 내 귀여운 자식들."

잠시 후 생물은 방 안을 흘낏흘낏 보며 노래 부르듯이 말하기 시작했다.

"여기서 부르지 마!" 리나가 말했다. "방금 리들리가 한 질문에 대답해! 넌 어떻게 그자의 정체를 알았지?"

생물은 양쪽 날개를 들어올려 귀를 막았다.

"소리지르지 마! 소리지르지 마!" 생물은 외쳤다. "내 눈으로 봤어! 그러니까 알아! 그자는 나를 때렸어. 아아! 내 불쌍한 옆구리! 검으로 때렸어!" 생물은 날개로 자기 몸을 감쌌다. "난 그냥 가까이서 보려고 다가갔을 뿐이야. 눈이 별로 안 좋으니까… 그자는 악마 짐승을 타고 있어! 산 주위를 빙빙 돌고 있어. 오고 있어. 오고 있어… 여기로!"

리들리는 리나를 흘낏 보았다. 리나는 입을 꽉 다물었고, 잠시 후 고개를 가로저었다.

"날아오지 않는 이상 이 탑까지는 결코 올라오지 못해. 혹시 날개 달린 짐승은 아니었지?"

"아니. 말이었어."

생물은 또다시 빵을 뜯어먹으며 대꾸했다.

"남쪽 사면 부근에 눈이 무너져 내린 곳이 있어." 리들리가 말했다. "하지만 그것 가지고서는 불가능해. 말을 타고 거길 올라온다는 건……."

"악마말이야."

"아무리 악마말이라도 불가능한 건 불가능해!"

"아파! 아파! 난 참을 수가 없어!"

날카로운 절규가 들려왔다.

리나는 포도주 잔을 들었지만 비어 있는 것을 깨닫고 다시 테이블 위에 내려놓았다. 미라 얼굴을 한 사내가 그늘진 벽가에서 달려나와 빈 잔에 포도주를 따랐다.

잠시 동안 그들은 날개 달린 생물이 빵을 먹는 광경을 바라보고 있었다. 이윽고 리나가 입을 열었다.

"마음에 안 들어. 마스터가 얼마나 교활한지 오빠도 잘 알지."

"알아."

"그리고 초록색 장화." 생물이 지저귀듯이 말했다. "언제나 발부터 땅에 내려앉는 엘프 장화야. 넌 나를 태웠고, 그자는 나를 때렸고… 불쌍한 메그! 불쌍한 메그! 그자는 너희들도 잡으러 올 거야."

생물은 식탁 아래로 내려앉더니 방바닥 위를 마구 뛰어다니며 소리쳤다.

"내 작은 자식들, 내 귀여운 자식들!"

"여기서는 안 돼! 밖으로 나가!" 리들리가 외쳤다. "변신하든지, 밖으로 나가! 이 안으로 들여보내지 마!"

"작은 자식들! 귀여운 자식들!"

메그는 복도로 뛰어나가 비명이 나는 방향을 향해 달려갔다. 메그의 목소리가 점점 작아진다.

리나는 잔에 담긴 포도주를 빙빙 돌리다가 한 모금 마셨고, 입술을 핥았다.

"때가 오고 있다."

느닷없이 거울이 선언했다.

"이제 어떻게 해야 하지?"

리나가 물었다.

"난 몸이 안 좋아."

리들리가 말했다.

경사면 기슭에 도달하자 블랙은 멈춰 섰고, 조각상처럼 미동도 않고 우뚝 선 채로 오랫동안 주위를 관찰했다. 눈은 계속 내렸다. 강풍에 날린 눈송이가 휘몰아친다.

몇 분 뒤에 블랙은 경사면을 몇 걸음 올라갔다. 네 다리로 디뎌 보고, 고개를 숙인 채 발굽으로 눈 위를 짓밟고, 파보았다.

이윽고 블랙은 뒷걸음질쳐서 아래로 내려온 후 고개를 돌렸다.

"어떤 결론을 내렸나?"

딜비쉬가 물었다.

"시도해 보아도 좋겠소. 성공 가능성에 대한 내 판단은 여전히 바뀌지 않았으니까. 만약 꼭대기까지 무사히 올라갈 수 있다면, 아니… 꼭대기까지 올라간 다음에는 무슨 일을 할지 생각해 보았소?"

"위험한 것이 없는지 찾아봐야겠지. 경계를 늦추지 않고 내 몸을 지키고. 만약 적이 나타난다면 그 즉시 공격할 작정이야."

블랙은 천천히 산을 내려오기 시작했다.

"당신이 쓸 줄 아는 주문은 거의 모두가 공격용이오." 블랙은 운을 뗐다. "그리고 그것들 대다수가 너무 끔찍한 것들이라서 최후의 극단적인 상황이 아니면 쓸 수도 없소. 시간을 들이더라도 그보다 약하거나 중간 정도의 주문들을 배워 두는 편이 나을 거요."

"나도 알아. 하지만 하필이면 이런 때를 골라서 마법 강의를 하는 이유가 뭔가?"

"내가 말하고 싶은 것은 만약 당신이 저 성에 갇힌다면 저 얼어 죽을 장소 전체를 완전히 쓸어버리는 방법을 당신이 알고 있다는 점이오. 당신을 포함해서 말이오. 하지만 당신은 방문의 자물쇠를 푸는 마법조차도 모르고 있으니……."

"그건 간단한 주문이 아니지 않나!"

"그 누구도 그것이 간단하다고 하지는 않았소. 나는 단지 당신의 결점을 지적하고 있을 뿐이오."

"그러기에는 좀 때가 늦은 감이 있지 않나, 안 그래?"

"유감이지만 사실이오." 블랙은 대꾸했다. "그래서 말인데… 마법 공격에 대한 일반적인 방어 주문으로 좋은 것이 세 가지 있소. 당신이 만날 적은 그중 어느 것도 깰 수 있다는 사실을 나도 당신도 잘 알고 있지만 말이오. 그렇지만 그중에서도 강한 주문이라면 그자라도 깨는 데 시간이 걸릴 테니까 당신도 그 사이에 어떤 조치를 취할 수 있을지도 모르오. 당신에게 그런 주문을 하나도 걸지 않은 채 저 성으로 올려 보낼 수는 없소."

"그럼 가장 강한 주문을 걸어 주게."

"그건 하루종일 걸리는 주문이오."

딜비쉬는 고개를 가로저었다.

"이런 추위에? 너무 시간이 걸려. 다른 것들은 어떤가?"

"첫 번째 주문은 어느 정도 실력을 갖춘 마법사에 대해서는 불충분하니까 제외해도 좋소. 두 번째 것을 걸리면 한 시간 가깝게 걸리오. 그 주문은 반나절 가까운 시간 동안 당신을 잘 보호해 줄 거요."

딜비쉬는 한동안 침묵하고 있었다.

"그럼 그것으로 하기로 하지."

"알겠소. 하지만 주문으로 보호받고 있다고 해도 저 성을 유지하고 있는 하인들이 있을 거요. 그러니 당신은 아마 수적으로 불리한 위치에 서게 될 거요."

딜비쉬는 어깨를 으쓱했다.

"몇 놈 안 될지도 몰라. 그리고 이토록 근접하기 어려운 장소를 철통처럼 방어할 필요는 없지 않나. 그 위험은 감수하겠네."

블랙은 경사면에서 충분히 떨어졌다고 판단한 장소까지 온

다음, 몸을 돌려 탑과 대면했다.

"쉴 수 있을 때 쉬어 두시오. 내가 방어 주문을 거는 동안 말이오. 앞으로 한동안은 쉴 수가 없을 테니까."

딜비쉬는 한숨을 쉬고는 몸을 수그렸다. 블랙은 기묘한 목소리로 말하기 시작했다. 목소리는 얼어붙은 공기 속에서 딱딱 튀는 것처럼 들렸다.

방금 들린 비명은 약한 느낌으로 끝났다. 리들리는 의자에서 일어났고, 홀을 가로질러 창문 쪽으로 갔다. 성에가 낀 유리창을 손바닥으로 재빨리 문질렀다. 둥글게 닦아낸 부분에 얼굴을 갖다 대며 숨을 멈췄다.

이윽고 리나가 "뭐가 보여?"라고 물었다.

"눈이야." 리들리는 중얼거렸다. "얼음하고……."

"그것 말고는 없어?"

"유리에 반사된 내 얼굴."

리들리는 화난 어조로 대꾸하고는 몸을 돌렸다.

그러고는 방 안을 왔다 갔다 하기 시작했다. 거울 속의 얼굴을 지나쳤을 때 그 입술이 움직였다.

"때가 되었다."

거울이 말했다. 리들리는 거울을 향해 외설적인 손짓을 해 보였다. 그러고는 등짐을 지고 계속 방 안을 왔다 갔다 했다.

"메그가 정말로 저 아래에서 뭘 봤다고 생각해?"

리들리가 물었다.

"응. 거울조차도 이제는 말투를 바꿨잖아."

"메그가 본 것이 정확히 뭐였다고 생각해?"

"기묘한 말을 탄 사내……."

"어쩌면 그자는 이 성으로 오고 있는 것이 아니라 어딘가 다른 데로 가는 도중일지도 몰라."

리나는 나직하게 웃었다.

"집 근처의 술집에 한 잔 하러 간다는 얘기야?"

"알았어! 알았어! 난 지금 제대로 생각을 못 하고 있어! 당황하고 있으니까! 만약 – 어디까지나 만약이야 – 그자가 여기까지 올라올 수 있다고 가정해 봐. 그래 보았자 혼자잖아."

"하지만 그자는 검을 지니고 있어. 오빠가 최근에 검을 들어본 것이 언제였지?"

리들리는 입술을 핥았다.

"…그리고 상당히 강인한 사내일 거야. 황야를 가로질러 이렇게 먼 곳까지 온 걸 보면."

"내게는 절대 복종하는 하인들이 있어. 이미 죽은 자들이니까 하인들을 상대하는 건 쉽지 않을 걸."

"그렇다고 해야겠지. 하지만 하인들은 보통 인간에 비하면 동작이 좀 느리고 서투르잖아. 그자의 검에 베여 몸이 조각날 수도 있겠고."

"사기진작에 도움이 되는 얘기는 죽었다 깨도 안 하는군. 너도 그걸 알아?"

"현실을 직시하자는 얘기야. 만약 엘프의 장화를 신은 사내가 밖에 와 있다면, 이곳까지 올라올 가능성이 있어. 만약 그자가 강건한데다가 검술 솜씨까지 뛰어나다면 이곳에 온 목적을 달성할 가능성도 있어."

"그 작자가 내 목을 치는 동안에도 넌 그런 식으로 나를 비웃고 악담을 늘어놓고 있을 작정이야? 네 목도 함께 날아간다는 걸 잊지 마!"

리나는 미소 지었다.

"나는 이번에 일어난 일에 대해서 아무 책임도 없어."

"그자가 그렇게 보아줄 거라고 진심으로 믿고 있어? 아니, 네 말에 신경을 쓸 거라고 생각해?"

리나는 고개를 돌려 리들리를 외면했다. 이윽고 그녀는 천천히 말하기 시작했다.

"오빠에겐 정말로 위대한 마법사의 일원이 될 수 있는 기회가 있었어. 하지만 오빠는 마법사가 되기 위한 일반적인 수련 과정을 거치려고 하지 않았지. 그 대신 탐욕스럽게 힘을 얻으려고 했어. 그래서 성급하게 행동했던 거야. 위험을 무릅쓰는 일도 마다하지 않고. 그 결과 이중으로 위험한 상황을 만들어

버렸어. 봉쇄에 관해서는 실험중의 실패였다고 변명할 수도 있었어. 사과할 수도 있었다는 얘기지. 신경이 거슬렸겠지만, 그자는 오빠의 사과를 받아들였을 거야. 하지만 오빠가 한 일을 취소할 수도 없게 된 지금 – 사실을 말하자면 지금 오빠는 아무 일도 하고 있지 않지 – 그자는 무슨 일이 일어났는지 알아차릴 거야. 오빠가 자기 힘을 몇 배로 늘려서, 그자에게 도전할 수 있을 수준까지 오르려고 했다는 사실을. 이런 상황에서 그자가 어떤 반응을 보일지는 알고 있겠지. 나도 거의 그자에게 공감할 수 있을 정도야. 같은 상황이었다면 아마 나도 똑같은 일을 했겠지. 오빠가 **다른 쪽**에 대한 통제력을 얻기 전에 오빠를 죽이려고 했을 거야. 오빠는 이제 지극히 위험한 인물이 되었으니까."

"하지만 나는 무력해! 내가 할 수 있는 일은 아무 것도 없어! 저 단순한 거울 하나도 *끄지* 못하잖아!"

리들리는 이렇게 외치며 방금 또다시 말한 거울 속의 얼굴을 가리켰다.

"이런 상태에서는 난 그 누구에게도 위협이 안 돼!"

"자기 성채 중 하나에 출입하는 수단을 오빠가 봉쇄해 버려서 불편을 감수해야 한다는 사실 말고도, 그자는 오빠가 지금 계속 언급을 회피하고 있는 가능성에 대해서도 생각하지 않을 수가 없을 거야. 그러니까 오빠가 **다른 쪽**을 통제하는 데 성공한다면, 오빠는 전세계에서 가장 강력한 마법사 중 한 사람이 되리라는 가능성에 대해서 말이야. 제자가 - 아니, 과거에 제자였던 자가 - 아무래도 자신의 영지 일부를 빼앗은 것 같다고 판단한다면, 그 결말은 오로지 하나뿐이야. 마법의 결투. 오빠가 이길 가능성도 있는 결투이지. 그런데 그런 결투가 아직 시작되지 않은 것을 보고, 그자는 오빠의 준비가 아직 끝나지 않았다고 판단했을 거야. 아니면 시간을 끌면서 일종의 게임을 하고 있다고. 그래서 자기 대신 인간 복수자를 보낸 거겠지. 오빠가 이 장소를 일종의 마법 함정으로 만들어 놓았을 위험을 감수하는 대신 말이야."

"이 모든 일이 단순한 사고였을 수도 있잖아. 그럴 가능성도 고려했을 거야."

"오빠라면 이런 상황에서 그런 추측에 입각해서 기다리는 편을 택했겠어? 오빠도 알잖아. 오빠도 자객을 보냈을 거야."

"나는 좋은 종복이었어. 그자를 위해 이곳을 잘 관리해 왔고……."

"다음번에 그자를 만나면 그걸 근거로 자비를 비는 걸 잊지 마."

리들리는 멈춰 서서 손을 쥐어틀었다.

"너라면 그자를 유혹할 수 있을지도 몰라. 넌 충분히 예쁘니까……."

리나는 또다시 미소 지었다.

"하라면 빙산 위에서라도 기꺼이 하지요. 만약 그렇게 해서 이 상황에서 벗어날 수만 있다면, 그자의 오랜 생애에서 손꼽을 만큼 멋진 경험을 선사할 용의가 있어. 하지만 그자와 같은 수준의 마법사는……."

"그자가 아냐. 복수자 얘기야."

"오!"

리나는 갑자기 얼굴을 붉혔다가, 고개를 가로저었다.

"이토록 오기 힘든 곳까지 온 인물이 그 정도 유혹에 넘어갈 것 같지는 않아. 설령 나 같은 뛰어난 미모의 소유자가 유혹한다고 해도 말이야. 실패할 경우 자기가 무슨 벌을 받을지도 생각하고 있을 것이 뻔하고. 안 돼. 오빠는 또 진짜 문제를 회피하고 있는 것에 불과해. 여기서 탈출하는 방법은 단 하나밖에는 없고, 오빠도 그게 뭔지 잘 알고 있잖아."

리들리는 시선을 떨어뜨리고 사슬에 매단 반지를 만지작거렸다.

"**다른 쪽**… 만약 내가 **다른 쪽**에 대한 통제력을 얻는다면, 우리가 직면한 모든 문제도 끝나겠지."

리들리는 이렇게 말하며 마치 최면술에도 걸린 듯한 눈으로 반지를 응시했다.

"맞아." 리나가 말했다. "그게 유일한 가능성이야."

"하지만 너도 내가 두려워하는 것이 뭔지 알고 있어."

"응. 나도 그것이 두려워."

"내 시도가 성공하지 못하고, **다른 쪽**이 나를 통제할지도 모른다는 가능성!"

"그러니까 사태가 어느 쪽으로 굴러가든 오빠는 파멸이라는 얘기구나. 하지만 명심해. 한쪽을 택하면 확실하게 파멸하지만 **다른 쪽**, 이쪽을 택하면 아직 가능성이 있다는 점을 말이야."

"응." 리들리는 여전히 리나의 눈을 피하며 대꾸했다. "하지만 넌 그게 얼마나 끔찍한 일인지 몰라!"

"상상은 할 수 있어."

"하지만 그걸 직접 경험해야 하는 건 네가 아니!"

"내가 이런 상황을 만들어 낸 것도 아니잖아."

리들리는 리나를 노려보았다.

"**다른 쪽**을 만들어낸 사람이 네가 아니라는 이유 하나만으로 결백하다고 주장하는 데는 이제 신물이 나! 난 제일 먼저 너한테 갔고, 내 계획을 몽땅 털어놓았잖아! 그때 넌 나를 만류하려고 했나? 아냐! 넌 그게 우리들에게 이익이 된다고 판단했어! 그래서 넌 내 계획에 편승했던 거야!"

리나는 손끝으로 입을 가리고 우아하게 하품을 했다.

"오빠. 아마 오빠 말이 옳겠지만, 그런다고 해서 뭐가 바뀌는 건 아니잖아. 안 그래? 이 상황을 타개하려면 뭘 해야 하는지 알잖아?"

리들리는 이를 갈며 고개를 돌려 리나를 외면했다.

"난 안 해. 못 해!"

"저 사내가 와서 오빠 방문을 두들기면 생각이 바뀔지도 몰라."

"단 한 명에게 대처할 방법은 얼마든지 있어. 설령 그자가 솜씨 좋은 검객이라고 해도!"

"하지만 이걸 모르겠어? 설령 오빠가 그 일에 성공한다고 해도 결단을 늦추는 꼴밖에는 안 돼. 문제를 해결하는 대신에 말이야."

"내겐 시간이 필요해. **다른** 쪽에 대해서 우위를 확보할 수 있는 방법을 생각해낼 수 있을지도 몰라."

리나의 표정이 부드러워졌다.

"진심으로 그렇게 믿고 있어?"

"난 어떤 일도 가능하다고 생각해……."

리나는 한숨을 쉬고 일어서서 리들리를 향해 다가갔다.

"오빠는 자기 자신을 속이고 있어. 현재보다 더 강해지는 일은 결코 없을 거야."

"그건 사실이 아냐!" 리들리는 이렇게 외치고 다시 방을 왔다 갔다 하기 시작했다. "결단코 사실이 아냐!"

또다시 홀에서 비명이 들려왔다. 거울은 메시지를 되풀이했다.

"막아야 해! 저자를 막아야 해! 그런 다음에야 **다른 쪽**에 관해서 신경을 쓸 수 있어!"

리들리는 몸을 돌려 방에서 뛰쳐나갔다. 리나는 리들리를 향해 들어올렸던 손을 아래로 내리고 포도주를 마저 마시기 위해 테이블로 돌아갔다. 난로의 장작이 계속 쉭쉭거리며 타올랐다.

블랙은 주문을 마쳤다. 그런 다음 그들은 잠시 동안 꼼짝 않고 서 있었다.

이윽고 딜비쉬가 물었다.

"이게 다야?"

"그렇소. 이제 당신은 제2단계까지 방호 받고 있소."

"뭐가 바뀐 느낌이 전혀 없는데."

"그것이 정상이오."

"마법을 작동시킬 필요가 생겼을 때 뭔가 특별한 일을 해야 하지는 않나?"

"아니, 이것은 전적으로 자동적인 주문이오. 하지만 이 주문의 방호를 받고 있다고 해서 다른 마법에 대한 통상적인 주의를 게을리하면 안 되오. 그 어떤 마법 체계에도 약점은 있는 법이니까. 하지만 이것은 주어진 시간 내에서 내가 걸 수 있었던 최선의 주문이오."

딜비쉬는 고개를 끄덕이고 얼음탑 쪽을 바라보았다. 블랙도 고개를 들고 탑을 마주보았다.

"그럼 이걸로 준비는 모두 끝났다고 할 수 있겠군."

딜비쉬가 말했다.

"그런 것 같소. 당신의 준비는 끝났소?"

"응."

블랙은 전진하기 시작했다. 아래를 흘낏 내려다본 딜비쉬는 블랙의 발굽이 더 크고 납작해졌다는 인상을 받았다. 그 사실에 관해 질문하고 싶었지만 전진 속도가 빨라지면서 바람이 더 거세졌기 때문에 결국 잡담은 접기로 했다. 눈에 맞은 뺨과 손이 따끔거린다. 딜비쉬는 눈을 가늘게 뜨고 몸을 앞으로 더 수그렸다.

아직 편평한 지면 위를 달리고 있는 블랙의 속도가 꾸준히 빨라지고 있다. 한쪽 발굽이 자갈 따위를 내리쳤을 때는 거의 종소리에 가까운 소리가 났다. 곧 블랙은 그 어떤 말보다도 더 빠른 속도로 질주하고 있었다. 좌우의 풍경이 눈발에 가려 뿌옇게 변했다. 딜비쉬는 눈과 얼굴을 보호하기 위해 가급적 전방을 바라보는 일을 피했다. 그 대신 블랙의 등에 몸을 밀착시키고 지금까지의 여로에 관해 생각했다.

딜비쉬는 지옥에 떨어져 2세기에 걸친 고문에 시달리다가 마침내 탈출했다. 자신이 알고 지내던 인간들은 대부분 죽은 지 오래였고, 세계도 예전에 비해 조금 변해 있었다. 그러나 딜비쉬를 추방했던 자, 그를 '지옥'으로 떨어뜨렸던 고래古來의 마법사인 젤레락은 여전히 건재했다. 현세로 돌아와 포타로이의 성벽 앞에서 옛 책무를 다한 이래, 딜비쉬는 몇 달 동안이나 젤레락을 찾아 헤맸다. '지금은 복수를 위해 살고 있어'라고 스스로에게 다짐해 본다. 그리고 이 장소, 젤레락의 일곱 성채 중 하나인 이 얼음탑에서 딜비쉬는 적에게 가장 가깝게 접근하고 있었다. 딜비쉬는 지옥에서 '외포畏怖의 주문' 들을 가지고 돌아왔다. 너무나도 치명적이고, 너무나도 강력한 탓에 주문을 외울 때 털끝만큼이라도 실수를 한다면 희생자는 말할 것도 없고, 주문을 외우는 당사자의 목숨까지 위태로워지는 마법을… 현세로 돌아온 이래 이 주문을 썼던 것은 단 한 번뿐이었고, 그때는 작은 도시 하나를 통째로 괴멸시켰다. 방금 딜비쉬가 몸을 떤 것은 그날 그 언덕 위에서 경험했던 일을 기억했기 때문이었지 전신을 엄습해 오는 얼음처럼 차가운 강풍 탓은 아니었다.

몸의 균형이 변화하는 것을 느끼자 블랙이 경사면에 도달해서 산을 오르기 시작했다는 사실을 깨달았다. 바람이 포효하고 있다. 딜비쉬는 빙설氷雪의 난타를 피하려고 머리를 숙인 채로 옆으로 돌리고 있었다. 몸 아래에서 서걱거리는 소리를 내며 질주하는 블랙의 발굽 움직임을 느낄 수 있었다. 보조는 착실하고, 모든 동작이 믿기 힘들 정도로 힘차다. 만약 블랙이 발을 헛디디고 미끄러진다면 모든 것이 끝장이라는 사실을 블랙도 잘 알고 있을 것이다. 세계여, 안녕 – 젤레락에게 복수를 하지 못한 채로……

번들거리는 눈밭이 눈 아래에서 쏜살처럼 지나가는 것을 보며, 딜비쉬는 젤레락과 죽음과 복수에 관련된 모든 생각을 머릿속에서 쫓아내려고 했다. 바람과 얼음이 부스러지는 소리에 귀를 기울이자 그의 사고思考는 현재를 떠났고, 과거의 불행했던 연월을 향해 표류하다가 전쟁으로 지고 새우던 시기를 거슬러 올라갔고, 방랑의 나날들을 추상하다가 머나먼 엘프랜드로, 미라타 성 부근의 안개가 깔린 숲에서 사냥을 하려고 말을 달리던 그날 아침으로 되돌아갔다. 커다란 황금색 태양이 빛나고, 시원한 산들바람이 불어오며 사방이 초록색이다. 코를 간질이는 대지의 냄새를 맡고, 수피樹皮의 촉감을 느낄 수 있을 정도이다. 또다시 이런 것들을, 과거에 그랬던 것처럼 경험할 수가 있을까?

알아들을 수 없는 절규가 입에서 새어나오며, 바람과 운명과 그가 자기 자신에게 부과한 책무를 향해 던져졌다. 딜비쉬는 욕설을 내뱉었고, 몸의 균형이 또 바뀌는 것을 느끼고는 다리를 강하게 조였다. 경사면이 한층 더 험준해진 것이다.

블랙의 걸음걸이가 조금 더 느려진 듯한 느낌을 받았다. 딜비쉬는 손과 발과 얼굴이 얼얼해지며 감각이 사라지는 것을 자각했다. 얼마나 높이 올라왔는지 궁금했다. 위험을 무릅쓰고 전방을 흘낏 보았지만 눈에 들어온 것은 눈보라뿐이었다. '멀리 온 것 같군' 하고 판단했다. 하지만 이 여로에는 끝이라는 것이 있을까?

딜비쉬는 이 경사면을 아래에서 보았을 때의 기억을 머리에 떠올리고, 현 위치가 어디쯤인지 판단해 보려고 했다. 적어도 반은 왔을 것이다. 혹은 이미 그 지점을 지났을지도 모른다.

심장의 박동을 세고, 블랙의 발굽 소리를 셌다. 그렇다. 이 거대한 짐승은 속도를 늦추고 있는 듯하다.

또다시 전방을 흘낏 보았다.

이번에는 우뚝 솟아 있는 성을 가까스로 볼 수 있었다. 석양을 받으며 희게 반짝이는 깎아지른 듯한 성. 마치 유리로 만들어진 듯한 느낌이다. 성이 하늘 대부분을 가리고 있는 것을 보니 상당히 가까운 곳까지 온 듯했다.

블랙은 계속 속도를 늦추고 있었다. 바람이 포효하는 소리가 낮아졌고, 눈발도 아까보다는 약해져 있었다.

딜비쉬는 어깨 너머로 뒤를 돌아다보았다. 등 뒤로는 광대한 경사면이 펼쳐져 있었다. 앙카이라의 공중 욕장浴場에 깔린 모자이크 타일처럼 반짝거리고 있다. 그 아래, 아래를, 뒤쪽을 내려다본다. 정말로 먼 거리를 왔다는 실감이 든다.

블랙은 한층 더 속도를 늦췄다. 이제 딜비쉬는 블랙의 발굽에 밟힌 얼어붙은 눈이나 얼음이 부서지는 것을 느낄 뿐만 아니라 귀로 들을 수도 있었다. 고삐를 잡는 손에서 조금 힘을 빼고, 약간 상체를 젖히며 고개를 들었다. 탑으로 가는 마지막 단계로 접어들고 있었다. 검게 번들거리는 탑은 예전보다 훨씬 더 가까운 곳에 있다.

느닷없이 바람이 멈췄다. 아마 돌로 만들어진 성 본체가 바람을 막아 주고 있는 것이리라. 눈도 이곳에서는 훨씬 더 천천히 내리고 있었다. 블랙의 걸음걸이는 느린 속도로 바뀌었지만, 그 동작에 들어가는 힘은 전혀 줄어들지 않은 듯했다. 백색으로 점철된 터널을 지나는 여로도 이제는 끝나 가고 있었다.

딜비쉬는 높고 가파른 경사면을 조금 더 자세히 관찰하기 위해 다시 자세를 가다듬었다. 이 각도에서 보니 경사면의 표층은 질감을 가진 물체로 변해 있었다. 음영 덕택에 돌출부나 크레바스를 분간해낼 수 있었다. 여기저기에서 바위가 노출되어 있는 것이 보인다. 서둘러 정상으로 통하는 등반 경로를 찾아보기 시작했다.

블랙은 한층 더 걸음걸이를 늦췄다. 이제는 거의 걷는 속도에 가까웠지만, 가장 가파른 사면이 시작되는 장소에 근접하고 있는 것이다. 딜비쉬는 어디서 멈춰서는 것이 좋을지 알아보려고 주위를 둘러보았다.

"오른쪽에 보이는 저 바위 선반은 어떨 것 같나, 블랙?"

"별로 탐탁지 않소. 하지만 우리는 지금 그곳을 향해 가고 있소. 가장 위험한 것은 선반 위로 올라갈 때요. 아직 손을 떼지 마시오."

딜비쉬가 단단히 매달리는 사이에 블랙은 백 걸음을 나아갔고, 다시 백 걸음을 나아갔다.

"아까 보았을 때보다는 더 넓어 보이는군."

딜비쉬가 말했다.

"그렇소. 게다가 더 높소. 꽉 매달리시오. 만약 여기서 발을 헛디딘다면, 아래로 떨어지는 데는 한참이 걸릴 거요."

경사면 위로 거의 남자의 키만큼이나 높이 솟아 있는 바위 선반으로 다가가는 블랙의 걸음걸이가 조금 빨라졌다. 선반은 절벽 표면을 몇 뼘 가까이 파고들어 가고 있었다.

블랙은 도약했다.

뒷발굽이 허리 높이의 돌출부를 밟았다. 선반 아래를 수평으로 지나가는 바위가 주름처럼 조금 노출되어 있는 것에 불과했지만, 블랙은 여세를 몰아 돌출부를 넘었다. 바위는 부스러지며 아래로 떨어졌지만, 그 순간 블랙의 앞발은 이미 바위 선반을 밟고 있었고 뒷다리는 얼마 안 되는 반발력을 이용해서 쭉 뻗은 상태였다. 블랙은 선반 위로 올라간 후 발을 디딜 곳을 찾아냈다.

"괜찮소?"

블랙이 물었다.

"괜찮네."

딜비쉬가 대답했다.

그들은 동시에 천천히 고개를 돌려 아래쪽을 내려다보았다. 새하얀 풍설風雪이 반짝거리는 길 위를 뭉게구름처럼 뒤덮고 있다. 딜비쉬는 손을 뻗어 블랙의 어깨를 툭 쳤다.

"아주 훌륭했네. 가끔 불안하긴 했지만."

"당신 혼자만 그랬을 것 같소?"

"아니. 다시 아래로 내려갈 수는 있을 것 같나?"

블랙은 고개를 끄덕였다.

"하지만 올라왔을 때보다 훨씬 더 천천히 내려가야 할 거요. 안장에 오르는 대신 옆에 매달려서 걸어야 할지도 모르오. 그때 가보면 알 수 있겠지. 이 바위 선반은 조금 더 뒤로 이어지고 있는 것 같으니 당신이 일을 보고 있는 동안 점검해 보기로 하겠소. 더 나은 하산길이 있을지도 모르니까 말이오. 지금처럼 위에서 내려다보는 쪽이 더 확인하기 쉽소."

"알았네."

딜비쉬는 이렇게 말하고 절벽에 가까운 쪽으로 내려가 섰다.

그는 장갑을 벗었다. 양손을 비비며 따뜻한 숨을 불어넣은 다음 잠시 옆구리에 끼고 있었다.

"어느 지점에서 등반을 시작할지 정했소?"

"저기 왼쪽에 보이는 저 지점이네." 딜비쉬는 그쪽을 향해 고개를 까닥해 보였다. "저 균열은 거의 정상 부근까지 이어지고, 균열 양쪽의 암벽에 요철이 있어 보이거든."

"잘 고른 것 같소. 저기까지는 어떻게 갈 생각이오?"

"바로 여기서 올라가기 시작하겠네. 손으로 잡을 곳들도 많아 보이니까. 저기 저 바위가 처음으로 갈라지는 곳에서 균열에 달라붙을 생각이야."

딜비쉬는 검대를 끌러 등에 둘러맸다. 그러고는 또다시 양손을 비빈 다음 장갑을 꼈다.

"슬슬 시작하는 편이 낫겠군. 고맙네, 블랙. 나중에 보세."

"엘프 장화를 신고 있어서 다행이오. 만약 미끄러지더라도 발부터 착지할 수 있을 테니까 말이오. 언젠가는."

딜비쉬는 콧방귀를 뀌고는 첫 번째 돌출부를 향해 손을 뻗쳤다.

검은 옷을 입고 초록색 숄을 두른 노파는 지하의 길쭉한 방

구석에서 등받이가 없는 의자 위에 앉아 있었다. 벽에 고정된 두 개의 소켓에 꽂힌 횃불들이 불타오르며 연기를 뿜고 있다. 벽과 천장을 뒤덮은 얼음막도 횃불 뒤쪽과 위쪽에서는 녹아내리고 있었다. 지푸라기가 흩어져 있는 발치의 돌바닥 위에는 불이 들어온 오일램프가 하나 놓여 있었다. 노파는 작게 콧노래를 부르며, 숄 안에 넣어 온 빵조각을 어루만지고 있었다.

노파가 앉아 있는 곳 반대편에는 세 개의 육중한 나무문이 있었다. 문들은 녹슨 금속 띠로 보강되어 있고, 높은 위치에 작은 창살문이 하나씩 나 있다. 가운데 문에서 누군가가 움직이는 듯한 소리가 희미하게 들려왔지만, 노파는 전혀 주의를 기울이지 않았다. 횃불 위로 보이는 울퉁불퉁한 돌천장에서 떨어지는 물방울들은 작은 웅덩이를 이루다가 바닥에 널린 지푸라기들 사이로 스며들어가고 있다. 물방울이 뚝뚝 떨어지는 소리가 노파의 나지막한 노랫소리에 엇박자의 반주를 덧붙이고 있다.

"…내 작은 자식들, 내 귀여운 자식들." 노파는 노래를 불렀다. "메그한테 오렴. 너희 엄마 메그한테 오렴."

왼쪽 방 부근의 어둑어둑한 방구석에 깔린 지푸라기 속에서 작은 동물이 후다닥 달려가는 듯한 소리가 들렸다. 노파는 황급히 빵조각을 하나 뜯어 그쪽으로 던졌다. 그러자 또다시 부스럭거리는 소리와 함께 작은 움직임이 있었다. 노파는 고개를 끄덕이고는 상체를 다시 뒤로 젖혔고, 미소 지었다.

 방 너머 - 아마 가운데 문 뒤 - 에서 낮은 신음소리가 들려왔다. 노파는 잠시 고개를 갸우뚱했지만 침묵이 흘렀을 뿐이었다.

 노파는 아까 그 방구석 쪽으로 다시 빵 조각을 던졌다. 곧이어 들려온 소리는 아까보다 더 빨랐고, 더 컸다. 지푸라기가 들썩거렸다. 노파는 또 한 조각을 던졌고, 입술을 오므리더니 작게 찍찍거리는 소리를 냈다.

 빵 조각을 또 던진다.

 "…내 조그만 자식들."

 노파가 다시 노래를 부르자 열 마리가 넘는 쥐들이 다가오더니 곧 빵조각으로 달려들었고, 게걸스럽게 뜯어먹기 시작했다. 그늘 안에서 더 많은 쥐들이 나타나 먹이를 두고 싸우기 시작한다. 이따금 찍찍거리는 소리가 들리더니 그 빈도가 늘어나고, 점점 합창으로 변해 간다.

 노파는 쿡쿡거리며 웃었다. 더 가까운 곳을 향해 빵조각을 던진다. 서른에서 마흔 마리에 가까운 쥐들이 그 빵조각을 두고 다투기 시작했다.

 가운데 문 뒤에서 쇠사슬이 짤랑거렸고, 곧이어 신음소리가 들려왔다. 그러나 노파의 관심은 작은 자식들을 향하고 있었다.

노파는 앞으로 몸을 기울이고 오른쪽 벽가로 램프를 옮겨 놓았다. 그러고는 새 빵덩어리를 조각내서 발치에 뿌렸다. 조그만 동물들이 지푸라기를 넘어 일제히 달려온다. 찍찍거리는 소리가 더 커졌다.

육중한 쇠사슬이 쩔렁거렸고, 아까보다 훨씬 더 큰 신음소리가 들려왔다. 무엇인가가 독방 안에서 움직이다가 문에 쾅 부딪쳤다. 문이 덜그럭거렸고, 쥐들이 내는 소리 위로 또다시 신음소리가 울려 퍼졌다.

노파는 그쪽으로 고개를 돌렸다. 미간을 조금 찌푸리고 있었다.

누군가가 문을 내려치자 쾅하는 소리가 울려 퍼졌다. 한순간 거대한 눈처럼 보이는 것이 쇠창살 너머에 나타났다.

또다시 신음소리가 울려 퍼지며, 거의 알아들을 수 있는 말로 변하는 것 같았다.

"…메그! 메그……."

노파는 엉거주춤한 자세로 독방 문을 응시했다. 또다시 굉음 ― 지금까지 난 소리 중에서 가장 큰 ― 이 울려 퍼지며 문이 심하게 흔들렸다. 그 무렵 쥐들은 노파의 다리를 스치며 뒷발로 서서 춤추고 있었다. 노파는 손을 뻗어 그중 한 마리를 어루만졌고, 다른 놈을 어루만졌다. 노파는 양손으로 쥐들에게 먹이를 주었다.

독방 안에서 또다시 신음소리가 커졌고, 이번에는 기묘한 리듬을 가진 소리로 변했다.

"…므므므므에그… 므므에그……."

이런 소리였다.

노파는 또다시 고개를 들고 독방 쪽을 보았다. 그러고는 마치 일어서려는 듯이 몸을 움찔했다.

그러나 바로 그 순간 쥐 한 마리가 노파의 무릎 위로 뛰어올랐고, 다른 한 마리는 등을 타고 올라 오른쪽 어깨 위에 앉았다.

"귀여운 자식들……." 노파는 뺨으로 그 쥐를 문지르며 무릎 위의 쥐를 어루만졌다. "내 귀여운……."

마치 팽팽한 쇠사슬이 끊겨 나가는 듯한 소리가 들리더니, 노파 반대편에 있는 문에 무엇인가가 격렬하게 부딪치는 소리가 울려 퍼졌다. 그러나 노파는 그것을 무시했다. 귀여운 자식들이 자신을 위해 춤을 추고, 놀아주었기 때문이다…….

리나는 옷장에서 잇달아 옷을 꺼내고 있었다. 방 안에는 드레스, 망토, 목도리, 모자, 코트, 부츠, 속옷, 장갑이 잔뜩 널려 있었다. 침대와 의자, 벽가에 놓인 두 개의 긴 의자 할 것 없이 모두 옷으로 뒤덮여 있었다.

리나는 고개를 설레설레 흔들며 제자리에서 천천히 한 바퀴 돌았고, 방 전체를 둘러보았다. 두 번째로 몸을 돌렸을 때 리나는 옷더미에서 드레스 하나를 끄집어내서 왼팔에 걸었다. 그런 다음 고리에 걸려 있던 두터운 모피 목도리를 집어들었다. 리나는 이것들을 아무 말 없이 방문 옆에 서 있는 흙빛 얼굴을 한 키 큰 사내에게 건넸다. 주름으로 뒤덮이다시피 한 사내의 얼굴은 저녁식사 때 리나의 시중을 든 사내의 얼굴을 닮아 있었다. 무표정하고 퀭한 눈초리였다.

사내는 리나에게서 옷들을 받아 들고 접기 시작했다. 리나는 그에게 두 번째 드레스와 모자, 호우즈[10], 속옷 등을 건넸다. 장갑도 건네고… 사내는 리나가 선반에서 내려놓은 두 장의 두터운 담요를 받아들었다. 호우즈를 더… 사내는 이것들 전부를 더플백 비슷한 자루에 집어넣었다.

"그걸 들고 따라와. 빈 자루도 하나 더 가지고."

이렇게 말하고 문을 향해 간다.

리나는 문을 지나 회랑을 가로지른 다음 층계를 내려가기 시작했다. 하인은 앞으로 내민 손으로 자루의 목 부분을 쥐고 뒤를 따랐다. 반대쪽 옆구리에 끼고 있는 자루는 뻣뻣하게 접혀 있었다.

리나는 다른 회랑을 지나 인적이 없는 커다란 주방으로 들

---

10 호우즈Hose : 중세의 긴 양말, 스타킹.

어갔다. 취사용 쇠살대 아래에서는 아직도 불이 타오르고 있었다. 바람이 굴뚝 속을 지나며 휘파람 같은 소리를 냈다.

리나는 커다란 도마 옆을 지났고, 왼쪽으로 돌아 식료품 저장실로 들어갔다. 선반과 궤와 장 속을 점검한다. 멈춰선 것은 과자 하나를 집어먹었을 때뿐이었다.

"그 자루를 줘. 아니, 그거 말고 비어 있는 쪽을."

리나는 자루를 흔들어 펴고 그 안에 건육乾肉, 치즈, 병에 든 포도주, 빵 덩어리 따위를 집어넣기 시작했다. 잠시 동작을 멈추고 주위를 둘러보다가 홍차와 설탕을 각각 한 봉지씩 덧붙였다. 작은 냄비와 약간의 식기도 집어넣었다.

"이것도 들고 따라와."

이렇게 말하고는 몸을 돌려 저장실에서 나왔다.

리나는 이제는 좀 더 조심스럽게 움직이고 있었다. 양손에 자루를 든 하인이 말없이 그 뒤를 따른다. 리나는 회랑이 꺾이는 곳이나 층계가 나올 때마다 멈춰 섰고, 귀를 기울이고 아무도 없다고 확인한 후에만 움직였다. 귀에 들린 소리라고는 한참 더 위쪽에서 새어나오는 비명소리뿐이었다.

마침내 리나는 아래로 이어지는 길고 좁은 계단에 도달했다. 계단은 어둠 속으로 사라지고 있었다.

"기다려."

나직하게 말한 다음 양손을 들어 얼굴 앞에서 동그랗게 오므렸다. 조용히 숨길을 불어넣고 바라본다.

양 손바닥 사이에서 희미한 불꽃이 일더니 사라졌다. 리나가 나직하게 주문을 외우자 또다시 불꽃이 일었다.

양손을 뗐다. 입술은 여전히 움직이고 있었다. 조그만 불덩어리가 리나 앞의 공간에 떠 있었다. 점점 더 커지면서, 더 밝아지고 있다. 푸르스름한 이 불덩어리의 밝기는 곧 촛불 몇 개의 그것에 달했다.

리나가 마지막 주문을 발하자 불덩어리는 계단 아래를 향해 움직이기 시작했다. 리나는 그 뒤를 따라 움직였다. 하인도 뒤따라 움직였다.

그들은 한참 동안 층계를 내려갔다. 계단은 나선을 그리며 아래로 이어졌고, 전혀 끝이 보이지 않았다. 불덩어리가 그들을 안내하고 있는 것처럼 보였다. 벽은 점점 축축하고 차가워졌고, 더 차가워지더니 급기야는 성에로 뒤덮이기 시작했다. 리나는 어깨에 걸친 망토를 앞으로 끌어당겨 여몄다. 몇 분이 흘렀다.

마침내 그들은 층계참에 도달했다. 불빛 너머로 멀리 어둠에 잠겨 있는 벽을 가까스로 볼 수 있었다. 리나가 왼쪽으로 방향을 틀자 빛도 함께 움직이며 선도했다.

그들은 완만하게 아래를 향해 내려가는 긴 회랑을 지났고, 잠시 후 다른 층계가 있는 곳으로 나왔다. 층계 양쪽의 벽은 더 넓어졌고, 바위로 된 천장은 계속 같은 높이를 유지하고 있는 탓에 아래로 내려가자 곧 시야에서 사라졌다.

그들이 지금 와 있는 공간의 전체 크기가 얼마나 되는지 가늠하는 것은 불가능했다. 방이라기보다는 동굴에 더 가까워 보였다. 바닥은 지금까지 지나온 방들에 비해 덜 편평했고, 추위도 제일 심했다.

망토를 몸 앞에서 완전히 여미고 양손도 망토 안에 집어넣은 채 리나는 방 안으로 들어갔고, 오른쪽으로 비스듬하게 움직였다.

마침내 네모난 상자를 닮은 커다란 썰매가 시야에 들어왔다. 기름에 전 듯한 넝마 조각이 오른쪽 썰매날 앞에 매달려 있었다. 썰매는 얼음장처럼 차가운 바람이 굉음을 발하며 불어오는 터널 입구의 벽가에 세워져 있었다. 불덩어리는 그 위로 가서 정지했다.

리나는 멈춰 서서 하인을 향해 몸을 돌렸다.

"썰매 앞쪽에 짐을 실어."

리나는 손짓해 보였다.

이 작업이 끝나자 리나는 한숨을 쉬었고, 몸을 앞으로 숙이고는 썰매 좌석에 접힌 채로 놓여 있던 하얀 모피로 짐을 덮었다.

"이걸로 됐어." 리나는 몸을 돌리며 말했다. "이제 돌아가야겠어."

리나가 방금 지나온 쪽을 손으로 가리키자 불덩어리는 그쪽을 향해 흘러갔다.

성에서 가장 높은 탑 꼭대기에 있는 원형의 방에서 리들리는 그곳에 비치된 거대한 책들 중 하나의 책장을 넘기고 있었다. 역청瀝靑을 칠한 탑의 지붕 위에서 강풍이 흐느끼는 듯한 소리를 내고 있었다. 강풍이 불어오면 이따금 지붕도 그에 동조하듯이 떨렸다. 거의 느끼지 못할 정도였지만, 그때마다 탑 전체도 조금씩 흔들렸다.

리들리는 작게 중얼거리며 가죽장정을 만지작거렸고, 눈을 내리깔고 크림색 종이를 응시했다. 반지를 매단 사슬은 더 이상 목에 걸고 있지 않았다. 이것들은 문 근처의 벽가에 놓인 작은 서랍장 위에 놓여 있었다. 서랍장 위에는 길쭉한 거울이 세워져 있다. 거울에 비친 반지의 보석이 희미한 빛을 발하고 있다.

리들리는 계속 중얼거리면서 책장을 넘겼고, 다시 한 번 넘기더니 동작을 멈췄다. 한순간 눈을 감았다가 독서용 스탠드에 놓인 책을 그대로 놓아둔 채로 몸을 돌렸다. 리들리는 방의 정중앙에 해당하는 지점에 그려진 빨간 도형 안으로 가서 한참 동안 서 있었다. 여전히 뭐라고 중얼거리다가 느닷없이 방향을 바꿔 서랍장 쪽으로 간다. 반지와 사슬을 집어올렸다. 사슬을 풀고 반지를 빼냈다.

오른손 엄지와 집게손가락으로 반지를 잡고 곧게 뻗은 왼쪽 집게손가락에 재빨리 끼웠다. 그러자마자 다시 잡아 빼고 깊게 숨을 들이켰다. 리들리는 거울에 비친 자신의 얼굴을 바라보았다. 그러고는 재빨리 반지를 끼우고 잠시 기다렸다가 아까보다는 더 천천히 잡아 뺐다.

반지를 돌리며 찬찬히 뜯어본다. 반지에 박힌 보석은 아까보다 조금 더 밝게 반짝이는 듯했다. 리들리는 손가락에 다시 반지를 끼웠고, 뺐다가, 가만히 있다가, 다시 끼우고, 뺐다가, 다시 끼웠다가, 가만히 있다가, 뺐다가, 끼웠다가, 아까보다 더 오래 기다렸다가, 천천히 반쯤 뺐다가, 다시 원래 자리로……

만약 리들리가 앞에 놓인 거울을 줄곧 바라보고 있었다면, 반지를 움직일 때마다 자신의 얼굴을 가로지르는 표정이 변화하는 것을 알아차렸을 것이다. 반지를 끼고 뺄 때마다 리들리의 표정은 당혹감과 환희, 공포와 만족감 사이를 왕복했던 것이다.

리들리는 또다시 반지를 빼낸 다음 서랍장 위에 올려놓았다. 손가락을 주물렀다. 거울에 비친 자신의 얼굴을 흘낏 보다가 다시 고개를 숙여 보석 깊숙한 곳을 응시한다. 혀로 입술을 훑었다.

리들리는 몸을 돌려 패턴 위로 몇 걸음 걸어갔고, 멈춰 섰다. 그러고는 몸을 돌려 반지를 바라보았다. 다시 그곳으로 돌아가 반지를 집어올리고, 오른손 손바닥 위에 올려놓고 무게를 가늠해 본다.

리들리는 다시 반지를 끼고, 그 상태로 그 자리에 우뚝 섰다. 다른 손으로는 여전히 반지를 꽉 감싸 쥐고 있다. 이번에는 이를 악물고 있었고, 미간에는 깊은 주름이 잡혀 있었다.

그렇게 서 있던 중에, 거울이 뿌옇게 변하더니 새로운 영상이 그 내부에서 형태를 갖추기 시작했다. 바위와 눈… 무엇인가가 그것을 가로질러 움직이고 있다. 한 사내의 모습… 사내는 눈 위를 기어가고 있다. 아니다.

사내의 손이 바위의 돌출부를 움켜쥔다. 사내는 몸을 들어올렸다. 앞쪽이 아니라 위쪽으로! 기어가는 것이 아니라 기어오르고 있는 것이다!

영상이 더 뚜렷해졌다.

사내가 몸을 들어올리고, 새로 발끝을 디딜 만한 곳을 찾아냈을 때, 리들리는 사내가 초록색 장화를 신고 있다는 것을 깨달았다. 그러고는…….

리들리는 날카롭게 명령을 발했다. 그러자 영상이 멀어져 갔다. 사내의 모습이 작아지고, 절벽은 더 넓고 높아졌다. 등

반중인 사내 위쪽에 성이 우뚝 서 있다. 이 성이다. 리들리 자신의 불빛이 이 탑의 창문에서 반짝이는 것이 보인다!

리들리는 욕설을 내뱉으며 손가락에서 반지를 잡아 뺐다. 그 즉시 영상이 스러지면서 그 자신의 화난 얼굴로 대체되었다.

"안 돼!"

리들리는 문으로 성큼성큼 걸어가서 자물쇠를 열면서 외쳤다.

"안 돼!"

리들리는 문을 활짝 열어젖히고 구불구불한 층계를 뛰어 내려갔다.

딜비쉬는 한숨 돌리는 중이었다. 그는 암벽에 세로로 난 균열 안쪽에 갖다 댄 등과 다리로 몸을 지탱하고 있었다. 무릎 위에 장갑을 벗어 놓고, 입김으로 손을 덥히며 비빈다. 균열은 딜비쉬의 머리 위로 조금 더 올라간 지점에서 끝나 있었다. 이다음부터는 정상에 도달하기 전까지 쉴 만한 곳이 없었다. 그런 다음 무슨 일이 일어날지… 그 누가 알 수 있겠는가?

눈송이가 몇 개 휘날렸다. 지금까지 주기적으로 그래 왔던 것처럼 어둑어둑한 하늘을 훑어보며 비행 생물이 돌아오지는 않는지 확인해 보았지만 아무 것도 보이지 않았다. 딜비쉬는 자신이 취약한 위치에 있을 때 갑자기 공격받을 가능성에 대해 상당히 우려하고 있었다.

손에 따끔따끔한 느낌이 오고, 어느 정도 온기가 되돌아올 때까지 계속 문질렀다. 그런 다음 그 온기를 보존하기 위해 다시 장갑을 꼈다. 가능한 한 뒤로 고개를 젖히고 위쪽을 올려다본다.

수직 암벽을 3분의 2쯤 올라온 상태였다. 위를 둘러보고 다음에 잡을 곳을 찾아냈다. 심장 고동소리에 귀를 기울이니 정상으로 되돌아와 있었다. 천천히, 신중하게 몸을 곧추세우며 손을 뻗었다.

몸을 위로 밀어올린다. 세로로 난 균열에서 빠져나와 바위턱을 붙잡고 몸을 끌어올렸다. 발을 디딜 곳을 찾아낸 다음, 한쪽 손을 다시 위로 뻗쳤다. 블랙이 아래로 내려가는 데 적당한 길을 찾아냈는지 궁금했다. 마지막으로 먹은 음식 생각을 했다. 혀가 얼어붙을 정도로 차갑고 깔깔한 음식이었다. 예전에 먹었던, 그보다 좋은 음식 생각을 하니 입 안에 침이 괴였다.

미끄러지기 쉬운 지점이 나와서 그 주위를 우회하기 시작했다. 조금 전에 느꼈던 그 기묘한 감각, 마치 누군가에게 감시받는 듯한 느낌에 관해 생각했다. 그러자마자 서둘러 하늘을 둘러보았지만, 비행 생물의 모습은 어디에도 보이지 않았다.

바위가 두텁게 튀어나온 돌출부 위로 몸을 끌어올리던 중에 그 위부터는 암벽이 안쪽을 향해 경사져 있는 것을 보고 그는 미소 지었다. 발 디딜 곳을 찾아낸 다음 몸을 숙이고 오르기 시작했다.

이제는 아까보다 더 빠른 속도로 올라가고 있었다. 얼마 되지 않아 정상일지도 모르는 예리한 가장자리가 시야에 들어왔다. 경사가 급격해지기 시작하자 딜비쉬는 가장자리에 도달한 직후 무슨 동작을 취해야 할지 머릿속에서 미리 예습을 하면서 빠르게 올라가기 시작했다.

점점 더 빨리 몸을 끌어올렸고, 경사가 조금 완만해지자 낮게 몸을 수그린 자세를 취했다. 정상처럼 보이는 곳으로 접근하면서 또다시 속도를 늦췄고, 마침내 가장자리에서 사람 하나의 키쯤 떨어진 곳에 오자 납작하게 엎드렸다. 잠시 귀를 기울였지만 들리는 것이라고는 바람소리뿐이었다.

장갑을 입에 물고, 등에 매고 있던 검대劍帶를 한쪽 팔과 어깨 위로 돌리고, 머리 위로 조심스럽게 들어올렸다. 검대를 끌러 잠시 아래에 내려놓고는 옷매무시를 가다듬고, 검대를 다시 허리에 찼다.

아주 느린 속도로 가장자리까지 접근했다. 마침내 그 위로 머리를 들어올리자 희게 반짝이는 성의 전경全景이 딜비쉬의 시야를 가득 메웠다. 설탕과자 같은 느낌. 그리 멀지 않은 곳에 있다.

몇 분 동안 주의 깊게 바라보고 있었다. 움직이는 것이라고는 몰아치는 눈뿐이었다. 옆문이든 낮은 위치에 난 창문이든, 눈에 안 띄는 입구는 없는 것일까······.

마침내 목적하던 것을 찾아냈다고 판단한 딜비쉬는 가장자리 위로 몸을 끌어올리고 앞으로 나아가기 시작했다.

메그는 춤추는 쥐들에게 노래를 불러 주었다. 횃불이 깜박거렸다. 돌벽은 축축하게 젖어 있었다. 메그는 조그만 빵조각으로 장난을 치며 작은 동물들을 애타게 만들었다. 그것들을 쓰다듬고, 긁어 주고, 쿡쿡거리며 웃는다.

가운데 문에 육중한 것이 부딪치는 소리가 또 났다. 이번에는 경첩 주위의 나무가 조각날 정도로 강했다.

"므므에그··· 므므에그!"

문 뒤에서 이런 소리가 들려왔고, 창살문 뒤에서 또다시 커다란 눈 하나가 나타났다.

메그는 고개를 들었고, 축축하게 젖은 파란 눈을 마주보았다. 노파의 얼굴에 당혹한 표정이 떠올랐다.

"뭐야?"

메그는 나직하게 말했다.

"메그!"

또다시 충격음이 들렸다. 문이 떨렸다. 문 가장자리를 따라 균열이 생겨났다.

"메그!"

또다시 충격음. 문 전체가 삐걱거리며 쇠틀 너머로 튀어나왔고, 균열이 더 넓어졌다.

메그는 머리를 흔들었다.

"뭐야?"

메그는 아까보다 더 크게 말했다. 약간 흥분한 듯한 목소리였다.

노파의 허벅지 위에, 어깨에, 무릎에 올라가 있던 쥐들이 일제히 아래로 뛰어내렸고 지푸라기 위에서 우왕좌왕했다.

다시 충격이 오자 문은 경첩에서 떨어져 나오면서 족히 1피트는 앞으로 밀려나왔다. 갈퀴 같은 손톱이 달린, 거대하고 시체처럼 새하얀 손이 문 가장자리에 나타났다. 손목에 찬 육중한 수갑에 매달린 쇠사슬이 흔들리며 벽과 문에 부딪쳐 소리를 낸다.

"메그?"

메그가 의자에서 일어나자 어깨에 두른 숄 안에서 남은 빵 조각이 굴러떨어졌다. 털투성이의 작은 동물들이 검은 회오리바람처럼 일제히 그 주위로 몰려들었다. 메그의 대답은 쥐들이 시끄럽게 찍찍거리는 소리에 묻혀 버렸다. 노파는 쥐들 사이를 지나 앞으로 나왔다.

문이 한층 더 밖으로 밀려나왔다. 털이 없는 거대하고 흰 머리가 나타나더니 주위를 둘러보기 시작했다. 얼굴 한복판에는 당근 같은 코가 매달려 있었다. 목은 너무나도 두터운 탓에 넓은 양 어깨까지 그대로 이어지고 있는 느낌이었다. 팔뚝은 보통 남자의 허벅지만큼이나 두꺼웠고, 피부는 알비노처럼 새하얀데다가 여기저기가 지방반脂肪斑으로 뒤덮여 있었다. 그는 어깨로 문을 밀쳐 내고 방 안으로 들어왔다. 부자연스러운 각도로 등을 구부리고, 머리를 쑥 내민 채로 기둥 같은 다리를 움직이며. 그는 넝마로 변한 셔츠를 입고 있었고, 갈가리 찢긴 바지의 잔해에서는 착용자와 마찬가지로 모든 색채가 사라져 있었다. 횃불에 눈이 부신지 눈물을 머금은 채 깜박이는 푸른 눈은 메그에게 못 박혀 있었다.

"맥?"

메그가 말했다.

"메그?"

"맥!"

"메그!"

메그는 4분의 1톤은 족히 되어 보이는 새하얀 근육 덩어리를 포옹하기 위해 앞으로 달려나왔다. 상대방이 자신을 포옹하자 메그의 눈에도 이슬이 맺혔다. 그들은 서로를 보며 나직하게 중얼거렸다.

이윽고 메그는 조그만 손으로 사내의 거대한 팔을 붙들었다.

"이리 와, 맥. 이리로 와." 노파가 말했다. "먹을 것이 있어. 따뜻한 곳에. 자유롭게. 이리 와."

메그는 방 입구로 그를 이끌고 갔다. 귀여운 자식들은 까맣게 잊은 채로.

주인은 보고 있지도 않았지만 양피지 같은 피부를 가진 하인은 리나의 방을 소리 없이 돌아다니며 여기저기에 널린 옷들을 집어들고 다시 서랍이나 옷장에 집어넣고 있었다. 리나는 경대 앞에 앉아서 머리를 빗고 있었다. 방 정리가 끝나자 하인은 리나 곁으로 와서 섰다. 리나는 하인을 흘낏 올려다보고는 다시 주위를 돌아보았다.

"잘 했어. 더 이상 맡길 일은 없어. 이제 관 속으로 돌아가도 좋아."

검은 제복을 입은 하인은 몸을 돌려 방에서 떠났다.

리나는 자리에서 일어나 침대 밑에서 대야 하나를 끄집어냈다. 침대 곁에 놓인 탁자 위에 대야를 올려놓고, 탁자 위에 있던 파란색 물주전자를 기울여 물을 약간 부었다. 다시 경대로 돌아가서 거울 옆에 있던 양초를 하나 집어들어 대야 왼쪽에 내려놓았다. 그런 다음 몸을 앞으로 수그리고 물의 표면을 들여다보았다.

여러 개의 영상이 수면 위를 획획 지나간다. 리나가 보고 있는 사이에 이것들은 함께 모여 흘렀고, 산산조각이 났다가, 다시 결합해서……

사내는 정상에 접근하고 있었다. 사내가 가던 길을 멈추고 등에 매고 있던 검을 끌러 허리에 차는 모습을 보고 리나는 조금 몸을 떨었다. 다시 등반을 재개한 사내가 가장자리에 도달하는 것이 보인다. 사내는 오랫동안 성을 바라보고 있었다. 그러고는 몸을 위로 끌어올렸고, 눈밭 위를 가로지르기 시작했다. 어디로? 어디를 통해 성으로 들어올 작정일까?

북쪽으로 접근해서, 성 뒤꼍의 불이 꺼진 저장고 창문을 향해 가고 있다. 당연한 선택이다! 눈은 그 지점에서 가장 높이 쌓여 있는데다가, 딱딱하게 얼어 있기까지 한 것이다. 저기로 올라가면 창턱을 붙잡고 몸을 끌어올려 창문 가장자리에 올라설 수 있다. 그런다면 검의 자루로 치든지 해서 창문 걸쇠 부근의 유리에 구멍을 낼 수가 있고, 그 구멍 안으로 손을 넣어 순식간에 걸쇠를 풀 수 있을 것이다. 그런 다음 저 검으로 창틀에 달라붙은 얼음을 모두 걷어 내려면 몇 분쯤 걸릴 것이다. 창문을 열려면 조금 더 시간이 걸리겠고, 잠시 후에는 창문 안쪽의 덧문 이음매를 찾아내서 칼날을 집어넣고, 위로 들어올리고, 덧문의 걸쇠를 푼다. 그런 다음에는 잡동사니로 가득 찬 어두운 방 안에서 방향 감각을 잃고 잠시 헤맬 것이다. 그것들을 헤치고 나오려면 몇 분이 더 걸린다……

리나가 수면을 향해 살짝 숨을 불어넣자 영상은 잔물결 사이로 사라졌다. 양초를 집어들고 다시 화장대로 가서 원래 있던 장소에 내려놓았다. 대야도 원래 있던 곳에 집어넣었다.

거울 앞에 앉아서 조그만 붓과 작은 금속 상자를 집어들고, 입술에 연지를 바르기 시작했다.

리들리는 하인 한 명을 깨워 위층으로 데려갔고, 회랑을 지나 여전히 비명소리가 들려오는 방을 향해 갔다. 문 앞에서 멈춰선 다음 허리에 찬 열쇠 더미에서 맞는 열쇠를 골라내서 자물쇠를 풀었다.

"이제야 왔군!" 방 안에서 목소리가 들려왔다. "제발 부탁이야! 이제……"

"아가리 닥쳐!"

리들리는 일갈하고 몸을 돌렸다. 하인의 팔을 붙잡고 회랑을 끼고 바로 반대편에 있는 열린 문쪽으로 데려갔다.

어두운 방 안으로 하인을 밀어 놓는다.

"문 옆으로 가." 리들리는 손짓했다. "거기 서 있어."

그러고는 계속 지시를 내린다.

"바로 거기야… 거기 서 있으면 네 모습을 감춘 채로 이쪽으로 누가 오는지 감시할 수 있어. 자, 이 열쇠를 받고 주의해서 들어. 저 비명소리가 무엇인지 알아보려고 누군가가 이쪽으로 올 경우에 대비하고 있어야 해. 누군가가 저기 저 문을 열려고 하는 순간 재빨리 그자의 등 뒤로 다가가서 곤봉으로 때리고, 방 안으로 밀어 넣어. 세게! 그런 다음 재빨리 문을 닫고 잠그는 거야. 그런 다음에 네 관 속으로 돌아가도 좋아."

리들리는 하인을 그 자리에 놓아두고 회랑으로 나왔고, 잠시 주저하다가 식당 쪽을 향해 성큼성큼 걸어갔다.

"때가 되었다."

리들리가 홀 안으로 들어서자마자 거울 속의 얼굴이 선언했다.

리들리는 거울 쪽으로 가서 음울한 면상을 응시했다. 반지를 집어들어 손가락에 끼웠다.

"입을 다물라! 너는 네 책무를 다했다. 이제 물러가라!"

귀에 익은 말을 하려고 입술을 오므린 순간 얼굴은 사라졌고, 리들리는 장식적인 틀로 에워싸인 거울에 어스름하게 비친 자신의 얼굴을 마주보고 있었다.

리들리는 한순간 씩 웃었다가, 이내 정색한 표정을 했다. 리들리가 눈을 가늘게 뜨자 거울에 비친 영상이 흔들렸다. 영상이 뿌옇게 변하는가 싶더니 다시 뚜렷해졌다. 리들리는 녹색 장화를 신은 사내가 창틀 아래에 서서 얼음을 깨고 있는 광경을 보고 있었다.

리들리는 손가락에 낀 반지를 뒤틀기 시작했다. 입술을 깨문 채로 반지를 천천히 돌리고, 또 돌렸다. 그러고는 발작적인 동작으로 손가락에서 홱 빼내고는 깊게 탄식했다. 거울에 비친 얼굴에 또다시 웃음기가 떠올랐다.

뒤로 빙그르 돌아서 방을 가로질렀다. 미닫이로 된 비밀문을 열고 들어가 바닥에 난 뚜껑을 연 다음 사다리를 타고 아래로 내려갔다. 자신이 아는 모든 지름길을 이용해 빠르게 움직이며, 또다시 하인들의 방을 향해 갔다.

딜비쉬는 덧문을 옆으로 밀치고 방 안으로 내려갔다. 등 뒤의 창문을 통해 들어오는 희미한 빛 덕택에 방 안에 널린 잡동사니들의 윤곽을 조금 알아볼 수 있었다. 잠시 그 자리에 멈춰 서서 잡동사니들의 위치를 가능한 한 뚜렷하게 기억에 새겨놓은 다음, 뒤로 돌아서서 창문을 잡아당겼다. 조금 틈새를 남겨둔다. 성에가 잔뜩 낀 유리창은 햇볕 대부분을 차단했지만, 창문으로 들어오는 외풍 탓에 단박에 들키고 싶지는 않았다.

딜비쉬는 머릿속에 담아둔 지도를 떠올리며 소리 없이 움직였다. 긴 검은 칼집에 집어넣고 이제는 한쪽 손에 단검 한 자루만을 쥐고 있었다. 문에 도달하기 전, 뒤집힌 의자에 다리가 걸려 한 번 휘청거렸지만 워낙 천천히 움직이고 있는 탓에 아무 소리도 나지 않았다.

슬금슬금 문을 열면서 오른쪽을 보았다. 회랑이었다. 어둡다…….

회랑으로 나가 왼편을 보았다. 그쪽에서는 희미하게나마 불빛이 비치고 있었다. 딜비쉬는 그곳을 향해 갔다. 앞으로 나아가면서 불빛이 오른쪽에서 비치고 있다는 사실을 깨달았다. 측면 복도이든가 아니면 문이 열린 방일 것이다.

그곳으로 다가가자 공기가 더 따스해졌다. 몇 주 만에 경험하는 기분 좋은 감각이었다. 잠시 멈춰 선다. 무슨 소리가 들리는지 귀를 기울이는 것과 동시에 이 감각을 만끽하기 위해서. 잠시 후 그쪽에서 조그맣게 딸각하는 소리가 들려왔다. 조금 더 다가가서 기다렸다. 소리는 다시 들리지 않았다.

단검을 낮게 꼬나 잡고 앞으로 걸어나가자 방으로 통하는 문간임을 알 수 있었다. 방 안에서는 여자 하나가 의자에 앉아서 책을 읽고 있었다. 여자 오른쪽에 있는 작은 탁자 위에는 음료가 담긴 듯한 유리잔이 놓여 있었다. 딜비쉬는 문간 오른쪽과 왼쪽을 둘러보고 여자가 혼자임을 확인한 다음 방 안으로 들어갔다.

"소리지르지 않는 편이 나아."

여자는 책을 내리고 딜비쉬를 응시했다.

"안 지르겠어요. 당신은 누구죠?"

잠시 주저하다가 "딜비쉬라고 불러 줘"라고 말했다.

"내 이름은 리나예요. 뭘 원하죠?"

딜비쉬는 단검을 조금 아래로 내렸다.

"이곳에는 사람을 죽이려고 왔어. 그걸 방해하지만 않으면 해치지 않을 거야. 방해하면 다쳐. 이 성 안에서 당신은 어떤 입장에 있지?"

여자의 얼굴이 창백해졌다. 딜비쉬의 얼굴을 빤히 바라보고 있다.

"여기서 나는… 수인囚人이에요."

여자가 말했다.

"왜?"

"이 성 밖으로 나가는 수단이 봉쇄되었고, 통상적인 입구도 가로막혔기 때문이죠."

"어떻게 해서?"

"그건 일종의… 사고였어요. 당신이 믿어 줄 것 같지는 않지만."

"왜 그렇게 생각하는 거지? 사고는 일어나는 법이야."

여자는 기묘한 표정으로 딜비쉬를 보았다.

"당신은 그 사고 때문에 여기로 온 거죠. 안 그래요?"

딜비쉬는 천천히 고개를 가로저었다.

"유감이지만 무슨 뜻인지 이해가 안 되는군."

"그자는 자기가 더 이상 거울을 통해 이곳으로 올 수 없다는 사실을 알아차리고, 책임자를 없애기 위해 당신을 여기로 보낸 것이 아닌가요?"

"누가 나를 보낸 것이 아냐. 나는 나 자신의 의지와 욕구로 이곳에 왔어."

"이제 이해 못하는 사람은 나군요." 리나가 말했다. "당신은 사람을 죽이러 이곳으로 왔다고 했고, 리들리도 누군가가 자기를 죽이러 이곳으로 올 거라고 믿고 있었어요. 당연히……."

"리들리가 누구지?"

"우리 오빠예요. 도제 마법사이고, 마스터를 위해서 이 장소를 유지하고 있어요."

"당신의 오빠가 젤레락의 제자란 말이야?"

"제발! 그 이름은 말하지 말아요!"

"이제 목소리를 낮춰 속삭이는 데는 신물이 났어! 젤레락! 젤레락! 젤레락! 젤레락! 내 목소리가 들린다면 가까이 와서 확인해 봐! 난 여기 와 있어! 이제 끝장을 보자고!"

딜비쉬는 외쳤다.

두 사람은 잠시 침묵을 지켰다. 마치 대답이 들리거나 어떤 시현示現이 있기를 기다리는 듯이. 그러나 아무 일도 일어나지 않았다.

이윽고 리나는 헛기침을 했다.

"그럼 당신은 오직 우리 마스터하고만 싸우고 있는 건가요? 종복들과는 무관하고?"

"그래. 당신의 오빠라는 사람이 뭘 하든 나는 개의치 않아. 나 자신의 목적과 배치되지 않는 한 말이야. 아니, 혹시 우연히 나를 방해한 건지도 모르겠군. 나의 적이 이 장소로 오는 것을 막았다는 당신 얘기가 사실이라면 말이야. 하지만 난 그런 행위에 대해서까지 보복할 필요가 있다고는 생각하지 않아. 당신이 방금 얘기한 그 거울이라는 건 어떤 거지? 당신 오빠가 그걸 부쉈다는 얘긴가?"

"아뇨. 거울은 물리적으로는 부서지지 않았어요. 결국 부순 거나 마찬가지지만. 어떻게 했는지는 모르지만 거울의 이동 주문을 일시적으로 정지시켰던 거예요. 그 거울은 마스터가 사용하는 통로였어요. 보통 때는 그걸 써서 이 성으로 오곤 했고… 이곳에서도 같은 방법을 써서 자신의 모든 성채로 이동할 수 있었어요. 아마 그 이외의 다른 장소로도 갈 수 있는 건지도 몰라요. 리들리는… 자기 자신이 아니었을 때 그걸 꺼버렸던 거예요."

"그렇다면 다시 그걸 원상 복구하라는 설득에 응해 줄지도 모르겠군. 그런 다음 젤레락이 뭐가 문제인지를 알아보려고 거울을 통해 이곳으로 올 때까지 여기서 기다리는 것은 어떨까?"

리나는 고개를 가로저었다.

"그렇게 간단한 문제가 아녜요. 그건 그렇고, 당장이라도 찌를 듯한 자세로 단검을 쥐고 거기 그렇게 웅크리고 있는 건 좀 불편하지 않나요. 난 보기만 해도 불편하군요. 의자에 앉지 않겠어요? 포도주를 한 잔 드릴까요?"

딜비쉬는 어깨 너머로 흘낏 뒤를 돌아다보았다.

"나쁜 감정이 있는 건 아니지만, 난 그냥 이렇게 서 있겠어."

그러나 딜비쉬는 단검을 칼집에 집어넣었고, 마개를 딴 포도주병과 유리잔 몇 개가 놓인 찬장 쪽으로 걸어갔다.

"이게 당신이 지금 마시고 있는 포도주인가?"

리나는 미소 짓고 자리에서 일어섰다. 방을 가로질러 사내 곁에 섰고, 포도주 병을 들어올려 두 개의 잔에 따랐다.

"잔을 건네주시겠어요?"

딜비쉬는 잔을 집어들어 리나에게 건네며 예의바르게 고개를 까닥했다. 리나는 잔을 받아들며 딜비쉬와 눈을 마주쳤고, 살짝 들어올리고는 마셨다.

딜비쉬는 남은 잔을 집어들고 냄새를 맡았고, 한 모금 맛보았다.

"아주 좋군."

"우리 오빠가 모아 놓은 거예요. 뭐든지 최고급을 좋아하죠."

"당신 오빠에 관해서 얘기해 줘."

리나는 반쯤 몸을 돌리고는 찬장에 등을 기댔다.

"오빠는 여러 명의 지원자들 중에서 제자로 뽑혔어요. 태어나면서부터 마법에 대한 천부적인 소질을 가지고 있었거든요. 고차원의 마법을 수행할 경우, 인위적으로 만든 인격을 두를 필요가 있다는 사실을 당신은 알고 있나요? 주의 깊게 훈련받고, 단련되고, 그런 작업을 행할 때마다 마치 장갑처럼 끼어야 하는 인격을?"

"알아."

딜비쉬는 대꾸했다.

리나는 한순간 딜비쉬를 곁눈질하고는 말을 이었다.

"하지만 리들리는 다른 지원자들과는 달랐어요. 처음부터 두 개의 인격을 가지고 있었던 거예요. 평소에는 상냥하고, 위트가 있고, 재미있는 사람이에요. 하지만 이따금 다른 또 하나의 인격의 지배를 받으면, 그와는 정반대의 인물이 되어 버리죠. 잔인하고, 폭력적이고, 교활해지는 거예요. 리들리가 고차원의 마법을 수련하기 시작하면서, 이 반대쪽 인격은 어떤 이유에선가 리들리의 마법적 인격과 융합해 버렸던 거예요. 리들리가 고차원의 마법을 행할 때 필요한 정신적, 감정적인 상태를 소환하면 어떤 식으로든 그 인격이 나타났어요. 당시 리들리는 훌륭한 마법사가 되고 있는 중이었지만, 마법을 행할 때마다 다른 사람으로… 그것도 아주 혐오할 만한 사람이 되어 버렸어요. 하지만 이 인격을 몸에 두르는 것만큼이나 쉽게 벗어버릴 수만 있다면 그것이 그리 큰 장애는 되지 않았을 거예요. 사실, 바로 그럴 목적에서 반지를 하나 만들어 놓기까지 했으니까요. 하지만 시간이 흐르면서 이 - **다른 쪽**은 원래 인격으로 돌아가는 일에 저항하기 시작했어요. 리들리는 그것이 **자신**을 조종하려 한다고 믿게 되었어요."

"그 얘기는 나도 들어본 적이 있어. 하나 이상의 기질이나 성격을 가진 사람들이 존재한다는 얘기를 말이야. 그래서 결국 무슨 일이 일어났던 거지? 어느 쪽이 우위에 섰어?"

"아직도 투쟁은 계속되고 있어요. 지금은 착한 쪽이에요. 하지만 리들리는 **다른 쪽**과 대결하는 것을 두려워하고 있어요. 일종의 개인적인 악령이 되어 버렸거든요."

딜비쉬는 고개를 끄덕이고 포도주를 마저 들이켰다. 리나는 포도주 병을 손짓해 보였다. 그는 자기 잔에 포도주를 따랐다.

"그럼 거울에 걸린 주문을 무효화했을 때는 **다른 쪽**의 지배를 받고 있었던 거군."

"그래요. **다른 쪽**은 언제나 끝내지 않은 작업을 뒤에 남겨두기를 좋아해요. 그러면 리들리는 다시 자기를 불러내야 하니까……."

"하지만 리들리가 **다른 쪽**이었을 때, 왜 거울에게 그런 일을 했는지 털어놓지 않았나? 단순한 정신적 투쟁의 일부로 보기에는 너무 큰일이 아닌가. 그런 짓을 한다면 가장 위험한 종류의 재난을 초래할 거라는 사실을 알고 있었을 텐데… 외부에서 말이야."

"자기가 무엇을 하고 있는지 잘 알고 있었어요. **다른 쪽**은 믿기 힘들 정도로 에고이스트예요. 힘을 쟁취하기 위해 스승과 맞대결할 실력이 된다고 스스로 믿고 있는 거죠. 거울에 손을 댄 것은 도전한다는 뜻이었어요. 당시에 리들리는 두 가지 상황을 한꺼번에 해결하기 위해서라고 나한테 말했어요."

"두 번째 상황이 뭔지 대충 짐작이 가는군."

딜비쉬가 말했다.

"그래요. **다른 쪽**은 리들리가 그런 싸움에서 이긴다면 자신이 우세한 인격이 될 거라고 생각하고 있는 거예요."

"당신 생각은 어때?"

리나는 천천히 방을 가로질러 가더니 딜비쉬 쪽을 돌아보았다.

"아마 그럴지도 몰라요. 하지만 나는 리들리가 싸움에서 이길 거라고는 생각하지 않아요."

딜비쉬는 비운 잔을 곁에 내려놓은 다음 팔짱을 꼈다.

"이럴 가능성은 없을까? 그런 싸움이 벌어지기 전에 리들리가 **다른 쪽**에 대한 통제력을 획득할 가능성은?"

"모르겠어요. 지금까지도 줄곧 그걸 시도하고 있었지만… 리들리는 **다른 쪽**을 너무나도 두려워하고 있어요."

"만약 리들리가 그 일에 성공한다면? 그럴 경우에는 이길 가능성이 더 높아질 거라고 생각해?"

"그걸 누가 알 수 있겠어요? 적어도 난 몰라요. 난 이런 일에는 이제 신물이 났고, 이 장소 전체를 견디기 힘들어요! 어딘가 따뜻한 곳, 이를테면 투마나 앙키라에 있다면 얼마나 좋을까!"

"거기 가서 뭘 할 작정인데?"

"도시에서 가장 비싼 유녀遊女 노릇을 하다가, 그 일에도 지치면 아마 귀족 하나를 골라 결혼할지도 모르겠군요. 난 게으르고 호화롭고 따뜻한 인생을 보내고 싶어요. 마법사끼리의 전쟁 따위와는 인연이 없는 곳에서!"

리나는 딜비쉬를 빤히 바라보았다.

"당신은 엘프의 혈통을 이어받고 있군요. 안 그래요?"

"응."

"그리고 이런 일들에 관해서도 어느 정도 지식이 있는 것 같군요. 따라서 당신은 마스터와 대결하기 위해서 검 이상의 무엇인가를 지니고 왔다는 얘기가 되요."

딜비쉬는 미소 지었다.

"지옥에서 선물을 좀 가지고 왔지."

"당신은 마법사인가요?"

"그 분야에 대한 나의 지식은 극히 특수한 것들뿐이야. 그건 왜?"

"만약 당신이 거울을 수리할 수 있을 정도의 실력이 된다면 나는 그걸 써서 밖으로 나갈 거고, 그 누구의 방해도 되지 않을 거예요."

딜비쉬는 고개를 가로저었다.

"마법의 거울은 내 전공이 아냐. 그랬으면 좋았겠지만. 적을 찾아 이토록 먼 길을 왔는데, 문제의 적이 이곳으로 오는 수단이 막혀 있는 것을 발견하다니 기가 차는군."

리나는 웃음을 터뜨렸다.

"설마 그 정도의 장애에 가로막혀 여기로 못 올 거라고 생각하고 있는 건 아니죠?"

딜비쉬는 고개를 들었고, 팔짱을 풀고는 주위를 둘러보았다.

"그게 무슨 뜻이지?"

"당신이 찾고 있는 인물이 이런 상황 탓에 불편을 느낄 거라는 점은 사실이에요. 하지만 그렇다고 해서 이것이 결코 넘을 수 없는 장애라고는 할 수 없어요. 그냥 몸을 놓아두고 혼만 오면 되니까요."

딜비쉬는 방 안을 왔다 갔다 하기 시작했다.

"그럼 무엇 때문에 아직도 안 온 거지?"

"그러기 위해서는 우선 힘을 모아야 해요. 만약 육체를 결여한 상태로 여기로 온다면, 어떤 투쟁이 기다리고 있든 간에 약간은 불리해질 테니까 말예요. 따라서 그런 약점을 보완하기 위해서 미리 힘을 비축할 필요가 있는 거예요."

딜비쉬는 홱 돌아서 벽을 등지고 리나를 마주보았다.

"전혀 마음에 들지 않는군. 최종적으로는 나는 내 검으로 벨 수 있는 걸 원해. 육체를 이탈한 생령生靈 따위가 아니라! 그 힘을 비축하는 데는 얼마나 시간이 걸릴 거라고 생각하나? 언제쯤 여기 도착할 것 같아?"

"내 힘으로는 그 차원에서 생겨나는 진동을 들을 수가 없어요. 모르겠군요."

"그럼 당신 오빠를 통해서 그걸 알아낼 방도가……."

딜비쉬가 등지고 있던 벽의 문이 하나 열리더니 미라 얼굴을 한 하인이 나타나 손에 들고 있던 곤봉으로 딜비쉬의 뒤통수를 갈겼다. 딜비쉬는 비틀거리며 몸을 돌리려고 했다. 곤봉이 위로 들렸다가 또다시 아래로 내려왔다. 딜비쉬는 무릎을 푹 꿇었고, 곧 힘없이 바닥에 엎어졌다.

리들리가 하인을 밀치고 방으로 들어왔다. 곤봉을 든 하인과 두 번째의 하인이 그 뒤를 따라왔다.

"잘 했어, 리나. 정말 잘 했어. 우리가 올 때까지 이자를 여기 붙잡아 둔 건 정말 잘한 일이야."

리들리는 한쪽 무릎을 꿇고 딜비쉬의 옆구리에 매달린 칼집에서 긴 검을 뽑았고, 방 반대편을 향해 내던졌다. 딜비쉬의 몸을 뒤집은 다음 그가 찬 작은 칼집에서 단검을 뽑아 들어올렸다.

"아예 숨통을 끊어 놓는 편이 낫겠군."

"오빠는 바보야!" 리나는 리들리 곁으로 가서 손목을 부여잡았다. "이 사내는 우리 편이 되어 줄 수도 있었어! 오빠를 죽이러 온 게 아니었어! 죽이고 싶은 사람은 우리 마스터였단 말이야! 뭔가 개인적인 원한이 있는 것 같아."

리들리는 치켜든 단검을 내렸다. 그러나 리나는 리들리의 손목을 놓지 않았다.

"그럼 그 말을 그대로 믿었단 말이야? 넌 아무래도 이곳에서 혼자서 너무 오래 살았던 것 같군. 오래간만에 남자가 나타나니까……."

리나는 리들리의 뺨을 때렸다.

"오빠한테 그런 말을 들어야 할 이유는 없어! 이 사내는 오빠가 누군지도 몰랐다고! 우리를 도와줄 수도 있었는데! 이젠 우리를 믿으려 하지 않을 거야!"

리들리는 딜비쉬의 얼굴을 내려다보고는 곧 일어서서 팔을 아래로 떨어뜨렸다. 단검을 바닥에 떨어뜨리고는 방 너머로 걸어찬다. 리나는 그제야 리들리의 손목을 쥔 손을 놓았.

"이자를 살려 두고 싶어? 좋아. 하지만 이자가 우리를 믿지 못한다면, 우리도 이젠 이자를 믿을 수는 없겠지."

리들리는 등 뒤에서 미동도 않고 서 있는 하인들에게로 몸을 돌렸다.

"이자를 데려가서 맥이 있는 구멍 속으로 던져 넣어."

"오빠는 실수에 실수를 덧칠하고 있어."

리나가 말했다.

리들리는 리나의 눈을 노려보았다.

"이제 너의 그 조롱에는 신물이 나. 난 네 소원대로 이자를 살려줬어. 그러니까 그냥 입 닥치고 있어. 내 마음이 바뀌기 전에."

하인들은 허리를 구부리고 축 늘어진 딜비쉬의 몸을 양쪽에서 들어올렸다. 그러고는 문을 향해 갔다.

"내가 저자에 관해 실수를 저질렀든, 안 저질렀든 간에." 리들리는 하인들을 손짓하며 말했다. "공격이 시작될 거야.

너도 알지. 그것이 어떤 형태의 공격이 되든지 말이야. 얼마 지나지 않아 올지도 몰라. 지금부터 난 준비를 해야 해. 그러니까 날 방해하지 마."

리들리는 몸을 돌려 방에서 나가려고 했다.

리나는 입술을 깨물었고, 입을 열었다.

"얼마나 가까워졌어? 그… 화해에는?"

리들리는 멈춰 섰지만 뒤를 돌아다보지는 않았다.

"내가 생각했던 것보다는 더 가까워진 것 같아. 이 시점에서는. 이제는 내가 우위에 설 가능성이 보인다고 생각해. 내가 여기서 위험을 무릅쓸 수 없고, 이 이상의 방해나 지연을 허용할 수 없는 건 바로 그 때문이야. 이제 탑으로 돌아가야겠어."

리들리는 방금 딜비쉬가 실려나간 방문을 향해 걸어갔다.

리나는 고개를 숙이고 나직하게 말했다.

"행운을 빌어."

리들리는 성큼성큼 방에서 걸어나갔다.

말없는 하인들은 딜비쉬를 걸머지고 어스름한 회랑을 나아갔다. 벽이 움푹 들어간 장소에 도달하자 그들은 딜비쉬를 바닥에 내려놓았다. 하인 하나가 벽감壁龕 안으로 들어가더니 바닥에 난 뚜껑 문을 열었다. 하인은 다시 벽가로 돌아가서 동료가 꼼짝도 않는 딜비쉬의 몸을 들어올리는 것을 도왔다. 이윽고 그들은 딜비쉬를 어두운 구멍 안으로 발부터 밀어 넣었다. 손을 놓자 딜비쉬의 모습이 사라진다. 하인 하나가 뚜껑 문을 닫았다. 두 명은 몸을 돌려 아까 왔던 회랑으로 되돌아가기 시작했다.

딜비쉬는 자신이 경사면을 미끄러져 내려가고 있다는 사실을 자각하고 있었다. 한순간 산으로 오르다가 아래로 미끄러져 내리는 블랙의 모습이 뇌리에 떠올랐다. 지금 그는 얼음탑을 미끄러져 내려가고 있고, 바닥에 충돌할 때가 되면······.

눈을 떴다. 그러자마자 급작스러운 폐쇄공포증에 사로잡혔다. 딜비쉬는 어둠을 누비며 미끄러져 내려가고 있었다. 모퉁이를 돌자 바로 옆에 벽이 있는 것을 느꼈다. 여기서 양손을 뻗친다면 마찰로 손바닥의 살점이 떨어져 나갈 듯한 느낌이다.

장갑이 있다! 허리띠 뒤에 끼워 둔 기억이 있었다.

손을 뒤로 돌려 장갑을 끄집어내서 손에 끼기 시작했다. 그러면서 몸을 앞으로 수그렸다. 전방에 약한 광점光點이 보인 듯했다.

양손을 옆으로 쭉 뻗으며, 그와 동시에 발을 벌렸다.

양쪽 손바닥이 좌우의 벽에 닿은 순간, 오른쪽 발꿈치도 지나가는 벽에 닿았다. 그 다음에는 왼쪽······.

머리가 지끈거리는 것을 느끼며 사지에 힘을 넣고 네 지점에 한층 더 압력을 가했다. 마찰열로 양손의 손바닥이 뜨거워졌지만 속도를 조금 늦출 수는 있었다. 이번에는 한층 더 힘을 넣고 양 발꿈치로 벽을 꽉 밀어붙였다. 점점 더 속도가 느려지고 있었다.

이제는 혼신의 힘을 다해 밀어붙이고 있었다. 장갑의 가죽이 닳아 해지기 직전이었다. 왼쪽 장갑이 찢어졌다. 손바닥이 뜨겁게 타오르기 시작했다.

전방에 보이던 희미한 빛의 사각형이 커지기 시작했다. 그것에 도달하기 전에 낙하를 저지할 수는 없을 것이라는 사실을 깨달았다. 마지막으로 한 번 더 사지에 힘을 주어 보았다. 썩은 지푸라기 냄새가 나더니, 다음 순간에는 그 위에 있었다.

발부터 착지하자마자 그대로 쓰러졌다.

왼쪽 손바닥이 타는 것처럼 아픈 탓에 기절을 면할 수 있었다. 딜비쉬는 퀴퀴한 공기를 가슴 깊숙이 들이마셨다. 여전히 현기증에 시달리고 있었다. 뒤통수 전체가 깨질 듯이 아팠다. 아까 무슨 일이 일어났는지 기억할 수가 없었다.

그 자리에 쓰러진 채로 심장의 박동이 느려지는 것을 기다렸다. 등에 닿는 바닥은 차가웠다. 기억이 조금씩 되살아나기 시작한다.

성으로 올라가서 성 안으로 침입했던 일이 생각났다. 거기서 리나라는 여자를 만났고… 대화를 나눴고…….

 가슴 속에서 분노가 솟구쳐 올랐다. 그 여자는 나를 속였다. 자신을 처리할 조력자들이 올 때까지 방에 잡아 두었던 것이다. 그러나 리나의 얘기는 만들어 낸 것 치고는 너무나도 치밀했고, 불필요할 정도로 상세했다. 딜비쉬는 일말의 의구심을 느꼈다. 단순한 배신 이상의 어떤 복잡한 사정이 개재되어 있는 것일까?

 한숨을 내쉬었다.

 아직 제대로 생각할 수 있는 상태가 아니었다. 지금 있는 곳은 어디일까?

 지푸라기 너머에서 나직한 소리가 들려왔다. 이곳은 일종의 감방일지도 모른다. 다른 포로가 있는 것일까?

 무엇인가가 딜비쉬의 등을 밟고 달려갔다.

 황급히 상체를 일으키려다가 힘이 빠지는 것을 느끼고 몸을 옆으로 돌렸다. 희미한 빛 아래에서 작고 어두운 방이 보였다. 쥐였다. 방금 등 위를 지나간 것은 쥐였다. 딜비쉬가 마주보고 있는 방의 반쪽을 둘러보았다. 아무 것도 없다.

 반대편으로 몸을 굴리자 부서진 문이 눈에 들어왔다.

 아까보다는 더 신중한 동작으로 상체를 일으켜 앉았다. 머리를 문지르고, 빛을 향해 눈을 깜박였다. 딜비쉬가 움직이는 것을 본 쥐 한 마리가 뒤로 물러났다.

힘겹게 일어서서 옷의 먼지를 털었다. 몸을 점검해 보고, 무기가 사라져 있다는 사실을 알았지만 놀라지는 않았다.

현기증이 파도처럼 몰려왔다가 사라졌다. 부서진 문으로 다가가서 손을 대 본다. 문틀에 몸을 기대고 사방이 성에로 뒤덮인 커다란 방 안을 들여다보았다. 양쪽 벽에서 횃불이 깜박이고 있다. 앞쪽 비스듬한 곳에 열린 문이 하나 보였다. 그 너머로는 어둠이 깔려 있었다.

문과 문틀 사이를 지나면서 계속 주위를 둘러보았다. 쥐들이 서성거리는 작은 소리와 물방울이 뚝뚝 떨어지는 소리를 제외하면 아무 소리도 들리지 않았다.

횃불을 바라보았다. 왼쪽 횃불이 약간 더 컸다. 왼쪽에 있는 횃불을 잡아 뺐다. 그런 다음 어두운 문간 쪽을 향해 갔다.

문간을 지나가자 차가운 바람이 불어오며 횃불이 흔들렸다. 딜비쉬는 방금 나온 방보다 더 작은 다른 방에 와 있었다. 앞쪽에 층계가 보인다. 층계를 오르기 시작했다. 올라가면서 층계는 한 번 꺾였다. 꼭대기에 도달하자 오른쪽은 아무 것도 없는 벽이었고, 왼쪽은 폭이 넓고 천장이 낮은 복도였다. 딜비쉬는 복도로 들어갔다.

30초쯤 나아가자 층계참처럼 보이는 것이 눈에 들어왔다. 그 위쪽의 벽에서 난간이 튀어나와 있다. 가까이 다가가자 난간 너머에 입구가 있는 것을 알 수 있었다. 딜비쉬는 조심스럽게 층계참으로 올라가서 잠시 귀를 기울이다가 입구 안쪽을 들여다보았다.

아무 것도 보이지 않았다. 아무도 없다. 단지 위로 통하는 길고 어두운 층계가 있을 뿐이다.

딜비쉬는 불이 거의 타들어 가 짤막해진 횃불을 다른 쪽 손에 고쳐 잡고 재빨리 층계를 올라가기 시작했다. 층계는 처음에 지나왔던 것보다 훨씬 더 높았고, 나선을 그리며 한참을 올라가고 있었다. 느닷없이 층계가 끝났다. 딜비쉬는 횃불을 떨어뜨리고 꺼져 가는 불을 잠깐 밟고 있었다.

층계 꼭대기에서 귀를 기울이다가 복도로 들어갔다. 긴 융단이 깔려 있었고, 벽에는 장식이 달려 있었다. 벽가에 늘어선 키가 큰 촛대에서 길쭉한 양초들이 타오르고 있다. 오른쪽을 보니 위층으로 이어지는 넓은 층계가 있었다. 딜비쉬는 층계 아래로 갔다. 성 안에서도 통행이 잦은 부분으로 왔다는 확신이 있었다.

다시 한 번 옷을 털고, 장갑을 벗어 벨트에 끼웠다. 손가락으로 머리를 빗으면서 무기가 될 만한 것이 없는지 주위를 둘러보았다. 아무 것도 발견하지 못했다. 딜비쉬는 층계를 올라가기 시작했다.

층계참에 도달하자 위쪽에서 피가 얼어붙을 듯한 절규가 들려왔다.

"제발! 아아, 제발! 너무 아파!"

딜비쉬는 그 자리에서 얼어붙었다. 한 손을 난간에 얹고, 다른 손은 있지도 않은 검을 향해 뻗으면서…….

족히 1분은 되는 시간이 흘러갔다. 2분 째가 되었다. 절규는 들려오지 않았다. 그 방향에서는 그 어떤 소리도 들려오지 않았다.

신경을 곤두세우고 다시 움직이기 시작했다. 벽가에 몸을 바싹 대고, 층계에 체중을 싣기 전에 일일이 발을 대가며 확인했다.

층계 꼭대기에 도달한 딜비쉬는 복도 양쪽을 확인했다. 텅 비어 있는 듯했다. 절규는 오른쪽 어딘가에서 들려온 듯한 느낌이었다. 그쪽을 향해 갔다.

앞으로 나아가자 갑자기 나직한 흐느낌이 전방 좌측에서 들려오기 시작했다. 그 소리의 원천인 듯한 조금 열린 문으로 다가간다. 허리를 굽혀 커다란 열쇠 구멍에 눈을 갖다 댔다. 방 안에는 조명이 있었지만, 이 위치에서는 아무런 장식도 없는 벽의 일부와 작은 창문 가장자리밖에는 보이지 않았다.

딜비쉬는 등을 폈고, 몸을 돌리며 다시 무기가 없는지 찾아보려고 했다.

거구의 하인이 전혀 소리를 내지 않고 등 뒤까지 와 있었다. 마치 딜비쉬를 위에서 덮치려는 듯한 자세로 곤봉을 내려치고 있는 중이었다.

딜비쉬는 왼쪽 팔뚝으로 곤봉을 막았다. 그러나 상대는 관성 탓인지 그대로 딜비쉬와 충돌했고, 문을 등지고 있던 그를 뒤로 밀어붙였다. 문이 활짝 열리며 딜비쉬는 방 안으로 고꾸라지듯이 밀려들어갔다.

일어나려고 한 순간 등 뒤에서 절규가 들려왔다. 그와 동시에 문이 꽉 닫히며 열쇠 구멍에 열쇠를 꽂는 소리가 들렸다.

"희생자야! 내가 원하는 건 해방인데 희생자를 보내다니!" 이어서 한숨소리가 들렸다. "할 수 없군……."

딜비쉬는 이 목소리가 들리자마자 뒤를 돌아다보았다. 그 즉시 이곳이 아닌 다른 장소의 기억이 뇌리에 되살아났다.

시뻘건 동체에 길고 가느다란 사지. 손과 발끝에는 갈퀴 같은 날카로운 발톱들이 달려 있다. 뾰족한 코에 뒤로 구부러진 두 개의 뿔, 그리고 가느다란 노란 눈. 그것은 별 모양의 펜타클[11] 한복판에서 웅크리고 앉아 발을 끊임없이 여기저기로 움직이며 딜비쉬 쪽으로 손을 뻗치기 시작했다.

"멍청한 놈!" 딜비쉬는 무의식중에 다른 언어로 내뱉었다. "네놈 자신의 해방자를 멸할 셈이냐?"

악마는 화들짝 놀라며 팔을 뺐다. 동공이 커져 있었다.

---

11 펜타클Pentacle : 오망성형五芒星形, 악마 소환 의식 따위에 쓰인다.

"동포여! 인간의 모습을 하고 있어서 미처 못 알아보았습니다!" 악마는 악마의 언어인 마브라호링으로 대답했다. "용서해 주십쇼. 나리!"

딜비쉬는 천천히 일어섰다.

"이런 대접을 받은 이상 그대로 거기서 썩게 내버려두는 편이 나을지도 모르겠군!"

딜비쉬는 이렇게 대꾸하며 방 안을 둘러보았다.

방은 그런 목적을 위해 정비되어 있었다. 딜비쉬가 보는 한 모든 것이 제자리에 있었다. 반대편 벽에는 정교하게 세공된 금속 틀에 끼운 커다란 거울이 걸려 있다.

"용서해 주십쇼!" 악마는 고개를 푹 숙이며 외쳤다. "이렇게 비굴하게 빌고 있지 않습니까! 정말로 저를 해방해 주실 수 있습니까? 그래 주시겠습니까?"

"우선 네놈이 어떻게 해서 이런 한심한 곤경에 빠지게 되었는지 말해 보라."

딜비쉬가 말했다.

"아! 이 장소의 젊은 마법사가 한 짓입니다. 그자는 미쳤습니다! 지금 이 순간에도 이 탑 안에서 자신의 광기를 가지고 놀고 있는 것이 보입니다! 두 사람이 한 사람의 몸에 들어 있습니다! 언젠가는 둘 중 하나가 상대방을 제압할 겁니다. 하지만 그때까지는 어떤 일을 시작해 놓고서는 그냥 방치해 두는 일을 되풀이하고 있습니다. 불쌍한 저를 이 저주스러운 장소로 소환해 내서, 저주스럽고 또 저주스러운 이 펜타클 안에 가둬 놓고는 저를 풀어 주지도 않은 채로 그냥 가버린 저주스럽고, 저주스러우며 또 저주스러운 자입니다! 자유의 몸이 되어서 그자를 갈가리 찢어발길 수만 있다면! 아아, 이 고통! 저를 풀어 주십시오!"

"나 또한 고통이 무엇인지는 어느 정도 알고 있어. 그러니까 내가 질문하는 동안에는 참고 있으라."

딜비쉬는 손짓으로 거울을 가리켰다.

"저것은 여행에 쓰이는 거울인가?"

"예, 나리! 그렇습니다!"

"저것이 입은 손상을 고칠 수 있나?"

"역주문을 건 인간 마법사의 도움 없이는 불가능합니다. 저 혼자 힘으로 하기에는 너무 강합니다."

"좋아. 해방의 맹세를 해. 그러면 나도 너를 풀어 주는 일에 착수하겠다."

"맹세라니요? 우리들 사이에서? 아! 알겠습니다! 나리가 입고 계신 그 육체를 제가 탐낼 것을 두려워하고 계신 거군요! 아마 그쪽이 현명한 선택인지도… 알겠습니다. 그러면 맹세를……."

"이 성 안에 있는 모든 자를 거기 포함시켜."

"아아!" 악마는 포효했다. "제가 저 미친 마법사에게 복수하는 것조차 막으실 생각이십니까!"

"이젠 모두 내 거야. 나와 흥정할 생각은 하지 마!"

악마의 얼굴에 계산하는 듯한 교활한 표정이 떠올랐다.

"오? 오! 알겠습니다! 나리 것이라……. 흐음, 어쨌든 복수는 하는 셈이 되겠군요. 사지를 갈가리 찢기면서 놈들이 지르는 비명이 오랫동안 들려오기를 기대하겠습니다. 저도 그거면 충분합니다. 그렇게 알고 기꺼이 모든 요구를 철회하겠습니다. 그럼 맹세를……."

악마는 소름끼치는 낭송을 시작했다. 딜비쉬는 맹세에 요구되는 틀에서 조금이라도 일탈한 부분이 없는지 알아보려고 주의 깊게 귀를 기울였다. 그런 것은 없었다.

딜비쉬는 해방의 주문을 외우기 시작했다. 악마는 양팔로 자기 몸을 감싸고 고개를 숙였다.

딜비쉬는 주문을 마치고 펜타클을 돌아보았다. 악마는 그 안에서 사라져 있었지만, 여전히 방 안에 남아 있었다. 방구석에 서서 아첨하는 듯한 미소를 짓고 있다.

딜비쉬는 고개를 까닥했다.

"너는 자유로워졌어. 가라!"

"잠깐만 기다려 주십시오, 위대하신 나리!" 악마는 몸을 움츠리며 말했다. "이렇게 자유의 몸으로 되돌려 주셔서 정말 감사합니다. 오직 '지하계'의 위대한 자의 일원만이 인간 마법사의 도움 없이도 저를 이렇게 해방해 줄 수 있다는 사실을 알고 있습니다. 그래서 저는 이렇게 넙죽 엎드려 나리의 넓으신 도량에 기대고, 잠시 더 머물면서 조언을 하나 해 드리고 싶습니다. 나리는 지금 입고 계신 육체 탓에 평소 감각이 둔해져 있을지도 모르니까요. 저는 지금 다른 차원에서 오는 진동을 느끼고 있습니다. 무엇인가 끔찍한 것이 이쪽으로 오고 있습니다. 나리가 그 작용의 일부이거나 아니면 그것이 나리 자신의 작업이 아니라면, 그 사실을 꼭 알려드려야 된다고 생각했습니다. 위대한 자여!"

"나도 알고 있었어. 하지만 네가 그 얘기를 해 줘서 기쁘군. 나를 위해 마지막 봉사라고 간주하고 저 문의 자물쇠를 부수도록. 그런 다음엔 가도 좋아."

"감사합니다! 만약 나리가 크게 진노하시는 날이 온다면, 이 퀘넬의 이름을 기억해 주십시오. 그리고 제가 여기서 나리께 봉사했다는 사실도!"

악마는 몸을 돌렸고, 바람에 휘날리는 안개처럼 산산이 흩어지는 것처럼 보였다. 이 현상은 둔중한 굉음을 수반하고 있었다. 다음 순간 무엇인가 부서지는 듯한 날카로운 소리가 문쪽에서 들려왔다.

딜비쉬는 방을 가로질렀다. 자물쇠는 박살이 나 있었다.

문을 열고 밖을 내다보았다. 인적이 없는 회랑이었다. 딜비쉬는 좌우 어느 쪽으로 갈까 잠시 망설이다가 이내 어깨를 작게 으쓱하고는 몸을 돌려 오른쪽으로 나아갔다.

잠시 후 넓고 텅 빈 식당이 나타났다. 난로불이 아직도 연기를 내며 타오르고, 바람이 휘파람 같은 소리를 내며 굴뚝을 통과하고 있다. 딜비쉬는 벽을 따라 원을 그리듯이 움직이며 식당 전체를 둘러보았고, 창문과 거울 옆을 지나 처음 걷기 시작했던 지점으로 되돌아왔다. 벽감壁龕 어디를 둘러보아도 다른 곳으로 통하는 문은 없었다.

몸을 돌려 다시 회랑으로 나가려고 했을 때, 누군가가 속삭이며 딜비쉬의 이름을 불렀다. 딜비쉬는 멈춰 섰다. 왼쪽에 있는 문이 반쯤 열려 있었다. 그쪽으로 고개를 돌렸다. 여자 목소리였다.

"나예요. 리나."

문이 더 열렸다. 긴 검을 들고 그곳에 서 있는 리나의 모습이 보였다. 리나는 손을 뻗쳤다.

"당신의 검이에요. 받아요!"

딜비쉬는 양손으로 장검을 받아 들고 점검해 본 다음 칼집에 꽂았다.

"…그리고 당신의 단검도 여기 있어요."

딜비쉬는 같은 일을 되풀이했다.

"일이 그렇게 되어 버려서 유감이에요. 나도 당신만큼이나 놀랐어요. 그 짓을 한 건 내가 아니라 우리 오빠였어요."

"믿어도 되겠다는 생각이 드는군. 그런데 나를 어떻게 찾아냈지?"

"리들리가 자기 탑에 돌아갔다는 확신이 설 때까지 기다렸어요. 그런 다음 당신을 찾아서 지하 독방으로 내려갔지만 이미 사라져 있더군요. 어떻게 거기서 나왔죠?"

"걸어서 나왔어."

"그럼 그 문은 처음부터 그렇게 부서져 있었다는 얘기예요?"

"응."

리나가 날카롭게, 거의 헐떡이듯이 숨을 들이키는 소리가 들렸다.

"좋은 소식은 아니군요. 맥이 나와서 돌아다니고 있다는 얘기가 되니."

"맥이 누구지?"

"여기서 도제 노릇을 하고 있던 리들리의 전임자예요. 그 사람한테 실제로 무슨 일이 일어났는지는 나도 확실히는 몰라요. 단순히 어떤 실험을 하다가 실패했을 수도 있고, 아니면 마스터에게 뭔가 잘못을 저질러서 벌을 받아 그렇게 변했을 수도 있어요. 어느 쪽이 맞든 간에 그 사람은 우둔한 짐승이 되어서 지하에 유폐되는 신세가 되었어요. 힘이 엄청나게 센 데다가 이따금 불쾌한 주문을 생각해 내곤 해서. 나중에는 그 사람의 애인도 함께 미쳐버렸어요. 여전히 성 안을 돌아다니고 있죠. 그 여자도 예전에는 마법을 조금 배운 제자였어요. 자, 어서 이 성에서 탈출해야 해요."

"맞는 얘긴지도 모르겠지만, 얘기를 마저 해줘."

"오. 난 계속 당신을 찾으며 성 안을 돌아다녔죠. 그러던 중에 악마가 더 이상 비명을 지르고 있지 않다는 걸 깨달았어요. 그래서 무슨 일인지 알아보려고 여기로 온 거예요. 악마가 자유의 몸이 되었을지도 모른다고 생각했어요. 리들리가 아직도 이 탑에 있다고 거의 확신하고 있었으니까. 하지만 그건 당신이었군요. 그렇죠?"

"응. 내가 해방시켰어."

"그래서 당신이 아직 이 근처에 있을지도 모른다는 생각을 했고, 그때 식당에서 누군가가 돌아다니는 소리가 들렸어요. 그래서 누군지 알아보려고 여기 숨어서 기다리고 있었던 거예요. 당신에게 악의를 품고 있지 않다는 걸 보여주려고 이렇게 무기도 가지고 왔어요."

"그래 줘서 고마워. 이제부터는 어떻게 할까 생각하던 참이었어. 당신도 뭔가 내게 도움이 되는 얘기를 해 줄 수 있지 않나?"

"그래요. 곧 마스터가 여기로 와서 성 안에 있는 모든 것들을 죽일 거라는 예감이 있어요. 그 일이 일어날 때 이 자리에 있고 싶지는 않아요."

"곧 여기로 올 거라는 얘기는 사실이야. 악마가 그러더군."

"당신이 무엇을 알고 있고 무엇을 모르고 있는지 감이 잡히지 않는군요. 또 무엇을 할 수 있고, 무엇을 할 수 없는지도. 마법에 관해 어느 정도 알고 있다는 건 명백하지만. 여기서 기다렸다가 마스터와 대결할 생각인가요?"

"이렇게 먼 곳까지 온 건 바로 그 목적을 위해서야. 하지만 난 육체를 가진 자와 싸울 생각이었어. 만약 그러지 못한다면 이곳에 있는 마법의 이동 수단이 무엇이든 간에 그걸 써서 다른 성채로 가서 그자를 찾아낼 작정이었지. 그자가 육체를 갖고 있지 않은 상태에서는 내가 가져온 특별한 선물이 어떤 효과가 있을지 확신이 없거든. 이 검은 쓸모가 없다는 걸 알고 있고."

"현명한 방법은……." 리나는 이렇게 말하며 딜비쉬의 팔을 잡았다. "가장 현명한 방법은 여기서 살아 나가 다음 기회를 기약하는 거예요."

"당신이 여기서 도망치기 위해서 내 도움을 필요로 하는 지금 같은 경우에 특히 그렇단 말이군?"

리나는 고개를 끄덕였다.

"마스터에 대해서 당신이 어떤 원한을 품고 있는지 난 몰라요." 리나는 딜비쉬에게 몸을 기대며 말했다. "당신에게는 어딘가 기이한 점이 있지만, 이곳에서 마스터와 싸워서 승산이 있을 거라고는 생각하지 않아요. 마스터는 최악의 경우를 상정하고 엄청난 마력을 축적한 상태로 여기로 오고 있어요. 마스터는 신중하게 다가올 거예요. 지극히 신중하게! 하지만 당신이 도와준다면 난 여기서 탈출이 가능할지도 모르는 길을 하나 알아요. 하지만 서둘러야 해요. 지금 이 순간에도 이미 여기에 와 있을지도 몰라요. 그자는……."

"상당히 머리가 좋은 아이로군."

메마르고 탁한 목소리가 말했다. 딜비쉬가 지나왔던 복도 쪽에서.

누구의 목소리인지를 깨닫고 딜비쉬는 뒤를 돌아다보았다. 식당 입구 바로 앞에 검은 두건을 쓴 사내가 서 있었다.

"그리고 너." 사내는 말을 이었다. "딜비쉬! 셀라의 자손이여, 정말 떼어놓기 힘든 자로군. 마지막으로 너를 만난 것은 오래 전의 일이지만 말이야."

딜비쉬는 검을 뽑았다. '외포畏怖의 주문'이 입술까지 차올랐지만 그것을 입 밖에 내지는 않았다. 상대방이 정말로 육체를 가진 존재인지 확신이 없었기 때문이다.

"이번엔 어떤 종류의 고통을 안겨 주면 좋겠나?" 사내는 말했다. "변신? 퇴화? 아니면······."

딜비쉬는 사내의 말을 무시하고 다가가기 시작했다. 등 뒤에서 리나가 속삭이는 소리가 들렸다.

"돌아와요······."

딜비쉬는 적을 향해 계속 나아갔다.

"너한테는 사소한 일에 불과했어!"

딜비쉬는 입을 열었다.

"넌 중요한 의식儀式을 방해했어."

"그리고 넌 내 목숨을 빼앗고 내팽개쳤어. 넌 마치 사람이 모기를 쫓는 것처럼 아무렇지도 않게 내게 끔찍한 보복을 가했어."

"귀찮았으니까. 사람이 모기를 귀찮아하는 것처럼."

"넌 마치 사람이 아니라 물건이라도 되는 것처럼 나를 다뤘어. 나는 그걸 결코 용서할 수가 없어."

두건 속에서 나직한 웃음소리가 새어나왔다.

"그리고 이번에도 나 자신의 몸을 지키기 위해 다시 똑같은 대우를 해 줘야 할 것 같군."

사내는 손을 들어올리고 두 손가락으로 딜비쉬를 가리켰다.

딜비쉬는 검을 들어올리며 앞으로 돌진했다. 블랙이 걸어 준 주문 생각이 떠올랐다. 아직 자기 자신의 주문을 외우고 싶지는 않았다.

뻗은 손가락들이 한순간 빛을 발하는 것처럼 보인 순간 딜비쉬는 바람이 스쳐 지나간 듯한 느낌을 받았다. 단지 그뿐이었다.

"너는 단지 이 장소의 환영幻影에 지나지 않는단 말인가?"

상대방은 이렇게 물으며 뒷걸음질치기 시작했다. 그 목소리에는 희미했지만 처음으로 떨리는 듯한 느낌이 섞여 있었다.

딜비쉬는 검을 휘둘렀지만 칼날에는 아무 것도 와 닿지 않았다. 사내의 모습은 사라져 있었다. 이제는 식당 반대편 벽쪽 그늘진 곳에 서 있었다.

"이건 너의 것이냐, 리들리?" 딜비쉬는 갑자기 사내가 말하는 것을 들었다. "만약 그렇다면 내가 전혀 기억하고 싶지도 않은 것을 잘도 캐냈다고 칭찬해 줘야 하겠군. 그러나 이런 것으로 당면 과제에 대한 내 주의를 다른 데로 돌릴 수는 없어. 두려워하지 말고 모습을 보여라!"

딜비쉬는 왼쪽에서 무엇인가가 미끄러지는 소리를 들었다. 벽의 패널이 하나 열리며 호리호리한 청년이 모습을 드러냈다. 왼쪽 검지에 반짝이는 반지를 끼고 있었다.

"좋아. 이런 삼류 연극은 이제 끝내기로 하지."

리들리는 조금 헐떡이는 듯한 목소리로 말했다. 숨을 가다듬으려고 하는 기색이 역력했다.

"나는 나 자신과 이 장소를 지배하고 있어." 리들리는 딜비쉬를 향해 몸을 돌렸다. "거기 너! 너는 이미 내게 충분히 봉사했어. 네가 이곳에서 할 수 있는 일은 이제 아무 것도 없어. 이제는 저자와 나 사이의 일이 되었으니까. 여기를 떠나 원래 모습으로 돌아가는 일을 허락하겠다. 나에 대한 봉사의 대가로 저 여자를 데려가도 좋아."

딜비쉬는 주저했다.

"가라고 하지 않았나! 당장 이곳을 떠나라!"

딜비쉬는 뒷걸음질치며 방에서 나왔다.

"흐음. 너는 모든 자비심을 내버린 듯하군." 젤레락이 말하는 소리가 들렸다. "그리고 마법사가 반드시 필요로 하는 냉혹함 또한 습득했어. 흥미로운 대결이 되겠군."

딜비쉬는 두 마법사 사이에 낮은 불길의 벽이 갑자기 출현하는 것을 보았다. 식당홀 안에서 홍소哄笑가 들려왔다. 누구의 웃음소리인지는 확실하지 않았다. 다음 순간 무엇인가가 탁탁 터지는 소리와 함께 기묘한 냄새가 풍겼다. 방 전체가 갑자기 눈부신 빛을 발했다. 그러자마자 다시 어둠이 내리깔렸다. 웃음소리는 계속 들려왔다. 딜비쉬는 벽에서 타일 조각들이 떨어지는 소리를 들었다.

딜비쉬는 뒤를 돌아다보았다. 리나는 여전히 아까 있던 장소에 서 있었다.

"정말로 해 냈어." 리나는 나직하게 말했다. "오빠는 **다른**

쪽에 대한 지배력을 획득한 거야. 정말로 해 냈어……."

"여기 있어 봤자 아무런 이득도 없어." 딜비쉬가 말했다. "저 친구가 말했듯이 이제는 저 두 사람 사이의 일이 된 거야."

"하지만 리들리가 얻은 새로운 힘 가지고서는 충분하지 않을지도 몰라요!"

"아마 리들리도 그 사실을 알고 있을 걸. 그래서 내가 당신을 데리고 나가기를 원했던 거야."

발밑에서 마룻바닥이 흔들렸다. 근처의 벽에 걸려 있던 그림이 떨어졌다.

"리들리를 그냥 버려두고 갈 수는 없어요, 딜비쉬."

"리들리는 자기 목숨을 바치는 한이 있더라도 당신을 구할 생각인 거야, 리나. 새로 얻은 마력을 써서 거울을 고친다거나 아니면 다른 수단을 써서 이 성에서 탈출할 수도 있었는데 말이야. 아까 리들리가 한 말을 당신도 들었잖아. 그 선물을 그냥 내버리고 싶어?"

리나의 눈에서 눈물이 솟았다.

"오빠는 끝내 모를지도 몰라요. 내가 얼마나 오빠의 성공을 바랐는지를."

"아마 알고 있을 거라는 생각이 드는군. 자, 어떻게 하면 당신을 구할 수 있지?"

"이쪽으로 와요."

리나가 이렇게 말하며 딜비쉬의 팔을 잡은 순간, 식당 쪽에서 소름끼치는 절규가 들려왔다. 그러자 귀청을 찢는 듯한 천둥소리가 울려 퍼지며 성 전체가 흔들렸다.

리나가 딜비쉬를 이끌고 회랑을 나아가자 뒤에서 형형색색의 불빛이 반짝였다.

"지하 깊숙한 곳에 있는 동굴에 식량과 장비를 갖춘 썰매를 숨겨 놓았어요."

"그럼 어떻게……."

딜비쉬는 이렇게 말하려 하다가 입을 다물었고, 손에 쥐고 있던 검을 들어올렸다.

두 사람 앞의 층계 꼭대기에 노파 하나가 서서 딜비쉬를 노려보고 있었다. 그러나 딜비쉬의 눈은 노파를 보는 대신에 그 뒤에서 남은 몇 층계를 천천히 올라오고 있는 창백한 몸을 가진 거인을 바라보고 있었다. 거인은 이쪽을 향해 고개를 돌리고 있었다.

"저기야, 맥!" 노파가 느닷없이 절규했다. "날 때린 건 저 놈이야! 내 옆구리를 아프게 했어! 가서 뭉개 버려!"

딜비쉬는 검 끝으로 다가오는 거인의 목을 겨냥했다.

"만약 나를 공격한다면 널 죽이겠어. 그러고 싶지는 않지만 내겐 선택의 여지가 없으니까. 선택은 그쪽 몫이야. 저자는 크고 강할지도 모르지만 빨리 움직이지는 못해. 전에도 움직이는 걸 봤으니까 알아. 난 이 검으로 커다란 구멍을 낼 거고, 그럼 거기서 피가 잔뜩 흘러나오게 될 거야. 당신이 옛날 저 친구를 사랑했다는 얘기를 들었어. 자, 어떻게 할 생각이지?"

잊혔던 감정이 메그의 얼굴을 스치고 지나갔다.

"맥! 멈춰!" 메그는 외쳤다. "저자가 아냐! 내가 착각했어!"

맥은 멈춰 섰다.

"저… 자가… 아냐?"

맥이 반문했다.

"아냐. 내가 착각했어."

메그는 회랑 끝으로 시선을 돌렸다. 그곳에서는 분수처럼 불길이 쏟아지며 명멸明滅하고, 마치 전투중인 두 군세가 발하는 듯한 수많은 절규가 울려 퍼지고 있었다.

"저건 뭐지?"

메그는 손으로 그쪽을 가리키며 물었다.

"젊은 마스터와 나이 든 마스터가 싸우고 있어."

리나가 대꾸했다.

"왜 당신은 아직도 저자의 이름을 입에 올리기를 두려워하지?" 딜비쉬가 물었다. "저 회랑 끝까지 가면 젤레락이 있어."

"젤레락?"

무시무시한 결투가 벌어지고 있는 방을 가리키는 맥의 눈에 새로운 빛이 떠올랐다.

"그래."

딜비쉬가 이렇게 대꾸하자, 창백한 거구의 사내는 몸을 돌려 그쪽으로 휘적휘적 나아가기 시작했다.

딜비쉬는 주위를 둘러보며 메그를 찾았지만 보이지 않았다. 그러자 머리 위에서 "젤레락! 죽여!" 하는 외침이 들려왔다.

위를 올려다보자 자신을 공격했던 초록색 날개를 가진 생물 – 그건 얼마나 오래 전의 일이었을까? – 이 퍼덕거리며 같은 방향으로 날아가는 광경이 눈에 들어왔다.

"아마 죽으러 가는 거나 마찬가지일 거예요."

리나가 말했다.

"저들이 이런 기회가 오기를 얼마나 오래 기다렸을 것 같나?" 딜비쉬가 대꾸했다. "자신들이 싸움에서 졌다는 사실은 이미 오래 전에 알고 있었을 거야. 하지만 저들 입장에서 보면 이런 기회가 주어졌다는 사실 자체가 승리나 다름없어."

"당신의 검에 당하는 것보다는 저쪽으로 가는 것이 나았을 수도 있겠죠."

딜비쉬는 고개를 돌려 리나를 외면했다.

"저쪽에서 먼저 나를 죽이지 못한다는 보장이 어디 있나.

자! 어디로 가야 하지?"

"이쪽이에요."

리나는 딜비쉬를 이끌고 층계를 내려가서 다른 회랑으로 나갔고, 성의 북쪽 끝을 향해 갔다. 그러는 동안 그들을 에워싼 건물 전체가 마구 흔들리기 시작했다. 가구가 쓰러지고, 유리창이 박살나고, 들보가 아래로 떨어졌다. 그런 다음 한동안 다시 잠잠해졌다. 그들은 서둘러 앞으로 나아갔다.

주방으로 다가가자 성 전체가 또다시 흔들렸다. 이번 진동은 너무나도 격렬했던 탓에 두 사람은 바닥에 쓰러졌다. 사방팔방에서 고운 먼지가 일었고, 벽에 균열이 생겨났다. 주방에 들어서자 화상火床에 들어 있던 뜨거운 숯불이 밖으로 튕겨나와 바닥에 널린 채로 연기를 뿜고 있는 것이 보였다.

"리들리는 아직도 맞서 싸우고 있는 것 같군."

"그런 것 같군요."

리나는 미소 지으며 말했다.

그들은 냄비와 프라이팬들이 덜그럭거리며 시끄럽게 부딪치고 있는 주방을 나와 계단통 쪽으로 갔다. 식기장의 서랍 안에서는 나이프나 포크가 춤을 추고 있는 듯했다.

그들이 계단 입구에서 멈춰선 순간, 거대하고 비인간적인 신음소리가 성 전체를 꿰뚫었다. 다음 순간에는 얼음장처럼 차가운 바람이 불어왔다. 주방 쪽에서 달려온 쥐 한 마리가 두 사람을 휙 스쳐 지나갔다.

리나는 딜비쉬에게 멈춰서라고 손짓하고는 벽에 등을 기대고 얼굴 앞에서 양손을 동그랗게 오므렸다. 그 안에 대고 뭐라고 속삭이자 이내 작은 불덩어리가 생겨났고, 앞의 공중에서 점점 커졌다. 양손을 앞으로 움직이자 광구光球는 계단통을 향해 흘러갔다.

"따라와요."

리나는 딜비쉬에게 이렇게 말하고 앞장서서 층계를 내려가기 시작했다.

딜비쉬는 계속 리나의 뒤를 따라갔다. 이따금 주위의 벽이 불안하게 삐걱거린다. 이런 현상이 나타나면 불덩어리는 상하로 조금 요동쳤고, 때로는 잠깐 어두워지기도 했다. 그들이 아래로 내려갈수록 위에서 들려오는 소리는 점점 더 희미해졌다. 딜비쉬는 잠깐 멈춰 서서 벽에 손을 갖다 댔다.

"멀리 떨어진 곳까지 왔나?"

딜비쉬가 물었다.

"그래요. 왜 그러죠?"

"아직도 진동을 강하게 느낄 수 있어. 우린 성 본체보다 한참 더 내려온 곳까지 와 있는 것이 틀림없어. 산의 내부로 들어와 있는 것 같군."

"맞아요."

리나는 이렇게 대꾸하고 모퉁이를 돌았다.

"처음에는 성 전체가 우리 머리 위로 무너져 내리는 것이 아닌가 걱정했었는데……."

"이런 진동이 앞으로도 한참 더 계속된다면 아마 성은 파괴되고 말 거예요. 난 리들리가 너무 자랑스러워요. 설령 그것이 우리에겐 좀 방해가 된다 할지라도."

"그런 뜻으로 말한 것이 아니었어." 딜비쉬는 계속 아래를 향해 달려가며 말했다. "지금 또 느꼈지? 점점 더 안 좋아지고 있어!" 방금 주위를 휩쓸고 지나간 충격파에 흔들리는 계단 위에서 넘어지지 않기 위해서 딜비쉬는 벽으로 손을 뻗어 몸을 지탱했다. "산 전체가 흔들리고 있다는 느낌을 받지 않아?"

"그래요. 그런 느낌이에요. 그렇다면 그 얘기는 사실이었군요."

"무슨 얘기?"

"옛날 옛적에, 마… 젤레락의 마력이 절정에 달해 있던 시절, 그자가 이 산을 오직 마법만으로 일으켜 세웠다는 얘기를 들었어요."

"그래서?"

"만약 이 장소에서 용납할 수 없는 수준까지 궁지에 몰린다면, 아마 그 고대의 주문들로부터 힘을 끌어내려고 할 가능성이 있어요. 그럴 경우에는……."

"산도 성과 함께 무너져 내릴지도 모른다는 애긴가?"

"그럴 가능성은 존재해요. 아아, 리들리… 멋져요!"

"우리가 그 밑에 깔린다면 하나도 멋지지 않아!"

"맞아요." 리나의 움직임이 갑자기 빨라졌다. "리들리는 당신 형제가 아니니까, 무슨 뜻인지도 알겠어요. 그래도 젤레락이 저토록 궁지에 몰려 있는 것을 보면 기쁘지 않나요."

"그건 그래." 딜비쉬는 시인했다. "하지만 당신도 이젠 어떤 결과가 나와도 견딜 수 있도록 마음의 준비를 해 두는 것이 좋을 거야."

리나는 한동안 말이 없다가, 입을 열었다.

"리들리의 죽음 말인가요? 그래요. 그럴 가능성이 높다는 것은 얼마 전부터 알고 있었어요. 저들 사이의 힘겨루기가 어떻게 끝나든 말예요. 하지만 저렇게 화려한 종말을 맞는다는 건… 그 자체로도 뭔가 가치가 있지 않을까요."

"응. 나도 여러 번 같은 생각을 한 적은 있어."

느닷없이 층계참이 나타나자 리나는 그 즉시 방향을 바꿔 벽에 난 터널 속으로 딜비쉬를 인도했다. 발밑의 암반이 진동했다. 불덩어리가 또다시 춤추듯이 움직였다. 어딘가에서 천천히 맷돌을 가는 듯한 소리가 들려오더니 약 10초 동안 계속되었다. 그들은 서둘러 터널 안으로 들어갔다.

"그럼 당신은?" 리나는 터널 안을 빠른 발걸음으로 나아가며 말했다. "만약 젤레락이 살아남는다면 여전히 그 뒤를 쫓을 건가요?"

"응. 그자가 이곳 이외에도 적어도 여섯 개의 성채를 가지고 있다는 걸 확인했어. 그중 몇 개의 위치도 대략 알고 있고. 이곳을 찾아온 것처럼 그것들도 찾아낼 거야."

"난 그중 세 곳을 가본 적이 있어요. 만약 여기서 살아 나간다면, 그것들에 관해서 뭔가 정보를 알려줄 수 있을 거예요. 다른 성채라고 해서 쉽게 습격할 수 있는 것은 아니지만."

"상관없어. 그 일이 쉬울 거라고 생각해 본 적은 결코 없으니까. 만약 그자가 살아 있다면 나는 어디든지 찾아갈 거야. 그자를 찾을 수 없다면 성채들을 하나씩 부수면 그만이야. 그러면 싫든 좋든 내게 오는 수밖에 없을 걸."

또다시 맷돌을 가는 듯한 소리가 들려왔다. 주위에 바위 파편들이 떨어지기 시작했다. 그러자 그들 앞의 공중에 뜬 불덩어리가 사라졌다.

"움직이지 말고 기다려요." 리나가 말했다. "지금 하나 더 만들 테니까."

잠시 후 리나의 두 손 사이에서 또 다른 빛이 반짝였다.

그들은 다시 아래로 내려가기 시작했다. 바위 동굴 속으로 들려오는 소리는 멎어 있었다.

"만약 젤레락이 죽는다면 당신은 어떻게 할 거죠?"

딜비쉬는 잠시 침묵하다가 대꾸했다.

"고향으로 가 봐야겠지. 오랫동안 가보지 못했으니까. 우리가 여기서 탈출하는 데 성공한다면 당신은 뭘 할 생각이야?"

"투마, 앙키라, 블로스트라. 전에도 말했듯이 이런 곳들까지 기꺼이 나를 데려다 줄 신사 분을 찾을 수 있다면 말이지만."

"그건 가능할 거야."

두 사람이 터널 끝에 다다르자 강렬한 진동이 산 전체를 꿰뚫고 지나갔다. 리나는 발을 헛디뎠다. 딜비쉬는 리나를 부축하다가 뒤로 넘어지며 바위벽에 등을 부딪쳤다. 어깨로 암석 내부의 육중한 진동이 전해져 왔다. 두 사람의 배후에서는 바위가 계속 떨어지는 소리가 들려왔다.

"서둘러!"

딜비쉬는 리나를 앞으로 홱 밀치며 말했다.

불덩어리는 눈 앞에서 술에 취한 듯이 요동치고 있었다. 두 사람은 싸늘한 동굴 안으로 들어섰다.

"여기예요." 리나는 이렇게 말하며 손을 들어 가리켰다. "썰매는 저기 있어요."

딜비쉬는 썰매를 보았고, 리나의 팔을 잡고 그쪽으로 다가갔다.

"산에서 어느 정도의 높이까지 와 있나?"

딜비쉬는 물었다.

"정상에서 3분의 2쯤 되는 곳일 거예요. 경사면이 아주 험준해지는 지점에서 조금 아래쪽."

"그렇다고 해서 그 아래쪽이 가파르지 않은 것도 아냐." 딜비쉬는 썰매 옆에서 걸음을 멈추고 그 측면 가장자리에 손을 올려놓았다. "이걸 지상으로 어떻게 끌고 갈 생각이지?"

"그 부분은 쉽지가 않을 거예요."

리나는 보디스 안에 손을 넣어 접은 양피지를 꺼냈다.

"성에 있는 책에서 한 장을 뜯어 온 거예요. 하인들에게 명령해서 이 썰매를 만들게 했을 때, 이걸 끌기 위해서는 뭔가 힘세고 강한 것이 필요하다는 걸 알았어요. 이건 상당히 복잡한 주문이지만, 우리가 명하는 대로 썰매를 끌어 줄 악마 짐승을 소환할 수 있어요."

"보여 주겠어?"

리나는 딜비쉬에게 양피지를 건넸다. 딜비쉬는 양피지를 펴고 공중에 떠 있는 불덩어리 근처에서 들어올렸다.

"이 주문을 준비하려면 상당히 긴 시간이 걸려." 잠시 후 딜비쉬는 말했다. "산 전체가 흔들리고 무너지고 있는 지금 같은 상황에서 그럴 만한 시간적 여유가 있을 것 같지는 않군."

"하지만 이것밖에는 방도가 없어요. 우리에겐 썰매에 실려 있는 물자가 필요해요. 설마 이 얼어 죽을 산 전체가 산산조각이 나리라고는 전혀 예상하지도 못했으니까. 그러니까 늦는 한이 있더라도 위험을 무릅쓰는 수밖엔 없어요."

딜비쉬는 고개를 가로저으며 양피지를 리나에게 건넸다.

"여기서 기다리고 있어. 그리고 아직 그 주문을 시작하지는 마!"

딜비쉬는 몸을 돌려 얼음처럼 차가운 바람이 불고 있는 터널을 따라 나아갔다. 동굴 바닥은 눈의 결정으로 뒤덮여 있었다. 한 번 짧게 모퉁이를 돌자 폭이 넓은 동굴 입구가 나타났다. 그 너머로는 희미한 빛이 보였다. 입구 부근의 바닥을 덮은 얼음 위에는 눈이 두텁게 쌓여 있었다.

딜비쉬는 동굴 입구로 걸어가서 밖을 내다보았고, 아래쪽을 내려다보았다. 입구가 조금 낮아지는 왼쪽 부분에서 발치에 보이는 융기隆起 가장자리로 살살 썰매를 밀면 밖으로 나갈 수는 있을 것 같았다. 그러나 그 다음부터는 그대로 아래로 미끄러져 내리는 수밖에 없고, 산기슭에 도착할 무렵이면 치명적인 속도에 도달해 버릴 것이다.

딜비쉬는 융기 가장자리까지 걸어가서 위를 올려다보았다. 차양처럼 튀어나온 오버행[12] 탓에 아무 것도 볼 수가 없었다. 그래서 왼쪽으로 여섯 걸음 걸어간 다음 밖을 내다보았고, 다시 위를 올려다보았고, 주위를 둘러보았다. 그런 다음 동굴 입구의 오른쪽 끝까지 가서, 이마에 갖다 댄 손으로 쏟아져 내리는 눈의 결정들을 막으며 위를 올려다보았다.

저기 저것은?

"블랙!"

좌측 상방에 보이는, 주위의 그림자보다 한층 더 어두워 보이는 물체를 향해 딜비쉬는 고함을 질렀다.

"블랙!"

그림자가 꿈틀한 것처럼 보였다. 딜비쉬는 양손을 나팔처럼 만들어 다시 소리쳤다.

"디이이일… 비쉬!"

이런 소리가 사면을 굴러 내려온 것은 딜비쉬 자신의 고함 소리가 스러진 후의 일이었다.

"여기 아래쪽에 있어!"

딜비쉬는 머리 위에서 양손을 흔들어 보였다.

"나도… 볼 수… 있소!"

"내가 있는 곳까지 올 수 있겠나?"

대답은 없었지만 그림자가 움직이는 것이 보였다. 원래 있던 바위 선반 위에서 내려와서 경직된 듯한 동작으로 다리를

---

12 오버행Overhang : 경사 90도 이상의 암벽.

움직여 딜비쉬가 있는 곳을 향해 천천히 다가오기 시작했다.

딜비쉬는 블랙이 볼 수 있도록 계속 같은 자리에 머물렀다. 손도 계속 흔들었다.

이윽고 소용돌이치는 눈보라 너머로 보이는 블랙의 윤곽이 점점 더 뚜렷해졌다. 꾸준히 다가오고 있다. 블랙은 중간점을 지나 전진을 계속했다.

딜비쉬 옆까지 왔을 때 블랙은 몇 초 동안 맥동하는 듯 열을 발산했다. 몸에 쌓인 눈이 녹아 옆구리로 흘러내렸다.

"산 위쪽에서는 경이로운 마법들이 행해지고 있소. 실로 구경할 만한 가치가 있는 것들이오."

"멀리 떨어진 곳에서 구경하는 편이 훨씬 나을 걸세. 산 전체가 무너질지도 몰라."

"그렇소. 그렇게 될 거요." 블랙이 말했다. "저 위에 있는 누군가는 산 전체를 나무뿌리처럼 얽어매고 있는 극히 원초적이고 오래된 마법 주문들로부터 힘을 이끌어 내고 있소. 단지 구경하는 것만으로도 실로 교육적이었소. 아래로 데려다 줄 테니 내 등에 타시오."

"문제는 그렇게 간단하지 않네."

"흐음?"

"여자 한 명하고 썰매 하나가 등 뒤에 보이는 동굴 안에 있어."

블랙은 앞발을 입구 가장자리에 올려놓고 몸을 위로 끌어올려 딜비쉬 곁에 섰다.

"그렇다면 일단 가서 봐야겠군. 위에서 일은 어떻게 되었소?"

딜비쉬는 어깨를 으쓱했다.

"내가 없었더라도 십중팔구 지금과 똑같은 일이 일어났을 거야. 적어도 누군가가 젤레락을 궁지에 몰아넣는 광경을 목도하며 즐거움을 맛볼 수는 있었지만."

"그럼 위에 있는 자가 젤레락이 맞소?"

그들은 동굴 안으로 되돌아갔다.

"몸은 어딘가에 두고 왔지만, 가장 불쾌한 부분이 여기를 방문했지."

"그자와 싸우고 있는 자는 누구요?"

"지금 만나려고 하는 여자의 오라버니 되는 사람이라네. 이쪽이야."

그들은 모퉁이를 돌아 동굴이 더 넓어지는 곳으로 갔다. 리나는 여전히 썰매 옆에 서 있었다. 몸에 모피를 두르고 있다. 블랙의 금속 발굽이 바위 위에서 딸각거렸다.

"악마 짐승이 필요하다고 했지?" 딜비쉬는 리나에게 말했다. "블랙, 리나를 소개하겠네. 리나, 이 친구는 블랙이야."

블랙은 고개를 숙였다.

"만나서 반갑소. 당신의 오라버니는 내가 밖에서 기다리는 동안 실로 흥미로운 구경거리를 제공해 주었소."

리나는 미소 지으며 블랙의 목에 손을 갖다 댔다.

"고마워요. 나도 당신과 알게 되어 정말 기쁘군요. 우리를 도와줄 수 있나요?"

블랙은 고개를 돌려 썰매를 바라보았다.

"거꾸로 끌어야겠군." 잠시 후 블랙은 말했다. "내가 썰매를 마주보는 형태로 줄을 연결한다면, 썰매를 앞에 두고 몸을 조금 뒤로 빼는 자세를 유지하면서 산을 내려갈 수 있소. 하지만 당신들은 모두 걸어서 내려가야 하오. 좌우에서 내 몸을 붙들고 말이오. 썰매에 당신들을 태운 채로 내려갈 수 있을 것 같지는 않소. 방금 내가 말한 대로 하더라도 어렵기는 마찬가지이지만, 그것이 유일한 방법이오."

"그렇다면 빨리 이걸 밀어내고 출발해야겠군."

산이 또다시 진동했을 때 딜비쉬가 말했다.

리나와 딜비쉬는 각각 썰매 양쪽을 잡고 끌었다. 블랙은 뒤쪽에서 밀었다. 썰매는 움직이기 시작했다.

동굴 바닥에 눈이 쌓인 지점까지 도달하자 썰매는 아까보다는 더 쉽게 움직였다. 이윽고 동굴 입구에 도달한 그들은 썰매의 방향을 바꾼 다음 썰매 줄에 블랙의 몸을 연결했다.

썰매 끄트머리를 입구 왼쪽에서 턱이 낮아지는 부분 너머로 조심스럽게, 천천히 밀었다. 블랙도 썰매줄의 팽팽함을 유지한 채로 천천히 전진했다.

썰매 날들이 사면을 뒤덮은 눈 위에 박히자, 블랙은 썰매 날이 완전히 눈에 접촉할 때까지 썰매 본체를 아래로 내렸다. 그런 다음 신중하게 썰매 뒤를 따라갔고, 마지막 몇 피트를 도약한 직후에는 몸을 곧추세워 계속 미끄러져 내려가려는 썰매를 정지시켰다.

"됐소. 이제 이리로 내려와 양쪽에서 내 몸을 붙드시오."

딜비시와 리나는 블랙에게 가서 위치를 잡고 섰다. 블랙은 천천히 앞으로 나아가기 시작했다.

"아슬아슬하군." 블랙은 앞으로 나아가며 촌평했다. "사람들은 언젠가 물체의 어떤 성질에 관한 이름들을 발명하게 될 거요. 예를 들어 일단 움직인 물체가 계속 움직이려는 경향 따위를 부르기 위한……."

"그런 것에 이름을 붙인다고 해서 무슨 소용이 있겠어요?" 리나가 반문했다. "또 그런 일이 일어난다는 건 누구나 알고 있잖아요."

"아! 그렇지만 해당 물체의 양과 그 물체를 밀기 위해 필요한 힘의 양에 각각 수치를 부과한다면, 매우 흥미롭고도 쓸모 있는 계산을 할 수 있게 되는 것이오."

"그렇게 거추장스러운 일을 해야 하는 것 치고는 실익이 별로 없어 보이는군요. 마법 쪽이 훨씬 더 배우기 쉬워요."

"아마 당신 말이 옳을지도 모르겠소."

일행은 착실하게 하강을 계속했다. 블랙의 발굽이 얼어붙은 눈밭 위를 밟자 우두둑하는 소리가 났다. 얼마 후 그들이 마침내 성을 올려다볼 수 있는 장소에 도달하자, 가장 높은 탑과 그보다 낮은 탑들 몇 개가 무너져 내린 광경이 눈에 들어왔다. 그들이 보고 있는 동안에도 성벽의 일부가 무너졌다. 성벽의 파편들이 절벽 너머로 떨어지기 시작했지만, 다행히도 낙하지점은 그들이 있는 곳에서 오른쪽으로 한참 떨어진 사면 위였다.

이제는 눈 밑에서 산 본체가 끊임없이 진동하고 있었다. 얼마 전부터 계속 이런 상태였다. 바위와 얼음 덩어리가 이따금 그들 곁으로 굴러 떨어졌다.

일행은 하염없이 하강을 계속했다. 블랙은 한 걸음 한 걸음씩 썰매를 아래로 내렸고, 리나와 딜비쉬는 그 옆에서 마비된 듯한 다리를 억지로 움직여 터벅터벅 걸었다.

사면 기슭에 접근했을 때 귀청을 찢는 듯한 굉음이 그 일대에 울려 퍼졌다. 위를 올려다보자 성의 잔해가 무너지면서, 줄어들고, 그 자리에서 그대로 내려앉는 광경이 눈에 들어왔다.

작은 파편들이 하늘에서 비처럼 쏟아지기 시작하자 블랙은 위험할 정도로 빠른 걸음걸이로 움직이기 시작했다.

"산기슭 아래로 도달하는 즉시 이 썰매 줄을 떼어내시오."
블랙이 말했다. "그러는 동안에는 썰매 반대편에 있어야 하오. 그곳에서 나는 썰매를 돌려 그 측면이 사면 쪽을 향하도록 할 것이오. 그런 다음 썰매 줄을 서둘러 다시 맬 수 있는 시간적 여유가 된다면 그렇게 하시오. 그렇지만 바위들이 너무 심하게 떨어지거든 그대로 썰매 뒤에서 몸을 웅크리고 있는 편이 낫소. 그럼 내가 반대편에 서서 가능한 한 방패막이가 되어 주겠소. 하지만 다시 썰매 줄을 연결한다면 재빨리 썰매를 타고 자세를 최대한 낮추시오."

그들은 남은 거리의 대부분을 미끄러져 내려갔다. 블랙이 한 번 썰매의 방향을 휙 틀었을 때는 뒤집혀지는 것이 아닌가 생각되었을 정도였다. 딜비쉬는 썰매가 멈춘 즉시 몸을 일으키고 연결용 줄을 풀기 시작했다.

리나는 썰매 뒤쪽으로 돌아가서 위를 올려다보았다.

"딜비쉬! 저길 봐요!"

리나가 외쳤다.

딜비쉬는 줄을 모두 풀고 블랙이 뒷걸음질치자 위를 흘낏 올려다보았다. 성은 이제 완전히 사라졌고, 사면에는 거대한 균열들이 생겨나 있었다. 산꼭대기 위에 두 개의 연기 기둥 — 검은 기둥과 밝은 색 기둥 — 이 서 있었다. 강풍이 불고 있음에도 불구하고 기둥들은 미동도 하지 않았다.

블랙은 완전히 뒤로 돌아서서 썰매 줄 사이로 뒷걸음질쳤다. 딜비쉬는 썰매 줄을 다시 연결하기 시작했다. 우측 사면 위로 더 많은 바위들이 떨어지고 있었다.

"저게 뭐지?"

딜비쉬가 물었다.

"검은 기둥은 젤레락이오."

블랙이 대답했다.

딜비쉬는 썰매 줄을 매면서 주기적으로 뒤를 돌아다보았고, 두 기둥이 천천히 서로를 향해 움직이기 시작하는 것을 보았다. 곧 기둥들은 서로 엉키기 시작했지만, 융합되지는 않았다. 기둥들이 뒤틀리며 서로 꼬이는 광경은 두 마리 뱀의 사투死鬪를 연상케 했다.

딜비쉬는 썰매 줄을 모두 연결했다.

"썰매에 타!"

산의 일부가 또 무너진 순간 딜비쉬는 리나를 향해 외쳤다.

"당신도 타시오!"

블랙이 말했다. 딜비쉬는 리나와 함께 썰매에 탔다.

곧 썰매는 움직였고, 점점 빠르게 달리기 시작했다. 그들은 얼음산 꼭대기가 산산조각 나는 광경을 목도했지만, 소용돌이치는 연기 기둥들은 여전히 그 위에서 사투를 벌이고 있었다.

"안 돼! 리들리가 약해지고 있는 것 같아요!"

리나는 질주하는 썰매 위에서 외쳤다.

딜비쉬는 검은 기둥이 밝은 색깔의 기둥을 위에서 덮치면서 붕괴하고 있는 산의 중심을 향해 밀어붙이고 있는 것을 보았다.

블랙의 속도가 더 빨라졌지만, 바위 파편들은 여전히 굴러떨어지고, 아슬아슬하게 그들 곁을 지나갔다. 높은 상공에서 연기가 되어 싸우던 두 마법사의 모습은 곧 시야에서 사라졌다. 블랙은 한층 더 속도를 올려 남쪽을 향해 달려갔다.

점점 더 작아진다는 것을 제외하면 그들 배후의 풍경은 15분 동안 거의 아무런 변화도 보이지 않았다. 그러나 딜비쉬와 리나는 썰매를 덮은 모피 아래에 웅크린 채로 여전히 그쪽을 바라보고 있었다. 어떤 예감과도 같은 기운이 풍경 전체에서 일기 시작했다.

마침내 그 일이 일어나자 지축이 흔들렸다. 썰매가 좌우로 마구 흔들린다. 여진은 그 후에도 한참 동안 계속되었다.

산의 정상이 하늘로 튕겨 나가자 흑운黑雲이 뭉게뭉게 솟아오르며 하늘 여기저기를 물들였다. 이윽고 검은 오점들은 바람에 휘날리며 검은 띠로 변했고, 그중 일부는 서쪽을 향해 천천히 손가락을 뻗치기 시작했다. 잠시 후 엄청난 충격파가 일행 위를 휩쓸고 지나갔다.

한참 후에, 가느다랗고 거친 윤곽을 가진 단 하나의 구름 - 검은 쪽 - 이 자욱한 안개 속에서 빠져나왔다. 검은 기둥은 누덕누덕한 깃털구름을 뒤로 끌며 바람에 요동쳤고, 마치 나이든 노인처럼 비틀거리며 남쪽을 향해 도주했다. 기둥은 일행이 있는 곳에서 오른쪽으로 한참 떨어진 곳을 통과했다. 멈추려는 기색은 전혀 없었다.

"저건 젤레락이오." 블랙이 말했다. "저자는 다쳤소."

두 사람은 거친 연기 기둥이 남쪽 먼 곳에서 느닷없이 모습을 감출 때까지 바라보고 있었다. 곧 그들은 북쪽에 보이는 폐허 쪽으로 다시 고개를 돌렸다. 폐허가 시야에서 사라질 때까지 줄곧 바라보고 있었지만, 하얀 기둥이 다시 일어서는 광경을 볼 수는 없었다.

마침내 리나는 고개를 숙였다. 딜비쉬는 리나의 어깨에 팔을 둘렀다. 썰매 날이 눈 위를 미끄러지며 나직하게 노래 부르는 듯한 소리를 냈다.

악마와 무희

보름달이 휘영청 하게 뜨고 삭풍朔風이 불어올 때 오엘레는 악마를 위해 춤을 췄다. 텅 빈 돌제단 앞에서 오엘레의 발자국이 불길 속에 점점이 찍혔다. 아래쪽 평원에서는 이미 봄기운이 완연했지만, 이곳 산 속에서 밤은 여전히 겨울을 이야기하고 있었다. 그러나 오엘레는 맨발로 춤을 췄고, 몸에 두른 것도 은빛 허리띠에 잿빛의 얇은 천으로 된 옷뿐이었다. 유연한 자태를 감추기보다는 오히려 더 드러내는 이런 차림으로, 긴 금발을 나부끼며 불로 고대의 도형을 그린다.

지면은 불타는 태피스트리가 되어 깜박거렸지만 오엘레는 화상을 입지 않았다. 북쪽 사면 아래로 한참 내려간 곳에서는 유령처럼 어렴풋한 궁전이 달빛을 받으며 너울거리고 있었다. 궁전의 탑들은 거의 투명해질 때까지 희미해졌다가 잠시 후에는 부분적으로 실체를 되찾았고, 궁전의 벽도 그림자 속으로 녹아들어가는 듯하다가 다시 도망치곤 했다. 높은 창문 뒤에서는 불빛이 밝아졌다가 어두워지는 일을 되풀이한다. 바람은 거칠게 흐느끼고 있었지만, 오엘레는 추위를 전혀 느끼지 않았다.

제단 위의 어둠이 점점 더 짙어지다가 마침내 별빛을 완전히 지워버렸다. 그와 동시에 바람이 잦아들더니 곧 멈췄다. 이윽고 불길이 높게 치솟았지만 그것으로는 돌제단 위의 거대한 공백을 비추지는 못했다. 그것은 거대한 날개와 머리를 가진 무엇인가의 윤곽이었고, 물결치듯이 움직이고 있었다. 마치 공간 자체에 구멍이 뚫린 듯한 느낌이었다. 시선이 그 위를 스칠 때마다 오엘레는 엄청나게 깊은 심연을 들여다보고 있다는 인상을 받곤 했다.

오엘레는 인근의 그 어떤 주민이 기억하고 있는 것보다 훨씬 더 옛날부터 특정한 계절이 돌아오면 이런 식으로 춤을 췄다. 주민들 모두가 오엘레를 마녀라고 불렀고, 본인도 자신을 마녀로 간주하고 있었다. 그보다 더 많은 지식을 가지고 있었던 유일한 인물만은 다른 이름으로 불렀지만, 오엘레가 바로 이 장소에서 자신의 연인을 죽여 모든 사내들 중 오직 그만이 가지고 있던 힘을 획득한 이래 그런 구분이 상당히 빛이 바랜 것도 사실이었다. 그는 어떤 오래된 신을 숭배하는 제관祭官

이었고, 마지막으로 남은 유일한 신도였다. 그런 연유로 신에게 그는 매우 귀중한 존재였다. 그러나 이제 마지막 신도인 오엘레는 정작 그 신의 이름조차도 알지 못했다. 그 대신 오엘레는 그 신을 '악마'라고 불렀다. 오엘레가 춤을 통해 예배를 올리면 '악마'는 소원을 들어줌으로써 보답한다. 오엘레는 자신의 춤을 요술 주문으로 간주하고 있었다. 마녀가 악마를 소환하면, 신은 자신의 신도에게 응한다고나 할까 – 이것은 부분적으로 보는 시각의 차이였지만, 바꿔 말하자면 어디까지나 부분적인 해석에 불과하다. 왜냐하면 오엘레가 그에게 요구하는 것들은 오엘레 자신의 사고방식에 따른 것이었고, 양자의 관계는 오래 전 신과 신도들 사이를 잇고 있던 본연의 관계와는 한참 동떨어진 것이었기 때문이다.

그럼에도 불구하고 이들 사이의 유대감은 강했다. 신은 오엘레의 춤에서, 이 대지와의 마지막 접점에서 힘을 얻었다. 그리고 오엘레도 여러 이득을 얻고 있었다.

마침내 오엘레는 동작을 멈추고 자신이 그린 불길 무늬 한복판에 섰고, 돌제단 위에 출현한 검은 존재를 마주보았다. 짧지만 긴 시간 동안 양자 사이에서 무거운 정적이 흘렀다. 이윽고 오엘레가 먼저 입을 열었다.

"악마여, 나의 춤을 너에게 바치노라."

그 존재는 고개를 끄덕였고, 조금 밝아진 듯했다. 잠시 후

굵고 느릿느릿한 목소리가 대답했다.

"내게는 즐거운 일이다."

오엘레는 기다렸다. 침묵하며 잠시 의식적儀式的으로 시간을 끌다가, 다시 입을 열었다.

"내 궁전이 사라져가고 있어."

또다시 침묵이 흘렀다가 "알고 있다"라는 대답이 돌아왔고, 이어서 바닥이 없는 나락을 연상시키는 검은 그림자의 삐죽뾰족한 날개 일부가 움직이며, 너울거리는 궁전이 있던 사면 아래쪽을 가리켰다.

"보라, 여제관이여. 다시 견고해졌다."

오엘레는 그쪽을 쳐다보고 이 말이 사실임을 확인했다. 달빛을 받고 있는 궁전은 이제 조용하고 확고한 실체를 되찾고 있었다. 창문 뒤의 불빛은 깜박이지 않았고, 누벽壘壁 또한 밤과 별빛을 배경으로 뱃전처럼 우뚝 솟아 있었다.

"그렇군." 오엘레는 운을 뗐다. "하지만 얼마나 오랫동안 저런 모습을 유지할 수 있는 거지? 내 하인들조차도 한 명씩 차례로 사라지고, 원래 모습인 흙으로 돌아가 버렸어."

"그자들도 다시 네게 돌아와 있을 것이다."

"하지만 얼마나 오래?" 오엘레는 되풀이했다. "질서를 회복하기 위해 너를 소환한 건 올해 들어 벌써 세 번째야. 아직 일 년도 지나가지 않았는데 말이야."

검은 존재는 평소 때보다 훨씬 더 오랫동안 침묵하고 있었다.

"말해 줘, 악마여!"

"확실하게는 알 수 없다, 여제관이여." 그제야 그것은 대답했다. "나는 점점 더 약해지고 있다. 너와 너 자신의 건물을 오랜 기간에 걸쳐 지탱하는 데는 상당한 에너지가 - 너의 춤에서 내가 끌어낼 수 있는 양 이상의 에너지가 필요하다."

"그렇다면 어떻게 해야 한단 말이지?"

"너는 지금보다 더 간소한 생활방식을 채택할 수도 있다."

"난 호화롭게 살아야 해!"

"얼마 되지 않아 나는 그것을 유지할 힘을 갖추지 못할 것이다."

"그렇다면 내 춤보다 좀 더 강한 것을 네게 가져다주겠어!"

"너에게 그것을 요구할 생각은 없다."

"하지만 필요하다면 너는 그걸 받아들이잖아."

"받아들일 것이다."

"그렇다면 나는 충분한 양의 남자 피를 너에게 바쳐서 네 힘을 되돌려놓고, 나 자신의 힘을 강화할 거야."

침묵이 흘렀다.

"지금부터 끝맺음의 춤을 추겠노라."

오엘레는 이렇게 말하고 또다시 움직이기 시작했다. 불길은 오엘레가 뒤로 한 걸음씩 물러날 때마다 조금씩 사그라졌다. 오엘레 주위에서 바람이 일었고, 제단 위의 존재는 희미해지더니 이내 스러졌다. 그것이 있던 자리에 한 줌의 별이 되돌아왔다.

춤이 끝나자 오엘레는 몸을 돌렸고, 뒤를 돌아다보지도 않고 궁전을 향해 걸어갔다. 여행 채비를 할 시간이다. 산 아래의 평원을 지나 해안 도시로 가는 것이다. 원하는 것은 무엇이든 반드시 찾을 수 있다는 그 도시로.

검은 갈기가 달린 잿빛 암말을 탄 여자는 황갈색 가죽 바지와 웃옷, 갈색과 붉은 색 망토 차림이었다. 머리카락과 눈은 검었고, 속눈썹이 길었다. 넓고 도톰한 입술에는 어렴풋이 – 아마 무의식적인 – 웃음기가 서려 있다. 왼손 중지에는 비취 반지를, 오른손 중지에는 얼룩 마노瑪瑙 반지를 끼고, 허리띠에는 짧은 검을 차고 있었다.

여자의 동반자는 검은 바지에 초록색 웃옷과 장화를 착용하고 있었다. 초록색 테두리가 달린 검정색 망토를 걸치고, 허리에는 장검과 단검을 차고 있다. 사내가 타고 있는 것은 말 모양을 한 검정색 생물이었고, 그 몸은 금속처럼 보였다.

두 사람은 짐을 실은 세 마리의 말을 뒤에 끌고 상쾌하고 맑은 오후 공기를 마시며 산길을 오르고 있었다. 앞쪽 어딘가에서 물이 졸졸 흐르는 소리가 들려왔다.

"날이 갈수록 날씨가 좋아지는군요." 여자가 말했다. "우리가 지나온 곳들을 생각하면 거의 여름 같은 날씨라고 해도 좋을 정도예요."

"일단 이 고산지대를 벗어나면 지금보다 훨씬 더 따뜻해질 거야. 그리고 해안에 닿을 무렵에는 거의 후덥지근한 느낌까지 받을 걸. 당신을 좋은 시기에 투마로 데려다 줄 수 있을 것 같아."

여자는 시선을 돌려 다른 곳을 보았다.

"예전처럼 그렇게 그 도시로 가고 싶은 건 아녜요……."

오른쪽으로 꺾어 쑥 솟아오른 큰 바위를 우회한다. 사내가 탄 말이 기묘한 소리를 내자, 사내는 고개를 돌려 산길을 훑어보았다.

"우리 말고도 통행인이 있군."

사내가 말했다.

여자는 사내의 시선이 멈춘 곳을 바라보았다. 전방 우측에 보이는 바위 위에 사람이 하나 앉아 있었다. 머리카락과 수염이 새하얗게 새고, 동물 가죽으로 된 옷을 걸친 노인이었다. 노인은 일어서서 자기 키보다 높은 지팡이에 몸을 기댔다.

"안녕하시오."

노인이 인사를 건넸다.

"처음 뵙겠습니다." 녹색 장화를 신은 기수는 사내 앞에서 말을 멈추며 말했다. "안녕하십니까?"

"안녕하다네." 노인이 대꾸했다. "먼 곳으로 가는 길인가 보군?"

"예. 적어도 투마까지는 갈 생각입니다."

노인은 고개를 끄덕였다.

"오늘 밤 안에는 산을 내려가지 못할 걸세."

"압니다. 아까 여기서 한참 올라가야 하는 곳에 있는 성을 하나 보았습니다. 이쪽에서 청한다면 하룻밤 재워 줄지 모르겠군요."

"아마 재워 줄 걸세. 성주인 오엘레는 언제나 여행자를 따뜻하게 맞아주니까 말이야. 여행자들이 해 주는 신기한 얘기를 듣기 좋아하지. 실은 나도 거기로 가서 환대를 받을 작정이라네. 오엘레는 지금 여행 중이라는 얘기를 듣긴 했지만 말이야. 그런데 자네가 타고 있는 그 짐승은 실로 기묘한 모습을 하고 있구먼."

"저도 그렇게 생각합니다."

"…그리고 자네에겐 어딘가 낯익은 데가 있다는 생각이 들어. 이름이 뭔지 물어봐도 될까?"

"저는 딜비쉬, 그리고 여기 이 친구는 리나라고 합니다."

여자는 고개를 끄덕이며 미소 지었다.

"흔한 이름이 아니로군, 자네 이름은. 옛날에도 딜비쉬라는 이름을 가진 인물이 하나 있긴 있었는데……."

"그 무렵 저곳에 저런 성은 없었던 것으로 알고 있습니다만……."

"사실 없었다네. 당시 이곳은 어떤 구릉 부족의 고향이었고, 그자들은 자기들의 양떼와 신에 그럭저럭 만족하면서 살고 있었어. 그 신의 이름은 이미 잊혀 갔지만 말이야. 하지만 저지대 쪽에 도시들이 생기고 나서는……."

"탁슈메일."

딜비쉬가 말했다.

"뭐라고?"

"그들은 탁슈메일이라는 이름의 신을 섬기고 있었습니다. 양떼의 수호신이죠. 제 친구와 함께 이곳을 지났을 때 그 제단에 공물을 바친 적이 있습니다. 아주 오래 전에 말입니다. 아직도 그 제단이 남아 있는지 궁금하군요."

"오, 아직도 남아 있네. 옛날 있던 그 자리에… 자넨 아직도 그 신을 기억하고 있는 정말 극소수의 사람들 중 하나로군. 아마 자네는 그 성에 머물지 않는 편이 나을지도 몰라. 이 지방이 이토록 황폐해진 것을 직접 목격한다면 자네의 마음도 무거워질 것이 뻔하니까 말이야. 다시 생각해 봤는데, 자네들은 그냥 말을 타고 하산해서 이 불쌍한 장소를 잊는 편이 나을 것 같아. 그럼 예전에 보았던 좋은 광경을 기억 속에 그대로 남겨둘 수 있을 테니까."

"말씀은 고맙지만, 저희는 워낙 먼 길을 와서 지쳤습니다. 단지 그런 감상感傷적인 기억을 보존하려고 굳이 사서 고생을 할 여유는 없군요. 그냥 성으로 가겠습니다."

노인의 커다랗고 푸르스름한 눈이 딜비쉬 얼굴에 못 박히더니, 이내 다른 곳을 향했다. 노인은 한손으로 누추한 옷 아래를 더듬다가, 절뚝거리며 앞으로 걸어 나오며 딜비쉬를 향해 그 손을 내밀었다.

"이걸 받게." 노인이 중얼거렸다. "자네가 갖고 있는 편이 나을 것 같아."

"그게 뭡니까?"

딜비쉬는 반사적으로 아래로 손을 뻗치며 말했다.

"별거 아닐세. 오래된 물건인데, 내가 오랫동안 지니고 다녔지. 그 신의 은총과 가호의 징표야. 탁슈메일을 기억하는 사람은 이 부근에서는 이런 것을 가지고 다니는 편이 낫다네."

딜비쉬는 그것을 자세히 들여다보았다. 잿빛에 분홍색 줄이 들어간 돌조각이었고, 그 위에 숫양의 모습이 각인되어 있다. 한쪽 끄트머리에 뚫린 구멍에는 닳은 양털 끈이 꿰여져 있었다.

"고맙습니다." 딜비쉬는 이렇게 말하며 새들백 쪽으로 손을 뻗쳤다. "답례로 저도 뭔가를 드리고 싶습니다만……."

"됐네." 노인은 몸을 돌리며 말했다. "단지 내가 주고 싶어서 준 거고, 나는 도시에서 만들어진 물건 따위에는 관심이 없다네. 게다가 그리 중요한 것도 아냐. 최근의 새로운 신들이 내려주는 물건 쪽이 훨씬 더 화려할 걸."

"흐음, 그분이 당신이 가는 길을 지켜주기 바랍니다."

"내 나이가 되면 그런 일에는 개의치 않게 된다네. 잘 가게 친구."

노인은 바위들 사이를 누비며 나아가다가 곧 모습을 감췄다.

"블랙, 이걸 어떻게 생각하나?"

딜비쉬는 앞으로 몸을 뻗어 블랙의 얼굴 앞에서 줄에 매달린 부적을 들어 보이며 말했다.

"어느 정도의 힘은 깃들어 있소." 블랙이 대답했다. "하지만 이건 오염된 마법이오. 이런 물건을 주는 인물의 말을 곧이곧대로 믿어야 하는 것인지에 대해서는 확신할 수 없소."

"처음에는 성에 머물라고 했다가, 다음에는 그냥 지나치라고 했지. 어느 쪽 조언을 믿지 말아야 할까?"

"보여줘요, 딜비쉬."

리나가 말했다.

딜비쉬가 리나의 손 위에 부적을 떨어뜨리자 그녀는 한참 동안 그것을 훑어보았다.

"맞아요. 블랙이 말한 대로군요."

이윽고 리나가 말했다.

"가지고 있어야 할까? 아니면 그냥 내버릴까?"

"아, 그냥 가지고 있어요." 리나는 부적을 딜비쉬에게 건넸다. "마법은 돈과 마찬가지예요. 그게 어디서 왔든 무슨 상관이죠? 중요한 건 어디에 그것을 쓰는가예요."

"그건 당사자가 쓰는 방법을 통제할 수 있을 때만 맞는 얘기야. 성에서 자고 싶어? 아니면 오늘밤 갈 수 있는 데까지 가볼까?"

"말들이 지쳤어요."

"응."

"아까 그 노인 말인데, 조금 노망기가 있어 보이더군요."

"아마 그렇겠지."

"진짜 침대에서 잘 수 있다면 정말 기분이 좋을 거예요."

"그럼 성으로 가 보기로 하지."

일행이 나아가는 동안 블랙은 아무 말도 하지 않았다.

기름등잔과 양초와 커다란 벽난로 불로 조명된 선술집에서 오엘레는 춤을 췄다. 뱃사람, 상인, 군인, 그리고 각양각색의 건달이나 도시 주민들이 육중한 나무 탁자에 둘러앉아 술을 마시며, 음식을 먹는 곳이었다. 오늘밤 오엘레는 푸른색과 초록색 의상을 입고 있었다. 주실主室 안쪽을 치워 만든 공간에서 춤을 추는 오엘레의 격렬한 동작에 맞춰 두 사람의 악사가 반주를 하고 있었다. 2주 전 오엘레가 도시로 온 이래 이 술집의 손님 수는 급격히 늘어났다. 이미 세 번의 청혼 및 기타 여러 가지 제안을 받았지만, 오엘레는 여전히 남자 친구를 만들지 않았다. 그러나 건장한 남자 친구가 없다고 해서 골치 아픈 문제가 생기는 일은 없었다. 침착하게 상대방을 응시하며 오만한 태도로 한 번 손짓하기만 하면, 아무리 귀찮게 치근거리던 사내라도 그 즉시 정신을 잃고 바닥에 쓰러졌던 것이다. 이 술집에 오는 손님들 대다수는 오엘레가 술냄새 나는 포옹을 원하고 있지 않다는 사실을 알고 있었지만, 그녀는 저녁 내내 모든 사내들의 얼굴을 찬찬히 훑어보는 일을 멈추지 않았다. 그리고 오늘밤에는 여기저기서 새 얼굴들이 보인다. 오늘 오후 서쪽에서 온 대상隊商이 도시에 도착했고, 남쪽 바다에서 입항한 배도 한 척 있었다. 오늘밤에 온 손님들은 평소 때보다 한층 더 시끄러웠다.

키가 큰 사막의 아들 하나가 오엘레의 눈을 끌었다 — 동작이 완만하고, 가무잡잡하고, 매처럼 날카로운 인상이었다. 넉넉한 장의長衣도 사내의 굴강屈强하고 균형 잡힌 몸매를 숨길

수는 없었다. 사내는 문간 부근에 편하게 앉아서 포도주를 홀짝이며 눈 앞의 테이블 위에 놓인 복잡한 기구에서 연기를 빨고 있었다. 비슷한 복장을 한 몇몇 사내들도 같은 테이블에 함께 앉아 마찰음이 많은 그들 자신의 언어로 말을 나누고 있었다. 키 큰 사내의 시선은 계속 오엘레를 떠나지 않았고, 오엘레도 이 사내야말로 기다리고 있던 인물일지도 모른다는 느낌을 받기 시작했다. 작은 동작 하나에서도 크나큰 생명력의 소유자라는 인상을 주는 것이다.

밤이 깊어가면서 선원들 한 무리가 들어왔지만 오엘레는 이들을 무시했다. 그 무렵에는 오엘레가 선택한 사내만을 위해 춤을 추고 있었던 것이다. 가까운 곳을 지나쳤을 때 사내의 눈에 떠오른 빛과 입가의 미소, 그리고 그가 건넨 몇 마디의 말로 미루어볼 때 사내가 오엘레에게 매료당했다는 사실은 명백했다. 이 사내라면 훌륭하다. 한 시간 뒤에 사내를 데려가기로 하자.

"이쪽으로 와주지 않겠어, 아가씨. 정말 마음에 드는군."

오엘레는 오른쪽으로 고개를 돌려 방금 말을 건 사내를 흘낏 보았다. 적동색의 흐트러진 머리 아래에서 오엘레를 빤히 바라보는 파란 눈, 한쪽 귀에 매단 금귀고리, 새하얀 이, 빨간 네커치프 — 방금 술집에 들어온 선원 중 하나이다. 오엘레를 향해 상체를 숙이고 있는 탓에 체격이 어떤지는 알기 힘들었다.

그래서 가까이 다가가서 자세히 관찰한다. 턱에 흥미로운 흉터가 있다… 테이블 위에 올려놓은 크고 억세 보이는 두 손…….

오엘레는 희미한 미소를 지으며 입술을 움직였다. 이 사내 쪽이 아까 그 사내보다 더 활기가 있고, 생명력 또한 그에 못지않은 듯했다. 어느 쪽이 더 좋을까…….

등 뒤에서 어떤 소리가 나는 것을 듣고 춤 동작을 흐트러뜨리는 일 없이 뒤를 돌아다보았다. 교역 상인이 우뚝 서서 선원을 노려보고 있었다. 상인의 친구들도 함께 일어나고 있었다. 오엘레는 미소 지은 채로 다시 등을 돌렸다. 음악이 느닷없이 멈췄다. 갑작스런 정적 속에서 욕설이 커다랗게 울려 퍼졌다.

"정말 생기발랄한 아가씨로군." 선원이 의자에서 일어나며 말했다. "이럴 만한 가치가 있으면 정말 좋겠어."

갑자기 방 전체가 움직이기 시작한 듯이 테이블과 의자가 한꺼번에 뒤집어졌다. 선원들과 상인들이 서로를 향해 다가가기 시작했다. 각자의 손아귀에 마치 마법처럼 칼이 쥐어졌다. 다른 손님들은 안전하게 구경할 수 있는 곳으로 황급하게 피신하거나 가장 가까운 출입문을 통해 아예 술집에서 떠났다. 오엘레는 전혀 두려워하는 기색을 보이지 않고 몇 걸음을 움직여 싸움할 수 있도록 자리를 내어 주었다.

오엘레가 주목한 선원은 낮게 몸을 숙인 채로 전진하고 있었다. 오른손에는 스틸레토[13]가 쥐어져 있었다. 장신의 교역 상인은 그보다 더 긴, 구부러진 검을 쳐들고 있었다. 동료들이 주위에서 난투극을 벌이고 있는 동안 그들은 마치 서로 합의한 것처럼 방해자들을 밀치고 홀 한복판에 가까운 트인 장소로 나왔다. 누군가가 던진 포도주 병이 교역 상인의 뒤통수를 향해 날아왔다. 오엘레가 날카롭게 손짓하자 병은 공중에서 방향을 바꿨고, 벽에 부딪쳐 산산조각이 났다.

선원은 상대방이 먼저 칼을 휘두르자 재빨리 몸을 굴려 피했고, 상단 찌르기로 반격해서 상대방의 팔뚝에 상처를 입혔다. 그 즉시 되돌아온 반격을 피하지는 못했지만, 자신의 단검으로 받아넘기더니 마치 춤추는 듯한 동작으로 몸을 피했다. 상대방의 칼날이 더 긴 탓에 그 너머로 자신의 스틸레토를 찔러 넣을 수 없었기 때문이다. 선원은 발을 지척거리고, 바닥을 쾅쾅 밟으며 상대방의 왼쪽으로 돌기 시작했다. 잠시 선원이 난투극이 벌어지고 있는 쪽으로 등을 돌렸을 때, 작은 몸집의 교역 상인이 그의 등을 노리고 달려나왔다. 오엘레가 또다시 손짓을 하자 작은 사내는 반대편 벽을 향해 비스듬하

---

[13] 스틸레토Stiletto : 찌르기 전용의 단검.

게 날아갔다. 마치 거인의 손이 이 사내를 움켜쥐고 내동댕이친 듯한 느낌이었다. 오엘레는 미소 짓고는 혀로 입술을 핥았다.

원을 그리며 돌던 중 선원의 발에 작은 등받이가 없는 의자가 닿았다. 선원은 상대방을 향해 그 의자를 걷어찼다. 그러나 교역 상인은 긴 장의長衣를 두르고 있음에도 불구하고 재빨리 의자를 피했고, 또다시 선원의 머리를 노리고 칼을 휘둘렀다. 그러나 선원은 어느새 허리에 두른 천에서 밧줄걸이[14]를 꺼내들어 상대방의 공격을 막고는 재빨리 다가가서 배를 찔렀다.

교역 상인은 자세를 가다듬고 이 일격을 받아넘겼지만, 그 탓에 선원과 몸을 맞대다시피 한 불리한 위치에서 접근전을 벌여야 했다. 밧줄걸이가 상인의 관자놀이를 때렸다. 상인은 뒤로 물러났고, 충격에서 미처 회복하지 못한 듯 넓게 칼을 휘둘러 상대방의 공격을 막으려고 했다. 그러자 밧줄걸이가 이번에는 왼쪽 광대뼈 위를 강타했다. 다시 밧줄걸이가 빠르게 두 번 상하로 움직이며 비틀거리는 상인의 머리를 강타했다. 교역 상인은 바닥에 널브러지며 사지를 뻗더니, 흐트러진 옷매무새 그대로 꼼짝도 않았다. 선원은 앞으로 나와 상인의

---

14 밧줄걸이Belaying pin : 범선 밧줄을 S자 꼴로 감아 매는 곤봉 모양의 막대.

손에 쥐어진 칼을 걷어찼다. 그래도 상인은 꼼짝하지 않았다. 선원은 격한 숨을 몰아쉬며 이마의 땀을 닦았다. 오엘레를 향해 미소를 지어 보이며, 밧줄걸이를 다시 허리띠에 쑤셔 넣는다.

"잘 했어. 끝까지 안 가서 아쉽지만."

오엘레가 말했다.

선원은 자신의 단검을 흘끗 내려다보고는 고개를 가로저었다.

"이미 싸움은 끝났어. 난 단지 당신을 즐겁게 할 이유 하나만으로 이 친구를 찌를 생각은 없어."

선원은 오른쪽 장화 옆에 달린 칼집에 단검을 집어넣었다. 선원과 상인들 사이의 싸움은 여전히 계속되고 있었지만, 이미 기세가 한 꺼풀 꺾였고, 이제 끝나려는 조짐을 보이고 있었다. 등 뒤를 흘끗 본 다음 선원은 오엘레에게 고개를 숙여 절했다.

"레이나 선장이라고 해. 내가 소유하고 있는 '범의 발'이라는 배의 선장이지." 레이나 선장은 한쪽 팔을 뻗었다. "나를 따라 오면 배를 구경시켜줄게. 당신이라면 남쪽 바다의 항해를 즐길 수 있을 거라는 생각이 드는군."

오엘레는 레이나의 팔을 잡고 몸을 돌렸다.

"그럴 것 같지는 않아." 오엘레는 말했다. "나 또한 나 자신의 영지가 있고, 그걸 내버릴 생각은 없거든. 하여튼 저 불쌍한 작자들이 더 다치는 걸 막는 편이 낫겠어."

오엘레가 아직도 남아 싸우고 있는 사내들을 향해 팔로 쓸어내는 듯한 손짓을 하자 그들 모두가 의식을 잃고 방바닥에 쓰러졌다.

"아니, 정말로 멋진 기술이로군. 나도 이런 걸 배워두면 괜찮겠다는 생각이 들 정도야."

사내와 함께 앞으로 나아가며 또다시 손짓을 하자 술집 문이 저절로 열렸다.

"원한다면 가르쳐줄 수도 있어." 밖으로 나가며 오엘레가 말했다. "하지만 내가 묵고 있는 방 쪽이 당신 배보다 더 가깝고, 또 그만큼 좁지 않다는 것도 확실해. 내일 아침이 되면 그 방을 나와서 고원지대로 함께 가게 되겠지만……."

레이나는 오엘레를 보며 씩 웃었다.

"선장한테 자기 배를 포기하라고 설득하는 건 정말 어려운 일이야. 그렇다고 해서 눈이 번쩍 뜨이는 당신의 매력을 폄하하겠다는 건 아니지만."

"양손을 모아 봐."

레이나는 오엘레의 팔을 놓고 이 말에 따랐다. 오엘레가 양손으로 레이나의 손을 덮자 짤랑거리는 소리가 나기 시작했다. 잠시 후 레이나는 예기치 않은 무게를 느끼고 긴장했다.

오엘레가 손을 들어올리자 레이나의 손 안에는 번쩍이는 금화가 가득 차 있었다. 금화는 계속 떨어져 내렸고, 급기야는 손에서 넘쳐나 땅 위로 떨어졌다.

"멈춰! 멈춰! 땅에 흘리고 있잖아!"

레이나는 외쳤다.

오엘레는 웃음을 터뜨렸다. 그 웃음소리가 금화의 짤랑거리는 소리와 닮지 않은 것도 아니었지만, 금화로 이루어진 폭포수는 멈췄다. 레이나는 금화를 긁어모아 몸 여기저기에 담기 시작했다. 무릎을 꿇고 땅에 떨어진 것들도 주웠다. 금화 하나를 찬찬히 훑어보다가 깨물어 본다.

"이건 진짜야! 진짜 금화잖아!"

"아까 선장하고 배가 어쨌다고 했더라?"

"배를 타고 바다를 항해한다는 것이 얼마나 고달픈 노동인지 당신은 모를 거야. 실은 난 옛날부터 산에서 살고 싶어 했어." 레이나는 이마에 손을 슬쩍 갖다 대고는 다시 팔을 내밀었다. "방은 어느 쪽에 있지?"

서산 너머로 넘어간 해가 긴 그림자를 떨어뜨리고 있었지만, 딜비쉬와 리나가 몇 시간 전에 처음 보았던 성을 향해 말을 몰아가고 있는 지점은 아직 낮이었다.

그들은 잠시 멈춰 서서 성을 바라보았다. 흉벽胸壁과 탑 꼭대기에서는 삼각기가 펄럭이고 있었고, 어느 창문을 보아도 불이 들어와 있었다. 정면의 쇠살문은 올라가 있었고, 그 안쪽에서 희미한 음악소리가 들려온다.

"당신이 보기엔 어때?"

딜비쉬가 말했다.

"내가 살고 있던 성과 비교해 보고 있었어요. 좋아 보이네요."

리나가 대답했다.

그들은 성문 안을 들여다보았다. 그러자 그 옆에서 대기하고 있던 여자가 앞으로 걸어 나오더니 큰 소리로 말했다.

"거기 여행자들이여! 머물 곳을 찾고 있다면 환영하겠습니다."

딜비쉬는 성벽에 걸린 장식들과 방금 눈에 들어온 성문 안쪽으로까지 길게 깔린 융단을 손짓해 보였다.

"이것들은 무엇을 축하하기 위한 것입니까?"

"저희 여주인님께서는 한동안 여행 중이셨습니다. 오늘밤 새로운 반려자와 함께 돌아오실 예정입니다."

"산속에서 이런 성을 유지하다니 정말 대단한 인물인가 보군요."

"그렇습니다, 기사님."

딜비쉬는 잠시 더 성을 바라보고 있었다.

"머물러도 좋을 것 같군."

마침내 딜비쉬가 말했다.

"내 몸도 좀 쉬고 싶어 하는 것 같아요."

리나가 말했다.

"그럼 가자고."

두 사람은 방금 그들을 부른 검은 머리의 땅딸막한 여자가 있는 곳까지 말을 몰고 갔다. 여자는 천천히 움직였고, 손은 솥뚜껑 같은데다가 얼굴 여기저기에 점이 나 있었다. 여자는 커다란 이를 드러내 보이며 미소 지었고, 일행을 안으로 안내했다.

딜비쉬는 그 여자 말고도 다섯 명의 하인을 보았다. 여자 두 명, 남자 세 명이었고, 안뜰에서 이런저런 잡일을 하고 있었다. 그들 중 몇몇은 장식을 더 달고 있었다. 일행을 맞이한 여자 하인이 남자 하인 하나를 불렀다.

"말들을 돌봐 줄 겁니다." 여자는 이렇게 말하고는 블랙을 쳐다보았다. "이 말은 예외로 쳐야겠군요. 어떻게 하면 될까요?"

딜비쉬는 안뜰 왼쪽의 후미진 곳을 가리켰다.

"괜찮다면 저기에 놓아두겠습니다. 움직이지 않을 겁니다."

"틀림없습니까?"

"틀림없습니다."

"좋습니다. 그래 주세요. 안으로 가지고 들어가실 짐은 옆에 따로 놓아두시면 방으로 가지고 가는 것을 도와드리겠습니다. 저녁은 나중에 주인님의 식탁에서 드시게 될 예정입니다."

"그렇다면 저 큰 걸 부탁해요."

리나는 짐 꾸러미 하나를 가리키며 말했다. 딜비쉬와 블랙은 방금 정한 모퉁이로 갔다.

"아까 그 노인과 만났던 일이 어쩐지 좀 마음이 걸리오." 블랙이 말했다. "그러니까 내 몸을 여기 세워두고 있는 동안에도 밖을 돌아다니지 않겠소. 내가 필요해지면 부르시오. 금방 달려갈 테니까."

"좋아. 하지만 그럴 필요가 있을 것 같지는 않군."

블랙은 콧방귀를 뀌고는 동작을 멈췄고, 조각상으로 변했다. 딜비쉬는 말에서 내려 소지품을 들고 다른 사람들을 따라 성 안으로 들어갔다.

일행을 마중한 여자 – 안드라라는 이름이었다 – 는 안뜰을 내려다보는 3층 방으로 그들을 안내했다.

"주인님과 배우자가 도착하면 두 분을 만찬 자리로 안내하겠습니다." 안드라가 말했다. "그때까지 뭔가 필요한 것이 있으신지요?"

딜비쉬는 고개를 가로저었다.

"아니, 됐습니다. 그런데 어떻게 당신 주인이 도착할 시간을 정확히 알고 있는지 궁금하군요. 이곳은 다른 지역으로부터 꽤 멀리 떨어져 있지 않습니까?"

안드라는 의아한 표정을 지었다.

"그분은 저희 주인님이십니다. 저희는 당연히 알지요."

안드라가 방에서 나가자 딜비쉬는 문 쪽을 보았다.

"이상하군……."

딜비쉬가 말했다.

"별로 이상하지 않은 건지도 몰라요." 리나가 대답했다. "이 장소에는 기묘한 느낌이 있어요. 적어도 나는 일찌감치 알아차렸어야 했어요. 하지만 내가 예전에 살던 성의 느낌만큼 강하지는 않아서. 오엘레라는 이름의 여자는 일종의 하급 마법사일 거예요. 하인들조차도 모두 누군가의 통제를 받고 있는 인간 특유의 둔한 반응을 보이잖아요."

"그렇지만 당신은 이 여자 이름을 한 번도 들어본 적이 없다는 얘기야? 누구든 간에 이 근방에 동료 마법사가 산다는 얘기를 못 들었어?"

"못 들었어요. 하지만 하급 마법사들의 수가 너무 많은 탓에 이들 모두에 관해 일일이 신경을 쓸 여유는 없어요. 마법사 세계에서 이야깃거리가 되는 건 오직 거물급 마법사들의 동향 정도예요."

"예를 들자면 당신의 예전 고용주?"

리나는 화난 표정으로 딜비쉬를 마주보았다.

"결국 어떤 얘기를 해도 당신은 당신의 적과 복수 얘기로 몰아가야만 직성이 풀리는가 보죠? 나도 그자를 증오하고, 또 그자가 당신에게 끔찍한 고통을 줬다는 것도 잘 알아요. 게다가 그자는 우리 오빠를 죽이기까지 했어요! 하지만 계속 그 이름을 듣는 데는 이제 신물이 나요!"

"미… 미안해. 아마 난 한 가지 일에만 집착하게 하는 건지 모르겠군……."

리나는 웃었다.

"한 가지 일에만이라고요? 그것 말고 다른 삶의 목적은 있나요? 스스로 자문해 보는 일이 전혀 없어요? 그자가 당신의 모든 생각, 당신의 모든 행동 하나하나를 통제하는 걸 보면, 그자의 주문에 걸린 것이 아닌가 하는 생각이 들 정도예요! 만약 당신이 그자를 죽이는 데 성공한다면, 그 다음에는 어떻게 할 거죠? 당신 인생에서 달리 할 일이 남아 있나요? 당신은……."

리나는 입을 다물고 고개를 돌렸다.

"미안해요. 이런 말을 할 생각이 아니었는데."

"아냐." 딜비쉬는 다른 곳을 보며 말했다. "당신 말이 옳

아. 난 전혀 그런 생각을 해 보지 않았어. 하지만 당신 말이 옳아. 내가 궁정의 일원이 되는 교육을 받고 자랐다면 당신은 믿을 수 있겠어? 내가 음악을 연주하고, 노래를 부르고, 시를 썼다는 사실을? 훗날 상황이 바뀌면서 난 다른 일들에 종사하게 되었지만, 원래는 귀족 가문 출신이었어. 내가 군인으로서 능력을 발휘한 것은 순전히 우연에 의한 것이었지만, 그걸 직업으로 삼은 건 그럴 필요가 있었기 때문이야. 원래 희망은 ─ 그것과는 전혀 달랐어. 이젠 그런 것들이… 얼마나 먼 옛날 일처럼 느껴지는지! 당신은 정곡을 찔렀어. 그래서 생각해 봤는데……."

"무슨 생각?"

"이 일이 모두 끝난 다음에 내가 **무슨** 일을 할지에 관해서 말이야. 아마 고향으로 돌아가서 먼 옛날 우리 가문에 대해 행해진 몇몇 과오를 바로잡고……."

"아니 그럼 **또 다른** 복수에 나설 작정인가요?"

딜비쉬는 웃었다. 리나가 지금까지 거의 들어본 적이 없는 소리였다.

"십중팔구 따분하기 그지없는 법률과 씨름하게 될 걸. 나는 정말 그 일에 관해 생각해 볼 거고, 그 외의 다른 여러 일들에 관해서도 생각해 볼 작정이야. 내 인생을 갈라놓은 그 커다란… 메울 수 없는 간극間隙조차도 지금은 조금 변했어. 악몽에서 보통 꿈으로 변하고 있다고나 할까. 당신 말이 맞아, 나도 때로는 다른 일들에 관해 생각해 볼 필요가 있어."

"이를테면?"

"이를테면 만찬 시각까지 뭘 하고 지낼까 하는 생각."

"뭔가 생각할 수 있도록 내가 도와줄게요."

리나는 이렇게 말하며 방을 가로질러 왔다.

레이나와 오엘레는 횃불이 딱딱거리며 불타오르는 소리와 사방에서 들려오는 음악 소리의 마중을 받으며 안뜰로 들어왔고, 성문 아래를 지나왔을 때 하인들이 던진 꽃으로 뒤덮인 긴 융단 위로 말을 몰았다. 그림자들이 춤을 추고 미끄러지듯 움직이는 광경을 보며 오엘레는 미소 지었다. 그런 표정이 얼어붙은 것은, 안뜰 후미진 곳에서 금속처럼 빛을 반사하고 있는 검은 물체를 보았을 때였다. 오엘레는 말고삐를 잡아당기고 그것을 가리켰다.

"저게 뭐지?"

오엘레가 커다란 목소리로 묻자 안드라가 황급히 옆으로 다가왔다.

"손님 것입니다, 주인님. 오늘 저녁에 도착한 딜비쉬라는 이름의 사내 것입니다. 평소 원하시던 대로 손님으로 맞아들였습니다."

오엘레는 말에서 내려 안드라에게 고삐를 건넸다. 안뜰을 가로질러 블랙 앞에 가서 선 다음, 눈을 떼지 않고 그 주위를 한 바퀴 돌았다. 보석 반지를 잔뜩 낀 손을 내밀어 블랙의 어깨를 두들기자 쨍 하는 소리가 울려 퍼졌다. 오엘레는 몇 걸음 뒤로 물러섰다가, 다시 안드라에게 돌아왔다.

"어떻게 말의 조각상을 이런 산속까지 운반해 왔지? 도대체 무슨 이유에서?"

"아! 지금은 조각상입니다만 여기 올 때는 저걸 타고 왔습니다. 주인님. 저기 저렇게 갖다놓더니 움직이지 않을 거라고 하더군요. 그리고 움직이지 않았습니다."

오엘레는 다시 블랙을 바라보았다. 그러는 동안 레이나도 말에서 내려 오엘레 곁으로 왔다.

"뭐가 문제지?"

레이나가 물었다.

오엘레는 레이나의 손을 잡고 안뜰을 가로질러 정문 현관 쪽으로 이끌었다.

"저기 보이는 저것 때문이야." 오엘레는 턱으로 그쪽을 가리키며 말했다. "주인을 태우고 여기로 왔대."

"어떻게 그런 일이 있을 수 있지? 아무리 봐도 딱딱한 조각으로밖에 보이지 않는데……."

"우리 손님은 마법사인 것이 틀림없어. 이건 약간 골치 아픈 정도가 아냐."

"왜?"

"서둘러 여기로 돌아온 건 오늘밤 보름달이 높이 뜨기 때문이야. 내가 얘기하던 그 힘을 공고히 하려면 오늘밤에 할 일이 몇 가지 있거든."

"당신과 같은 힘을 내게 내려주려고?"

오엘레는 미소 지었다.

"물론 그래."

두 사람은 층계를 올라가 넓은 현관 홀로 들어갔다. 왼쪽 어딘가에서 음악소리가 들려왔다. 레이나는 쿵쿵거리며 이국적인 향냄새를 맡았다.

"그럼 이 마법사는?"

레이나가 물었다.

"하필이면 이럴 때 그런 작자가 여기 와 있는 것이 마음에 들지 않아. 묘한 시점에 도착했다는 사실도."

오엘레의 손에 이끌려 층계 쪽으로 가면서 레이나는 미소 지으며 말했다.

"원한다면 그 작자가 이곳을 떠날 시간을 당신 의향에 맞도록 조절할 용의도 있어."

오엘레는 레이나의 팔을 가볍게 툭툭 쳤다.

"너무 서두르지 않는 편이 나아. 곧 만찬을 함께 할 거니까. 그때 어떤 작자인지 알아볼게."

오엘레는 레이나를 이끌고 층계를 올라 자기 방으로 들어갔고, 종을 울려 하인을 불렀다. 안드라를 닮았지만 키가 더 크고 몸집도 큰 여자가 나타났다.

"만찬은 언제 시작할 수 있지?"

"주인님이 원하신다면 당장이라도 가능합니다. 요리는 전부 지금 드시든, 나중에 드시든 상관없는 것들이니까요. 고기는 아까부터 약한 불로 천천히 굽고 있었습니다."

"그럼 한 시간 후에 시작하기로 하지. 그 남자에게도 그렇게 전해."

"남자만입니까, 주인님? 함께 온 여자는 어떻게 할까요?"

"손님이 두 사람이라는 건 몰랐어. 이름이 뭐지?"

"남자는 딜비쉬라고 하고, 함께 온 부인의 이름은 리나입니다."

"그 이름을 들어본 적이 있어." 레이나가 말했다. "딜비쉬라… 다른 하녀가 안뜰에서 그 이름을 말했을 때 어딘가 귀에 익더군. 혹시 군인이라고 하지 않던가?"

"모르겠습니다."

여자가 대답했다.

"물론 리나도 초대해." 오엘레가 말했다. "지금 가서 그렇게 해."

여자가 방을 떠나자 오엘레는 그날 저녁에 입을 옷을 펼쳐 놓았다 – 놀랄 정도로 단순한 디자인의 잿빛 드레스와 은제 허리띠였다. 오엘레는 물과 수건이 준비되어 있는 나무 병풍 뒤로 들어갔다. 잠시 후 레이나는 물이 철벅거리는 소리를 들었다.

"그 남자에 관해 뭘 알고 있어?"

이윽고 오엘레가 병풍 뒤에서 물었다.

방을 가로질러 창가로 가서 안뜰을 내다보고 있던 레이나는 뒤를 돌아다보았다.

"포타로이라는 장소에서 큰 공을 세웠다는 얘기를 들은 것 같아. 밑도 끝도 없이 계속되는 '동방'과 '서방'의 국경 전쟁에서 말이야. 쇠로 된 말을 타고 다니고, 죽은 자들의 군대를 소환해냈다고도 하더군. 하지만 자세한 내막은 생각나지 않아. 여자에 관해서는 전혀 아는 바가 없고."

"여긴 포타로이에서 떨어져도 한참 떨어져 있는 곳인데." 오엘레가 말했다. "여기까지 와서 뭘 하고 있는 걸까?"

레이나는 오엘레의 화장대 쪽으로 가서 머리를 빗고 손톱을 청소했다. 그러고는 허름한 천 한 조각을 찾아내서 부츠를 닦기 시작했다.

"아… 만약 그 작자가 당신이 오늘밤 계획하고 있는 일을 방해하기 위해 여기로 온 거라면, 당신 힘으로 대처할 수 있겠어?"

"걱정하지 않아도 돼. 내게도 수단이 없는 것은 아니니까. 당신은 걱정 안 해도 돼."

"물론 그런 걱정은 전혀 하지 않았어."

레이나는 이렇게 대답하며 미소 지었고, 벨트의 버클을 닦았다.

리나는 검은 테두리와 부풀어 오른 소매가 달린 초록색 야회복夜會服으로 갈아입었고, 딜비쉬는 갈색 블라우스에 부드러운 초록색 가죽조끼를 받쳐 입고, 검은 바지에는 조끼와 같은 색깔의 벨트를 두르고 있었다. 층계를 내려가자 연회장 쪽에서 음악소리가 들려왔다. 현악기와 플루트가 연주하는 완만한 리듬의 곡이었다. 잠시 후 음식 냄새가 풍겨왔다.

"그 주인이라는 여자를 빨리 만나보고 싶군."

딜비쉬가 말했다.

"나는 따뜻한 음식 쪽을 더 빨리 만나보고 싶어요." 리나가 말했다. "마지막으로 따뜻한 음식을 먹은 것이 언제였더라? 일주일도 더 됐어요······."

손님들이 들어오자 오엘레는 미소 지으며 일어섰다. 레이나도 황급히 오엘레의 행동을 흉내 냈다. 짧은 통성명이 끝나자 오엘레는 딜비쉬와 리나에게 앉을 것을 권했다. 하인들이 첫 번째 요리를 나르고 포도주를 따라주기 위해 홀 안으로 들어왔다. 딜비쉬 반대편에 앉은 리나 뒤쪽에 있는 벽난로에서는 딱딱 소리를 내며 불이 타오르고 있었다. 악사들은 멀찍이 떨어진 방 너머에서 연주를 하고 있었다.

떨어진 곳에서 따로 식사를 하고 있는 사람이 하나 더 있다는 사실을 딜비쉬가 깨달은 것은 만찬이 시작된 지 몇 분 뒤의 일이었다. 벽난로 반대쪽에 있는 작은 식탁 앞에 앉아 있던 사람은 가죽옷을 입은 노인이었다. 벽가에는 지팡이가 기대어져 있다. 오후에 산길에서 만났던 그 노인인 듯했다. 딜비쉬와 시선이 마주치자 노인은 미소 지으며 고개를 끄덕여 보였다. 노인이 자기 목을 가리켜보이자 딜비쉬는 셔츠 안에 매달려 있는 부적을 만지작거리며 고개를 끄덕여 보였다.

"저 노인이 와 있는 걸 몰랐습니다."

딜비쉬가 말했다.

"아, 전에도 온 적이 있는 사람이에요." 오엘레가 대답했다. "양지기이고, 이따금 이 부근을 지나곤 하죠. 레이나한테서 들었는데 당신 이름은 포타로이라는 장소와 관련이 있다고 하더군요. 그 얘기가 맞나요?"

딜비쉬는 고개를 끄덕였다.

"거기서 벌어진 전투에 참가한 적이 있습니다."

"옛날 들었던 얘기들이 이제야 생각나기 시작하는군." 레이나가 말했다. "당신이 타고 온 그 금속 말은 실은 당신이 지옥에서 탈출할 때 도와준 악마이고, 언젠가는 당신을 태우고 갈 거라는 얘기였는데… 그 얘기가 사실인가?"

"요즘은 매일 나를 태우고 다니네만." 딜비쉬는 미소 지으며 말했다. "그리고 그 친구는 내게 정말 여러 가지 도움을 줬어. 나도 그 친구를 도와줬고 말이야."

"그리고 조각상에 관한 얘기도 들었어. 지금 그 말이 그런 것처럼 당신도 예전에는 조각상이었다는 얘기가 사실이야?"

딜비쉬는 자신의 손을 내려다보았다.

"사실이라네."

나직한 목소리였다.

"정말 엄청난 얘기군요." 오엘레가 말했다. "당신 같은… 경력을 가진 분이 승리의 장소에서 왜 이토록 멀리 떨어진 곳까지 오시게 됐는지 물어봐도 될까요?"

"복수 때문입니다." 딜비쉬는 이렇게 말하고, 다시 음식을 먹기 시작했다. "저와 수많은 사람들에게 엄청난 재난을 가져다 준 인물을 찾고 있는 겁니다."

"그 인물이 누구죠?"

"그자의 이름을 입에 담아서 이곳에까지 저주를 불러오고 싶지는 않습니다. 그자는 마법사입니다."

"자넨 다루기 힘든 적을 찾는 경향이 있는 것 같군." 레이나가 말했다. "나하고 피차일반이라고나 할까. 나도 동방 제도諸島에서 마법사를 하나 죽인 적이 있지. 이쪽에서 손을 대기도 전에 거의 질식해 죽을 뻔했어. 마법으로 내 호흡을 멈췄던 거지. 다행히도 난 바다 밑에서 진주 따기를 해본 경험이 있었어……."

딜비쉬는 다시 음식 쪽으로 주의를 돌렸다. 레이나는 때때로 새로운 질문을 던져 주기만 하면 지치지도 않고 자신의 항해 얘기를 늘어놓았다. 시야 가장자리에 들어온 오엘레의 표정으로 미루어 보건대 점점 짜증을 내고 있는 듯했다. 그러나 오엘레는 뱃사람더러 제발 입 좀 다물라고 말하려는 기색을 보이다가도 번번이 자신을 억제하곤 했다. 그제야 딜비쉬는 레이나의 미소가 누구를 향하고 있는지를 깨달았다. 리나는 점점 레이나의 이야기에 매료당한 나머지 음식 먹는 것조차 잊어버릴 지경이었다. 그리고 리나 또한 레이나의 미소를 미소로 응대하고 있었다. 딜비쉬가 오엘레를 흘낏 보자 오엘레는 그를 향해 한쪽 눈썹을 추켜세워 보였다. 딜비쉬는 어깨를 으쓱했다.

갑자기 오엘레를 에워싼 모든 것이 지극히 아름답고 매력적으로 느껴졌다. 방금 느꼈던 것보다 몇 배는 더 강한 느낌이었다. 딜비쉬는 이 느낌이 무엇인지를 깨달았지만, 그것을 안다고 해서 그가 받은 인상이 완전히 사라진 것은 아니었다.

고혹蠱惑 마법이다. 옛날 고향에서도 경험한 적이 있었다. 오엘레는 마법을 써서 본래 가지고 있는 매력을 한층 더 강화하고 있는 것이다. 그러나 이 느낌은 한순간만 지속되었다가 곧 스러졌고, 오엘레는 다시 원래 상태로 되돌아갔다. 무슨 목적으로 그랬던 것일까. 약속? 초대?

식사가 끝나자 오엘레는 자리에서 일어나 딜비쉬를 뚫어지게 바라보며 말했다.

"춤을 추시겠어요?"

딜비쉬는 자리에서 일어나 테이블 옆을 지나 악사들이 자리 잡은 방 뒤꼍의 빈 공간 쪽으로 나아갔다. 그러자 리나와 레이나도 함께 일어서는 것이 보였다.

딜비쉬는 오엘레의 손을 쥐고 음악에 맞춰 춤추기 시작했다. 장중하고, 완만한 곡이었다. 오래 전에 들어본 적이 있는 변주곡이어서 금세 율동에 맞출 수가 있었다. 오엘레는 매우 우아하게 움직였고, 딜비쉬와 얼굴을 마주볼 때마다 미소를 떠올렸다. 그런 자세가 될 때마다 한층 더 가깝게 몸을 밀착시켜오는 느낌이었다.

"부인은 아주 사랑스러운 분이군요."

오엘레가 말했다.

"제 아내가 아닙니다. 남쪽에 있는 도시까지 함께 가고 있을 뿐입니다."

"그럼 그 다음엔?"

"아까 언급했던 일에 착수할 겁니다. 다른 사람까지 그런 위험으로 몰아넣을 생각은 없으니까요."

"흥미롭군요."

오엘레는 음악에 맞춰 몸을 돌리며 말했다. 다시 딜비쉬를 마주보았을 때 말을 이었다.

"그런 일들에 관해 얘기하는 걸 별로 좋아하시지 않는다는 것은 알지만, 혹시 당신은 악마를 구속할 줄 아나요? 그것들을 지배할 수 있어요?"

딜비쉬는 오엘레의 얼굴을 찬찬히 뜯어보았지만, 아무런 단서도 얻을 수 없었다.

"예. 그 방면에는 다소나마 경험이 있습니다."

몇 박자 더 음악에 맞춰 춤을 추다가 딜비쉬는 물었다.

"왜 그런 질문을?"

"만약 정말로 강력한 악마를 당신의 의지로 얽어맬 수만 있다면, 아까 언급했던 그 마법사와의 싸움에서 많은 도움이 되지는 않을까요?"

"그럴 수도 있겠지요."

딜비쉬는 이렇게 대답하고 오엘레의 손을 들어올렸다가 다시 내려놓았다.

오엘레는 몸을 밀착시켰다.

"그런 악마의 지배를 받는 대신 이쪽에서 그것을 지배하고, 먼저 대가를 지불하는 대신 마음대로 명령을 내리는 편이 낫다… 그렇게 생각하시지는 않나요?"

딜비쉬는 고개를 끄덕였다.

"그건 대다수의 하인이나 대부분의 봉사에도 해당되는 일이 아닙니까?"

"물론 그렇겠죠." 오엘레는 동의했다. "제게도 그런 존재가 있어요……."

"이곳에? 이 성에 있단 말입니까?"

딜비쉬는 거의 동작을 멈출 뻔했다.

오엘레는 고개를 가로 저었다.

"이곳이 아니라 근처에."

"그럼 그것을 저더러 복속시켜 달란 말입니까?"

"예."

"그 악마의 이름을 아십니까?"

"몰라요. 이름이 그렇게 중요한가요?"

"필수적입니다. 그런 일들에 관해 어느 정도 지식을 가지고 있을 거라고 생각했습니다만……."

"왜요?"

"당신 주위에는 그런 힘과 관여하고 있다는 징후가 많이 있습니다."

"저는 힘을 얻기 위해 대가를 치루지만, 그것을 이해하고 있지는 않아요. 이젠 대가를 치루는 일에도 신물이 났어요. 만약 그 이름을 알아낼 수 있다면, 그 악마를 복속시키고 여기 남아 줄래요?"

"그럼 리나는 어떻게 하고?"

"별로 중요하지 않다고 자기 입으로 말했잖아요. 곧 헤어질 거라고……."

"중요하지 않다고는 하지 않았습니다. 그럼 레이나는 어떻게 됩니까?"

"중요하지 않아요."

딜비쉬는 잠시 침묵하고 있었다.

"단지 그 악마를 쫓아버리고 싶은 거라면, 그 이름을 몰라도 아마 그럴 수 있을 겁니다."

"쫓아버리고 싶은 것이 아녜요. 내가 원하는 건 완전한 지배예요."

"당신의 악마가 제게 그렇게 큰 도움이 될 거라고는 생각하지 않습니다만, 만약 당신이 그 이름을 알아온다면 좀 더 이곳에 머물면서 방법을 찾아볼 기분이 들지도 모르겠습니다."

오엘레는 잠시 그에게 몸을 기대고 있었다.

"기꺼이 그런 기분을 느끼게 해 드릴게요. 가능하다면 내일이라도."

두 사람의 손이 다시 올라갔다가 내려왔다. 딜비쉬는 리나와 레이나 쪽을 흘끗 보았다. 얘기를 나누고 있는 듯했지만 그 내용을 알아들을 수는 없었다.

곡에 맞춰 무릎을 굽혀 절하고 다시 몸을 일으키면서, 리나는 상대방의 시선이 어디를 향해 있는지를 깨닫고 미소 지었다.

"아, 아가씨! 당장이라도 그 가운에서 튀어나올 것 같군. 어딘가 우리 두 사람만 있을 수 있는 곳에 있지 않아서 정말 유감이야. 그랬더라면 당신을 향한 내 마음을 행동으로 보여줄 수 있었을 텐데 말이야."

"오엘레와 사귄지는 얼마나 됐죠?"

리나는 여전히 미소를 머금은 얼굴로 말했다.

"몇 주쯤 됐어."

"사내들한테 지조를 기대하는 것 자체가 무리겠지만, 한눈에 반했다고 해도 너무 짧은 기간이군요."

"흐음, 그 점에 관해서는……."

레이나는 정색하며 리나의 가슴에서 눈을 떼고 오엘레 쪽을 흘낏 보았다.

"오늘 처음 본 사람한테 거짓말을 할 이유는 없겠지. 오엘레가 사랑스럽고 발랄하다는 건 사실이지만… 실은 난 조금 두려워. 아시다시피 오엘레는 마법사거든."

"말도 안 되는 소리예요, 그건. 오엘레는 내가 마법사들의 공통된 인식 신호를 보냈을 때도 전혀 반응하지 않았어요."

"그럼 당신도?" 레이나의 눈이 둥그레졌다. "믿기지가 않아!"

리나가 한 번 손짓을 하자 방이 사라졌다. 두 사람은 인광燐光을 발하는 동굴 안에서 춤을 추고 있었다. 탑처럼 높은 석순이 기둥처럼 주위를 에워싸고 있었다. 몇 초 후 그들은 녹색 해저를 뒤덮은 흰 모래 위에서 빙빙 돌고 있었다. 선명한 색깔의 산호와 그보다 더 화려한 색깔의 물고기들이 사방팔방에 있었다. 이 광경 또한 잠깐 지속되었을 뿐이었고, 다음 순간에는 인류의 거주지에서 까마득하게 떨어진, 별을 흩뿌려놓은 듯한 외우주外宇宙로 바뀌었다. 그들은 만방에 편재遍在하는 음악의 선율에 맞춰 거인처럼, 신神처럼 별자리를 밟으며 소리 없이 움직였다. 리나의 손이, 깜박이면서 천천히 움직이는 혜성처럼 레이나의 눈 앞을 지나간다. 그들은 또다시 벽난로와 양초로 조명된 홀에 와 있었고, 여전히 춤을 추고 있었다. 단 한 번도 스텝을 헛딛는 일이 없이.

"나는 저 여자가 마법사가 아니라고 단언할 수 있어요." 리나는 말했다. "이런 내가 그걸 모를 리가 없잖아요."

"마법사가 아니라면 그럼 뭔데? 오엘레가 모종의 힘을 쓸 수 있다는 걸 난 알아. 한 번 손짓하는 것만으로 여러 사내가 정신을 잃는 걸 봤거든. 허공에서 금화를 만들어내서 내 양손에 가득 채워주기까지 했어."

"그 금화는 모두 조약돌이나 흙으로 바뀔 거예요."

리나가 말했다.

"그렇다면 빨리 써 버려서 다행이군. 다음에 그 부근을 지날 때는 몇몇 친구들을 피해다니는 편이 나을 것 같아. 그건 그렇고, 그게 마법이 아니라면 도대체 뭐라고 해야 하지?"

"마법은 기술이에요." 리나는 대답했다. "그걸 습득하기 위해서는 상당한 연구와 훈련이 필요하죠. 나처럼 중간쯤 되는 계제에 도달하려고 해도 오랜 기간 노력할 필요가 있는 거예요. 하지만 마력을 얻는 방법은 그것 말고도 몇 가지가 더 있어요. 천부적인 소질을 가지고 태어난 사람의 경우는 훈련을 받지 않아도 마법과 동일한 여러 가지 효과를 낼 수 있죠. 하지만 그건 단순한 요술에 불과해요. 당사자가 아주 운이 좋거나 조심성이 있지 않는 한 그런 현상을 야기하는 여러 법칙에 대한 지식을 결여하고 있는 탓에 늦든 빠르든 위험한 상황을 자초하기 마련이에요. 하지만 저 여자의 경우가 그렇다고는 생각되지 않는군요. 요술사는 이 업종에 종사하는 사람이라면 알아볼 수 있는 육체적인 징표를 갖고 있기 마련이니까."

"그렇다면 오엘레의 비밀이 뭐지?"

"자신이 섬기거나 지배하고 있는 마법의 존재로부터 직접 힘을 이끌어내고 있는 건지도 몰라요."

레이나는 눈을 둥그렇게 뜨고 오엘레를 바라보았다. 레이나는 입술을 핥으며 고개를 끄덕였다.

"바로 그것인 것 같아. 그렇지만 그런 마력을 남한테 넘길 수 있는 거야? 다른 사람과 나눠 가진다든지 해서?"

"물론 그렇죠. 그건 가능해요. 그런 존재를 함께 섬기거나, 그게 아니라면 그 존재에 대한 지배력을 공유하는 거죠."

"그런 일을 할 경우 위험하지는 않을까?"

"흐음… 그럴 가능성도 있겠죠. 지금 이 상황에 관해서 나는 모르는 것이 너무 많아요. 하지만 왜 남하고 자기 힘을 나눠 가진다는 거죠? 나라면 안 그럴 거예요."

레이나는 고개를 돌려 그녀를 외면했다.

"아마 난 스스로를 너무 과대평가한 건지도 모르겠군." 잠시 후 레이나는 말했다. "당신은 얼마나 오래 여기 있을 거지?"

"내일 아침에는 떠날 거예요."

"어디로 가는데?"

"남쪽."

"복수에 나서려고?"

리나는 고개를 가로저었다.

"그건 내가 아니라 저 사람 계획이에요. 나는 아마 투마에서 새로운 삶을 살아가게 되겠죠. 저 사람은 가던 길을 가고. 저 사람을 설득해서 복수를 포기하게 할 수 있을 것 같지는 않군요. 설령 그럴 수 있다고 해도, 그래야 한다고는 생각하지 않아요."

"바꿔 말하자면, 좀 있으면 당신은 자기 길을 갈 거라는 얘기야?"

리나는 입을 굳게 다물었다.

"그런 것처럼 보이네요."

"이건 그냥 생각일 뿐인데, 모든 걸 다 때려치우고 나와 함께 도망치면 어떨까? 난 내 배를 가지고 있고, 갑자기 떠나야 한다면 난 남쪽으로 갈 거야. 거기로 가면 기이하고 흥미로운 항구가 여럿 있고, 재미있는 일들이나 신기한 음식, 춤 따위를 즐길 수 있어. 물론 나라는 재미있는 동반자도 있고."

리나는 자신의 얼굴이 발그레해졌다는 사실을 깨닫고 놀랐다.

"하지만 우린 방금 만났을 뿐이잖아요. 난 당신이 어떤 사람인지 거의 몰라요. 게다가……"

"그건 피차 매한가지 아닐까. 내가 충동적이고 무모한 놈이라는 건 나도 인정해. 하지만 난 언제나 내 여자들한테는 상냥하게 잘 대해줬어. 함께 지내는 동안에는 말이야."

리나는 웃음을 터뜨렸다.

"너무 급작스러운 일이라서 뭐라고 해야 할지 모르겠지만… 하여튼 고마워요. 그런데 난 바다가 좀 두려워요."

레이나는 고개를 끄덕였다.

"어쨌든 일단 말을 하지 않을 수가 없었어. 당신처럼 사랑스런 여자는 처음 보거든. 아직 선택의 여지가 있을 때 당신의 마음이 바뀐다면, 나 자신도 두려움 때문에 마음이 흔들리고 있다는 사실을 기억해 줘. 당신이 결심한다면 나도 결심할게."

"영광이군요. 사실 한동안은 즐거울지도 모르겠지만, 그건 됐어요. 당신 일은 당신이 정해야 하니까요."

"그렇다면 일단 상황에 몸을 맡기고 무슨 일이 일어날지 알아보기로 하겠어. 많은 것을 얻을 수 있는 가능성은 여전히 크니까 말이야."

"나도 어느 정도는 짐작할 수 있어요. 행운을 빌겠어요. 언제죠?"

레이나는 창밖을 쳐다보았다. 희끄무레한 빛이 비쳐오고 있었다.

"달이 뜨고 있어."

"내가 생각했던 대로군요."

"어떻게 알았지?"

"당신의 행동이나 감정으로."

"흐음. 당신은 이런 일에 익숙한 것 같아서 묻는 건데, 나한테 혹시 조언해 줄 것이 있나?"

리나는 레이나의 눈을 들여다보았다.

"도망쳐요. 당신의 배로. 바다로 돌아가는 거예요. 여기 일은 잊어버리고."

"이렇게 멀리까지 왔는데?"

음악에 맞춰 두 사람이 접근했을 때 리나는 손을 뻗어 레이나의 이마를 손가락 끝으로 훑었다.

"이마에 벌써부터 죽음의 징후가 나타나고 있어요. 내가 하라는 대로 해요."

레이나는 일그러진 미소를 지었다.

"당신은 사랑스런 여자이지만, 자기 기술을 지키는 데 너무 열심이거나 아니면 내가 그런 걸 약간 얻는다면 무슨 일이 일어날지 두려워하고 있는 건지도 모르겠군. 방금 말했듯이 나는 이토록 먼 곳까지 왔고, 돛에는 순풍을 받고 있어. 지금 내가 걱정하고 있는 건 그런 일이 아니라 오히려 어떤 식으로 돛을 올려야 할지에 관해서야."

"그렇다면 일반적인 주의밖에는 줄 수가 없겠군요. 어떤 음식을 먹거나 마시라는 권고를 받았을 때는 조심해요."

"그게 다야?"

"그래요."

레이나는 또다시 미소 지었다.

"이렇게 포식을 했으니 그리 문제될 것도 없겠군. 당신을 잊지 않겠어. 나중에 다시 함께할 기회가 있을지도 모르니까."

리나는 또다시 얼굴을 붉히고 다른 곳으로 시선을 돌렸다.

음악 연주가 끝나갈 무렵에 레이나는 리나의 손을 잡고 다시 식탁으로 돌아갔다. 식후의 달콤한 포도주를 한 잔 더 맛보기 위해.

식사가 끝나고 방으로 돌아가려고 했을 때, 다른 사람을 따라 홀에서 나가던 딜비쉬는 누군가가 옷소매를 잡아끄는 것을 느꼈다. 뒤를 돌아다보니 벽난로 가에 앉아 있는 노인이었다.

"편안한 밤이 되시기를."

딜비쉬는 말했다.

"자네도 편안한 밤 되시게. 자, 이제 이 성을 떠나실 참인가?"

딜비쉬는 고개를 가로저었다.

"오늘 밤에는 여기서 머물고 내일 아침 출발할 작정입니다. 저희와 함께 떠나고 싶었습니까?"

"아니. 단지 내가 했던 경고를 되풀이했을 뿐이야."

"제가 모르는 무슨 일을 알고 계십니까?"

딜비쉬가 물었다.

"나는 현자賢者가 아니기 때문에 그런 질문에는 어떻게 대답해야 할지 모르겠네."

노인은 이렇게 말하고 지팡이를 집어들었고, 몸을 돌려 주방 쪽으로 절뚝거리며 걸어갔다.

…젤레락이 공물로 바칠 희생자 위에서 몸을 수그리고 있다. 딜비쉬는 검을 뽑아들고 그쪽으로 갔다. 주위에 널린 마법의 도구들을 걷어차며, 욕설을 내뱉으며 희생자를 구하기 위해 달려간다. 단지… 단지 지금은 달리고 있지 않았다. 사지가 묵직해지고, 동작이 느려진다. 눈 앞에 떠오른 그림자의, 증오로 가득 찬 눈을 바라보자 부자연스러울 정도로 새하얘진 자신의 주먹 쥔 손이 보였다. 손은 상대방이 짤막하게 내뱉은 단어들에 반응하며 돌처럼 딱딱해지기 시작했다. 그것들이 불러일으킨 마력이 빠른 물줄기처럼 그를 덮치며, 오장육부를 조이고, 심장 고동을 늦춘다……. 그는 휘청했다가, 동작을 멈추고 몸이 마비되는 것을 자각하지만 – 척수의 불타오르는 듯한 감각만은 예외였다. 무엇인가가 그의 의식을 비틀었고, 포효하는 광풍狂風 같은 소음을 뚫고 빠르게 지껄

이는 듯한 알아들을 수 없는 소리가 희미하게 들려왔다. 마치 자기 육체에서 뜯겨져나가는 듯한 느낌이었다……

누군가가 그의 몸을 흔들고 있었다. 그는 양손을 들었다가 다시 내려놓았다. 침대에 누워 있다는 사실을 깨닫고 공황 상태에서 벗어나기 시작했다.

"괜찮아요." 리나가 말하고 있다. "꿈이에요. 악몽… 이젠 괜찮아요."

"응." 잠시 후 딜비쉬는 이렇게 말하고 눈을 비볐다. "맞아……."

손을 내리고 리나의 허벅지를 가볍게 두들겼다.

"고마워. 깨워서 미안해."

"이제 다시 자요."

"저게 뭐지?"

"뭐요?"

"오른쪽을 봐." 딜비쉬는 나직하게 말했다. "문을 보라고."

긴 침묵이 흘렀다.

"안 보여요……."

"나도 안 보여."

딜비쉬는 발을 홱 내려놓고 일어선 다음 방 안을 가로질렀다. 방문이 있어야 할 곳 앞에서 멈춰 선다. 손을 뻗어 벽을 만지고, 밀어보았다. 손가락으로 돌벽을 훑어보았다. 방 한쪽 구석에서 다른 쪽 구석까지 가 보았다.

"어두워서 착각한 것이 아냐." 딜비쉬는 말했다. "문이 없어졌어."

"마법인가요, 아니면 돌로 아예 봉쇄해 버린 건가요?"

"그건 알 수 없고, 어차피 중요하지도 않아. 어느 쪽이든 간에 우리는 포로가 되었으니까 말이야. 일어나서 옷을 입어. 짐을 추리라고."

"왜요?"

"왜냐고? 물론 여기서 탈출하기 위해서지."

딜비쉬는 방을 가로질러 좁은 창문 쪽으로 갔다.

"잠깐만! 설령 나갈 길을 찾는다고 해서 그대로 나가는 것이 현명한 일일까요?"

"응. 누군가가 나를 가둔다면, 그 상태를 벗어나는 것이 최선의 방법이라고 생각해."

"하지만 아직 우리를 해치려는 시도도 없었고……."

"아직은 그렇지. 무슨 말을 하고 싶은 건지 모르겠군."

"오늘밤 밖에서는 어떤 일이 벌어지고 있어요. 레이나와 얘기를 했을 때 내가 받은 인상에 의하면 뭔가 위험한 일인 것 같아요. 하지만 이곳은 안전한 느낌이에요. 그러니까 그냥 기다리는 게 어때요. 내일 아침까지?"

"나는 다른 사람의 통제를 받을 생각은 없어. 내가 뭔가 할 수 있는 한은 말이야."

딜비쉬는 좁은 창문에 머리를 갖다 대고 외치기 시작했다.

"블랙! 자네 도움이 필요해! 우린 이 방 안에 갇혀 있어! 이리로 와 줘!"

창문 아래에 보이는 안뜰 오른쪽의 어둠 속에서 뭔가 움직이는 기색이 있었다. 말 모습을 한 검은 물체가 몇 걸음 앞으로 나오다가 멈추자 두 눈이 달빛을 반사하며 불타올랐다. 블랙은 느닷없이 고개를 홱 젖히더니 흐느끼는 듯한 울음소리를 발했다. 딜비쉬는 화들짝 놀라며 창가에서 물러섰다.

"블랙! 지금 그게 뭐지! 무슨 일이야?"

딜비쉬는 외쳤다.

"방금 불에 그슬렸소. 누군가가 나를 이곳에 가둬 놓았소. 그곳을 부수고 나올 수 있소?"

"그럴 것 같지는 않아. 잠깐만 기다려."

딜비쉬는 침대 쪽으로 몸을 돌렸다.

"누군가가 마법으로 블랙을 묶어놓았어."

딜비쉬는 운을 뗐다.

"나도 들었어요. 여기서는 저걸 풀어줄 수가 없군요."

"알았어."

딜비쉬는 옷을 찾아내서 입기 시작했다.

"무슨 일을 할 작정이죠?"

"좀 빡빡하긴 하겠지만 저 창문을 비집고 밖으로 나갈 수 있을 것 같아."

"안뜰은 판석板石이 깔려있지 않나요."

딜비쉬는 담요를 집어들어 옆에 있던 침대 지주에 비끄러맸다.

"여기 있는 이불 따위를 모두 이으면 뛰어내릴 수 있는 높이까지 내려갈 수 있어. 물을 대야에 담아 와서 이걸 적셔 줘. 그럼 더 튼튼해지니까. 하지만 이 침대를 움직일 수 있을 것 같지는 않군……. 아, 역시 꼼짝도 않아."

딜비쉬는 침대 시트를 모두 이어 밧줄처럼 만든 다음 장검을 등에 둘러맸다. 그런 다음 축축해진 밧줄을 들어올려 창문 밖으로 던졌다.

"됐어. 지금 나가겠어." 딜비쉬는 등받이가 없는 의자를 발로 끌어와서 그 위에 올라서며 말했다. "준비하고 있어. 곧 돌아올게."

"하지만 어떻게……."

"그냥 내가 하라는 대로 해줘."

딜비쉬는 이미 창문을 비집고 들어가고 있었다. 그러다가 잠시 멈춰 서서 장검을 등에서 벗겨내야 했다. 한 손에 그것을 들고, 다른 손으로는 줄을 잡았다. 동작을 멈추고 깊게 숨을 내뱉은 다음 왼쪽부터 다시 천천히 몸을 밀어 넣기 시작했다. 등골이 돌에 스친다. 계속 숨을 뱉어내며 비스듬하게 미끄러져나갔다. 창문에서 가장 좁은 곳을 천천히 통과했을 때는 흉골까지도 돌에 스쳤다. 완전히 창밖으로 빠져 나와 다시 등에 장검을 둘러매자 차가운 밤바람이 얼굴을 향해 불어왔다. 딜비쉬는 양손으로 줄을 잡고 하강을 개시했다.

엘프 장화 덕택에 다른 사람이라면 미끄러졌을 곳에도 발을 디딜 수가 있었다. 딜비쉬는 뒤로 한껏 몸을 젖힌 자세로 양팔에 힘을 주며 벽을 내려왔다. 도중에 잠깐 멈추고는 젖은 손의 물기를 번갈아 닦아냈다. 그의 무게로 인해 팽팽해진 줄에서 물이 스며 나온 탓이다. 한 번 위를 올려다보고, 서너 번 아래쪽을 내려다보았다. 중천을 향해 올라가고 있는 달은 쥐 죽은 듯이 고요한 아래쪽 안뜰과 딜비쉬가 발을 대고 있는 거친 돌벽 위에 젖빛의 뿌연 막을 입혀놓고 있었다.

줄 끄트머리에 도달하면 양손을 쭉 뻗고 매달렸다가 남은 거리를 낙하할 작정이었다. 그러나 이런 자세를 취하기도 전에 손이 미끄러지고 말았다. 아래로 떨어지는 순간 갑자기 몸이 수직으로 곧추서는 것을 느꼈다. 딜비쉬가 신고 있는 마법 장화가 발부터 착지할 수 있는 마력을 불러일으킨 덕택이었다.

양 무릎을 구부리고, 착지하자마자 앞으로 몸을 굴렸지만 딱딱한 지면에 부딪친 충격으로 발목에 강한 충격이 왔다.

재빨리 일어서서 등에 맨 검대를 다시 허리에 찼고, 주위를 둘러보면서 어딘가에서 위험이 다가오고 있지는 않은지 알아보려고 귀를 기울였다. 그러나 바람소리와 그 자신의 격한 숨소리를 제외하고는 아무 소리도 들리지 않았다. 특별히 눈에 띄는 수상한 점은 없었다.

딜비쉬는 재빨리 안뜰을 가로질러 블랙 앞으로 가서 섰다.

"누구 짓일까?"

"모르겠소. 이 장소를 떠나려고 하고 나서야 내가 묶여있다는 사실을 알았소. 무슨 일이 일어나고 있는지를 알았다면 여기서 그들이 그대로 이런 일을 끝마치도록 놓아두지는 않았을 거요. 이 결계結界를 푸는 방법에 관해서 잘 생각이 나지 않는다면 이 자리에서 가르쳐줄 수도……."

"너무 시간을 잡아먹어." 딜비쉬가 말했다. "나도 자네가 할 수 없는 일을 몇 가지 할 수 있지. 그냥 그 원을 깨고 자네를 꺼내주겠네."

"고통이 심할 거요. 이 원은 강력한 결계를 이루고 있으니까."

딜비쉬는 나직하게 웃었다.

"상관없어. 그보다 더한 것도 경험해 봤으니까."

딜비쉬는 앞으로 걸어나갔다. 처음에는 따끔따끔하는 듯한 느낌이 오다가, 블랙에게 접근할수록 불타는 듯한 아픔이 엄습했다. 도중에 한 번 멈춰 서자 격렬한 고통은 정점에 달했다. 몸 전체가 안팎에서 불타오르고, 머리가 핑핑 돈다. 그러자 곧 고통이 스러지기 시작했다. 딜비쉬는 양손을 뻗어 블랙을 만졌다.

"결계에서 가장 강한 부분은 내가 밖으로 흘려보냈어." 이렇게 말하며 안장에 올라탔다. "자, 가세!"

블랙은 움직이기 시작했다. 따끔따끔한 느낌이 오더니 그들은 곧 안뜰을 가로질러 현관 앞으로 가고 있었다. 잠시 후 현관을 통과했다.

"저 층계 위로 올라가!" 딜비쉬가 이렇게 말하자 블랙은 발굽소리를 내며 앞으로 달려나갔다. "층계 위까지 간 다음에는 오른쪽으로 꺾어서 돌게. 그 다음에 나오는 층계를 올라가면 돼."

그들이 지나가자 촛대의 큰 양초들이 깜박이고, 태피스트리가 펄럭이고, 돌벽에 걸어놓은 무기들이 덜그럭거렸다.

"여기서 오른쪽으로 돌아." 두 번째 층계를 다 올라간 다음 딜비쉬가 지시했다. "다시 돌아. 오른쪽으로. 이제 천천히 움직여……. 복도 중간께야. 멈춰!"

딜비쉬는 말에서 내려 벽으로 다가갔고, 펼친 손바닥을 그곳에 갖다 댔다.

"여기였어. 바로 이 부근에 문이 있었는데. 리나!"

"여기예요."

벽 너머에서 희미한 대답이 들려왔다.

"이 문을 어떻게 한 건지는 나도 몰라." 딜비쉬가 말했다. "하지만 이제 다른 문이 필요해."

"내가 받은 느낌으로는……." 블랙은 천천히 말했다. "원래의 문은 아직도 이 벽 어딘가에 있고 당신은 착시錯視 현상에 사로잡힌 것 같소. 하지만 이것은 단지 느낌에 불과하고, 이제는 나도 그 문이 어디 있는지 알 수가 없소. 따라서 우리는 무에서 유를 창조할 필요가 있소. 말하자면 이렇게 말이오."

블랙은 뒷발로 일어서며 거대한 그림자를 떨어뜨렸다. 블랙이 움직인 순간, 그들이 이 건물로 들어온 이래 처음으로 정적이 감돌았다. 주위가 조용해진 탓에 딜비쉬는 층계 부근에서 사람들의 목소리와 발소리가 들려온 듯한 느낌을 받았다. 그러나 아무도 보이지 않았다. 몇 초 후 블랙의 두 앞발이 벽을 내리치는 소리가 또다시 주위 정적을 깨뜨렸다.

복도에 돌의 파편이 튕겨 나오자 딜비쉬는 뒤로 물러났다. 블랙은 또다시 뒷발로 일어서는 중이었다. 두 번째로 돌벽을 내리치자 이번에는 불꽃이 튕겼다. 세 번째로 내리치자 돌벽에 균열이 생겨났다.

하인들이 무리지어 복도로 들어왔다. 모두 곤봉을 쥐고 있다. 블랙이 뒷발로 일어서서 또다시 벽을 내리치는 것을 보고 그들은 멈춰 섰다.

안드라는 이름의 여자가 앞으로 걸어 나와 큰 소리로 말했다.

"저 금속 말은 움직이지 않을 거라고 했잖아요!"

안드라는 외쳤다.

"그랬었지. 내가 여기에 갇힌 몸이 되기 전까지는 말이야."

딜비쉬는 대꾸했다.

블랙은 또다시 벽을 내리쳤다. 돌이 박살나며 아래로 굴러 떨어졌다. 머리통만 한 구멍이 생겨났다.

잠시 주저하던 하인들 - 남자 네 명과 여자 두 명 - 이 다가오기 시작했다. 딜비쉬는 검을 뽑았다. 블랙이 다시 벽을 내리치자 구멍 크기는 처음보다 세 배로 늘어났다.

딜비쉬는 다가오는 하인들을 향해 걸어갔다. 그러고는 검 끝을 아래로 내려 복도 바닥에 선을 그었다.

"이 선을 처음으로 넘는 사람을 벨 거야."

딜비쉬가 선언했다.

등 뒤에서는 또다시 충격음과 함께 돌이 떨어지는 소리가 들려왔다.

다가오던 하인들은 주저하다가 멈춰 섰다. 블랙의 다음 타격은 성 전체를 뒤흔든 듯한 느낌이었다.

"끝났소."

블랙은 짤막하게 말하고 뚫린 구멍에서 뒤로 물러났다.

"리나?"

딜비쉬는 뭐라고 구시렁거리고 있는 하인들에게서 눈을 떼지 않은 채로 물었다.

"여기 있어요."

리나의 목소리는 명확하고 가까웠다.

"타. 우린 여기서 나갈 거야."

"알았어요."

딜비쉬의 뒤에서 움직이는 소리가 들렸다. 이윽고 블랙이 앞으로 다가왔다. 딜비쉬는 위를 흘낏 올려다보고는 재빨리 리나 뒤에 올라탔다.

"비키는 게 나을 거야! 지금 거길 돌파할 거니까!"

이렇게 선언한 딜비쉬는 검을 들어올리고 "자, 밖으로 나가세" 하고 블랙에게 말했다. 일행은 전진하기 시작했다.

여섯 명의 하인은 벽에 바짝 등을 대고 딜비쉬 일행이 지나갈 수 있도록 자리를 내 주었다. 여전히 무기를 꼬나 잡고 있었지만 블랙이 지나갔을 때도 그것을 쓰려는 기색은 보이지 않았다. 그들은 무표정한 얼굴로 딜비쉬 일행을 응시했고, 먼지가 자욱한 복도를 흘낏 뒤돌아보았다. 블랙이 층계로 통하는 첫 모퉁이를 돌았을 때 딜비쉬는 뒤를 돌아다보았다. 블랙이 방금 만들어 놓은 새 출입문에서 복도를 2피트쯤 더 간 곳에 원래 있던 문이 다시 나타나 있었다.

잠시 후 그들은 층계를 내려가기 시작했다. 그들 앞을 가로막는 것은 아무 것도 없었다. 밖으로 나가자 안뜰은 여전히 텅 비어 있었다. 안뜰을 가로지르자 성문의 쇠살문이 올라가 있는 것이 보였다.

"이상하군……."

딜비쉬는 성문 쪽을 가리키며 말했다.

"그런 느낌이군요." 블랙이 속도를 올려 성문을 통과하자 리나는 대꾸했다. "당신 망토가 여기 있어요……."

"여기서 더 멀어질 때까지 그냥 갖고 있어. 블랙, 어제 지나왔던 길이 나오면 왼쪽으로 가 줘."

"우리 말……." 리나가 말했다. "다른 짐도……."

"그것들을 가지러 되돌아갈 생각은 없어."

블랙은 높이 뜬 달 아래에서 산을 오르기 시작했다. 차가운 바람이 불어오며 전진하는 그들 주위를 감돌았다. 멀리 떨어진 곳에서 어떤 짐승이 짖다가, 포효하더니 이내 조용해졌. 리나는 또다시 성을 돌아다보았고, 몸을 부르르 떨더니 고삐를 잡은 딜비쉬의 두 팔 안에 가만히 몸을 맡겼다.

"당신은 죽을 거예요." 리나가 말했다. "그자는 당신을 죽일 거고, 당신에게는 전혀 승산이 없어요."

"그자라니 누구?"

딜비쉬는 되물었다.

"젤레락 말예요. 그런 자를 당신이 죽일 수 있는 방법 따위는 존재하지 않아요."

"그럴 가능성도 높겠지. 하지만 난 그래야 해."

"왜요?"

"그자는 지금까지 많은 악행을 저질렀고, 누군가가 그자를 막지 않는 이상 앞으로도 훨씬 더 많은 해악을 끼칠 거야."

산길에 도달하자 블랙은 그들을 태운 채로 왼쪽으로 돌아서 등반을 계속했다.

"세상에는 언제나 악이 존재했고, 앞으로도 줄곧 존재할 거예요. 그런데 왜 당신 혼자 그걸 내쫓는 일을 도맡아야 하는 거죠?"

"왜냐하면 나는 그자의 사악함을 지금 살아있는 세상 사람들 대다수보다 더 가까운 곳에서 직접 목격했기 때문이야."

"나도 당신처럼 가까운 곳에서 목격한 사람 중 하나예요. 하지만 난 내가 할 수 있는 일이 아무 것도 없다는 사실을 알아요."

"그게 우리 두 사람 사이의 차이겠지."

"당신의 그런 행동의 동기가 세상을 위해 좋은 일을 하고 싶다는 욕구 때문이라고는 생각하지 않아요. 증오와 복수심 때문인 거예요."

"그것도 포함되어 있어."

"단지 그것뿐이라는 편이 옳지 않나요?"

딜비쉬는 잠시 침묵했다.

"당신 말이 옳을지도 모르겠군. 단지 그뿐 만은 아니라고 생각하고 싶지만 말이야. 하지만 당신 말이 옳을지도 몰라."

"설령 당신이 죽지 않고 살아남더라도, 그것들은 당신의 마음을 일그러지게 하고, 결국 타락시킬 거예요. 아마 벌써 그렇게 된 건지도 모르겠군요."

"지금은 그것들이 필요해. 쓸모가 있거든. 내가 유리해지도록 해 줘. 그 대상이 사라지면 그것들도 함께 사라지겠지."

"그때까지는 다른 것이 끼어들 여지가 없다는 얘기군요. 이를테면 사랑 같은 것은……."

딜비쉬는 조금 등을 곧추세웠다.

"그 외의 여러 가지 감정들을 느낄 여지는 있지만, 목적을 위해서라면 일단 그런 것들을 억눌러야 해."

"만약 나와 함께 있어달라고 부탁한다면 들어줄래요?"

"한동안 같이 지낼 수는 있겠지."

"하지만 한동안만이라는 거군요?"

"누구든 정말로 약속할 수 있는 것은 그 정도야."

"당신과 함께 가고 싶다고 내가 부탁한다면?"

"거절하겠지."

"왜요? 난 어느 정도 도움을 줄 수 있잖아요."

"난 당신을 위험에 빠뜨리고 싶지는 않아. 아까 말했듯이 내게도 다른 감정을 느낄 여지는 있어."

리나는 딜비쉬의 팔뚝 위에 잠깐 머리를 기댔다.

"자, 망토를 입어요." 이윽고 리나는 말했다. "날씨가 쌀쌀하잖아요. 이미 충분히 멀어졌으니까……"

"멈춰 블랙. 잠깐만."

블랙의 걸음걸이가 느려졌다.

오엘레가 '악마'를 위해 춤추는 광경을 보고 점점 두려움이 몰려왔다. 은빛 단검을 올려놓은 검은 돌무더기 앞에 서서, 한 손에 잔을 쥔 자세로 오엘레 주위의 지면에 밝고 선명한 무늬가 떠오르는 것을 보고 있자니 삭풍이 뼈까지 스며드는 듯했다.

"전부 마셔." 오엘레가 말했다. "그건 의식의 일부야."

김이 피어오르는 잔을 내려다보자 리나가 한 말이 머릿속을 스쳤다. 오엘레가 춤을 추며 레이나를 향해 몸을 홱 돌렸을 때 잔을 들어올려 마시는 시늉을 했다. 향료를 넣고 데운 포도주 같은 냄새가 났지만, 그것 말고도 기묘한 냄새가 섞여 있었다. 혀끝을 조금 대어보았을 때는 쓴 맛을 느꼈다. 오엘레가 악마와 마주보고 있는 사이에 고개를 뒤로 젖히고 단숨에 들이키려는 듯이 잔을 들어올렸다. 그러나 오엘레가 반대쪽으로 몸을 돌리자 레이나는 어깨 뒤의 어둠을 향해 잔의 내용물을 내버렸다.

'저 망할 년!' 레이나는 생각했다. '저 여자는 나한테 뭘 줄 생각은 추호도 없어. 사랑스러운 리나의 말이 옳았어. 오엘레는 자기가 원하는 무엇인가를 얻기 위한 희생물로 삼으려고 나를 여기로 데려온 거야. 지금은 그냥 졸린 척하고 무슨 일이 일어나는지 두고 봐야겠군. 망할 년!'

레이나는 땅 위에 잔을 내려놓은 다음 제단에 등을 기대고 점점 더 복잡해지는 반짝이는 무늬를 바라보았다. 오엘레의 동작은 거의 최면적이었다. 다른 사람이었다면 레이나와 같은 결론을 내린 순간 혼비백산해서 그대로 달아났겠지만, 레이나에게는 파란만장한 인생을 살아오면서 맞닥뜨린 모든 위기를 스스로의 힘으로 극복해 왔다는 자신감이 있었다. 오엘레의 몸이 가벼운 잿빛 옷 아래에서 흐르듯이 움직이는 것을 보며 레이나는 미소 지었고, 자기 쪽을 바라볼 때마다 잊지 않고 하품을 해 보였다. 슬픈 일이다……. 대다수의 여자들보다 훨씬 더 마음에 들어 했는데.

그 순간 알 수 없는 공포감이 찾아왔다. 오한이, 오늘 밤 불어오는 바람과 밤공기에는 전혀 어울리지 않는 냉기가 레이나의 목에서 양 어깨로 스며들기 시작했던 것이다. 마치 누군가가 바로 뒤에 서서 레이나를 빤히 바라보고 있는 듯한 느낌이었다. 뒤로 돌아서며 제단 위의 단검을 재빨리 집어든다면 자기 몸을 지킬 수 있을 것 같기는 했다. 제단을 자신과 느닷없이 나타난 이 존재 사이에 둔다면. 그렇지만… 레이나는 지금까지 단 한 번도 이토록 강렬하고 면밀한 응시의 대상이 되어본 적이 없었다. 낯선 사람이 자신을 단지 바라본다고 해서 지금처럼 손이 따끔거리고, 위가 딱딱해지고, 이토록 절대적인 존재감을 느낄 리 없는 것이다. 오엘레의 마무리 동작에서 억지로 눈을 떼어낸 다음, 뒤로 돌아서서 이 새로운 방문자를 보려고 하자 무력감이 전신을 엄습했다.

너는 여제관을 속이려고 하고 있다.

목소리가 핏방울처럼 그의 마음속으로 뚝뚝 떨어졌다.

그렇게 함으로써 너는 나까지 속일 작정이군.

넌 누구지?

레이나는 마음속에서 상대방을 향해 물었다.

너는 결코 알 수 없을 것이다.

레이나는 제단에 전신을 기대고, 혼신의 힘을 쥐어짜서 등 뒤의 존재를 돌아보려고 했다. 절대적으로 검은 어떤 것의 가장자리가 시야에 들어왔다. 그러자 그 존재로부터 발산되는 것처럼 보이는 힘이 레이나를 아까보다 한층 더 강력하게 억누르며 더 이상 뒤를 돌아다보지 못하도록 만들었다. 레이나는 자신이 제단 위의 단검에 손을 뻗치지 못하리라는 사실을 깨달았다. 설령 그럴 수 있다 해도, 지금 그를 사로잡고 있는 존재에 대해서는 아무 효과가 없을 것이라는 사실도.

레이나는 기진맥진한 듯이 축 늘어졌다. 왼손으로는 돌 가장자리를 잡고, 오른손을 힘없이 옆구리로 떨어뜨린다. 한층 더 앞으로 몸을 수그리자 오엘레의 동작이 느려지고 있는 것이 보였다. 불타는 무늬를 완결시키기 위한 마지막 동작인 듯한 스텝을 밟으며 점점 그에게 다가오고 있다. 레이나는 보름달이 거의 머리 위까지 와 있다는 사실을 깨달았다. 제단 뒤쪽에서 여전히 그것의 존재감을 느꼈지만, 방금 전에 그랬던 것과는 비교도 되지 않을 정도로 약해져 있었다. 혹시 오엘레와 의사소통을 하고 있는 것일까.

조금 더 몸을 수그리면서도 다가오는 오엘레의 모습에서 눈을 떼지 않았다. 마침내 오엘레는 멈춰 섰다. 겨우 몇 걸음 떨어진 곳이었다. 춤이 끝난 것이다. 레이나는 눈을 내리깔고 호흡이 깊어지도록 놓아두었다. 그러나 오엘레는 그에게 아무런 주의도 기울이고 있지 않았다. 그 대신 레이나의 뒤에 있는 무엇인가에 온 신경을 쏟고 있는 듯했다.

레이나는 기다리면서 자신이 실제로는 어느 정도까지 마력에 사로잡혀 있는지 의아해했지만, 그것을 시험해 보는 것이 두려웠다. 아까 느낀 공포는 사라지고 이제는 통제된 긴장감이 그것을 대신하고 있었다. 위험이 닥치면 언제나 그를 찾아오는 고도의 경계심이다.

오엘레가 뭐라고 말하고 있는 듯했지만 알아들을 수가 없었다. 잠시 말을 멈추고 귀를 기울이지만 대답하는 소리 또한 들리지 않았다. 마침내 오엘레가 움직였지만, 레이나 앞을 지나면서도 눈길조차 주지 않았다. 손을 뻗어 돌제단 위에 놓인 단검을 집어든다.

그러고는 레이나를 향해 몸을 돌린다. 왼손이 마치 그의 머리카락을 움켜쥐려는 듯이 다가왔다.

"이 쌍년!"

레이나는 이렇게 내뱉고 오른손으로 장화의 칼집에서 칼을 뽑아들었고, 허리를 펴며 위쪽을 향해 힘껏 칼을 찔러 넣었다. 제단 뒤의 오싹한 존재가 또다시 그를 억누르려고 하는 것이 느껴졌다.

오엘레의 얼굴에 떠오른 것은 깜짝 놀란 듯한 표정이었다. 외마디 비명을 지르더니 그대로 축 늘어진다. 힘이 빠진 손에서 희생자에게 쓰기 위한 단검이 떨어졌다.

레이나는 쓰러지는 오엘레의 몸을 받았고, 몸을 돌려 제단 위로 그녀의 시체를 내던졌다.

"네놈이 원하던 피가 여기 있다!" 레이나는 으르렁댔다. "이걸 받고 지옥으로나 떨어져!"

칼을 쥔 채로 한 걸음 뒤로 물러났다. 당장이라도 초자연적인 반격이 돌아올 것을 예기하고 있었지만, 그런 일은 일어나지 않았다. 검은 존재는 피를 흘리고 있는 옛 애인의 시체 너머에 가만히 있었다. 그것이 레이나를 찬찬히 훑어보는 것을 느꼈지만, 통제한다거나 공격하려는 기색은 보이지 않았다.

레이나는 몸에 기력이 되돌아온 것을 느끼며 다시 한 걸음 뒤로 물러났고, 황급히 주위를 둘러보며 안전한 탈출로를 찾았다.

"뱃사람이여, 뱃사람이여." 그 존재의 목소리가 밤바람을 뚫고 들려왔다. "어디로 가려는 것인가?"

"이 저주받은 장소를 떠나가려는 거야!"

레이나는 대꾸했다.

"너는 왜 여기로 왔나?"

레이나는 칼을 쥔 손으로 제단 쪽을 가리켰다.

"저 여자가 자기와 같은 힘을 주겠다고 약속했기 때문이야."

"그렇다면 왜 도망치려고 하는가?"

"그 여자가 나를 속였으니까."

"그러나 나는 그러지 않는다. 나는 너에게 힘을 줄 수 있다."

 "어떻게? 왜? 그게 무슨 뜻이지?"

 "내 앞에는 지금 두 개의 길이 가로놓여 있고, 나는 내가 생각하고 있던 것 이상으로 이 세계를 포기하는 일을 싫어하고 있다. 이런 일이 완전히 마음에 든다고는 할 수 없지만, 사실인 이상 어쩔 수 없는 일이다. 네가 나왔던 저 성을 돌아보라. 원한다면 저 성은 너의 것이다. 저 안에 있는 모든 것을 포함해서 말이다. 만약 네가 원한다면 저 성은 눈 깜짝할 새에 사라지고, 나는 네가 원하는 다른 건물을 만들어 주겠다 ― 혹시 그것을 원하지 않는다면 역시 네가 하라는 대로 하겠다. 이 여자가 가지고 있었던 것이라면 무엇이든 ― 네가 원하고 내가 줄 수 있는 것이라면 무엇이든 ― 너에게 주겠다. 나도 너를 필요로 하기에."

 "어떤 식으로?"

 "이 여자는 이 존재의 차원과 나를 이어주는 연결고리였다. 이 세계에서 나의 힘을 집중하려면 나를 숭배하는 신도가 필요한 것이다. 이 여자는 나의 마지막 신도였다. 신도가 없으면 이곳에서 나의 존재는 점점 약해지다가 결국 '오래된 신들'의 장소로 은퇴하지 않으면 안 된다. 새로운 신도를 찾아내지 않는 이상……."

 "나를?"

"그렇다. 나를 섬기면 나도 너를 섬기겠다."

"만약 내가 '싫다'고 하면?"

잠시 침묵이 흘렀다.

"네가 간다면 막을 생각은 없다. 아마 이 장소에서 나의 역할은 이미 오래 전에 다했고, 단지 모종의 지각知覺을 얻을 수 있다는 이유 하나만으로 끈질기게 매달리려고 하는 것인지도 모른다. 네가 간다면 막을 생각은 없다."

레이나는 웃음을 터뜨렸다.

"내가 원하는 것들이 이토록 많은 마당에, 너의 제안을 거부한다면 나는 바보라는 얘기가 되겠지? 좋아, 너는 방금 숭배자를 하나 획득했어. 제관이라고 하든 신도라고 부르든 그건 뭐래도 좋아. 자, 이제 무엇이든 좋으니까 사람 죽이는 걸 좋아하던 저 여자가 가지고 있던 힘을 내게 부여하고, 내가 알아야 할 신앙의 조목이 뭔지 어서 가르쳐 줘. 밤이 새기 전에 타봐야 할 작은 암말이 있거든."

"그렇다면 무기를 내려놓고, 제단 쪽으로 오라. 뱃사람이여."

말에서 내린 딜비쉬와 리나가 더 따뜻한 옷을 걸치고 있었을 때 딜비쉬는 오른쪽의 낮은 언덕 사면을 내려오는 사람을 보았다.

"누군가가 오고 있어."

리나에게 이렇게 말하자 리나는 그 즉시 성 쪽을 되돌아보았다.

"아니, 저쪽에서 말이야." 딜비쉬는 언덕 쪽을 손짓하며 말했다. "슬슬 떠나는 편이 나을 것 같군."

딜비쉬는 소지품 꾸러미를 모두 꾸리고 리나가 말에 오르는 것을 도와주려고 했다.

"어이! 딜비쉬!" 언덕을 내려오는 인물이 외쳤다. "리나!"

두 사람은 주저하며 어둠 속을 응시했다. 그러자 달빛이 다가오는 그림자를 비췄다.

"잠깐만 기다려 줘! 조금 상의해야 할 일이 있어!"

블랙은 고개를 돌렸다.

"마음에 들지 않는군." 블랙이 말했다. "그냥 가는 편이 낫겠소."

딜비쉬는 블랙 주위를 돌았다.

"레이나는 두렵지 않아."

이렇게 대꾸하고, 잠시 비탈을 성큼성큼 걸어 내려오는 사내를 바라보다가 큰 소리로 물었다.

"무슨 일이지? 뭘 원하나?"

레이나는 20보쯤 떨어진 곳에서 멈춰 섰다.

"뭘 원하느냐고? 그냥 여자만 이쪽으로 넘기면 돼. 리나 말이야. 다시 조각상이 되고 싶다면 얘기가 달라지지만… 리나하고는 이미 얘기가 끝났어."

딜비쉬는 뒤를 돌아다보았다.

"그 말이 사실이야?"

"아녜요 — 아니, 그건 그렇지만 — 아녜요……."

리나가 말했다.

"이쪽에서도 약간의 혼란이 있는 것 같아." 딜비쉬는 레이나에게 말했다. "나로서는 상황이 이해가 안 되는군."

"방문에 무슨 일이 일어났던 건지 리나에게 물어 봐."

레이나가 말했다.

딜비쉬가 다시 리나를 쳐다보자 리나는 고개를 돌려 외면했다.

"흐음?" 딜비쉬는 말했다. "얘기해 줬으면 좋겠군."

"내가 그랬어요." 리나는 마침내 입을 열었다. "내가 쓸 수 있는 괜찮은 주문 중 하나였죠. 모든 사람들의 눈에서 그 문은 사라졌어요. 나는 그냥 그 문을 열고 나올 수 있었지만."

"왜? 그리고 왜 저 친구가 그걸 알고 있는 거지?"

"그러니까… 그럴 작정이라고 내 입으로 얘기해 줬기 때문이에요. 사실, 막 그 주문을 끝냈을 때 당신이 깨어버렸던 거예요. 그래서 나는 두 번째 주문을 걸 수가 없었어요."

"두 번째 주문? 어떤 종류의?"

"사람을 잠들게 하는 주문. 당신을 그 상태로 방에 머물게 하고, 그 사이에 결정을 내리고 실행에 옮길 예정이었어요."

"무슨 얘긴지 도통 감이 잡히지 않는군. 무슨 결정을 내린다는 거지?"

"나와 함께 도망가겠다는 얘기야!" 레이나가 비탈 위에서 소리쳤다. "내가 새로 얻은 힘을 제대로 쓸 수 있는 법을 가르쳐준다고 했어."

"그 사이에 내가 끼어들었다는 얘기군." 딜비쉬가 말했다. "왜 그냥 내게 털어놓지 않은 거지? 당신은 내 소유물이 아냐. 난……."

"결정을 내릴 예정이라고 했잖아요!" 리나는 거의 쏘아붙이듯이 말했다. "당신이 그냥 자고 있었더라면 일이 이토록 꼬이지는 않았을 텐데!"

"다음번에는 좀 더 신경을 쓸게."

"하지만 난 마음을 정했어요! 이렇게 입 밖에 내서 말할 필요 따위는 없었는데. 난 저 사람과 가고 싶지 않아요. 지금까지 그래왔던 것처럼 그냥 당신하고 갈래요."

딜비쉬는 미소 지었다.

"그렇다면 문제될 것은 없겠군. 미안하네, 레이나. 여기 이 부인은 이미 결정을 내렸다는군. 자, 리나. 말에 타."

"기다려." 레이나는 나직한 목소리로 말했다. "보시다시피 그런 결정을 내리는 사람은 리나가 아니라 나야."

딜비쉬가 계속 보고 있자 언덕의 상공 높은 곳에서 밝은 불꽃이 하나 출현했다. 불꽃은 점점 더 커지면서 레이나의 쭉 뻗은 오른손을 향해 날아왔고, 도달할 무렵에는 차갑고 푸르스름한 빛을 발하는 광구光球로 변해 있었다. 레이나는 광구를 잡은 손을 어깨 뒤로 들어올렸다.

"자넨 이제 필요 없는 짐이 된 거야."

레이나는 딜비쉬에게 말했다.

레이나가 던진 광구가 날아왔다. 옆으로 피하려고 했지만 광구는 딜비쉬를 따라 구부러지며 방향을 바꿨다. 광구는 딜비쉬의 가슴을 정통으로 맞추고는 도로 튕겨 나왔고, 등 뒤 왼쪽으로 8피트쯤 떨어진 땅 위에 떨어지더니 눈부신 불꽃을 분수처럼 내뿜으며 폭발했다. 지면에는 연기가 피어오르는 구멍이 남았다.

딜비쉬는 앞을 향해 돌진했다. 레이나는 양손을 들어올리더니 무엇인가 손짓을 하기 시작했다.

딜비쉬는 몸이 날아가는 것을 겨우 면하고 있다는 느낌을 받았다. 마치 강한 돌풍이 한꺼번에 몇 개씩이나 주위에서 휘몰아치며, 스쳐가는 듯한 느낌이었다. 딜비쉬는 계속 사면을 뛰어올라갔다. 이제는 뱃사람의 얼굴에 떠오른 당혹해하는 듯한 표정을 알아볼 수 있는 거리까지 접근했다.

"악마한테 속았군. 그 녀석 말대로라면 자넨 지금쯤 죽어 있어야 마땅한데."

딜비쉬는 레이나 너머를 바라보았고, 낮은 제단의 윤곽을 보았다. 그 위에 오엘레의 시체가 놓여 있었다. 달빛 아래에서는 작고 희끄무레하게 보인다.

"블랙!" 상황을 이해하기 시작한 딜비쉬가 소리를 질렀다. "저기 앞쪽의 제단을 파괴해!"

잠시 후 금속 발굽이 땅을 박차는 소리가 들려왔다. 레이나는 뒤로 홱 몸을 돌리며 손으로 그쪽을 가리켰다. 그러자 쭉 뻗은 레이나의 손가락 끝에서 불길이 길게 솟구치며 옆을 지나가던 블랙의 왼쪽 어깨를 때렸다. 불을 뒤집어쓴 어깨 부위가 붉게 달구어졌다. 그러나 블랙은 속도를 늦추지 않고 계속 경사면을 뛰어올라갔다. 그 동작에서는 방금 일어난 일을 조금이라도 자각했다는 기색을 찾아볼 수 없었다.

레이나는 몸을 홱 돌려 딜비쉬를 마주보았고, 몸을 앞으로 수그려 칼을 뽑아들고 다시 허리를 폈다.

"마법으로 너를 해치울 수 없다면, 더 좋은 수가 있지."

레이나가 말했다.

레이나의 스틸레토보다 네 배는 더 긴 딜비쉬의 검이 한숨을 내쉬는 듯한 소리를 내며 그의 손에 쥐어졌다. 딜비쉬는 상대방을 공격하기 위해 앞으로 걸어나갔다.

레이나는 손가락을 움찔하더니, 왼손으로 공중을 쓸어내는 듯한 동작을 했다.

딜비쉬의 손에서 장검이 뜯겨나갔다. 검은 빙빙 돌며 하늘 높이 날아가더니 곧 시야에서 사라졌다.

"아하. 내 마력이 통하지 않는 건 단지 너의 몸뿐이란 얘기군."

레이나는 이렇게 말하며 딜비쉬의 몸을 찌르려고 했다.

딜비쉬는 왼손으로 망토를 들어올리며 그 속에서 팔을 비틀었다. 레이나의 칼이 딜비쉬의 팔에서 1피트 아래쪽의 망토천을 꿰뚫었다. 바로 그 순간 딜비쉬는 팔을 내밀며 아래로 밀어붙였고, 그와 동시에 오른손으로 자신의 단검을 뽑아서 앞으로 찔러 넣었다.

레이나가 재빨리 자세를 가다듬으며 스틸레토를 뒤로 뺀 순간 딜비쉬의 단검은 레이나의 어깨를 베며 뼈를 긁고 지나갔다. 두 사람은 상체를 낮게 숙이고 서로를 마주본 채로 빙빙 돌기 시작했다. 레이나가 왼손으로 재빨리 쓸어내는 듯한 손짓을 하자 딜비쉬는 또다시 강한 돌풍이 불어온 듯한 느낌을 받았지만, 바람에 휘말린 것은 망토 끄트머리뿐이었다. 가슴 근처가 따뜻해지는 느낌이 오면서 시야 가장자리에 무엇인가가 들어왔다.

아래를 흘깃 내려다보았다. 셔츠 밖으로 튀어 나와 희미한 빛을 발하고 있던 것은 노인에게서 받은 호부였다. 레이나가 또다시 찌르기를 시도하자 딜비쉬는 다시 망토를 흔들어서 상대방의 칼을 빗나가게 하고, 그 즉시 자기 단검으로 맞받아쳤다. 그러나 레이나가 민첩하게 몸을 뺀 탓에 딜비쉬의 단검은 공중을 갈랐을 뿐이었다. 멀리서 블랙이 제단에 첫 번째 일격을 가하는 소리가 들려왔다.

빛을 발하는 호부를 본 순간 레이나는 크게 눈을 떴다. 마치 바로 그 순간 어떤 의구심을 느낀 듯한 표정이었다. 그러나 그 눈은 곧 가늘어졌고, 레이나는 딜비쉬의 왼쪽으로 재빠르게 - 너무 빠르게 느껴질 정도로 - 움직였다. 레이나는 짐짓 비틀거리더니 이내 자세를 가다듬었지만, 딜비쉬는 상대방의 행동을 거지반 예상하고 있었다. 레이나의 왼손이 다시 움직였을 때, 딜비쉬의 얼굴을 향해 날아온 것은 마법이 아니라 한 줌의 흙이었다.

망토를 아래로 내리고 싶지는 않았기 때문에 딜비쉬는 오른쪽 팔뚝으로 눈을 가리고 왼쪽으로 슬쩍 몸을 비틀었다. 흙 다음에는 공격이 뒤따를 것이라는 사실을 알고 있었기 때문이다. 레이나의 스틸레토가 딜비쉬의 왼쪽 갈비뼈를 스쳐지나갔다. 단검을 든 손을 여전히 높이 들고 있는 탓에 찌르기 자세를 취할 여유가 없었던 딜비쉬는 단검의 자루 끝으로 아까 상처를 입혔던 레이나의 어깨 위를 내리쳤다. 레이나가 날카롭게 숨을 들이쉬는 소리가 들렸다. 맞붙어 격투를 하려고 했지만, 레이나는 딜비쉬를 밀쳐내고 춤추는 듯한 동작으로 뒤로 물러났다. 레이나는 오른손에 들고 있던 칼을 공중으로 던져 재빨리 왼손에 바꿔 쥔 다음 앞으로 뛰쳐나오며, 딜비쉬를 향해 휘둘렀다.

손등을 베이는 느낌을 받는 것과 동시에 블랙이 돌제단을 또다시 내리치는 소리가 들려왔다. 딜비쉬는 받아 찌르기를 시도했지만 레이나는 이미 공격권에서 벗어나 있었다. 한순간 두 사람의 눈이 언덕 꼭대기에 출현한 불그스름한 빛에 못 박혔다. 빛은 블랙과 제단을 후광처럼 비추고 있었다.

레이나는 오른손을 들어올려 아까 블랙에게 그랬던 것과 마찬가지로 딜비쉬를 가리켰다. 딜비쉬의 가슴을 향해 솟구친 불길은 빛을 발하는 호부 근처를 때렸지만, 불길은 마치 거울에 반사된 것처럼 방향을 틀며 튕겨나갔다. 그 즉시 레이나는 칼로 공격해 왔다.

빠르고 낮은 공격이었다. 딜비쉬는 단검으로 상대방의 칼날을 내리쳤다. 레이나가 느닷없이 몸을 곧추세우더니, 오른손을 번개처럼 앞으로 내밀어 호부를 움켜쥐고 홱 잡아당겼다.

호부를 매단 끈이 끊어지자 레이나는 호부를 쥐고 뒤로 물러났다.

언덕 위에서 비쳐오는 붉은 빛이 한층 더 강해졌고, 블랙이 또다시 뒷발로 일어서는 것이 보였다. 마치 저항력에 억지로 반발하고 있는 듯한 완만한 움직임이었다.

"자, 이제 어떻게 할 셈인가!"

레이나가 외쳤다. 손가락 끝에서 불길이 춤추더니 넓게 퍼졌고, 불의 검으로 응축凝縮됐다.

레이나가 앞으로 걸어 나온 순간 언덕 꼭대기의 빛이 깜박거리더니 무엇인가가 박살나는 소리와 함께 스러졌다. 바위 여러 개가 그들 주위로 굴러 떨어지기 시작했다. 딜비쉬는 뒤로 물러나며 망토를 흔들었다. 단검은 낮게 꼬나 들고 있었다.

레이나의 공격이 망토의 천을 길게 찢었다. 계속 후퇴하는 딜비쉬를 향해 레이나는 불타는 검을 들어올렸다. 그러나 검의 불길은 스러지는가 싶더니 한 번, 두 번을 깜박였다가 곧 사라졌다.

"내 인생의 축도縮圖 같구먼." 레이나는 고개를 설레설레 흔들며 말했다. "좋은 일이 있는가 하면 어느새 다 녹아 없어지는 꼴이라니."

"이런 한심한 짓은 이제 그만두지 않겠나." 딜비쉬가 말했다. "자네 마력은 이미 끝장이 났어."

"아마 자네 말이 옳을지도 모르겠군."

레이나는 쥐고 있던 스틸레토를 아래로 내리며 한 걸음 앞으로 걸어나왔다.

경사면 위에서 딜비쉬보다 높은 위치를 점하고 있던 레이나는 갑자기 몸을 푹 숙이더니 아래로 미끄러져 내렸다. 앞으로 딛고 있는 딜비쉬의 오른쪽 발뒤꿈치 뒤에 자기 왼쪽 발을 걸면서, 오른쪽 발로는 딜비쉬의 왼쪽 무릎 아래를 찼고, 그 발을 쭉 뻗으며 딜비쉬를 밀쳤다.

딜비쉬가 뒤로 거꾸러졌을 때 레이나는 이미 몸을 일으켜 세우고 있었고, 자세를 가다듬자마자 칼을 위로 들어올리며 앞으로 달려 나와 지면에 누워 있는 딜비쉬를 덮쳤다.

딜비쉬는 레이나의 공격이 오기 직전 머리를 한 번 세차게 흔들어 정신을 차렸고, 몸을 옆으로 한 번 굴린 다음 비틀었다. 오른팔로 공격을 막으며 왼팔의 위치를 조정한다. 그러자마자 바로 옆의 지면을 덮친 레이나의 몸이 한순간 경직되는 것을 느꼈다. 딜비쉬가 왼손으로 옮겨 쥔 단검에 스스로 몸을 꿴 것이다. 딜비쉬는 레이나의 칼을 든 손에서 힘이 빠져나갈 때까지 누르고 있었다. 그런 다음 일어나서 한쪽 무릎을 꿇고는 레이나의 몸을 뒤집어 지면에 눕혀 주었다.

달빛 아래에서 뱃사람의 얼굴이 일그러졌다.

"뒤도 안 돌아보고 무작정 앞으로만 달려온 인생이었지……." 레이나가 중얼거렸다. "마침내 그 빚을 갚을 때가 온 거로군……. 으윽! 아프잖아! 아직 뽑지는 말아 줘. 내가 갈 때까지는 말이야. 그래 주겠나?"

딜비쉬는 고개를 끄덕였다.

"그 여자를 만난 게 정말 후회되는군!"

딜비쉬는 상대방이 누구 얘기를 하고 있는지는 묻지 않았다.

"아직도 모르겠어. 왜 나한테는 힘을 주고, 자네에게는 호부를 준 건지……."

"얼마 전에 어떤 사내를 만난 적이 있어." 딜비쉬는 대답했다. "한 몸 안에 두 개의 전혀 다른 마음이 들어있는 친구였지. 그와 같은 다른 사람들 얘기도 들은 적이 있고. 만약 그런 인간이 존재한다면, 신이라고 해서 그러지 못할 게 뭔가?"

"악마였어."

레이나가 말했다.

"아마 그 둘 사이의 차이는 인간이 생각하는 것만큼 명확한 것이 아닌지도 모르겠군. 특히 지금처럼 각박해진 환경에서는 말이야. 나는 이 장소를 오래 전부터 알고 있었네. 지금과는 전혀 달랐어."

"모두 악마한테나 가 버리라고 하게. 저주받은 자 딜비쉬여! 모두 악마한테나 가 버리라고 해!"

마치 무엇인가가 빠져나간 것처럼 레이나는 축 늘어졌다. 마침내 그 얼굴에서도 힘이 빠졌다.

딜비쉬는 단검을 뽑아서 피를 닦아냈다. 그러고 나서야 고개를 들어 블랙을 올려다본다. 블랙은 소리 없이 다가와서 옆에서 구경하고 있었다. 리나는 멀리 떨어진 곳에 서서 울고 있었다.

"당신의 장검이 저기 떨어져 있소." 블랙은 고개를 움직여 오른쪽 후방을 가리켜 보였다. "사면을 내려오다가 보았소."

"고맙네."

딜비쉬는 이렇게 말하며 몸을 일으켰다.

"그리고 그 성도 사라졌소. 역시 이곳으로 내려오다가 알아차렸소."

딜비쉬는 몸을 돌려 그쪽을 응시했다.

"우리 말들은 어떻게 되었을까?"

"언덕 아래를 돌아다니고 있소. 내가 끌고 올 수 있소."

"그렇다면 그래 줘."

블랙은 몸을 돌려 언덕을 내려가기 시작했다.

딜비쉬는 리나 쪽으로 걸어갔다.

"여기서는 땅을 팔 수가 없어. 바위를 쌓아주는 수밖에 없을 것 같아."

리나는 고개를 끄덕였다. 딜비쉬는 손을 뻗어 리나의 어깨를 가볍게 쥐었다.

"이런 일들을 모두 예상할 수는 없었잖아."

"난 내가 알고 있던 것 이상을 보았어요. 지금보다 조금 더 많이 알았으면 좋았을 텐데… 아니면 조금 덜 보던가."

리나가 몸을 돌리자 딜비쉬의 손이 아래로 미끄러져 내렸다. 그는 장검을 줍기 위해 언덕을 올라가기 시작했다.

그날 밤에는 계속 길을 나아갔고, 마침내 삼면을 에워싼 산이 바람을 막아주는 편평한 바위땅 위로 나왔다. 설선雪線 가장자리에 가까운 곳이었고, 바로 아래쪽부터 시작되는 산길은 구불거리며 아래쪽 평야와 봄을 향해 내려가고 있었다. 그들은 이곳에서 야영을 하며 잠을 청했다. 말들은 그들 배후의 바람막이 안쪽에 밧줄로 매 두었다. 블랙은 그 앞에서 마치 풍경의 일부처럼 꼼짝도 않고 있었다.

동녘이 장밋빛으로 물들 무렵 딜비쉬는 뒤척거리며 잠에서 깼다. 다친 상처에 둔한 통증을 느끼며 상체를 일으켰고, 장화를 신었다. 딜비쉬가 옆을 지나가도 리나와 블랙은 꼼짝도 하지 않았다. 가죽옷 차림에 지팡이를 쥐고 산길 오른쪽에 서 있는 인물을 향해 걸어간다.

"안녕하십니까?"

딜비쉬는 나직하게 말했다.

노인은 고개를 끄덕였다.

"호부를 주셔서 감사합니다. 덕분에 살아남았습니다."

"알고 있네."

"왜 그러셨던 겁니까?"

"자네는 탁슈메일에게 공물을 바친 적이 한 번 있어."

"그게 그렇게까지 중요한 일입니까?"

"자네는 그 이름을 기억하고 있는 마지막 인물이야."

"당신은 거기 포함되지 않는 겁니까?"

"나는 신도라고는 할 수 없다네. 매우 자아도취적인 맥락에서라면 또 모르겠지만."

딜비쉬는 다시 한 번 노인을 바라보았다. 노인은 예전보다 더 키가 크고 더 고귀해 보였고, 딜비쉬는 그 눈을 보자마자 서둘러 시선을 돌렸다. 도저히 이 세상 것이라고는 생각되지 않는 깊이를, 힘을 내포한 눈이었기 때문이다.

"이제 갈 작정이네." 노인은 말을 계속했다. "이 장소로부터 자유로워지는 것은 쉬운 일이 아니었어. 자, 잠시 나와 함께 걷지 않겠나."

노인은 몸을 돌리더니 뒤를 돌아다보려 하지도 않고 그대로 위로 올라가기 시작했다. 딜비쉬는 노인의 뒤를 따라 만년설 가장자리를 향해 갔다. 흰 입김이 피어오른다.

"당신이 가는 곳은 좋은 장소입니까?"

"그렇게 생각하고 싶어. 지난밤에 자네가 하는 말을 들었네. 누구든… 두 마음을 가지는 것이 가능하다는 얘기는 사실이야. 이제는 한 마음이 되었으니, 자네에게 고맙다는 말을 해야겠지."

딜비쉬는 양손에 숨을 불어넣고 비볐다. 주위 풍경이 점점 희게 변하고 있었다.

"지금 나는 내가 필요로 하는 것 이상의 힘을 가지고 있다네. 뭔가 자네에게 해줄 일이 없겠나?"

"젤레락이라는 이름의 마법사 목숨을 제게 주실 수는 없습니까?"

앞을 나아가던 노인의 발걸음이 잠깐 멈추는 것이 보였다. 잠시 후 "안 돼"라는 대답이 돌아왔다.

"그자에 관해서는 알고 있지만, 자네의 그 부탁을 들어준다는 건 결코 쉬운 일이 아냐. 내가 줄 수 있는 것보다 더 많은 힘을 필요로 하니까 말이야. 그자는 쉽게 처리할 수 있는 상대가 아니라네."

"저도 압니다. 최고의 마법사라는 얘기도 있습니다."

"그러나 그자를 같은 마력으로 무찌를 수 있을지도 모르는 인물이 적어도 한 명은 존재하네."

"리들리는 죽었습니다만……."

"아냐. 젤레락은 그 친구를 무찔렀지만 완전히 멸할 여력이 없었네. 그래서 그자는 리들리를 무너진 '얼음탑' 아래에 가둬 놓았어. 힘을 되찾은 다음에 다시 돌아가서 끝장을 볼 생각으로 말이야."

"별로 기대할 수 있을 것 같지는 않군요."

"하지만 그자는 그럴 수가 없어."

"그건 왜입니까?"

"리들리와 젤레락 사이의 다툼은 전세계에 있는 가장 강대한 마법사들의 관심을 끌었네. 오랜 세월 동안 그자들은 젤레락에게 대항하기 위한 무기를 찾고 있었어. 그 젤레락이 적을 죽이지 못하고 그 자리를 떠났을 때, 그 마법사들은 서로 힘을 합쳐서 무너진 탑 주변에 마법의 장벽을 쌓았다네. 젤레락조차 뚫을 수 없는 장벽을 말이야. 이제는 보호막이 하나 생긴 것이나 다름없지. 만약 젤레락이 자기들을 너무 압박한다면, 그 장벽을 제거해서 리들리를 해방하겠다고 협박하면 되니까 말이야."

"그럼 다음번에는 리들리가 그자를 이길 수 있을 거라는 얘깁니까?"

"모르겠네. 하지만 대다수의 마법사들보다는 이길 확률이 높아."

"외부의 도움 없이 제 힘만으로 리들리를 해방할 수 있을까요?"

"그럴 것 같지는 않군."

"당신은 그럴 수 있습니까?"

"유감이지만 이제 가 봐야겠군. 미안하이."

노인은 동녘을 향해 손짓을 해 보였다. 해가 오르고 있었다. 딜비쉬가 그쪽을 보자 태양이 진홍색의 장막 같은 구름을 갈랐다. 다시 고개를 돌리자 노인은 훨씬 높은 곳에 가 있었고, 믿기 힘들 정도로 빠르고 민첩하게 반짝이는 설면雪面 위를 오르고 있었다. 딜비쉬가 보고 있는 사이에 노인은 돌출한 바위를 돌아서 시야에서 사라졌다.

"기다려 주십시오! 질문이 더 있습니다!"

딜비쉬는 몸 여기저기의 통증을 무시하고, 노인의 발자국 뒤를 쫓아 산을 오르기 시작했다. 얼마 되지 않아 딜비쉬는 윤곽이 뚜렷하지 않은 발자국 사이의 간격이 점점 더 멀어지는 것을 깨달았다. 역설적으로 발자국 깊이는 점점 더 옅어져 가고 있었다. 이윽고 바위 주위를 돌았지만, 단 하나의 발자국만이 희미하게 남아 있을 뿐이었다.

그날 오후 그들은 말을 타고 산에서 벗어났다. 딜비쉬는 리나에게 리들리 얘기를 하지는 않았다.

고지대에서 보름달이 뜨면 마녀의 불길이 일며 오엘레라는 여자의 유령이 박살난 제단 앞에서 춤을 춘다고 한다. 악마는 오지 않지만 이따금 다른 인물의 모습이 어둠 속에서 그 광경을 바라볼 때도 있다. 마지막 돌이 무너져 내리면 그는 그녀를 바다로 데리고 갈 것이다.

피의 정원

딜비쉬는 대상隊商의 척후 노릇을 하며 노잣돈을 벌고 있었다. 그날은 말을 달려 나아가며 산길 통행이 가능한지를 미리 알아보고, 여러 곁길에 위험이 도사리고 있지는 않은지 확인하고 있었다. 해가 중천에 뜰 무렵에는 나직하게 솟은 칼가니 산맥 반대편으로 내려가서, 구릉지를 지나 계곡의 폭이 넓어지는 지점에 들어서고 있었다. 계곡은 숲으로 이어지고 있었고, 그 너머는 평원이었다.

"전혀 특기할 만한 일이 없는 여정이었소."

블랙이 이렇게 말한 것은 멀리 떨어진 숲의 나무들 사이로 이어지는 구불구불한 산길을 조망하기 위해 언덕 위에서 잠시 멈춰 섰을 때의 일이었다.

"내가 살던 시절이었다면 사정이 상당히 달랐을 걸." 딜비쉬가 대꾸했다. "이 지역은 산적 소굴이었거든. 태양을 숭배하고, 여행자를 희생양으로 삼았어. 때로는 서로 합동해서 인근의 작은 성읍城邑들을 습격하기조차 했지."

"성읍?" 금속처럼 빛을 반사하는 반짝이는 피부를 가진 딜비쉬의 검고 거대한 말이 반문했다. "성읍 따위는 보지 못했소."

딜비쉬는 고개를 가로저었다.

"200년이나 지났는데 무슨 일이 일어났는지 알 게 뭔가?" 딜비쉬는 손을 들어 아래쪽을 가리켰다. "저기 발치에 보이는 바로 저곳에도 성읍이 하나 있었던 걸로 기억하고 있네. 그리 크지는 않았어. 트레글리라는 이름이었지. 몇 차례 그곳의 여관에 머물곤 했어."

블랙은 그쪽을 바라보았다.

"저리로 내려갈 생각이오?"

딜비쉬는 해를 흘낏 올려다보았다.

"점심때로군. 그리고 여긴 바람이 너무 강해. 조금 더 나아가세. 아래로 내려가서 먹는 게 나을 것 같아."

블랙은 몸을 앞으로 기울이고 비탈길을 내려가기 시작했다. 지면이 편평해지자 속도를 올렸고, 산길 쪽으로 접근했다. 딜비쉬는 눈에 익은 지형을 찾아보려는 듯이 주위를 둘러보고 있었다.

"저기 멀리서, 색색가지로 언뜻언뜻 반짝이고 있는 것들은 뭐요?"

블랙이 물었다.

딜비쉬는 멀리 보이는 길모퉁이 너머로 방금 나타난 지점을 응시했다. 파란색, 노란색, 하얀색 ― 그리고 이따금 번득이는 빨간색 ― 으로 이루어진 작은 구획이었다.

"모르겠어. 가서 뭔지 확인해 보세."

몇 분 후 그들은 넝쿨로 뒤덮인 낮은 돌벽의 잔해 옆을 지나갔다. 돌벽 앞쪽에 돌들이 널려 있는 모양은 어딘가 건물의 주춧돌을 연상케 했다. 앞으로 계속 나아가자 좌우 여기저기에서 땅이 움푹하게 팬 곳에 눈에 띄었다. 지금은 깨진 돌조각과 잡초로 뒤덮여 있지만, 예전에는 지하 저장고 따위가 있던 자리인 듯했다.

"멈춰."

딜비쉬는 이렇게 말하고 왼쪽을 가리켰다. 벽의 일부가 아직도 남아 있는 곳이었다.

"저건 아까 얘기했던 그 여관의 정면이야. 확실해. 아무래도 우리는 지금 읍내 중심가였던 곳에 와 있는 것 같군."

"정말이오?"

블랙은 끝이 갈라진 날카로운 발굽으로 풀밭을 파기 시작했다. 잠시 후 발굽이 포석鋪石과 부딪치면서 불꽃이 튀었다. 블랙이 그 구멍을 넓히자 더 많은 포석이 나타났다.

"그렇군. 도로인 것 같소."

딜비쉬는 말에서 내려 반쯤 허물어진 벽이 있는 곳으로 갔고, 그곳을 지나 그 뒤꼍을 돌아다녔다.

딜비쉬는 몇 분 후에 돌아왔다.

"뒤로 가니까 오래된 우물이 아직도 남아 있더군. 우물을 덮고 있던 뚜껑이 무너져 내려서 부식해 버린 탓에 지금은 넝쿨로 뒤덮여 있지만 말이야."

"갈증을 달래고 싶다면 여기보다는 언덕을 내려왔을 때 지나친 그 시내가 낫지 않겠소?"

딜비쉬는 스푼 하나를 들어 보였다.

"…그리고 주방이 있던 자리에 이것이 반쯤 묻혀 있었네. 오래 전에 내가 여기서 음식을 먹었을 때 썼던 바로 그 스푼인지도 모르겠군. 맞아. 여기가 그 여관이야."

"과거에 여관이었던 곳이라고 해야 옳지 않겠소."

블랙이 지적했다.

딜비쉬의 얼굴에서 미소가 사라졌다. 그는 고개를 끄덕였다.

"맞아."

딜비쉬는 등 뒤로 스푼을 내던지고 안장에 올랐다.

"정말 많이도 변했군."

"이곳을 좋아했소?"

다시 앞으로 나아가면서 블랙이 물었다.

"기분 좋게 머물다 갈 수 있는 장소였네. 사람들도 친절했고, 음식도 훌륭했어."

"무슨 일이 일어났을 것 같소? 아까 당신이 말했던 그 산적들의 짓이라고 생각하오?"

"그럴 가능성이 높겠지. 돌림병 따위가 돈 것이 아니라면."

그들은 잡초로 뒤덮인 길을 따라갔다. 읍내 끄트머리에 도달할 무렵 앞쪽에서 토끼가 튀어나오더니 후다닥 도망쳤다.

"어디서 식사를 하고 싶다고 했소?"

블랙이 물었다.

"이 죽은 장소에서 떨어진 곳에서. 저기 보이는 들판이 나을지도 모르겠군." 딜비쉬는 깊게 숨을 들이켰다. "좋은 냄새가 나는 것 같지 않나?"

"꽃 냄새군. 잔뜩 피어 있소. 언덕 위에서 본 색색가지 물체는 바로 저것이었소. 옛날에는 피어 있지 않았소?"

딜비쉬는 고개를 가로저었다.

"아니. 뭔가 있기는 했는데… 그게 무엇이었는지는 확실히 기억나지 않는군. 일종의 공원 같은 작은 구획이 이쪽에 하나 있었던 것 같기도 한데……."

작은 숲을 지나자 공터가 나왔다. 양귀비를 닮은 파란색,

하얀색, 노란색 - 그리고 이따금 섞여 있는 빨간색 - 의 커다란 꽃들이, 가는 털로 뒤덮인, 거의 블랙의 어깨에 닿을 정도로 높이 자란 손가락 굵기의 줄기 끝에서 흔들리고 있었다. 꽃들은 모두 해를 마주보고 있었다. 짙은 향기가 풍겨 온다.

"저 큰 나무 밑동에 시야가 트이고 그늘진 곳이 있소. 왼쪽에." 블랙이 말했다. "식탁으로 쓸 만한 것까지 보이는군."

딜비쉬는 그쪽을 보았다.

"아하! 이제 기억이 나네. 저 석판은 식탁이 아냐. 아니… 어떤 의미에서는 그렇다고도 할 수 있겠군. 저건 제단이라네. 트레글리 사람들은 저 공터에서 제례를 치르곤 했어. 곡식을 자라게 하는 마나타라는 이름의 여신을 위해서 말이야. 저 제단 위에 케이크와 꿀 따위를 바치곤 했지. 저녁이 되면 춤을 추고, 노래도 불렀어. 나 자신 그런 제례에 한 번 참석하기도 했지. 여제관이 하나 있었는데… 이름이 생각나지 않는군."

나무 밑에 도달하자 딜비쉬는 말에서 내렸다.

"나무는 더 높이 자랐고, 제단은 아래로 내려앉았군."

딜비쉬는 제단 위에서 흙 부스러기를 털어 내며 말했다.

딜비쉬는 새들백에서 음식을 꺼내며 콧노래를 흥얼거리기 시작했다. 단순하고 반복적인 멜로디였다.

"당신이 노래하거나 휘파람을 불거나 콧노래를 흥얼거리는 광경을 보는 것은 이번이 처음이오."

블랙이 말했다.

딜비쉬는 하품을 했다.

"옛날 이곳에 왔을 무렵 저녁 시간에 들었던 노래를 생각해 보려고 했을 뿐이야. 지금 부른 멜로디가 맞는 것 같군."

딜비쉬는 나무줄기에 등을 기대고 앉아 음식을 먹기 시작했다.

"딜비쉬, 이 장소에는 어딘가 기묘한 데가 있소."

"이토록 변했다는 사실 자체가 내게는 기묘하게 느껴진다네."

딜비쉬는 빵을 두 조각내며 대꾸했다.

바람 부는 방향이 바뀌었다. 꽃향기가 한층 더 강해졌다.

"그런 뜻으로 말한 것이 아니었소."

딜비쉬는 씹던 빵을 삼키고 또다시 나오려는 하품을 삼켰다.

"이해가 안 되는군."

"그건 나도 마찬가지요."

블랙은 고개를 숙이고 완전히 동작을 멈췄다.

딜비쉬는 주위를 둘러보고 잠시 귀를 기울이고 있었다. 그러나 들려오는 소리라고는 산들바람에 날린 풀과 꽃과 머리 위의 나뭇잎들이 바스락거리는 소리뿐이었다.

"특별히 이상한 점은 없는 것 같은데."

딜비쉬는 나직하게 말했다.

블랙은 대답하지 않았다.

딜비쉬는 자신의 말을 바라보았다.

"블랙?"

딜비쉬는 조심스레 칼집에 든 칼을 조금 빼 놓았고 다리를 몸 쪽으로 끌어당겼다. 먹다가 남은 음식을 석판 위에 올려놓는다.

"블랙!"

그러나 블랙은 거대한 검은 조각상처럼 미동도 않고 묵묵히 서 있을 뿐이었다.

딜비쉬는 일어서서 몸을 비틀거렸고, 나무줄기에 등을 기댔다. 격한 숨을 몰아쉬고 있었다.

"불공대천不共戴天의 적이여, 네놈이냐? 왜 내 앞에 모습을 드러내지 않는 거지?"

아무 대답도 없었다. 딜비쉬는 다시 들판을 훑어보며 짙은 꽃향기를 들이마셨다. 들판을 바라보던 중에 눈 앞의 풍경이 흔들리기 시작했다. 색채가 번지면서 물체의 윤곽이 일그러진다.

"무슨 일이 일어나고 있는 거지?"

딜비쉬는 앞으로 한 걸음 나아갔고, 블랙 쪽을 향해 비틀거리며 또 한 걸음 나아갔다. 블랙 곁으로 가서 그 목에 팔을 두르고 몸 전체를 기댔다. 그러다가 갑자기 왼손으로 셔츠 앞자락을 걷어 올리고 얼굴에 갖다 댔다.

"이건 혹시 마약……?"

이렇게 말한 순간 힘이 빠지면서 반쯤 무너지듯이 쓰러졌다. 블랙은 여전히 움직이지 않았다.

어둠 속에서 고함소리가 울려 퍼지고, 커다랗게 명령하는 목소리가 들려온다. 딜비쉬는 나무 그늘에 서 있었다. 곱슬곱슬한 턱수염을 기른 거대하고 육중한 몸집의 사내가 꼼짝도 않고 곁에 서 있었다. 두 사람은 불이 깜박이는 쪽을 함께 바라보고 있었다.

"성읍 전체가 불타오르고 있는 것 같소."

거구의 사내가 굵은 목소리로 말했다.

"응. 아무래도 태양을 숭배하고 있는 산적들이 주민들을 살육하고 있는 듯한 소리로군."

"여기 있어 보았자 득 될 것이 없소. 놈들의 머릿수가 너무 많으니까. 더 이상 지체하다가는 우리도 저자들의 칼에 갈가리 찢길 거요."

"맞는 얘기야. 게다가 난 조용한 저녁 시간을 보내고 싶었어. 저곳을 우회해서 우리 갈 길을 가기로 하세."

두 사람은 그늘 속으로 걸어 들어갔고, 살육의 현장을 피해 움직였다. 살해당한 사람의 수가 늘어나면서 비명소리도 줄어들었다. 산적들 대다수는 노략질한 물건들을 쌓아 놓고 불길에 휩싸인 여관에서 약탈한 술병을 기울여 술을 마시고 있었다. 그중 몇몇은 아직 살아남은 여자들이 옷이 갈가리 찢긴 채로 퀭하게 눈을 뜨고 누워 있는 곳에서 줄을 짓고 서 있었다. 길 너머에 있는 집의 지붕이 갑자기 무너지면서 밤하늘을 향해 분수처럼 불똥을 튕겼다.

"만약 저자들 중 몇 명이 비틀거리며 이쪽으로 온다면……." 그들을 피해 돌아가던 중에 곱슬머리 사내가 말했다. "발목부터 거꾸로 매달아 놓고 내장을 뽑아서 신들에게 바치면 어떻겠소?"

"눈을 크게 뜨고 있게나. 정말로 그런 행운이 찾아올지도 모르니까 말이야."

그러자 사내는 쿡쿡거리며 웃었다.

"평소에도 당신 말은 농담인지 진담인지를 종잡을 수가 없소." 잠시 후 그가 말했다. "아마 당신은 결코 농담을 하지 않는 건지도 모르겠군. 그 또한 재미있다면 재미있다고 할 수 있겠소. 다른 사람 입장에서 보면 말이오."

두 사람은 성읍과 평행하게 이어지는, 덤불이 산재한 바위투성이의 내리막길을 따라 움직였다. 왼쪽에서 들려오는 비명소리가 점점 희미해지기 시작했다. 때때로 불길이 솟구치면 그들 주위에서 그림자들이 춤을 추었다.

"농담이 아니었네." 잠시 후 딜비쉬는 말했다. "아마 난 농담하는 법을 잊어버렸는지도 몰라."

사내가 딜비쉬의 어깨에 손을 댔다.

"앞에 보이는 저 공터……."

사내가 말했다. 두 사람은 멈춰 섰다.

"응. 기억이 나는군……."

"저곳에 무엇인가가 있소."

두 사람은 느린 속도로 다시 움직이기 시작했다. 들판 너머에 보이는, 가지를 넓게 펼친 나무 근처에서 횃불처럼 보이는 것들 몇 개가 규칙적으로 깜박이고 있었다.

더 가까이 다가가자 조그만 돌제단 부근에 산적들이 모여 있는 것이 보였다. 그중 한 명은 제단 위에 앉아서 포도주 병으로 나팔을 불고 있었다. 다른 두 사내가 녹색 옷을 입은 금발의 젊은 여자를 끌고 들판을 가로질러 오고 있다. 여자는 양손을 등 뒤에서 결박당한 상태였다. 여자는 뭐라고 말했지만, 뭐라고 했는지는 알아들을 수 없었다. 사내들은 몸부림치며 저항하는 여자를 뒤에서 밀었다. 여자가 쓰러지자 사내들이 억지로 일으켜 세우는 것이 보였다.

"저 여자가 누군지 알아." 딜비쉬가 말했다. "이곳 주민들의 여제관인 사냐로군. 하지만……."

딜비쉬는 양손으로 관자놀이를 눌렀다.

"하지만 무슨 일이 일어났던 거지? 난 어떻게 해서 이곳에 왔지? 내가 사냐를 마지막으로 본 것은 정말로… 정말로 오래전의 일인 것 같은데……."

딜비쉬는 몸을 돌려 동료의 얼굴을 들여다보았고, 그의 팔을 움켜잡았다.

"자네, 내 친구. 정말 오랫동안 자네를 알고 지냈다는 느낌이 있지만… 용서해 줘. 자네 이름이 생각나지 않는군."

거구의 사내 미간에 주름이 잡혔고, 눈이 가늘어졌다.

"나는… 당신은 나를 블랙이라고 불렀소." 사내는 갑작스레 말했다. "그렇소. 그리고 이 모습은 나의 원래 형태가 아니오! 이제 기억나기 시작하는군. 그건 낮이었고, 이 들판에는 꽃이 만개해 있었소. 아무래도 우리는 잠이 든 것 같소. 그리고 저 마을! 하지만 그때는 마을의 잔해에 불과했는데……."

사내는 머리를 흔들었다.

"무슨 일이 일어났는지 모르겠소. 어떤 주문이, 어떤 마력이 우리를 이 장소로 데려왔는지도."

"자네에게도 독자적인 마력이 있지 않나?" 딜비쉬가 말했다. "그걸 쓰면 도움이 안 될까? 아직도 그걸 쓸 수 있을 것 같나?"

"난… 난 모르겠소. 아무래도 무엇인가를 잊은 듯하오."

"만약 우리가 이곳에서 — 이곳이 꿈속이든 무엇이든 간에 — 죽는다면 우리는 정말로 죽게 되는 걸까? 그걸 알아볼 수는 없나?"

"우리는… 이제는 아까보다는 뚜렷해지기 시작했소. 이 들판의 꽃들이 우리 목숨을 노렸던 거요. 빨간색 꽃은 여행자들을 죽이는 놈들이오. 그 향기로 사람들을 마비시킨 다음, 그 몸을 감고 생기生氣를 빨아들이는 것이오. 하지만 무엇인가가 끼어들면서 놈들의 그런 시도를 방해했소. 이것은 꿈이 아니오. 우리는 과거에 실제로 일어났던 일을 목격하고 있소. 이미 일어난 일들을 우리 힘으로 바꿀 수 있는지는 나도 모르겠소. 하지만 우리가 이곳으로 와 있는 것은 틀림없이 어떤 이유가 있기 때문이오."

"그렇다면 우리는 여기서 죽을 수도 있다는 애긴가?"

딜비쉬가 되풀이했다.

"그럴 것이라는 확신이 있소. 나조차도 예외가 아니오. 만약 내가 이 장소에서 죽는다면… 그럴 경우 온갖 종류의 놀랄 만한 신학적 문제들이 야기될 것이라는 점을 상상하기는 어렵지 않지만."

"염병할!"

딜비쉬는 이렇게 내뱉고 앞으로 나아가기 시작했다. 그들은 공터 주위의 그늘진 부분을 지나 그 반대편을 향해 갔다.

"아무래도 저놈들은 여신의 제단 위에서 여제관을 산 제물로 바칠 생각인 것 같아."

"그렇소." 블랙은 딜비쉬 곁에서 소리 없이 움직이며 대꾸했다. "나도 저놈들이 마음에 들지 않고, 우리 두 사람 모두 무장하고 있소. 어떻게 하고 싶소? 놈들은 제단 옆에 상당수가 모여 있고, 다른 두 명은 여자를 잡고 있소. 하지만 우리는 놈들에게 발각되지 않고 아주 가까운 곳까지 접근할 수 있을 것이오."

"동감이네. 자네 그 검을 쓸 줄 아나? 지금 취하고 있는 형태에는 익숙하지 않다고 하지 않았나?"

블랙은 쿡쿡거리며 웃었다.

"내게 완전히 낯선 물건은 아니오. 오른쪽에 있는 저 두 놈은 영문도 모르고 지옥에 떨어지게 될 것이오. 내가 놈들을 저승으로 보내는 동안 당신은 끄트머리에 있는 저놈을 처치하면 어떻겠소. 그런 다음에는 왼쪽에 보이는 저놈을 없애 주시오."

블랙은 긴 날이 달린 양손용 장검을 소리 없이 뽑아 한 손에 쥐었다.

"저놈들 모두가 약간 취해 있을지도 모르오. 그것이 사실이라면 우리에게 유리하게 작용할 것이오."

딜비쉬도 검을 뽑았다. 그들은 함께 제단 쪽으로 접근했다.

"언제든 신호를 하게."

딜비쉬가 속삭였다.

블랙은 검을 치켜들었다.

"지금이오!"

블랙은 깜박거리는 횃불 아래서 눈에 거의 보이지 않을 정도로 빠르게 움직였다. 딜비쉬가 첫 번째 상대를 덮친 순간 이미 잘려 나간 머리 하나가 피를 뿜으며 발치로 굴러 왔고, 두 번째 희생자도 이미 쓰러지고 있었다.

딜비쉬가 방금 죽인 산적의 몸에서 검을 뽑아내고 다음 상대를 향해 몸을 돌린 순간 사내들이 일제히 고함을 질렀다. 블랙의 칼날이 또다시 아래로 떨어지며 검을 든 사내의 팔을 팔꿈치 부분에서 절단했다. 그와 동시에 블랙의 왼쪽 발이 번개처럼 앞으로 날아가며 제단 위에 있던 사내의 엉덩이뼈를 강타했다. 등골이 부러지는 뚝 하는 소리와 함께 사내는 지면에 나뒹굴었다.

그러나 이제는 남은 산적들 모두가 검을 뽑아 들고 있었다. 들판 반대편에서 불타오르고 있는 성읍 쪽에서도 잇달아 고함 소리가 들려왔다. 딜비쉬는 무기를 든 사내들이 이쪽을 향해 달려오는 광경을 흘긋 곁눈질했다.

딜비쉬는 맹렬한 공격으로 두 번째 사내를 뒤로 몰아붙인

다음 날아오는 칼날을 옆으로 쳐냈고, 상대의 무릎을 걸어차면서 강렬한 일격을 가해 목을 반쯤 절단했다.

뒤로 돌아서 막 자신을 덮치려던 사내를 향해 검을 휘두른다. 블랙이 산적 하나를 제단에 내동댕이쳐서 머리통을 박살내고, 장검의 긴 날로 다른 산적을 꼬치처럼 꿰는 광경이 눈에 들어왔다. 그 일격이 너무나도 강렬했던 탓에 칼날에 꿰인 사내의 두 발이 공중에 떠 있었다. 이제 고함소리는 사방팔방에서 들려오고 있었다.

딜비쉬는 상대방의 품으로 파고들며 검의 가드[15]를 주먹처럼 휘둘러 사내의 턱을 박살냈다. 쓰러지는 사내를 걸어차면서 다음에 덤벼든 사내가 들고 있는 검의 가드 틈새로 자신의 검을 찔러넣었다. 검을 잡아 빼자 사내의 손가락 여러 개가 잘려 나갔다. 사내는 비명을 지르며 검을 떨어뜨렸다. 그러자마자 딜비쉬는 고개를 푹 숙여 머리를 향해 날아온 칼날을 피했고, 낮게 휘두른 검으로 상대의 오금을 잘라 불구로 만들었다. 산적 두 명이 또 달려오며 공격에 합류하자 딜비쉬는 뒤로 몇 걸음 물러났고, 재빨리 원을 그리듯이 움직여서 그중 한 명을 방패로 삼았다. 상대의 검을 옆으로 쳐내면서 찌르고, 상대가 그 공격을 받아넘기자 이번에는 딜비쉬 자신이 그것을

---

15 가드Guard : 서양 장검의 자루 앞쪽이나 자루 전체를 감싼 방호용 부품.

받아넘기고, 다시 찌르고, 상대가 그 공격을 받아넘긴 순간 옆으로 돌아서 손목을 그었다. 어딘가에서 블랙이 포효하는 소리 - 반은 인간이고, 반은 짐승이 내는 듯한 - 가 들린다. 여러 사람의 목청에서 터져나오는 절규가 연이어 들려왔다.

딜비쉬는 발을 걸어 손목을 다친 사내를 넘어뜨린 다음 짓밟았다. 두 번째 사내의 배에 검을 찔러 넣은 순간, 어깨가 따끔한 것을 느꼈다. 자기 어깨에서 흐르는 붉은 피를 흘낏 보고는 몸을 돌려 새로운 상대를 마주본다……

반쯤 꿈꾸는 듯한 느낌의 연속 동작으로 이 사내를 쓰러뜨렸다. 다른 사내가 돌진해 오다가 방금 지면 위로 쏟아진 피에 미끄러졌다. 딜비쉬는 사내가 일어나기 전에 재빨리 숨통을 끊어 놓았다.

허리를 곤봉에 맞았다. 한순간 허리를 푹 꺾었다가 검을 마구 휘두르며 뒤로 물러났다. 블랙이 곁에 있는 것이 보인다. 여전히 거의 무모해 보이는 검기劍技를 구사하며 산적들을 잇달아 쓰러뜨리고 있다. 블랙을 불러서, 서로 등을 맞대고 좀 더 완전한 방어를 갖추자고 말하려고 했을 때……

날카로운 비명소리가 울려 퍼지자 사내들은 일순 주저했고, 일제히 고개를 돌려 제단 쪽을 보았다. 한순간 모든 동작이 얼어붙었다.

여제관 사냐는 돌제단 위에 쓰러져서 피를 흘리고 있었다.

큰 키의 금발 남자가 여제관의 가슴에서 막 검을 뽑는 참이었다. 여제관 사냐의 입술은 여전히 움직이며 저주 혹은 기도를 외우고 있었지만 목소리는 들리지 않았다. 남자의 입술도 움직이고 있었다. 성읍 쪽에서 새로 나타난 사내들의 무리가 들판을 가로질러 오고 있다. 사냐의 왼쪽 입가에서 빨간 피가 흐르기 시작하더니 갑자기 머리를 옆으로 떨어뜨리는 것이 보였다. 퀭하게 뜬 눈은 아무 것도 보고 있지 않았다. 금발의 사내가 고개를 들었다.

"자, 저 두 놈도 여기로 데려와!"

사내는 이렇게 외치고는 검을 들어 올려 딜비쉬와 블랙을 가리켰다.

바로 이때, 사내의 옷소매가 아래로 흘러내리면서 오른쪽 팔뚝을 뒤덮은 일련의 푸르스름한 문신이 드러났다. 딜비쉬는 예전에도 그런 무늬를 본 적이 있었다. 구릉족의 샤먼들은 이런 식으로 자기 몸에 표시를 남기곤 한다. 각각의 표시는 인근 부족과 벌인 전쟁에서 승리했다는 사실을 의미하고, 그것을 몸에 지닌 인물에게 힘을 부여한다고 한다. 그런 인물이, 왜 이런 넝마 같은 무법자들 무리와 함께 있는 것일까? 그것도 두목 노릇을 하면서? 혹시 전쟁으로 자기 부족이 전멸당하기라도 한 것일까? 그게 아니라면?

딜비쉬는 깊게 숨을 들이켰다.

"그럴 필요는 없어! 내가 거기로 가 주지!"

딜비쉬는 이렇게 외치며 앞으로 뛰쳐나왔다.

딜비쉬의 검은 제단 위에서 상대방의 검과 맞부딪쳤고, 튕겨 나왔다. 딜비쉬는 제단 주위를 돌기 시작했다. 샤먼도 함께 돌기 시작했다.

"너의 부족에게서 추방을 당했나?" 딜비쉬가 물었다. "도대체 무슨 죄목이었지?"

사내는 한순간 딜비쉬를 노려보았지만, 이내 미소 짓고는 팔을 크게 휘둘러 자신을 도와주려고 달려오는 부하들에게 멈추라고 명했다.

"이놈은 내 거야. 너희들은 다른 놈을 맡아."

사내는 왼손 ― 역시 문신으로 뒤덮여 있었다 ― 을 오른쪽으로 움직여 자신의 검에 갖다 댔다.

"내가 어떤 인간인지 알고도 도전하다니 무모한 놈이군."

사내가 쥐고 있는 검의 도신刀身을 따라 불길이 타올랐다. 느닷없이 눈부신 빛이 출현하자 딜비쉬는 눈을 가늘게 떴다.

사내가 검을 휘두르자 불로 이루어진 복잡한 무늬가 공중에 출현했다. 그러나 딜비쉬는 자신을 찌르려고 한 상대방의 첫 번째 공격을 받아넘겼다. 그 순간 손이 뜨거워지는 느낌이 왔다. 어깨 너머로 블랙이 지르는 포효와 함께 또다시 칼날이 맞부딪치는 소리가 들려왔다. 산적 한 명이 절규했다.

딜비쉬는 검을 내리쳐 상대방을 공격했지만 불타는 검에 저지당했다. 손목이 점점 더 뜨거워지는 것을 자각하며 상대의 검을 다시 맞받아쳤고, 빈틈을 찾아보았다.

두 사람은 제단과 나무에서 조금 떨어진 시야가 트인 풀밭으로 이동해서 서로의 실력을 가늠해 보기 시작했다. 뒤쪽 어딘가에서 들려오는 소리로 미루어 보건대 블랙은 여전히 건투하고 있는 듯했다. 그렇지만 딜비쉬는 블랙이 얼마나 오래 더 그럴 수 있을까 하는 의구심을 느꼈다. 괴력과 번개 같은 몸놀림에도 불구하고, 블랙에게 몰려오는 적의 머릿수가 너무 많았다.

몇 합을 더 싸우는 사이에 딜비쉬의 옷소매에서 연기가 피어오르기 시작했다. 이 샤먼은 솜씨가 좋은 검객이었다. 게다가 부하들과는 달리 술기운이 전혀 없었고… 딜비쉬만큼 숨을 헐떡이고 있지도 않았다.

이런 일들에는 도대체 어떤 의미가 있는 것일까? 딜비쉬는 튕겨 나올 줄 알면서도 상대방의 머리를 향해 검을 내리치며 생각했다. 뒤로 물러나고, 가슴을 향해 날아온 강렬한 리포스트[16]를 받아넘기고, 상대방의 방심을 유도할 목적으로 잠시 비틀거리는 척하다가 다시 자세를 가다듬었다. 우리는 왜 이

---

16 리포스트Riposte : 공격을 되받아 찌르는 펜싱 기술.

곳에 와 있는 것일까? 왜 블랙은 변신해야 했을까? 우리는 왜 이토록 오래된 살육의 장소로 보내어진 것일까?

딜비쉬는 계속 뒤로 물러나며 상대방의 스타일을 연구했다. 짐짓 지친 시늉을 해 보이기는 했지만 절반은 엄살이 아니었다. 딜비쉬는 눈부시게 불타오르는 검을 보며 눈을 깜박거렸다. 오른손은 방금 화덕에 넣었다가 빼낸 것처럼 뜨거웠다. 나는 왜 이미 죽을 운명에 있는 여자를 살리려고 달려온 것일까. 그것도 이토록 열세에 몰린 상황에서?

갑자기 어떤 환영幻影이 딜비쉬의 뇌리를 스치고 지나갔다. 지금과는 다른 어느 날 밤, 먼 옛날, 다른 젊은 여자가 다른 마법사의 손에 의해 희생당하려는 광경의 환영이. 그리고 그가 그때 했던 행동의 결말은… 딜비쉬는 미소 지었다. 자신이 또 똑같은 일을 해 버렸고, 만약 이와 같은 상황에 다시 직면한다면 역시 같은 행동을 하리라는 사실을 깨달았기 때문이다. 오랜 고통의 세월을 보내던 중에도 딜비쉬는 여러 번 이와 같은 생각을 하곤 했다. 이 짧은 순간, 딜비쉬는 자신의 일면을 보았다. 자기 내부의 어떤 것, 시련에 의해 부서진 것이 아닌가하고 두려워하고 있었지만 실은 바뀌지 않고 그대로 남아 있었던 자신의 일부를 말이다.

또다시 상대방을 머리를 향해 검을 휘둘렀다. 아까 자신의 검을 받아넘긴 샤먼의 동작에는 어딘가 마음에 걸리는 데가 있다.

혹시 어딘가의 호의적인 신이 딜비쉬의 이런 행동을 예상했던 것일까? 어떤 불가해한 목적이 있어서 이 전투에 참가시키고, 죽음의 은사恩賜 삼아 딜비쉬 자신에 관한 작은 통찰력을 하사해 주었던 것일까? 그게 아니라면?

그렇다! 저자의 리포스트에는 너무 힘이 들어가 있다! 만약 뒤로 물러나면서 상대의 검 아래를 누비고 원을 그리듯이 후려친다면…….

딜비쉬는 어떤 동작을 할지를 계획하면서 뒤로 후퇴했고, 다시 한 번 비틀거리는 시늉을 했다.

오른쪽 어딘가에서 블랙이 욕설을 내뱉는 소리가 들려왔다. 또 다른 산적이 비명을 질렀다. 설령 여기서 샤먼을 죽이더라도 들판에 남아 있는 산적들과 불타오르는 성읍에서 이쪽으로 오고 있는 산적들을 상대로 우리 두 사람이 얼마나 오래 견뎌낼 수 있을까?

그러나 다음 순간 – 불타오르는 검 탓에 눈물이 맺힌 눈으로 보았기 때문인지는 확신할 수가 없었지만 – 눈 앞의 풍경 전체가 물결치며, 너울거리는 것처럼 보였다. 한순간 모든 것이 얼어붙었다. 상대방의 검을 걷어 내는 자신의 검, 땀에 젖은 샤먼의 얼굴에 떠오른 찡그린 표정… 시간을 초월한 이 찰나, 딜비쉬는 기회가 왔음을 알았다.

상대방의 머리를 향해 검을 휘둘렀다. 샤먼은 이것을 받아 넘겼다. 불타는 검이 호弧를 그리며 딜비쉬의 가슴을 향해 번득였다.

딜비쉬는 뒤로 물러나며 시계 방향으로 원을 그리듯이 검을 후려쳤고, 위로 들어올렸다. 불타는 칼끝이 딜비쉬의 오른쪽 팔뚝 위쪽의 옷소매를 꿰뚫었다.

딜비쉬는 몸을 비틀며 화상을 입은 오른쪽 손목을 왼손으로 부여잡았지만, 앞으로 쭉 뻗은 검 끝은 그대로 샤먼의 가슴을 겨누고 있었다. 무리한 동작 탓에 이미 균형을 잃은 몸을 앞으로 그대로 내던졌고, 상대와 거의 동시에 쓰러지면서 자신의 검이 상대의 몸을 꿰뚫는 것을 보았다. 그 순간 샤먼의 뜨거운 칼날이 오른쪽 허벅지 위에 와 닿는 것을 느꼈다. 그러자 또다시 아까 경험한 그 너울거림과 시간을 초월한 듯한 맥동脈動이 왔고, 그것이 지속되면서……

가까스로 몸을 일으켜 칼을 잡아 뺐다. 색채 – 불길의 색깔, 갈색, 초록색, 선홍색의 색채가 딜비쉬 주위에서 번지기 시작했다. 땅 위에 떨어진 불타는 검이 깜박거리다가 흐릿해졌고, 꺼졌다. 곧 그 검 또한 변화하는 화폭 위의 검은 오점이 되었다. 블랙이 있는 쪽에서 들려오던 전투의 소음도 사라졌다.

딜비쉬는 검을 쥐고 방어 자세를 취하며 일어섰다. 적이 나타나면 즉각 휘두를 수 있도록 팔에 힘을 주었지만 더 이상 딜비쉬에게 다가오는 것은 아무 것도 없었다.

들판 끄트머리, 죽은 여제관이 쓰러져 있는 제단 쪽에서 어떤 목소리가 말을 걸어오는 것을 느꼈다. 여자 입에서 나오는 약간 귀에 거슬리는 목소리. 딜비쉬는 여전히 눈물이 맺힌 눈으로 그쪽을 바라보았다가 그 즉시 고개를 돌려 외면했다. 딜비쉬의 눈에 보인 것은 오직 빛뿐이었다. 심장이 뛸 때마다 점점 더 밝아진다.

"나를 위한 찬송을 들었다, **해방자**여." 목소리가 말했다. "그래서 나는 보았고, 그대에게서 내가 신뢰해도 좋을 만한 것을 보았던 것이다. 과거의 악행을 원래 상태로 되돌릴 수는 없지만, 나는 오랫동안 이런 정화淨化를, 태양을 숭배하는 자들의 자취를 씻어 낼 기회를 기다리고 있었다!"

딜비쉬 주위에서, 그를 공격하려고 왔던 사내들의 모습이 마치 젖빛 유리를 통해 보는 것처럼 보이기 시작했다. 그들은 우뚝 선 채로 너울거리기 시작했다. 그가 보고 있는 사이에도 점점 윤곽이 흐려지고 있었다. 그러나 그중 한 명만은 소리 없이 왼쪽에서 다가오는 듯했다.

목소리가 부드러워졌다.

"…그리고 그대, 비록 짧은 기간이었다고는 하나 이 장소를 사랑해 주었던 그대여! 나의 축복을 받으라!"

사내는 아주 가까운 곳까지 다가와 있는 듯했다. 검을 들어올리고, 좌우로 몸을 완만하게 흔들고 있었다. 다른 사내들은 모두 점점 밝아지는 빛 속에서 번진 색채로 변했다. 눈 앞의 사내 또한 변화하고 있는 듯했다. 딜비쉬는 검을 휘둘렀고······.

꽃이 떨어졌다.

딜비쉬는 앞으로 손을 내밀며 기댈 곳을 찾았지만 아무 것도 없었기 때문에 검을 지팡이 삼아 일어섰다.

땅을 짓밟는 소리가 한 번 들리더니 곧 정적이 찾아왔다. 주위는 오후의 햇살로 가득 차 있었다. 키가 큰 풀들 사이에서는 잘려 나가고 짓밟힌 꽃들이 여기저기에 널려 있었다. 아직도 남아 있는 꽃들은 여전히 해를 마주보고 흔들리고 있다.

"블랙?"

"왜 그러시오?"

딜비쉬는 고개를 돌렸다. 블랙도 머리를 흔들고 있었다.

"기묘한 환영幻影을 보았는데······."

딜비쉬는 운을 뗐다.

"꿈은 아니었소."

블랙이 딜비쉬 대신 말을 맺었다. 빨갛게 부어올라 욱신거리는 손과 여러 개의 베인 상처에서 여전히 흘러나오는 피를 본 딜비쉬는 상대방의 말이 옳다는 것을 깨달았다.

"마나타. 남은 일을 마저 끝내겠어. 당신이 내게 보여 준 것을 위해서라도."

산기슭의 작은 언덕에 올랐을 때 블랙이 말했다.

"당신 곁에서 그렇게 싸우니 기분이 좋았소. 나도 그 주문을 배울 수 없을지 궁금하오."

"나도 자네가 함께 있어 줘서 좋았네." 블랙을 타고 점점 길어지는 땅거미를 향해 가며 딜비쉬는 말했다. "아주 좋았어."

"이제 대상隊商의 수령들에게 길은 안전하다고 말할 수 있을 것이오."

"응. 자네도 그 소리를 들었나?"

블랙은 잠시 침묵하고 있었다. 그러고는 "꽃은 비명을 지르지는 않소"라고 말했다.

그들의 뒤쪽 아래에서는 아직도 연기가 피어오르며 점점 짧아지는 햇살 너머로 흘러가고 있었다.

저주받은 자, 딜비쉬

 딜비쉬가 골그린을 출발한지 사흘 째 되는 날이었다. 그는 실패로 끝난 무법자 무리의 공성攻城으로 손상을 입은 성벽을 수리하는 공사판에서 2주 동안 인부로 일했다. 먼지를 뒤집어쓰며 힘들게 일해야 했지만 좋은 음식이 나왔고, 지갑에도 돈을 두둑이 채울 수 있었다. 선술집에서 도박을 해서 일당을 원래 액수의 두 배로 늘린 덕택이기도 했다. 햇볕이 내리쬐는 늦은 오후, 딜비쉬는 새들백에 식량을 채우고 기복이 심한 삼림 지대를 지나 남쪽의 칸나이 산맥을 향해 가고 있었다. 딜비쉬가 이 방향으로 가려고 마음먹은 것은 이미 한 달 전의 일이었다. 눈 먼 시인이자 환시자幻視者인 올그릭에게서 이쪽으로 가면 원하는 것을 찾을 수 있으리라는 얘기를 들었던 것이다. '초시간성超時間城'이라고 불리는 오래된 성채로 가면…….

말 위에서 이런 생각을 하며 길모퉁이를 돌자 검을 뽑아 든 사내가 앞길을 가로막았다.

"거기 가는 여행자, 말을 멈춰!" 사내가 외쳤다. "당신 지갑을 뺏어야겠어!"

딜비쉬는 재빨리 길 좌우를 확인해 보았다. 다른 동업자들은 없는 듯했다.

"웃기지 마!"

이내 딜비쉬는 이렇게 말하고는 자신의 검을 뽑았다.

딜비쉬가 탄 거대한 검은 말은 걸음걸이를 늦추는 대신 그대로 사내를 향해 달려갔다. 사내는 블랙의 번들거리는 옆구리를 보고는 옆으로 홱 비키면서 지나가는 딜비쉬를 향해 검을 내리쳤다.

딜비쉬는 상대의 칼날을 받아넘겼지만 반격하지는 않았다.

"형편없는 칼솜씨로군. 그냥 가세." 딜비쉬는 블랙에게 말했다. "굳이 피를 흘리고 싶으면 다른 상대를 찾아보라고 해."

배후에서 사내가 검을 내동댕이치는 소리가 들렸다.

"염병할!" 사내가 외쳤다. "왜 나를 죽이지 않은 거지?"

"잠깐만 기다려, 블랙."

딜비쉬가 말했다.

블랙은 멈춰 섰고, 딜비쉬는 고개를 돌리고 뒤를 돌아다보았다.

"실례지만 정말 호기심을 자극하는 말이로군. 그러니까 내가 당신을 베는 걸 원했다는 얘긴가?"

"제정신을 가진 자라면 마땅히 나를 베어야 했어!"

딜비쉬는 고개를 가로저었다.

"아무래도 당신은 무장 강도의 원칙에 관해서 조금 더 배워야 할 듯하군. 요컨대 강도질이란 자기는 다치지 않으면서 다른 사람을 희생시켜 재정적인 이득을 얻는 행위야. 만약 육체적으로 피해를 본다면 그건 자신이 아니라 상대방이어야 해."

"웃기지 마!"

사내가 말했다. 사내의 눈에 교활한 표정이 떠오르는가 싶더니, 다음 순간 재빨리 몸을 웅크리고 땅에 떨어져 있던 검을 집어든다. 사내는 높게 치켜든 검을 휘두르며 딜비쉬를 향해 돌진해 왔다.

아직 칼집에 검을 집어넣지 않고 있던 딜비쉬는 그냥 그 자리에서 기다렸을 뿐이었다. 상대방이 자신을 향해 검을 내리치자 옆으로 강하게 쳐냈다. 사내의 손에서 검이 날아가더니 길 뒤쪽으로 몇 걸음 떨어진 곳에 떨어졌다.

딜비쉬는 재빨리 말에서 내려 뒤쪽으로 성큼성큼 걸어갔다. 상대방이 땅에 떨어진 검을 다시 집어들기 전에 칼날을 한쪽 발로 밟았다.

"또 똑같은 짓을 하는군! 얼어 죽을! 또 똑같은 짓을 했어!" 사내의 눈가에 이슬이 맺혔다. "왜 공격을 안 하는 거지?"

그러고는 느닷없이 달려와 딜비쉬가 든 검에 스스로 몸을 꿰려고 했다.

딜비쉬는 칼끝을 옆으로 돌리고 이름 모를 사내의 어깨를 움켜잡았다. 얼굴 가장자리에 검은 수염을 기르고, 눈도 검은 작은 몸집의 사내였다. 왼쪽 귀에는 은 귀걸이를 하고 있었다. 가까이서 보니 처음 보았을 때보다 더 나이가 들어 보였다. 눈가에 잔주름이 그물처럼 얽혀 있다.

"동전 몇 닢이라든지 빵이 필요하다면 줄 용의가 있어. 같은 인간이 이토록 지독한 절망감에 사로잡힌 것을 보고 싶지는 않으니까 말이야. 특히 그 문제의 인간이 이토록 어리석은 행동에 나설 경우에는."

딜비쉬가 말했다.

"그런 것에는 흥미가 없어!"

사내가 외쳤다.

사내가 몸부림치기 시작했기 때문에 딜비쉬는 손아귀에 더 힘을 주었다.

"흐음, 그럼 도대체 무슨 목적으로 이러는 거지?"

"난 당신이 날 죽여주기를 원했던 거야!"

딜비쉬는 한숨을 쉬었다.

"유감이지만 그 희망을 이루어 줄 생각은 없어. 죽일 때는 상대를 골라 죽이는 것이 원칙이라서 말이야. 누군가의 강요를 받고 그러고 싶지는 않다네."

"그럼 날 놓아 줘!"

"이런 장난을 계속할 생각은 없어. 그토록 죽고 싶다면, 왜 스스로 목숨을 끊지 않는 거지?"

"그런 일을 하기엔 너무 겁이 많아서 그래. 몇 번 시도해 보았지만 막판에 가서 꼭 마음이 약해지더군."

"아무래도 그냥 무시하고 지나가는 편이 나았을 거라는 생각이 드는군."

딜비쉬가 말했다.

옆으로 다가와서 사내를 열심히 관찰하고 있던 블랙이 고개를 끄덕였다.

"그렇소." 블랙은 짧게 내뱉었다. "그 사내를 기절시키고 우리 갈 길을 가는 것이 낫소. 이곳에서 뭔가 기묘한 일이 일어나고 있소. 게다가 내가 망각하고 있던 능력이 다시 작동하기 시작했소."

"말이 말을 하네."

사내는 나직하게 말했다.

딜비쉬는 주먹 쥔 손을 들어올렸다가 동작을 멈추고 말

했다.

"일단 이자의 얘기를 들어봐도 나쁠 건 없지 않겠나?"

"당신을 이곳에 멈춰 세우게 한 건 호기심이었소." 블랙이 말했다. "이번에는 그걸 극복해 보시오. 그자를 때려눕히고 스스로 자초한 운명에 몸을 맡기도록 하라는 얘기요."

그러나 딜비쉬는 호기심과 이를 극복하려는 마음 사이에서 고민에 빠졌다. 결국 고개를 흔들고 선언했다.

"난 알고 싶어."

"하여튼 영장류의 호기심이란… 그런 지식을 얻는다고 해서 당신에게 도대체 무슨 이득이 된단 말이오?"

"그럼 그걸 얻는다고 해서 무슨 해가 있단 말이지?"

"그 점에 관해서는 몇 시간이라도 곰곰이 고찰해 볼 수 있지만, 그럴 마음은 추호도 없소."

"말이 말을 하네."

사내가 되풀이했다.

"당신도 말하지 그래?" 딜비쉬가 말했다. "왜 그토록 죽고 싶어 하는지 그 이유를 얘기해 봐."

"너무나도 끔찍한 사건에 휘말려 든 탓에 거기서 벗어나려면 죽는 것밖에는 달리 방법이 없기 때문이야."

"아무래도 얘기가 길어질 듯한 느낌이 드는군."

블랙이 촌평했다.

"좀 길기는 해."

사내가 대답했다.

"그렇다면 슬슬 저녁 식사 때도 됐고 하니……."

딜비쉬는 이렇게 말하며 새들백으로 손을 뻗었다. 사내의 어깨를 잡고 있던 손에서 힘을 빼고는 "함께 먹겠나?"라고 물었다.

"배는 안 고파."

"그래도 죽을 때는 배가 부른 편이 낫지 않을까."

"아마 당신 말이 옳을지도 모르겠군. 내 이름은 플라이Fly 야."

"괴상한 이름이로군."

"벽을 기어오르는 것이 직업이거든." 사내는 자기 어깨를 문질렀다. "아무도 갈 엄두를 못 내는 장소에도 나는 거뜬히 침입할 수 있지."

딜비쉬는 칼집에 검을 집어넣고 새들백에서 약간의 고기와 빵, 그리고 포도주가 든 플라스크를 꺼냈다. 블랙이 땅에 떨어진 플라이의 검 위에 와서 섰다.

"딜비쉬." 블랙이 입을 열었다. "이 장소에는 어딘가 기묘한 데가 있소."

딜비쉬는 음식을 들고 길가의 작은 공터로 갔다. 그러고는 플라이를 흘낏 보았다.

"그 점에 관해 뭔가 해줄 얘기가 있지 않나?"

딜비쉬가 물었다.

플라이는 고개를 끄덕였다.

"그럴 수 있어. 놈들은 지금 뒤로 물러나 있어. 당혹스러워하고 있는 거야. 당신과 저 녀석……." 플라이는 이렇게 말하며 블랙을 가리켰다. "…을 보고 말이야. 하지만 난 언제까지나 놈들을 피할 수는 없을 거야."

"놈들이란 누구지?"

플라이는 고개를 젓고는 땅바닥에 앉았다.

"이런 일들이 어떻게 시작됐는지부터 얘기하는 편이 더 이해하기 쉬울 걸."

딜비쉬는 단검으로 빵과 고기를 갈랐고, 포도주가 든 플라스크의 마개를 열었다.

"얘기해 보게나."

"난 물건을 훔치는 것이 직업이야." 플라이는 운을 뗐다. "아, 방금 당신한테 하려고 했던 것처럼 훔친다는 얘긴 아냐. 검 따위로 누구를 위협하는 일은 결코 없지. 그 대신 어떤 장소로 가서 귀중품들이 숨겨진 장소가 어디인지를 알아내는 거야. 그리고 그걸 어떻게 손에 넣으면 되는지를 알아내지. 훔친 다음에는 신속하게 그 장소를 빠져나와 충분히 먼 곳까지 가서 그 물건들을 처분하는 거야. 경우에 따라서는 특정 물품을 입수해 달라는 부탁을 받고 그럴 때도 있어. 그 외의 경우에는 완전히 자영업이지."

"위태위태한 인생이로군." 블랙이 더 가까이 다가오며 촌평했다. "그런 일을 하면서 지금까지 안 죽고 살아왔다는 것이 놀라울 정도요."

플라이는 어깨를 으쓱해 보였다.

"그야 내 생업이니까."

숲 속에서 나뭇잎이 버스럭거리는 소리가 들려왔다. 마치 덤불 사이로 커다란 짐승이 지나가는 듯한 소리였다. 플라이는 벌떡 일어나 그쪽을 마주보았다. 잠시 그 자세로 귀를 기울이고 있었지만, 그 소리는 다시 들려오지는 않았다. 플라이는 몇 걸음 옆으로 움직였고, 쓰러진 나무 끝에 있는 땅이 움푹하게 팬 곳으로 가서는 작은 갈색 배낭을 꺼냈다.

"아직도 그대로 남아 있었군." 배낭을 끌어당기며 그는 말했다. "안 그랬더라면 얼마나 좋았을까."

플라이는 또다시 숲 쪽을 응시하다가, 배낭을 들고 다시 딜비쉬와 블랙이 있는 곳으로 되돌아왔다.

"당신은 뭔가를 훔쳤고, 이번에는 누군가의 추격을 받고 있다는 얘기 같은데……."

딜비쉬가 물었다.

플라이는 포도주를 길게 들이켰다.

"그 얘기가 맞아."

"그렇다면 여기 이대로 앉아 있다가는 위험이 닥쳐올지도 모른다는 얘기가 되겠군."

딜비쉬가 말했다.

"그럴 수도 있겠지. 하지만 당신이 추측하는 종류의 위험은 아냐."

플라이가 대꾸했다.

"여보시오 딜비쉬." 블랙이 끼어들었다. "더 이상 그런 뜬금없는 소리는 하지 마시오. 이 사내는 지금 인간 얘기를 하고 있는 것이 아니오. 안 그렇소, 플라이?"

한입 가득 고기와 빵을 베어 물고 우물거리고 있던 탓에 플라이가 대답하는 데는 잠시 시간이 걸렸다.

"흐음… 그렇다고 할 수도 있고, 안 그렇다고 할 수도 있어."

마침내 플라이는 말했다.

구름이 태양을 가리고 차가운 공기가 공터 위를 파도처럼 훑고 지나갔다.

"놈들이 또 다가오고 있어." 플라이가 말했다. "힘을 모으면서. 하지만 당신들을 공격하지는 않을 거야. 놈들이 쫓고 있는 건 나니까 말이야. 당신들을 가만 놓아두지 않을 가능성이 있는 건 다른 자들이야."

"슬슬 얘기해 주지 않겠나." 딜비쉬가 말했다. "도대체 뭘 훔친 거지?"

플라이는 배낭을 열고 손을 집어넣었다. 플라이의 손 안에서 무엇인가가 반짝였다. 길고 폭이 넓은 부드러운 갈색 가죽에 눈부시게 아름다운 보석들을 박아 넣은 띠를 꺼내 보였다. 플라이는 딜비쉬가 띠를 더 잘 볼 수 있도록 양손으로 팽팽하게 잡고 앞으로 걸어나왔다.

"카볼루스의 그림자 벨트야."

플라이는 말했다.

딜비쉬는 손을 뻗어 벨트 끄트머리를 잡았다. 공터는 계속 어두워졌고, 그와는 대조적으로 보석들은 점점 더 밝게 반짝이는 것처럼 보였다.

"멋진 보석들이로군."

딜비쉬는 엄지와 검지로 띠의 가죽 부분을 쥐고 양 끄트머리에 달린 줄을 만져 보았다. 쥠쇠는 따로 없었다.

"오래된 거로군. 카볼루스는 누구이고, 또 왜 이걸 그림자 벨트라고 부르는 거지?"

"카볼루스는 흔히 볼 수 있는 여러 신神들 중 하나야. 따르는 신도들은 얼마 안 되지만 예전에는 지금보다는 수가 더 많았지." 플라이가 대답했다. "신앙의 중심은 여기서 서쪽으로 가면 나오는 칼루산이란 이름의 도시야."

"지도에 나와 있는 걸 봤네. 여기서 반나절 쯤 가면 있는 곳이더군."

"대략 그 정도이지. 카볼루스는 다른 신들의 심부름꾼인 동시에 일종의 중개자 노릇을 하고 있어. 자기 신도들에게는 풍작을 보장해주고, 전쟁이 벌어지면 도와주기도 하고 뭐 그런 일을 하는 신이지. 그리고 카볼루스에게는 살바쿠스라는 이름의 사이가 좋지 않은 형제가 한 명 있어. 살바쿠스는 여기서 북동쪽으로 하루종일 말을 달리면 나오는 술바르라는 도시에서 숭배의 대상이 되고 있지. 이쪽은 대장간의 신이야. 술바르 사람들은 광업이나 금속 세공에 종사하고 있어. 양쪽 도시 사람들 모두 같은 조상에서……."

"잠깐만! 당신의 그 학구열은 감탄할 만하지만, 그 얘기하고 지금 이것과 무슨 관계가 있는 거지?"

"아, 실례. 얘기가 옆으로 샜군. 개종자가 되기 위해서는 이런 얘기를 알아두어야 했거든."

"카볼루스의 신도가 되었다는 얘긴가?"

"그래. 칼루산의 중앙 신전의 내부 구조를 알기 위해서는 그게 가장 쉬운 방법이었어."

"그리고 이 벨트는?"

"그 신전에 안치된 신상의 허리에 둘러져 있었지."

"언제 훔쳤나?"

"어제."

"그래서 무슨 일이 일어났던 거지?"

"처음엔 아무 일도 안 일어났어. 난 서둘러 도시에서 빠져나왔지. 별로 이름이 알려지지도 않은 이런 신의 경우에는 이것이 단지 제관들을 먹여 살리기 위한 가짜 물건인지 아니면 정말로 뭔가 영험이 있는 유물인지 확실하게 알 방도가 없거든."

"그렇다면 이 물건에는 그 뭔가가 있었단 말이군?"

플라이는 고개를 끄덕이고 포도주를 한 모금 더 마셨다. 딜비쉬도 고기 한 조각을 더 먹었다. 공터는 아까보다 한층 더 서늘해진 듯했다. 바람이 강해지면서 나뭇가지들이 덜그럭거렸다.

이윽고 플라이는 말을 이었다.

"처음 몇 시간 동안은 아무 일도 일어나지 않았어. 아마 처음엔 도둑맞은 사실조차도 몰랐을 가능성도 있어. 혹은 나이든 제관 따위가 이 물건을 가져가서 닦고 있다고 생각한 건지도 모르겠군. 어쨌든 간에, 나는 다소나마 시간을 벌 수 있었어. 하지만 마침내 벨트를 도둑맞았다는 사실이 알려지자 수면자睡眠者가 나를 찾아냈고……."

"수면자?"

"응. 제관들 중 한 사람은 언제나 몽환夢幻의 경지에 빠져서 그림자의 땅을 감시하고 있어. 교대로 그러는 거지. 처음에는 약물 따위를 쓰지만, 어느 정도 경험이 쌓이면 약물 없이도 그런 경지에 도달할 수 있어야 한다는군. 난 처음에는 그것이 그냥 즐겁게 시간을 때우기 위한 방편이라고 생각했어. 하지만 이젠 그 이상의 의미가 있었다는 걸 알고 있어."

"그림자의 땅이라고?"

딜비쉬는 공터 너머의 지면이 움푹 패면서 기묘한 자국이 생겨나는 것을 바라보며 말했다. 그 자국은 삼각형이었고, 그 밑변을 따라 조그만 구멍들이 나 있었다.

"그림자의 땅이라는 건 무슨 뜻이지?"

플라이의 먹는 속도가 한층 더 빨라졌다. 허겁지겁 씹고 삼키며, 배를 채우고 있었다.

"우리 세계와는 다르게 존재하는 차원이야." 입 가득히 빵을 우물거리며 그는 겨우 말했다. "우리가 있는 차원과 맞닿아 있다더군. 몇몇 장소에서는 서로 통해 있기도 하고. 그런 장소는 언제나 조금씩 위치를 바꾼다고 해. 어떤 의미에서는 카볼루스의 영역이라고도 할 수 있어. 다른 신들을 위해 심부름을 할 때 그곳을 여행하거든. 위험한 것들이 잔뜩 있지만, 카볼루스의 제관들은 건드리지 않는다는군. 좀 설득하면 제관들의 명령을 따른다는 얘기조차 있어. 제관들은 이 영역을 여행하며 많은 일들을 알아내지. 그리고 그곳에서 우리 세계를 바라볼 수도 있어. 틀림없이 그런 방법을 써서 나를 찾아냈던 거야……."

딜비쉬는 처음 생긴 자국 앞에 또 하나의 자국이 생겨나는 것을 보았다.

"그 차원에서 온 것들이 우리 차원에서 출현할 수도 있나?"

딜비쉬가 이렇게 묻자 플라이는 고개를 끄덕였다.

"임리젠이라는 나이든 제관이 몸소 그래 보였어. 길 위에 나타나더니 벨트를 가지고 돌아오라고 명령하더군."

"그래서?"

"그런 뒤에는 보나마나 날 죽일 게 뻔해. 안 돌아오면 그림자의 괴물들을 보내 나를 쫓겠다고 하더군. 어느 쪽이든 간에 난 죽은 목숨이야."

"그래서 차라리 빨리 저세상으로 가려고 했던 건가?"

"처음엔 아니었어. 아직 도망칠 가능성이 있다고 생각했거든. 실은 이 벨트를 훔쳐 달라고 내게 부탁한 것은 살바쿠스의 제관들이었어. 자기들이 섬기는 신으로 하여금 우위를 점하게 하려는 꿍꿍이속이 있었던 거지. 만약 이 벨트를 가지고 그치들과 접선할 수만 있었다면 나는 보호받을 수 있었어. 일단 이 벨트를 손에 넣는다면 그치들은 칼루산과 전쟁을 벌일 작정이니까 말이야. 이곳으로 병사들을 보내서 나를 맞이하고, 살바쿠스에게 이 벨트를 두르게 한 다음에는 그대로 칼루산을 향해 진격할 심산이었던 거야. 하지만 그치들이 여기 도착하기 전에 난 괴물들에게 따라잡혔어. 이제 무사히 도망치기는 글렀어. 놈들은 뭔가 끔찍한 방법으로 날 죽이겠지."

"실체가 없는 놈들인데, 당신을 따라잡은 걸 어떻게 알아차렸나?"

"벨트를 소유한 사람은 그 차원을 들여다볼 수 있어."

"그렇다면 저쪽을 좀 봐 주지 않겠나?"

딜비쉬는 이렇게 말하며 방금 지면에서 예의 괴상한 자국이 두 개 더 나타난 부분을 가리켰다.

"뭔가 특별한 것이 보이지 않나 확인해 줘."

플라이는 뒤로 홱 돌아섰다. 그러자마자 플라이는 벨트를 마치 방패라도 되는 것처럼 몸 앞에 들어올렸다.

"물러서라! 카볼루스의 이름으로! 너에게 명하노라!"

자국이 하나 더 생기며 그들에게 접근해 왔다.

"그냥 그 벨트를 내버리면 어떤가?" 딜비쉬는 검을 뽑아들며 말했다. "던져 버릴 수도 있지 않나?"

"소용없어. 저놈들은 이 벨트를 가지고 있는 자도 함께 추적하라는 명령을 받고 있거든."

자국이 하나 더 생겨나며 그들에게 접근했다.

플라이는 갑자기 뒤로 돌아서며 딜비쉬를 빤히 바라보았다. 입술을 핥고는 지면에 자국이 생겨나는 쪽을 다시 한 번 흘끗 보았다.

그러고는 느닷없이 외쳤다.

"여길 봐! 난 이 벨트를 여기 이 사내한테 주겠어! 이렇게 넘기겠다고! 이젠 이 사내 거야!"

플라이는 딜비쉬를 향해 벨트를 던졌다. 벨트는 딜비쉬의 어깨 위에 걸쳐졌다. 갑자기 눈 앞의 광경이 마치 어스름한 안개를 통해 보는 것처럼 뿌옇게 변했다. 그리고 공터 한복판에서는……. 말발굽 소리가 나더니 블랙의 몸이 딜비쉬와 딜비쉬가 보고 있는 것 사이로 끼어들었다. 플라이가 소름끼치는 비명을 질렀다. 북북 갈고, 우두둑거리는 소리와 함께 무엇인가가 움직이는 소리가 함께 들려왔다.

몸을 일으키면서 벨트를 땅 위에 던진 딜비쉬는 블랙의 어깨 너머를 흘낏 보았다. 플라이는 땅에 쓰러져 있었다. 왼쪽 팔이 보이지 않았다. 딜비쉬가 바라보고 있는 사이에도 우두둑하는 소리가 나면서 플라이의 오른팔, 어깨, 그리고 가슴의 일부가 사라졌다. 우적우적 씹는 소리가 한동안 계속되면서 땅이 피로 검게 물들었다.

"당장 여기서 떠나야 하오!" 블랙이 말했다. "엄청나게 큰 놈이오!"

"자네 눈에는 보이나?"

"지금은 그런 능력을 발휘하고 있기 때문에 희미하게나마

볼 수 있소. 올라타시오!"

딜비쉬는 안장에 올라탔다. 그러는 동안 플라이의 머리, 목, 그리고 가슴이 모두 사라졌다.

블랙이 홱 몸을 돌리자 검을 뽑아 든 네 명의 기수가 말을 몰고 공터로 들어오더니 앞을 가로막았다.

"살바쿠스 만세!"

선두의 기수가 이렇게 외치며 검을 치켜들고 딜비쉬를 향해 돌진해 왔다.

"벨트가 있다!"

다른 기수가 이렇게 외치면서 선두의 기수를 따랐다.

남은 두 기수는 딜비쉬의 양 측면을 포위하려고 했다. 블랙은 선두의 기수를 향해 돌진했고, 딜비쉬는 상대방과 교차한 순간 기만 동작으로 사내의 복부를 베었다. 그 뒤를 따라오던 기수는 검 끝으로 목을 찔렀다.

다음 순간 블랙은 뒷발로 일어섰고, 측면으로 다가온 기수를 금속 발굽으로 내리쳤다. 딜비쉬는 말과 기수가 함께 쓰러지는 소리를 들으며 상체를 뒤틀어 마지막 남은 기수가 내리친 칼날을 받아넘겼다. 딜비쉬가 반격을 하자 상대방도 받아넘겼고, 다시 내리치자 재차 받아넘겼다.

"벨트를 내놓으면 목숨은 살려주겠다."

사내가 말했다.

"난 안 갖고 있어. 땅 위에 떨어져 있잖아. 저기 뒤쪽에."
딜비쉬는 대꾸했다.

사내가 그쪽을 보려고 머리를 돌린 순간 딜비쉬는 그것을 몸통과 분리시켰다. 블랙은 몸을 반대쪽으로 홱 돌리면서 뒷발로 일어섰고, 입과 코에서 불을 뿜어냈다. 거대한 불길이 앞쪽에서 꽃처럼 피어났다. 그러자마자 쉭쉭거리는 소음이 들리더니 호각소리처럼 높아졌고, 곧 삑삑거리는 소리로 바뀌더니 점점 멀어졌다. 마치 무엇인가가 숲으로 후퇴하고 있는 듯한 느낌이었다.

불길과 잔상이 사라지자 딜비쉬는 플라이가 쓰러져 있던 곳을 보았다. 피로 물든 지면 위에는 플라이의 오른발만이 남아 있을 뿐이었다. 수많은 삼각형 발자국이 그 위를 뒤덮고 있었고, 그 발자국들은 이제 나무들 사이로 향하고 있었다.

아래쪽에서 웃음소리가 들렸다. 딜비쉬의 칼에 복부를 베였던 사내가 몸을 푹 꺾은 자세로 앉아 배를 움켜쥐고 있었다. 그러나 사내의 시선은 말 위의 딜비쉬를 향해 있었다. 얼굴에는 경직된 미소가 떠올라 있었다.

"아, 멋있군, 멋있어!" 사내가 말했다. "불을 뿜어 놈들을 쫓아내지를 않나, 우리 모두를 몰살시키지를 않나."

사내는 한쪽 다리를 움직이더니 한손으로 아래쪽을 더듬거렸다. 무엇인가가 반짝였다. 사내는 손을 들어올렸다. 딜비쉬는 사내가 벨트를 깔고 앉아 있었다는 사실을 깨달았다. 사내는 벨트를 움켜쥐고 눈 앞에 들어올렸다. 얼굴이 땀으로 젖어 있었다.

"하지만 나의 동포들이 너를 쫓아올 것이다! 살바쿠스의 제관들이 너를 감시하고 있으니까! 그러니까 도망칠 수 있으면 도망쳐 보라! 괴물들은 되돌아와서 해가 지는 대로 너를 추격해 올 것이다! 네놈에게 그럴 용기가 있다면 죽은 나의 손에서 이 벨트를 빼앗고 나의 저주를 받으라! 결국에는 우리 손에 들어올 것이다! 나의 동포들은 얼마 되지 않아 칼루산에서 잔치를 벌이고, 그것이 끝난 다음에는 성읍 전체를 횃불로 불태울 것이다! 그러니까 도망치라 저주받은 자여! 살바쿠스의 저주를 받으라. 살바쿠스여, 저를 데려가 주십시오!"

사내는 한 손을 앞으로 뻗친 채로 픽 쓰러졌다.

"최후의 연설치고는 나쁘지 않군." 블랙이 평했다. "방금 이 사내가 한 말은 고전적인 요소들을 두루 갖추고 있었소. 협박에, 저주에, 현 상황에 걸맞은 적절한 만용, 그리고 신의 이름까지 불러냄으로써······."

"멋지군." 딜비쉬는 수긍했다. "하지만 문예 비평은 나중에 하기로 하고, 가급적이면 도움이 될 만한 조언을 해 주지 않겠나. 플라이를 잡아먹을 수 있을 정도로 충분한 실체를 가진, 눈에 안 보이는 괴물을 자네가 방금 쫓아낸 것이 맞나?"

"놈의 대부분을 쫓아냈소."

"다시 돌아올까?"

"아마 그럴 거요."

"나를 노리고? 아니면 저 벨트를 되찾으려고?"

"그렇소, 당신을 노릴 것이오. 그 괴물의 성질로 미루어 보건대 벨트를 직접 만질 수 있을 거라고는 생각되지 않소. 저 벨트는 우리 차원과 그림자의 차원에서 동시에 존재하는 것처럼 보이고, 만약 그림자 차원의 생물이 그걸 만진다면 죽지는 않는다 하더라도 격심한 고통을 느끼게 될 거요. 저 물체에는 기묘한 에너지들이 결합되어 있소."

"그렇다면 내 입장에서는 저걸 여기 남겨 두고 가는 것보다는 가지고 가는 편이 조금 유리할지도 모르겠군. 어느 정도는 나를 보호해 줄지도 모르니까 말이야."

"흐음, 그런 측면도 있소. 하지만 그와 동시에 술바르에서 온 병사들의 추격 목표가 될 것이라는 사실도 잊지 마시오."

"그림자의 괴물들을 떼놓으려면 얼마나 멀리까지 도망쳐야 할까?"

"나도 잘 모르겠소. 사실 당신이 어디에 있든 끝까지 쫓아올지도 모르오."

"그럼 내겐 선택의 여지가 별로 없다는 얘기가 되는군."

"그런 것 같소."

딜비쉬는 한숨을 쉬고 말에서 내렸다.

"알았어. 저걸 칼루산으로 가져가서 자초지종을 설명하고, 카볼루스의 제관들에게 돌려주기로 하지. 그쪽에서 내게 설명할 기회를 준다는 전제 하에서 말이야."

딜비쉬는 그림자 벨트를 집어들었다.

"될 대로 되라지."

이렇게 말하고는 허리에 감고 끈을 맸다.

딜비쉬는 고개를 들고는 몸을 비틀거렸고, 한손을 앞으로 내밀었다.

"뭔가 문제라도 있소?"

블랙이 물었다.

세계는 희미한 안개를 통해 비쳐 오는 은빛 광채로 가득 차 있었다. 게다가 아까 보고 있던 것과는 지형이 달랐다. 공터나 그곳에 널린 시체들, 블랙, 그리고 공터 가장자리의 나무 따위는 원래 자리에 있었다. 그러나 이것들뿐만이 아니라 나무를 본 기억이 없는 곳에서도 나무들이 자라 있는 것이다. 가늘고 검은 나무였고, 그중 한 그루는 블랙과 딜비쉬 사이에 서 있었다. 두 개로 겹쳐진 듯한 딜비쉬의 시야에서는 지면 또한 약간 높아져 있는 것처럼 보였다. 마치 잿빛의 작은 언덕에 무릎까지 잠겨 있는 듯한 느낌이었다. 지평선은 안개에 가려져 있었다. 왼쪽에 검은 바위가 보인다. 그 너머에서는 칠흑처럼 검은 형태들이 어슴푸레한 빛 아래에서 격렬하게 움직이고 있었다. 오른쪽에 보이는 그림자 나무를 향해 손을 뻗쳐 보았다. 나무의 감촉을 느꼈지만 손은 그대로 나무를 통과했다. 마치 조용히 흐르는 물에 손을 집어넣은 듯한 느낌이었다. 게다가 차가웠다.

블랙이 아까 한 질문을 되풀이했다.

"이중으로 보여. 우리의 세계하고, 아마 아까 플라이가 얘기하던 다른 차원이 겹쳐 보이는군."

딜비쉬는 이렇게 대꾸하고, 줄을 풀고 벨트를 허리에서 떼어냈다. 아무 것도 바뀌지 않았다.

"사라지지 않는군."

"여전히 벨트를 쥐고 있기 때문이오. 새들백에 쑤셔 넣고 안장에 오르시오. 이제 출발하는 편이 낫겠소."

딜비쉬는 블랙의 말에 따랐고, "여전히 아까하고 똑같은데…"라고 말했다.

"그렇다면 벨트와 가까운 곳에 있기 때문일 것이오."

블랙이 대꾸했다.

"자네도 이걸 운반하고 있으니까, 그 영향을 받고 있지는 않나?"

"내가 그것을 허용한다면 그렇게 될 것이오. 하지만 지금 나는 그 차원을 차단하고 있소. 이중으로 보이는 세계를 달린다는 위험을 무릅쓸 수는 없으니까. 하지만 나아가면서 가끔 둘러보기로 하겠소."

블랙은 플라이가 가르쳐 준대로 칼루산이 있는 방향을 향해 움직이기 시작했고, 숲에서 길이 없는 부분을 가로질렀다.

"지도로 칼루산의 위치를 확인하는 편이 낫겠소. 가장 좋은 경로를 찾아 주시오."

딜비쉬는 현기증 나는 주위 풍경에서 억지로 눈을 떼어내고 오른쪽 새들백에 달린 주머니에서 지도를 끄집어냈다.

"저기 오른쪽에 보이는 모퉁이 너머로 가면 아까 우리가 지나온 길이 다시 나올 거야. 잠시 왔던 길을 약간 되돌아가는 편이 더 쉽겠군. 그런다면 이곳보다는 더 트인 곳으로 나갈 수 있거든."

"알겠소."

블랙은 몸을 돌렸다. 이윽고 그들은 길을 찾아냈다. 길은 딜비쉬의 눈에는 멀고 희미하게 보였다. 딜비쉬는 나뭇가지를 피해 상체를 수그렸고, 곧 그것이 얼굴을 스쳐 지나가는 산들바람과 다르지 않는다는 사실을 깨달았다. 두 세계를 각각 분리시켜 놓는 일이 점점 더 어려워지고 있었다. 잠시 눈을 감아 보기도 했지만, 현기증 때문에 금세 속이 울렁거리기 시작했다.

"나를 위해 이런 환시幻視 상태를 차단해 줄 방법은 없단 말이지?"

딜비쉬는 큰 소리로 말했다. 일견 견고해 보이는 바위를 뚫고 그대로 달리자, 마치 얼음으로 된 터널을 지나가는 듯한 감각이 찾아왔다.

"유감이오. 남한테 전수해 줄 수 있는 종류의 기술은 아닌 것 같소."

딜비쉬는 나직하게 욕설을 내뱉으며 고개를 바싹 숙였다. 잠시 후 전에 지나왔던 길이 갈라지는 지점이 나왔다. 왼쪽 길을 택했다. 분간하기도 쉽고 상당히 편평한데다가 점점 내리막으로 변하는 길이었다. 그들은 석양을 향해 달려갔다. 붉은 햇빛이 주마간산 격으로 주위를 스쳐 지나가는 불안한 환영幻影들을 어느 정도 지워 주기는 했지만, 모두 지울 수 있었던 것은 아니었다. 지성을 가진 듯한 위협적인 나무들이 앙상한 손가락 같은 가지를 흔들면 차갑고, 약하고, 불길한 감촉이 찾아온다. 잿빛의 회전하는 물체가 이따금 그들을 향해 날아오지만, 검으로 쳐내려고 하면 방향을 바꿔 도망치곤 했다. 촉수가 달린 생물들이 미끄러지듯이 다가오며 촉수를 뻗쳐 오지만 달리는 블랙을 따라잡지는 못한다. 얼음장처럼 차가운, 단순한 바람이라고는 믿기 힘든 냉풍冷風에 감싸여 돌진해 오는 검고 얇은 조각들과 길고 가는 모양의 물체들은 납골당에서 나는 듯한 악취를 풍겼다. 이따금 딜비쉬의 귀에 들려오는 짐승 울음소리 같은 것에 관해서는 어느 쪽의 현실에서 온 것인지 확실하지 않았다.

해가 서쪽으로 기울고 땅거미가 지기 시작하자, 여전히 쇠퇴할 기색이 없는 은빛 광채로 휩싸인 다른 세계는 딜비쉬의 감각을 지배하려는 다툼에서 우위에 서기 시작했다. 이제는 그림자 세계 쪽이 오히려 더 밝아 보인다. 안개는 그 밝기에 걸맞게 한층 더 자욱해져 있었지만 말이다. 자신의 세계에서 해가 짐에 따라 다른 차원에 존재하는 물체들의 상대적인 밀도가 더 높아질지도 모른다는 가능성이 딜비쉬의 마음을 무겁게 짓눌렀다.

코끼리만큼이나 큰 어떤 생물이 왼쪽에서 위협적인 태도로 접근해 왔다. 덩치에 비해서는 빠르게 움직였지만 블랙을 따라잡을 수 있을 정도로는 빠르지 않았기 때문에 괴물은 곧 뒤로 쳐지면서 시야에서 사라졌다. 딜비쉬는 한숨을 내쉬고 전방을 응시했다. 반쯤 감촉을 느낄 수 있는 식물의 덩굴손이 딜비쉬의 바지와 웃옷 소매를 때린다.

갑자기 등에 뭔가 무거운 것이 내려앉는 것을 느낀 것은 길모퉁이를 돌기 위해 블랙이 속도를 늦췄을 때였다. 날카로운 발톱이 딜비쉬의 양쪽 어깨를 파고들었다.

딜비쉬는 상체를 비틀며 손을 뻗었다. 괴물이 자신의 머리를 쪼려고 기괴한 머리끝에 달린 날카로운 부리를 쑥 내밀었을 때, 그 아래의 목을 움켜쥐었다. 등에 가해진 충격과 그 자신의 갑작스런 움직임 탓에 딜비쉬는 균형을 잃고 아래로 미끄러졌다. 블랙의 등에서 떨어지자 주위의 그림자 세계가 희미해졌다. 지면으로 함께 떨어지면서 작은 개만 한 크기의 새를 닮은 괴물이 날카롭게 지저귀는 듯한 소리를 내며 얇은 막으로 된 날개를 퍼덕거렸지만, 딜비쉬는 괴물을 꽉 움켜쥐고 비틀고는 땅 위로 던져버렸다. 땅에 떨어지자마자 괴물은 그 즉시 몸을 돌려 빼더니 날개를 퍼덕거려 딜비쉬의 머리를 때렸다. 잠시 후 괴물은 뒤로 휙 물러나더니 황급히 사방팔방을 둘러보기 시작했다. 이윽고 괴물은 하늘로 날아올라 길 오른쪽으로 활공해 갔고, 나무 사이로 사라졌다.

"도대체 무슨 일이 일어났던 거지?"

딜비쉬는 블랙을 향해 걸어가며 말했다.

"당신은 방금 그 괴물을 그림자 세계에서 우리 세계로 이동시키는 데 성공했소." 블랙이 대답했다. "벨트의 힘이 작용하는 범위에서 떨어져 나갔을 때 당신은 그놈을 붙잡고 있었고, 당신 몸과 함께 우리 세계로 끌고 온 거요. 축하하오. 이런 일은 그리 자주 일어나지는 않는 것으로 알고 있소."

"그놈이 되돌아오기 전에 빨리 여기를 떠나세." 딜비쉬는 안장에 오르며 말했다. "그나저나 정말로 축하할 만한 일인지 아닌지는 잘 모르겠군. 우리 세계에서 그놈은 어떻게 할 것 같나?"

"아마 당신을 다시 추적하려고 할 것이오. 보나마나 그리 오래 살아남지는 못하겠지만. 그놈은 이 세계에 관해 아는 것이 별로 없는데다가, 육식동물들은 냄새만으로도 그놈이 다르다는 사실을 금세 알아차릴 것이오. 늦든 빠르든 무엇인가가 그놈을 죽일 것이오."

블랙은 전진을 재개했다.

"하지만 흥미로운 가능성이 하나 있소. 만약 그놈이 닭을 만날 경우에는……."

"어떻게 된다는 거지?"

딜비쉬가 반문했다.

"먼 옛날 내가 그 차원을 여행했을 당시에도 그놈을 본 기억이 있소. 만약 그놈들 중 한 마리가 이쪽 세계로 넘어와서 암탉을 찾아낸다면 얼마 지나지 않아 코카트리스 한 무리가 부화하게 될 거요. 놈들은 닭을 건드리기를 좋아하고, 그럴 경우에는 보통 그런 일이 일어나오."

길이 일직선으로 변하자 블랙은 또다시 속도를 올리고 이렇게 덧붙였다.

"다행히도 코카트리스 또한 이 세계에서는 그리 오래 견디지 못하오."

"그렇다니 다행이군."

딜비쉬는 이렇게 대꾸하고는 그림자 나무줄기를 피해 몸을 숙였다. 눈이 또다시 다른 차원에 적응하기 시작했던 것이다.

평소 살던 세계에서 햇빛이 스러지자 그 안에 있는 물체의 형태도 어슴푸레해지면서 실체를 잃어 가는 것처럼 보였다. 다른 차원 쪽은 한층 더 밝아졌고, 예전보다 더 견고해 보였다. 딜비쉬는 손을 뻗었고, 지나가는 그들을 향해 가지를 한들거리는 나무에서 길쭉하고 톱니처럼 들쭉날쭉한 모양을 한 잎사귀 하나를 시험 삼아 뜯어보았다. 그러자마자 잎사귀는 딜비쉬의 손을 둥글게 감싸더니 여러 개의 가시로 피부를 찔렀다. 그는 마치 벌레 여러 마리에 쏘인 듯한 아픔을 느꼈다. 딜비쉬는 욕설을 내뱉으며 잎사귀를 손에서 뜯어낸 다음 내던졌다.

"또 그놈의 호기심이군." 블랙이 말했다. "식물을 못살게 굴지 마시오. 매우 민감하니까."

딜비쉬는 외설적인 욕설로 대답을 대신하고는 손을 문질렀다.

그들은 그 어떤 말도 따라올 수 없는 엄청난 속도로 몇 시간을 달렸다. 크고 위협적인 생물은 모두 따돌리고, 그보다 작고 빠른 것들은 접촉을 피하거나 짧게 싸워서 물리쳤다. 그 과정에서 딜비쉬는 왼쪽 허벅지와 오른쪽 팔뚝을 물렸다.

"독이 있는 놈들에게 물리지 않은 것이 다행이오."

블랙이 평했다.

"그런데 왜 나는 하나도 다행이라는 기분이 안 들지?"

딜비쉬가 대꾸했다.

마침내 다른 세계에서 땅이 융기隆起해 있는 지점에 접근하기 시작했다. 그러나 그들의 세계에서 길은 곧고 편평했다. 그들 자신의 차원에서도 뜬금없이 땅이 움푹 패거나 내리막길로 변하는 곳이 있었던 탓에 마치 반짝이는 풍경 위에서 공중을 날아가는 듯한 인상을 받았지만, 딜비쉬 입장에서도 언덕 중턱으로 그대로 돌진하는 듯한 느낌을 받는 것은 이번이 처음이었다.

"속도를 늦추게 블랙! 속도를 늦춰!"

딜비쉬가 이렇게 소리친 순간, 오른쪽에 있는 커다란 바위에 난 틈새에서 사람 하나가 나타나더니 길 앞을 가로막고 섰다.

"저건 또 뭔가?"

"나도 보고 있소. 아까부터 주의하고 있었소. 아무래도 미리 얘기하는 편이 나을 것 같아서 얘기해 두는데, 그림자 차원에 사람이 산다는 얘기는 들은 적이 없소."

사람 – 검은 망토를 입은 노인 – 은 손에 든 지팡이로 멈춰 서라는 듯한 시늉을 했다.

"멈춰 서서 저자가 원하는 것이 무엇인지 알아보기로 하지."

딜비쉬가 말했다.

블랙이 멈춰 섰다. 노인은 미소 지었다.

"용건이 뭐지?"

딜비쉬가 물었다.

노인은 한손을 들어올렸다. 격한 숨을 몰아쉬고 있었다.

"잠깐 기다려 주게. 일단 숨 좀 고르고 나서. 자네를 찾으려고 사방팔방 투사를 하느라고 힘이 다 빠졌어."

"벨트를 원하는군."

딜비쉬가 말했다.

노인은 고개를 끄덕였다.

"맞네. 자네는 지금 그걸 엉뚱한 곳으로 가져가고 있어."

"그래?"

"그래. 칼루산 사람들에게서는 아무 것도 얻을 수 없을 거야. 고맙다는 말조차도 못 들을 걸. 실로 야만적인 놈들이니까."

"알 것 같군." 딜비쉬가 말했다. "당신은 술바르에서 온 살바쿠스의 제관이지?"

"아니라고 할 수야 없는 일이지. 유감스럽게도 그 벨트 같은 물체를 어떤 차원에서 다른 차원으로, 한 장소에서 다른 장소로 이동시킬 수 있는 힘은 내게는 없어. 따라서 자네의 협력이 필요해. 그래 준다면 두둑한 사례를 보장하겠네."

"구체적으로 나더러 무슨 일을 하라는 뜻이지?"

"우리는 이쪽 차원에서 플라이가 벨트를 훔치는 것을 관찰하고 있었네. 그것을 예상하고 우리 군대는 이미 출동 준비를 갖추고 있었지. 플라이가 벨트를 훔쳤을 때 우리 측 장수들은 이쪽을 향해 진군을 시작했어. 아직도 오고 있는 중이지만, 칼루산 사람들 또한 이미 이 사실을 깨닫고 자기들의 군대를 동원했네. 그자들은 서쪽에서 이리로 접근해 오고 있어."

"그럼 나는 진격해 오는 두 군대 사이에 끼어 있단 말인가?"

"바로 그거야. 그런데 우리는 주력 병력 이외에도 선발 타격 부대와 척후대들을 미리 파견했고, 그중 하나는 자네가 지나온 길을 따라 여기서 반시간도 안 되는 곳에 와 있네. 살바쿠스 신전의 신상神像을 가지고 말이야. 그러니까 자네가 뒤로 돌아서 다시 왔던 길로 되돌아가 주는 편이 가장 간단해. 그 친구들에게 벨트를 넘겨주면 그 부대의 지휘관이 술바르까지 자네를 안전하게 안내해 줄 걸세. 거기로 가면 영웅 대접을 받고 두둑한 사례를 받게 될 거야. 한편, 뒤에서 오는 부대 말고도 자네 앞길을 가로막으려고 움직이는 아군 부대가 있는데……."

"잠깐 기다려." 딜비쉬가 말했다. "영웅이 되어서 두둑한 사례를 받는 건 언제나 즐거운 일이긴 하지만, 지금 내가 있는 이 차원하고 그곳에 사는 괴물들은 어떻게 할 건가. 지금도 여기로 다가오는 것이 보이는데."

제관은 웃음을 터뜨렸다.

"누구든 처음으로 그 벨트를 받는 살바쿠스의 제관이 저주를 풀어 줄 걸세. 그러니까 아무 것도 두려워할 필요가 없어. 자, 그래 주겠나?"

딜비쉬는 대답하지 않았다.

"어떻게 생각하나, 블랙?"

딜비쉬는 속삭였다.

"사례하는 것보다는 당신을 그냥 죽이는 편이 더 싸게 먹히지 않겠소. 한편, 칼루산 사람들에게 그것을 되돌려 준다면 기뻐할 것이고, 또 처음에 훔친 자가 누구인지도 알고 있기 때문에 당신이 훔치지 않았다는 사실도 알고 있을 것이오."

"맞는 얘기야."

딜비쉬가 말했다.

"그래 주겠나?"

제관이 되풀이했다.

"아니." 딜비쉬가 대꾸했다. "따지고 보면 이것은 칼루산 사람들 벨트지 당신들 것이 아니지 않나."

제관은 고개를 가로저었다.

"이런 데서 말을 타고 돌아다니는 인물이 단지 어느 쪽이 옳게 느껴진다는 이유 하나만으로 그런 행동에 나선다는 것은 나로서는 도저히 믿기 힘들군. 솔직히 말해서 자네가 정말로 그런다면 변태적이라는 생각밖에는 안 들 거야. 우리는 서로 그 벨트를 뺏고 빼앗기는 일을 하도 여러 번 되풀이해서, 처음에 누구 것이었는지 기억하는 사람은 이제 하나도 없을 정도라네. 정의감 따위의 애매모호한 원칙을 쫓아서 풍차처럼 빙빙 돌다가 결국 죽도 밥도 안 되게 만들지는 말게. 합리적으로 생각하게."

"유감이지만 난 그렇게 행동할 생각이야."

딜비쉬가 대꾸했다.

"정 그렇게 나온다면 우리 군대가 자네의 시체에서 그걸 회수하게 될 거야."

제관은 지팡이를 낮게 꼬나 잡았다. 그 끄트머리가 창촉처럼 딜비쉬를 겨냥했다. 그 즉시 블랙은 뒷발로 일어섰다. 눈동자 속에서 불길이 춤추고, 콧구멍에서 연기가 피어오른다.

바로 그 순간, 키가 작고 통통한 사내가 바위 틈새에서 나타났다. 갈색 망토를 입고, 역시 손에는 지팡이를 하나 들고 있었다.

"잠깐 기다려, 이짐."

이렇게 말하고는 대뜸 지팡이를 들어올리더니 나이든 제관을 겨냥했다.

"염병할! 하필이면 내 근무 시간이 끝나갈 때를 골라서 나타나다니!"

살바쿠스의 제관이 말했다.

"이름 모를 사내여, 계속 말을 타고 나아가게나." 새로 나타난 사내가 말했다. "나는 카볼루스의 제관이야. 칼루산에서 출발한 군대가 카볼루스의 신상을 가지고 이쪽으로 오고 있다네. 일단 그분의 허리에 그 벨트를 맨다면, 사태는 만족할 만한 해결을 보게 될 거야."

살바쿠스의 제관은 새로 나타난 사내를 향해 지팡이를 휘둘렀다. 카볼루스의 제관은 그 공격을 받아넘긴 다음 반격했고, 옆으로 껑충 뛰었다. 그 즉시 상대방을 향해 지팡이 끝을 겨누자 기름진 느낌의 불길이 솟구쳤다. 이짐이라고 불린 나이든 제관이 자기 지팡이를 낮게 꼬나 잡자 그 끄트머리에서 수증기가 뿜어져 나오며 상대방의 불길을 죽였다. 이짐이 또다시 지팡이를 휘두르자 카볼루스의 제관은 자기 지팡이로 그것을 받아넘겼다.

"방금 궁금한 점 하나가 떠올랐어." 딜비쉬가 소리쳤다. "누가 누군지 어떻게 알 수 있는 거지? 지금 이 일대에서는 군대니 신이니 하는 것들이 마구 돌아다니고 있지 않나. 살바쿠스의 신상과 카볼루스의 신상을 어떻게 분간하면 되지?"

"카볼루스는 오른손을 위로 치켜들고 있어!"

키가 작은 제관이 상대방의 어깨를 내리치며 외쳤다.

"혹시 자네 마음이 변한다면." 이짐은 발을 걸어 상대방을 넘어뜨리며 말했다. "살바쿠스는 왼손을 치켜들고 있다네."

키가 작은 제관은 땅 위로 구르다가 일어서서 주먹으로 상대방의 배를 힘껏 갈겼다.

"계속 전진해야겠군."

딜비쉬가 이렇게 말하자 블랙은 언덕 중턱을 향해 돌진했다. 주위가 암흑으로 뒤덮였다. 그 직후 몰려온 폐쇄공포증 탓에 딜비쉬는 시간 감각을 잃었다. 이윽고 딜비쉬 자신의 세계가 마치 뭉게뭉게 피어오르는 연기 너머로 보는 것처럼 희미하게 시야에 들어왔다. 등 뒤를 흘깃 보니 달이 떠 있었다.

"이제는 당신 지갑을 강탈하려는 자들과 대화하지 않는 법을 당신이 습득했기를 희망하오."

블랙이 말했다.

"흐음, 적어도 흥미로운 얘기를 들을 수 있었다는 사실은 인정해야 하지 않을까."

"정 그런 얘기를 듣고 싶거든 젤레락 본인에게 물어 보면 어떻소. 정말로 흥미진진한 얘기를 들을 수 있지 않겠소."

딜비쉬는 대답하지 않고 나무 사이로 작은 불빛이 보이는 지점을 응시했다.

"야영지의 모닥불일까?"

"그런 것 같소."

"칼루산일까? 술바르일까?"

"어느 쪽이라고 간판을 붙여 놓았을 것 같지는 않소."

"걸음걸이를 늦추게. 은밀하게 접근하는 편이 나을 것 같군."

블랙은 이 말에 따랐고, 아무 소리도 내지 않고 움직였다. 딜비쉬는 여전히 자신이 지하에 있고, 평소의 세계는 주위를 에워싼 그림자 세계 같다는 느낌을 받았다. 그들은 길옆으로 나가서 숲속으로 들어갔다. 블랙은 왼쪽 방향으로 비스듬하게 나아가면서, 불빛이 보인 곳을 향해 계속 우회했다. 딜비쉬는 너무 빨리 그림자 언덕 밖으로 나간 나머지 이중 시야에 의한 혼란을 겪게 되지 않기를 빌었다.

그들은 유령 같은 느낌의 숲을 지나가고 있었다. 밤의 소음은 모두 멀어졌고, 나무와 돌은 마치 꿈속에서 보는 듯이 빛바랜 느낌이었다. 겨우 느낄 수 있을 정도로 약한 바람이 불어왔을 때, 바람을 따라 하늘하늘 움직이는 나뭇가지들의 모습을 보니 머리 위와 양쪽에서 어둠이 손짓하는 듯했다. 잠시 후 등 뒤에서 날개를 퍼덕이는 듯한 소리가 들렸기 때문에 멈춰 섰다. 대기 상태에서 주위를 둘러보았지만 더 이상 아무 기척도 느껴지지 않았다. 모습을 드러내고 도전해 오는 것은 없었다. 그들은 어슴푸레한 풍경 속에서 전진을 재개했다. 곧 그들은 모닥불이 타는 냄새가 나고 사내들의 목소리가 어렴풋하게 들리는 위치에 도달했다.

"이제는 걸어서 가는 편이 나을 것 같아. 엘프 장화는 몰래 접근하기에는 안성맞춤이니까 말이야."

딜비쉬가 이렇게 말하자 블랙은 멈춰 섰다.

"나는 뒤에서 시간을 들여 조용히 접근하겠소. 갑자기 내가 필요해질 경우에는 즉시 달려가겠소."

딜비쉬는 말에서 내렸다. 블랙과 새들백에 든 벨트에서 거리가 멀어지면서 음침하고 스산한 느낌이 다소 사라졌다. 마치 세계가 한 꺼풀 천천히 벗겨지는 듯한 느낌이었다. 축축한 흙냄새가 점점 더 강하게 풍겨 오고, 밤의 소음도 점점 더 크게 들려왔다. 야영지에서 들려오는 목소리도 더 크게 들렸고, 모닥불 빛도 더 밝아진 듯했다.

딜비쉬는 허리를 굽히고 야영지를 에워싼 나무 사이를 움직였고, 납작하게 엎드린 다음 아까보다 훨씬 더 느린 속도로 야영지 가장자리까지 접근했다. 동작을 멈추고 야영지를 바라본다. 잠시 후 블랙도 천천히 다가와서 조용히 서서 바라보았다.

열댓 명의 사내가 서 있거나, 기대거나, 모닥불 주위에서 돌아다니고 있었다. 이들 전원이 무장하고 군장을 갖추고 있었다. 바람이 불어오는 쪽에 말 몇 마리가 매여 있었다. 땅은 실컷 밟고 돌아다닌 느낌이었고, 군데군데 땅을 갈아엎은 듯한 자국이 눈에 띠었다. 여기저기 널려 있는 나뭇가지는 모닥불 땔감으로 쓰려고 가져다 놓은 듯했다. 모닥불 너머 왼쪽에는 대좌臺座를 올려놓은 가마가 있었다. 대좌 위에 비끄러매 놓은 물체는 딜비쉬의 눈에는 신상神像인 것처럼 보였다. 그러나 그 앞에서 두 사내가 서서 얘기를 하고 있는 탓에 딜비쉬의 시야는 부분적으로 가려져 있었다.

"빌어먹을, 움직여!"

딜비쉬는 속삭였다.

그러나 두 사내는 몇 분이 지난 후에야 움직였다. 그들이 마침내 가마 앞을 떠나자 딜비쉬는 한숨을 내쉬었다.

"됐어." 딜비쉬는 블랙에게 속삭였다. "오른팔을 치켜들고 있군. 이제 카볼루스의 추종자들에게 벨트를 넘기고 이 일에서 발을 뺄 수 있게 됐어."

딜비쉬는 일어서서 뒤로 갔고, 새들백을 열고 벨트를 꺼냈다.

"나는 여기서 기다리겠소." 블랙이 말했다. "만일의 사태에 대비하기 위해."

"좋아."

딜비쉬는 이렇게 말하고 앞으로 걸어 나갔다.

앞을 가린 나뭇가지들을 밀치고 나가서 가만히 서 있었다. 군대의 야영지에 예고도 없이 무작정 돌진하는 것은 결코 현명한 행동이 아니다. 다음 순간 내심 지휘관일 것이라고 생각한 사내가 딜비쉬를 향해 몸을 돌렸다. 모닥불 근처에 있던 몇몇 사내도 딜비쉬가 와 있다는 사실을 깨닫고 일어서며 무기에 손을 뻗쳤다. 딜비쉬는 빈 오른손을 들어 보였다.

"벨트에 관한 전갈을 받았나?"

딜비쉬가 물었다.

지휘관으로 지목했던 사내는 우뚝 서 있다가 이내 고개를 끄덕였다. 사내는 앞으로 걸어 나왔다.

"그렇소. 그걸 가지고 왔소?"

딜비쉬는 왼손을 치켜들었다. 감겨 있던 벨트가 불꽃 폭포처럼 풀려 내린다.

"이걸 훔친 사내에게서 건네받았네. 그 친구는 죽었어."

딜비쉬는 앞으로 걸어 나가며 손을 뻗었다.

"이걸 받게. 드디어 이 물건과 작별할 수가 있어서 속이 후련하군."

사내는 미소 지었다.

"물론이오. 아까 우리 제관의 방문을 받은 이래 바로 줄곧 기다리고 있었소. 우리는……."

딜비쉬는 발을 멈췄다. 긴 잡초들이 한군데 모여 자라 있는 부분에서 뭔가 부드러운 것이 발에 채였던 것이다. 갑자기 몸을 수그리고 그 물체를 집어서 들어올렸다.

딜비쉬가 들어올린 것은 인간의 손이었다.

"이게 뭐지?"

딜비쉬는 이렇게 외치며 손을 떨어뜨렸고, 옆으로 껑충 움직이며 검을 뽑았다.

지면을 뒤집어엎은 부분을 칼끝으로 파 보았다. 옅은 무덤이었다. 칼끝으로 한 번 쓸어 보자 땅 속에 묻혀 있던 사람의 다리 일부가 드러났다.

사내는 일그러진 얼굴을 하고 딜비쉬를 향해 서둘러 다가오고 있었다. 그러나 딜비쉬가 검을 홱 들어올려 방어 자세를 취하자 사내는 그 즉시 멈춰 섰고, 한 손을 들어 뒤에서 다가오고 있는 부하들을 제지했다.

"아까 우리를 습격했던 술바르의 척후대요." 사내는 설명했다. "우리가 이겼기 때문에 전사한 적들의 시체를 적절한 곳에 매장했던 거요. 입장이 바뀌었다면 놈들은 우리를 위해 결코 이렇게까지는 해 주지 않았을 거라는 확신이 있소."

"그러고는 전투 흔적을 모조리 지워 버리는 일에 착수했단 말인가?"

"야영지에서 누가 그런 음침한 기억을 되살리고 싶겠소?"

"그렇다면 왜 쓰러져 있던 장소에 그대로 파묻었던 거지?

좀 떨어진 곳에 묻을 수도 있지 않았나? 아무래도 뭔가 미심쩍군……."

"하루종일 행군을 한 탓에 모두 지쳐 있었소. 그러니 쓸데없는 고민을 하지는 마시오, 이름 모를 친구. 그 벨트를 이리로 넘기고 책무에서 해방되란 말이오."

사내는 손을 내밀며 앞으로 한 걸음 걸어 나왔다.

"혹시……."

사내가 한 걸음 더 다가오자 딜비쉬의 검이 꿈틀하며 그를 겨냥했다.

"잠깐 기다려. 방금 다른 생각이 하나 머리에 떠올랐어."

딜비쉬가 말했다.

"다른 생각이라면?"

사내는 다시 멈춰서며 물었다.

"혹시 자네들이 술바르 사람이라면? 이곳에 있던 칼루산의 척후대를 기습해서 모두 죽이고… 그런 다음, 내가 여기로 오고 있다는 전갈을 받고 서둘러 정리를 하고, 벨트를 건네받기 위해 기다리고 있었다고 가정한다면?"

"당신은 너무나도 많은 가정을 하고 있소. 그리고 흔히 그렇듯이 그런 터무니없는 가설은 어디서부터 반박해야 할지 모르겠소."

"흐음, 듣기로는 어느 쪽이든 간에 자기 쪽 신이 벨트를 두르는 진영이 전쟁에서 이기는 경향이 있다고 하더군."

딜비쉬는 왼편으로 움직이며 몸을 돌렸고, 방어 자세를 유지한 채로 신상神像을 향해 뒷걸음질치기 시작했다.

"그러니까 카볼루스에게 직접 벨트를 돌려주고 나는 내 갈 길을 가기로 하겠네."

"멈춰!" 사내는 검을 뽑아 들며 외쳤다. "신성하지 않은 손으로 그런 행위를 한다는 건 신에 대한 모독이야!"

숲 속에서 기묘한 휘파람 소리가 들려오자 딜비쉬는 그쪽을 향해 고개를 갸우뚱했다. 어쩐지 귀에 익은 소리였다.

"지금까지 계속 몸에 지니고 있었으니까, 신성 모독 운운하기에는 이미 때가 늦었다고 해야겠지. 그리고 이곳에 성직자 티가 나는 친구는 하나도 없어 보이는군. 그러니까 그냥 위험을 감수하기로 하겠네."

"안 돼!"

사내는 검을 휘두르며 돌진해 왔다. 딜비쉬는 검을 받아넘기고 반격했다. 발굽 소리가 들리더니 말 모습을 한 검은 그림자가 숲에서 미끄러져 나와 딜비쉬를 향해 돌진해 오던 다른 병사들을 덮쳤다. 블랙은 병사 몇 명을 그대로 깔아뭉개고는 몸을 돌려 뒷발로 일어서서 발굽으로 적들을 내리쳤다. 딜비쉬는 블랙의 몸 안에서 불길이 쌓여 가고 있다는 사실을 알고 있었다.

딜비쉬는 상대의 목에 일격을 가해 처치한 다음 다시 뒷걸음질치기 시작했다. 세 명의 사내가 또 달려들었다.

한쪽 무릎을 꿇고 위를 향해 검을 찔러 넣었다. 가장 가까이 접근했던 사내는 전혀 예기치 않았던 딜비쉬의 움직임에 허를 찔리고 쓰러졌다. 그러나 남은 두 사내는 양쪽으로 갈라져 딜비쉬를 좌우에서 협공하려고 했다.

공터 너머에서 블랙의 불길이 쏟아져 나오는 것이 보였다. 불길을 정통으로 뒤집어쓰고 절규하는 병사들의 목소리가 들려왔다.

딜비쉬는 오른쪽 사내를 기만 동작으로 견제하고는 왼쪽 사내를 향해 돌진했다. 그러나 쌍방의 칼날이 맞닿은 순간 실수했다는 사실을 깨달았다. 왼쪽 사내는 민첩한데다가 검술 솜씨 또한 평균 이상이었다. 재빨리 처치하거나 아니면 뒤로 물러나게 한 다음, 지금 이 순간에도 호시탐탐 공격 기회를 노리고 있을 것이 뻔한 오른쪽 사내를 상대하기 위해 몸을 돌릴 여유가 있을 것 같지는 않았다. 딜비쉬는 거의 필사적으로 오른쪽을 향해 원을 그리듯 움직이기 시작했다. 지금 상대하고 있는 사내로 하여금 두 번째 사내 앞을 가로막게 할 심산이었다. 그러나 상대는 이런 시도에 저항했고, 딜비쉬의 후퇴 시도를 저지했다. 딜비쉬의 눈 가장자리에 블랙의 모습이 비쳤다. 너무 멀리 있는 탓에 늦기 전에 딜비쉬를 도와주러 올 수 있을 것 같지는 않았다.

또다시 휘파람 소리가 들려왔다. 날개가 퍼덕이는 소리도 들린다. 그림자의 차원에서 온 적이 나무 사이에서 딜비쉬를 향해 날아오는 것이 보였다.

딜비쉬는 적의 칼날을 아래로 내려치면서 뒤로 껑충 물러났다. 그리고 두 번째 사내 앞에서 몸을 웅크리고는 검을 머리 위로 들어올려 방어 자세를 취했다.

아까 껑충 뛰어 뒤로 물러난 순간 활공중인 그림자는 딜비쉬를 향해 진로를 바꾸고 있었다. 바로 앞까지 온 괴물은 날개를 펼쳐 공중에서 정지하려고 했지만 이미 때는 늦었다. 괴물이 두 번째 사내의 등에 부딪치면서 사내는 딜비쉬 위로 엎어지며 첫 번째 사내의 앞을 가로막았다. 쓰러진 사내는 몸을 비틀며 괴물을 향해 검을 휘둘렀지만, 괴물은 사내가 휘두르는 검을 피해 어깨를 찌르고 발톱으로 얼굴을 할퀴려고 했다.

딜비쉬는 여전히 웅크린 자세에서 첫 번째 사내의 다리를 후려쳤다. 오금을 절단당한 사내가 비명을 올렸다. 그제야 일어선 딜비쉬는 틈새를 찾아내서 사내의 숨통을 끊었다.

뒤를 돌아다보니 괴물 새가 쓰러진 사내의 목에 부리를 박아 넣은 참이었다. 분수처럼 솟구치는 피 속에서 몸을 일으킨 새의 검은 눈은 딜비쉬에게 못 박혀 있었다. 새는 강하게 날갯짓을 하며 딜비쉬를 향해 도약했다.

딜비쉬의 칼날이 번득이자 괴물의 머리가 오른쪽으로 날아갔다. 남은 몸통은 절단된 목 부위에서 푸르스름한 농장膿漿을 뿜으며 계속 앞으로 돌진해 왔다. 딜비쉬가 몸을 비키자 새의 몸통은 그대로 그의 옆을 지나 땅에 떨어지더니 근처를 마구 뛰어다니기 시작했다.

딜비쉬는 더 이상 공격해 오는 적이 없다는 사실을 확인했다. 블랙은 시체가 된 사내들을 아직도 짓밟고 있었다. 검을 칼집에 집어넣고, 지금까지 움직였던 경로를 되돌아가며 싸우던 중에 땅에 떨어뜨린 벨트를 찾아보았다. 처음 그와 싸웠던 사내의 시체 옆에 떨어져 있었다. 딜비쉬는 허리를 굽히고 벨트를 집어들었다.

먼지를 털고 신상을 향해 몸을 돌렸다.

"여기 있소, 카볼루스." 딜비쉬는 앞으로 걸어 나가며 선언했다. "지금 당신 벨트를 돌려주겠소. 나를 쫓고 있는 괴물들을 이제 불러들이고, 내 눈에 보이는 그림자 세계의 풍경을 없애 준다면 고맙겠소. 정화된 손이 아니라서 미안하지만, 나는 원래 이렇소."

딜비쉬는 무릎을 꿇고 신상의 허리께에 벨트를 감았다. 그러자마자 딜비쉬는 주변의 빛이 더 부드러워지고, 눈 앞에 있는 신상의 거칠게 깎아 낸 용모가 한층 더 자연스러워지는 것과 동시에 더 비인간적으로 변화하는 것을 느꼈다. 딜비쉬는 신상의 눈과 들어올린 손 주위에서 빛이 생겨나는 것을 보며 뒤로 물러났다.

"잘 했네. 아아, 정말 잘 했어!"

등 뒤에서 목소리가 들려왔다.

뒤로 홱 돌아서자 전에 만났던 통통한 제관의 실체감을 조금 결여한 모습이 눈에 들어왔다. 제관의 왼쪽 눈은 퉁퉁 부은 채로 감겨 있었고, 이마에는 베인 상처가 있었다. 제관은 지팡이로 온몸을 힘겹게 지탱하고 서 있었다.

"아스트랄 계界의 전투도 현실의 전투 못지않게 거친 모양이군."

딜비쉬가 말했다.

"그런 소리는 상대 제관 얼굴을 보고 나서 하게." 제관은 야영지를 향해 손짓을 해 보이며 말했다. "이름 모를 친구, 자넨 정말 훌륭하게 일을 처리해 줬어. 게다가 우리 카볼루스의 가슴을 따뜻하게 해줄 근사한 피의 공물까지 마련해 줬군."

"일이 이렇게 된 건 종교적이라기보다는 현실적인 이유 때문이야."

"그렇다고는 해도 역시……." 제관은 감개무량한 어조로 말했다. "틀림없이 마음에 들어 하실 걸세. 자, 이제 힘의 균형이 다시 이쪽으로 기울었으니까 우리는 곧 술바르에서 잔치를 열게 될 거야. 처형에, 방화에, 노략질할 좋은 물건들도 잔뜩 있다네! 자네는 공로자니까 칭송의 대상이 되겠고."

"이제 벨트를 되찾았는데, 왜 전쟁을 그만두고 그냥 집에 가지 않는 거지?"

제관은 이 말을 듣고 한쪽 눈썹을 추켜세웠다.

"설마. 자네 지금 농담하고 있는 거겠지? 먼저 시비를 걸어온 건 놈들이지 않나. 따라서 그에 걸맞은 응징이 필요해. 어차피 이번엔 우리 차례이기도 하고. 내가 태어난 후 놈들은 우리를 상대로 똑같은 일을 한 적이 한 번 있네. 게다가 군대도 이미 출동해 버렸고. 이 시점에서 싸우지도 않고 그 친구들을 고향으로 돌려보낸다면 나중에 문제를 일으킬 게 뻔해. 그럴 수야 없는 일이지. 요약하자면 그렇다네. 사실 그중 일부는 곧 이곳에 도착할 거야. 자네도 함께 따라오게나. 카볼루스와 함께 간다는 것은 큰 영예이고… 자네 몫의 전리품을 챙길 수도 있을 테니까 말이야."

블랙은 그들이 대화를 나누는 동안 곁으로 와서 듣고 있었다. 잠시 후 블랙은 땅에 떨어져 있는 그림자 새의 머리를 바라보며 말했다.

"이놈이 현실 세계를 돌아다니던 중에 닭을 만났을 것 같소?"

"친절하게 그런 제안을 해 줘서 고맙네." 딜비쉬는 제관의 환영을 향해 말했다. "하지만 앞으로 갈 길이 멀고, 더 늦어지면 안 되는 사정이 있어. 전리품에서 내가 받을 몫은 포기하겠네."

"그럴 경우에는 신전이 당신 몫을 차지하게 될 거야." 제관은 미소 지으며 말했다. "그럼 잘 가게. 그대에게 카볼루스의 가호가 있기를!"

딜비쉬는 몸을 한 번 떨었고, 고개를 끄덕였다.

"당장 여기서 떠나기로 하세." 딜비쉬는 블랙에게 말했다. "전쟁터란 전쟁터는 모두 우회해서 말이야."

블랙은 남쪽으로 몸을 돌렸고, 숲으로 들어갔다. 피로 물든 공터에서는 점점 희미해져 가는 한쪽 팔을 치켜들고 빛을 발하는 신상과 한쪽 눈이 부어오른 제관의 모습이 있었다. 머리가 없는 그림자 새는 비틀거리며 다시 한 번 공터를 돌다가, 모닥불 옆에 있는 시체 한 구 근처에서 날개를 퍼덕거리고 농장을 흘리며 쓰러졌다. 먼 곳에서 진군해 오는 기병대의 말발굽이 발하는 진동이 지면을 울렸다. 달은 아까보다 더 높이 떠 있었지만, 그림자들은 윤곽이 뚜렷했고 텅 비어 있었다. 블랙이 고개를 숙이자 이 모든 것이 한꺼번에 멀어져 갔다.

다음 날 오후, 숲을 지나 남쪽으로 구불구불 이어지는 길을 지나가고 있었을 때 숲에서 젊은 여자가 뛰쳐나오더니 그들을 향해 달려왔다.

"기사님!" 젊은 여자는 딜비쉬를 향해 소리쳤다. "저 언덕 너머에서 제 애인이 부상을 입고 쓰러져 있어요! 강도의 습격을 받았어요! 빨리 가서 제 애인을 구해 주세요!"

"멈추게, 블랙."

딜비쉬가 말했다.

"정말 그럴 작정이오? 이건 고전적이다 못해 해묵은 수법 아니오. 저 여자 뒤를 따라가면 매복하고 있던 무장한 사내 두어 명이 당신을 덮칠 거요. 그자들을 처치하면 여자는 뒤에서 당신 등을 찌를 거고. 이런 것을 소재로 한 발라드까지 나와 있지 않소. 어제 그런 경험을 하고도 당신은 아무 것도 배우지 않았단 말이오?"

블랙은 거의 들리지 않을 정도로 나직하게 내뱉었다.

딜비쉬는 울어서 퉁퉁 부은 여자의 눈을 내려다보았고, 양손을 쥐어짜듯이 뒤틀고 있는 것을 보았다.

"하지만 저 여자는 진실을 말하고 있는 건지도 모르잖나."

딜비쉬는 나직하게 말했다.

"제발 부탁이에요 기사님! 제발! 빨리 와 주세요!"

여자가 외쳤다.

"처음 만났던 그 제관의 말은 일리가 있었소."

블랙이 촌평했다.

딜비쉬는 손바닥으로 블랙의 금속 어깨를 툭 쳤다. 희미하게 울리는 소리가 났다.
"가도 지옥, 안 가도 지옥이로군."
이렇게 말하고는 말에서 내렸다.

해설
DILVISH, THE DAMNED

젤라즈니의 히로익 판타지

나는 내가 판타지 작가라는 꿈을 꾸고 있는 SF작가인지 아니면 그 반대인지 스스로 자주 묻곤 한다. 내가 쓴 SF 대부분은 어느 정도 판타지의 요소를 가지고 있고, 그 역逆 또한 사실이기 때문이다. 아마 양쪽 진영의 순수주의자들 입장에서는 신경에 거슬리는 일인지도 모르겠다. SF로서 훌륭하게 성립할 수 있는 소설에 일부러 불명료한 부분을 집어넣어 망쳐 놓았다고 생각하는 사람이 있는가 하면, 경이로운 이야기에 논리적인 제약을 너무 많이 가함으로써 판타지의 순수성을 침해했다고 느끼는 사람도 있을 것이기 때문이다.

- 〈판타지와 과학소설: 한 작가의 견해〉, 로저 젤라즈니

필자의 개인적인 〈젤라즈니 프로젝트〉 2기 첫 작품이자 이

색작기총서의 두 번째 주자로 본서 《저주받은 자, 딜비쉬》 2부작을 선택한 것은 어떤 의미에서는 필연에 가깝다는 느낌을 받는다. 위에서 인용한 짧지만 흥미로운 에세이에서 젤라즈니는 초등학교 저학년 시절부터 시작된 자신의 독서 편력이 우연찮게도 신화 → 전설 및 민담 → 근대 SF → 현대 SF라는 문예 연대학적(!)인 순서를 따라 이루어졌다고 술회하고 있으며, 기말고사 전야에 첫 장편인 《내 이름은 콘라드》를 접한 것을 시작으로 필자 역시 대략 순차적으로 젤라즈니의 작품을 읽고, 번역해 왔기 때문이다. 그리고 《저주받은 자, 딜비쉬》는 처녀작에 이어 휴고상을 수상한 SF 《신들의 사회》, 네뷸러상 수상작인 《드림 마스터》, 중단편집인 《전도서에 바치는 장미》에서 중기 젤라즈니의 분수령을 이루는 판타지 《앰버》 시리즈로 이어지는 초기 작품들 사이에 위치해 있다. 이런 굵직한 걸작들 사이에서 장편 하나와 중단편 11편으로 이루어진 《딜비쉬》 시리즈가 이채를 발하고 있는 것은 이 시리즈가 흔히 '사이언스 판타지'라고 (잘못) 일컬어질 정도로 과학과 환상의 혼용이 두드러지는 젤라즈니의 작품들 중에서도 거의 순혈純血에 가까운 판타지의 혈통을 유지하고 있기 때문이다. 지금까지 국내 독자들에게는 거의 알려지지 않았던 젤라즈니의 일면이라고나 할까.

국내에 번역된 젤라즈니 작품들의 해설을 통해 이미 여러 번 언급했듯이, 젤라즈니는 매너리즘에 빠져 있던 1960년대의 미국 SF에 새로운 바람을 불어넣은 뉴웨이브NewWave 운동의 대표적인 작가 중 한 사람으로 간주된다. (엄밀하게 말하자면 대서양 너머의 영국에서 시작된 뉴웨이브 운동의 영향을 받고 미국에서 공시적으로 진행된 '포스트' 뉴웨이브 혹은 아메리칸 뉴웨이브의 기수라고 해야 하겠지만, 당시 영미권 출판 상황을 감안해 볼 때 이것은 그리 중요한 구분은 아니다.)

영국 뉴웨이브는 잡지 《인터존Interzone》을 중심으로 한 실험적, 전위적인 문예 운동의 성격을 강하게 띠고 있었지만, 젤라즈니는 전통적인 장르 SF의 틀을 유지한 채로 당대의 수준을 훌쩍 뛰어넘는 '문학적이고, 세련된' 작품들을 잇달아 발표함으로써 평단과 팬 양쪽의 열렬한 지지를 받았다. 이것은 영문학도인 젤라즈니 자신의 탄탄한 소설 작법과 폭넓은 인문학적 소양의 뒷받침을 받은 현학적이면서도 젊디젊은 스타일의 매력에 기인한 바가 크다. 그러나 젤라즈니는 후퇴이든 전진이든 '변화'하려는 욕구가 강한 작가였고, 《앰버》 시리즈에 대해 노골적인 적대감을 보였던 평론가들로 대표되는 '순수주의자'들과는 비교되는 작가주의적인 입장에 서서 문학적인 자성自省을 바탕으로 한 활발한 창작 활동을 전개했다. 젤라즈니의 주요 창작 기법 중 하나가 고대 신화나 전설의 '환골탈태'라는 것은 잘 알려진 사실이지만, 기법적 측면과는 조금 다른 맥락에서 그의 작품 세계에 많은 영향을 끼친 요소로 장르, 특히 그의 청소년기 독서에 지대한 영향을 끼친 히로익 판타지Heroic Fantasy에 대한 애정을 꼽을 수 있다.

히로익 판타지란 글자 그대로 '영웅 판타지' 내지는 '영웅 환상담'으로 번역되는 판타지의 한 장르이지만, 이것이 장르로서의 틀을 갖춘 것은 J. R. R. 톨킨의 《반지의 제왕》(1954~1955)의 인기와 맞물린 에픽〔大河〕 판타지의 창작이 융성하던 1960년대보다 최소한 30년은 앞선 1930년대의 일이었다. 여러 모로 비정상적이었던 소개 과정 때문에 한국에서 톨킨은 '판타지의 아버지' 취급을 받을 때가 많지만 -《반지의 제왕》 재평가 운동이 1970년대 영미권의 '장르 판타지 르네상스'로 이어졌다는 맥락에서는 완전히 틀린 말은 아니다

― 문학사적인 관점에서 보자면 영미권의 상업적 판타지, 즉 장르 판타지에는 두 개의 큰 흐름이 존재한다. 작가의 국적이나 세부적인 전후관계를 무시하고 단순화해서 말하자면, 조지 맥도널드(1824~1905), 윌리엄 모리스(1834~1896), 로드 던세이니(1878~1957), E. R. 에디슨(1882~1945), 그리고 J. R. R. 톨킨으로 대표되는 영국적 에픽 판타지의 전통과 윌리엄 호프 호지슨(1877~1918), 클라크 애슈턴 스미스(1893~1961), H. P. 러브크래프트(1890~1937), 로버트 E. 하워드(1906~1936), 프리츠 라이버(1910~1992), C. L. 무어(1911~1987), 마이클 무어콕(1939~)으로 이어지는 미국적인 검과 마법Sword and Sorcery 이야기 내지는 히로익 판타지가 현대 판타지의 두 주춧돌을 이루고 있는 것이다. 히로익 판타지는 기괴하고 장려한 '크툴후Chthulhu' 신화 체계에 입각한 '우주적 공포Cosmic Horror' 장르의 창시자로 유명한 호러작가 하워드 필립스 러브크래프트의 영향을 짙게 받고 있다는 점에서 문예지향적인 전자와는 확연히 구분된다. 20세기 초에 발흥한 이 두 전통은 반세기가 넘는 세월 동안 때로는 반발하고, 때로는 서로 영향을 끼치면서 현대의 판타지 장르를 형성하게 된다.

 더 상세한 이야기는 이 책의 속편인 《변화의 땅The Changing

Land》 및 로버트 E. 하워드의 《코난》시리즈의 해설로 돌려야겠지만, 앞서 언급한 《앰버》시리즈라든지 초기 걸작 중 하나인 《그림자의 잭Jack of Shadows》(1971)만 보아도 젤라즈니가 SF와 판타지가 상업적으로 완전히 분화되기 전의 프로토〔原〕장르 중 하나였다고 할 수도 있는 히로익 판타지를 SF에 융합시키는 일에 큰 관심을 가지고 있었다는 사실을 짐작하기란 어렵지 않다. 특히 《딜비쉬》 시리즈의 기념할 만한 첫 단편인 〈딜파로 가는 길〉이 《Fantastic》 지에 게재된 것이 1965년 2월이며, 《앰버의 아홉 왕자》의 일부를 발췌한 〈레브마의 패턴 Patterns in Rebma〉이 《Kallikanzaros》 지에 실린 것이 1967년 6월이라는 점을 감안한다면, 젤라즈니의 관심이 신화 SF에서 《앰버》로 대표되는 히로익 판타지로 '이행'했다는 일부 평론가들의 주장보다는 여러 서브장르에 대한 실험이 동시다발적으로 창작활동에 반영되었다는 의견 쪽이 훨씬 더 설득력이 있다. 앞서 언급했듯이 《딜비쉬》 시리즈의 경우는 젤라즈니가 청소년기에 잡지 형태로 읽은 러브크래프트의 괴기소설과 하워드의 히로익 판타지에 대한 애정이 거의 원형에 가까운 파스티시의 형태로 나타나 있다는 점에서 특이한 위치를 점하고 있으며, 이 분야에서는 그가 작가이기에 앞서 열렬한

'팬'이었다는 당연한 사실의 증명이기도 하다.

  그러나 잡지를 바꿔 가며 여기저기에 분산, 게재되었던《딜비쉬》연작은 1967년에 발표된 제4작〈메라이사의 기사〉를 마지막으로 독자들 앞에서 10년 넘게 자취를 감춘다. 가장 큰 이유는 역시 대작《신들의 사회》의 집필 때문이었겠지만, 당시의 판타지 시장에서 한 인물을 주인공으로 한 1930년대 스타일의 연작 단편을 한 권의 책으로 모아 내기는 힘들었다는 사정도 어느 정도 영향을 끼친 듯하다. 그럼에도 불구하고 딜비쉬를 기억하고 있는 팬들은 속편을 희구했고, 10여년이나 된 이 장수 시리즈에 애착을 가지고 있던 젤라즈니 자신도 1979년에《Sorcerer's Apprentice》지의 여름호에 실린 단편〈피의 정원〉을 필두로〈흰 짐승〉,〈아아치의 샘〉,〈얼음탑〉등의 후속 중단편들을 잇달아 발표함으로써 팬들의 기대에 부응한다. 이 책은 1981년까지 발표된 여덟 편의 중단편에 새로 쓴〈분할된 도시〉,〈악마와 무희〉,〈저주받은 자, 딜비쉬〉세 편을 추가해서 연대기적 순서로 배열한 연작 중단편집이며, 그보다 1년 앞서 출간된 장편《변화의 땅The Changing Land》은 연대기 상 이 책의 직접적인 속편에 해당한다. 발표

시기 등을 감안하면 클래식 《앰버》 시리즈가 일단락된 1978년부터 이미 상기의 작품들을 쓰고 있었다고 상정해도 크게 틀린 지적은 아닐 것이다.

《저주받은 자, 딜비쉬》는 이렇듯 장르적인 맥락에서도 희귀한 작품이지만, 주인공 딜비쉬 자신이 젤라즈니 류流 인물 조형의 가장 큰 요소 중 하나인 '복수'의 개념을 노골적으로 전개하고 있다는 점에서도 주목을 끈다. 컬럼비아 비교 영문학 과정에서 석사 과정을 밟은 젤라즈니가 1962년에 제출한 논문[*]이 엘리자베스/제임스 1세 시대의 연극을 주제로 하고 있고, 또 젤라즈니의 주요 장편들이 적든 많든 '실패한 프로메테우스'의 복수와 구제를 다루고 있다는 점은 잘 알려져 있지만, 《딜비쉬》만큼이나 순수한 '복수자'의 원형元型을 보존하고 있는 작품은 중편 〈복수의 여신The Furies〉(1965) 정도인 것이다. 《딜비쉬》 연대기가 기존 신화의 환골탈태라기보다는 젤라즈니 자신이 품고 있었던 환상의 직설적인 – 러브크래프

---

[*] 두 개의 전통과 시릴 터너 : 《복수자復讐者의 비극》에서 볼 수 있는 윤리성과 유머 코미디에 관한 고찰 Two Traditions and Cyril Tourneur: An Examination of Morality and Humor Comedy in The Revenger's Tragedy

트적인 향취를 짙게 머금고는 있지만 – 표현에 가깝다는 사실도 이 작품의 '순수함'에 일조하고 있다. 이미 이 책을 읽은 독자들은 깨달았겠지만, 십여 년에 걸친 발표 기간을 통해 젤라즈니의 문체에 미묘한, 때로는 노골적이기까지 한 변화가 일어났다는 점도 흥미를 끈다. 그런 '변화'는 비단 작풍에만 국한되어 있지 않다.

"당신의 그런 행동의 동기가 세상을 위해 좋은 일을 하고 싶다는 욕구 때문이라고는 생각하지 않아요. 증오와 복수심 때문인 거예요."
"그것도 포함되어 있어."
"단지 그것뿐이라는 편이 옳지 않나요?"
딜비쉬는 잠시 침묵했다.
"당신 말이 옳을지도 모르겠군. 단지 그뿐 만은 아니라고 생각하고 싶지만 말이야. 하지만 당신 말이 옳을지도 몰라."
"설령 당신이 죽지 않고 살아남더라도, 그것들은 당신의 마음을 일그러지게 하고, 결국 타락시킬 거예요. 아마 벌써 그렇게 된 건지도 모르겠군요."
"지금은 그것들이 필요해. 쓸모가 있거든. 내가 유리해지도록 해 줘. 그 대상이 사라지면 그것들도 함께 사라지겠지."

— 〈악마와 무희〉 중에서

　중편 〈얼음탑〉과 더불어 작품집에서 가장 중량 있는 작품 중 하나인 〈악마와 무희〉에서 딜비쉬가 술회하는 심경의 변화는 젤라즈니 산문에서 일종의 트레이드마크적인 위치를 점하고 있는 '외부를 향한 독백'의 일부인 동시에, 타인과의 관계 재설정을 통한 인격의 성숙이라는 분석심리학적 화두를 던지고 있는 것이다. 그런 맥락에서 《저주받은 자, 딜비쉬》는 《앰버》 시리즈의 연장선상에 있다고 해도 과언이 아니지만, 주인공 딜비쉬와 더불어 또 한 명의 주인공인 그의 애마 블랙이 자아내는 유머러스한 대화 — 때로는 시니컬하고, 때로는 포복절도할 — 의 매력은 로버트 셰클리와 함께 쓴 후기의 유머 팬터지 《Bring Me the Head of Prince Charming》(1991)과도 일맥상통하는 일종의 RPG적 '현대성'을 부여하고 있다는 점에서 이 시리즈의 인기의 원천이 되고 있다.

김상훈(SF평론가)

로저 젤라즈니 주요 저작 목록

● 장편

1. This Immortal (1966)
    - 《내 이름은 콘라드》 (시공사, 1995)
    《내 이름은 콘래드》 (시공사, 2005)
2. The Dream Master (1966)
    - 중편 〈He Who Shapes〉를 장편화한 작품.
3. Isle of the Dead (1967)
4. Lord of Light (1967)
    - 《신들의 사회》 (정신세계사, 1993)
    《신들의 사회》 (행복한책읽기, 2004)
5. Creatures of Light and Darkness (1969)
6. Damnation Alley (1969)
7. Jack of Shadows (1971)
8. Today We Choose Faces (1973)
9. To Die in Italbar (1973)
    - 《Isle of the Dead》의 자매편.

10. Bridge of Ashes (1976)
11. Doorways in the Sand (1976)
12. Deus Irae (1976) - 필립 K. 딕 공저.
13. Roadmarks (1979)
14. Changeling (1980) - 판타지. 폴 데트슨 시리즈 No.1
15. Madwand (1981) - 판타지. 폴 데트슨 시리즈 No.2
16. The Changing Land (1981)
    - 딜비시 연대기 No.2 《변화의 땅》 (너머, 2005)
17. Dilvish, the Damned (1982)
    - 딜비시 연대기 No.1 《저주받은 자, 딜비쉬》
    (너머, 2005)
18. Eye of Cat (1982)
19. Coils (1982) - 프레드 세이버헤이겐 공저.
20. A Dark Traveling (1987) - 청소년 SF.
21. Wizard World (1989)
    - 《Changeling》와 《Madwand》의 합본.

22. The Black Throne (1990) - 프레드 세이버헤이겐 공저.
23. The Mask of Loki (1990) - 토머스 T. 토머스 공저.
24. Bring Me the Head of Prince Charming (1991)
    - 유머 판타지, 아지 엘붑 시리즈 No.1,
    로버트 셰클리 공저.
25. Way Up High / Here There Be Dragons (1992)
    - 판타지, 삽화가 들어간 한정본.
26. Flare (1992) - 토머스 T. 토머스 공저.
27. If at Faust You Don't Succeed (1993)
    - 아지 엘붑 시리즈 No.2, 로버트 셰클리 공저.
28. A Night in Lonesome October (1993) - 판타지.
29. Wilderness (1994) - 역사소설, 제럴드 하우스먼 공저.
30. A Farce to Be Reckoned With (1995)
    - 아지 엘붑 시리즈 No.3, 로버트 셰클리 공저.
31. Donnerjack (1997)
    - 젤라즈니 사후, 미완성 원고를 제인 린즈콜드가 완성시

켜 발표한 작품.

32. Psychoshop (1998)
    - 알프레드 베스터의 미완성 장편을 젤라즈니가 완성시킨 작품.
33. Lord Demon (1999) - 판타지, 제인 린즈콜드 공저.

● 앰버 연대기
I. 클래식 앰버 시리즈
1. Nine Princes in Amber (1970)
    - 《앰버의 아홉 왕자》 (예문, 1999)
2. The Guns of Avalon (1972)
    - 《아발론의 총》 (예문, 1999)
3. Sign of the Unicorn (1975)
    - 《유니콘의 상징》 (예문, 1999)
4. The Hand of Oberon (1976)
    - 《오베론의 손》 (예문, 2000)

5. The Courts of Chaos (1978)

 - 《혼돈의 궁정》(예문, 2000)

II. 신 앰버 시리즈

6. Trumps of Doom (1985)

7. Blood of Amber (1986)

8. Sign of Chaos (1987)

9. Knight of Shadows (1989)

10. Prince of Chaos (1991)

* 장편 이외에도 '신 앰버 시리즈'에 포함되는 여섯 편의 단편이 있다.

● 중단편집

1. Four for Tomorrow (1967)

 - 네 개의 초기 중편을 모은 중편집.

2. The Doors of His Face, the Lamps of His Mouth and Other

Stories (1971)
　　　- 《전도서에 바치는 장미》 (열린책들, 2002)
3. My Name is Legion (1976)
　　　- 〈Home is the Hangman〉을 포함한 연작 중편집.
4. The Illustrated Roger Zelazny (1978)
　　　- 일러스트레이터 그레이 모로의 삽화를 포함한 설정집, 중단편집.
5. The Last Defender of Camelot (1980) - 중단편집.
6. Unicorn Variations (1983) - 단편집.
7. Frost and Fire (1989) - 단편집.
8. Gone to Earth (1992)
　　　- 단편선. Author's Choice Monthly 시리즈 No.27
9. The Last Defender of Camelot (2002)
　　　- 로버트 실버버그가 새로 편집한 중단편집. 《Creatures of Light and Darkness》를 상당 부분 첨삭함.
10. Manna From Heaven (2003)

- 미발표 단편 및 《앰버》단편들을 포함한 작품집.

● 시집
1. Poems (1974) - 시집.
2. When Pussywillows Last in the Catyard Bloomed (1980)
3. To Spin is Miracle Cat (1981)
4. Hymn to the Sun : An Imitation (1996)

* 이 책의 텍스트로는 Del Rey의 1982년도 판을 사용했다.

저주받은 자, 딜비쉬
Dilvish, The Damned

펴낸날 | 2005년 5월 30일 • 1판 1쇄
     2005년 7월 12일 • 1판 2쇄
     2009년 3월 2일 • 2판 1쇄

지은이 | 로저 젤라즈니 • 옮긴이 | 김상훈 • 기획 | 김상훈 오승준
편집인 | 오승준
펴낸이 | 홍민표

펴낸곳 | 도서출판 너머
전화 | 070-8276-6842 • 팩스 | 031-527-6843 • 주소 | 서울시 마포구 연남동 245-9호
이메일 | thebeyonds@gmail.com • 홈페이지 | http://www.thebeyond.kr
블로그 | http://blog.naver.com/thebeyond

출판등록 | 2004년 5월 10일 제300-2005-108호

ⓒ 도서출판 너머 2005
Printed in Seoul, Korea

ISBN 978-89-955297-3-7   04840 • 978-89-955297-0-6 **(세트)**

* 잘못된 책은 바꾸어 드립니다.
* 책값은 뒤표지에 있습니다.

이 도서의 국립중앙도서관 출판시도서목록(CIP)은 e-CIP홈페이지(http://www.nl.go.kr/ecip)에서 이용하실 수 있습니다. (CIP제어번호 : CIP2005000940)